Matthias Senkel

Frühe Vögel

aufbau

Matthias Senkel

FRÜHE VÖGEL

Roman

Mit einem Comic
von Maryna Zhdanko

aufbau

FSC
www.fsc.org
MIX
Papier aus verantwortungsvollen Quellen
FSC® C083411

ISBN 978-3-351-03385-9

Aufbau ist eine Marke der Aufbau Verlag GmbH & Co. KG

1. Auflage 2012

Einbandgestaltung hißmann, heilmann, hamburg
Druck und Binden CPI – Clausen & Bosse, Leck
Printed in Germany

www.aufbau-verlag.de

»Он знал, что сначала станет летчиком, а потом полетит на Луну.«

Victor Pelevin, *Омон Ра*

»What then will the future reveal if this story you are about to witness is only … the beginning?«

William Telaak, *The Phantom Planet*

»A story can always end happily by stopping at a cheerful moment. Of course in nature the only end is death, but death hardly ever happens when people are at their best.«

Alasdair Gray, *Lanark*

Prolog: Worin ein Teil der Zukunft bereits Vergangenheit ist

»– draußen.

Weit draußen im Weltall«, dröhnte es aus dem Fernseher, als Gerhild die Lautstärketaste endlich getroffen hatte. Die Gelenke ihrer Finger waren geschwollen, schmerzten sogar bei solch kleinen Bewegungen; ein Tiefdruckgebiet oder eine Trauerfeier nahte.

Ava de Waal, die kahlköpfige Frau auf dem Bildschirm, sah so abgezehrt aus, als habe sie den Weg zum Mars, über den sie gerade spekulierte, bereits zu Fuß zurückgelegt. Getrennt durch die Glaskuppel der Biosphäre stand ihr ein Reporter gegenüber. Hinter ihm ragten die Versorgungsgebäude der Versuchsanlage auf und über deren Dächern die kargen Gipfel der Catalinas.

»Vollkommen richtig, Dave, die Erde! Wir nennen sie *Gaia Eins*, weil sie der Prototyp unserer Biosphäre ist. Alles hier drinnen in *Gaia Zwei*, von der Tundra über den Regenwald bis zu unserem Minimeer, ist ihrem Vorbild nachempfunden.«

Dass sich die beiden über Walkie-Talkies unterhielten, obwohl sie lediglich zwei Armlängen weit auseinander standen, gab dem Interview den Anschein eines Kinderspiels. Gleichwohl, dies wusste Gerhild bereits aus früheren Berichten über die Wissenschaftler in der versiegelten Biosphäre, meinten es de Waal und ihre Kollegen ebenso ernst mit ihrem Experiment, wie sie es seinerzeit mit ihren eigenen Experimenten gehalten hatte.

»Sie ist zweifelsohne *das* perfekte Raumschiff. Wenn wir nicht gerade ihre Schutzschilde mit Treibgas durchlöchern oder ihre Sauerstoffgeneratoren abholzen, funktioniert das Lebenserhaltungssystem an Bord der *Gaia Eins* besser, als irgendein menschgemachtes jemals funktionieren wird.«

Mit nachsichtiger Milde schüttelte Gerhild den Kopf – als sei Ava de Waal ihre jüngste Enkeltochter und habe beim Aufsagen der Präsidenten oder Primzahlen die Reihenfolge durcheinandergebracht.

Die junge Wissenschaftlerin ließ indes den Reporter gar nicht mehr zu Wort kommen: »Das unbestreitbare Manko der Erde ist, dass wir ihren Flug nicht lenken können. Wir kreisen mit ihr jahraus, jahrein um die Sonne, und das Sonnensystem treibt mit 43000 Meilen pro Stunde in Richtung M 13, ohne diesen Kugelsternhaufen je zu erreichen. Das ist nicht gerade die Art Raumfahrt, die ich mir vorstelle, Dave. Aber sobald wir hier in *Gaia Zwei* gelernt haben, dauerhaft autark von *Gaia Eins* zu überleben, werden wir uns auf den Weg machen: zuerst zum Mond, dann zum Mars und immer weiter. Wir werden die Richtung selbst bestimmen. Unsere Zukunft –«

»Miss Servadac!«

Von Gerhild unbemerkt war Juana in das Zimmer gekommen und hatte die Fernbedienung von der Sofalehne genommen, den Ton abgestellt. Zu den Lippenbewegungen von Ava de Waal hörte Gerhild nunmehr die Suada ihrer Pflegerin: Sie möge, um Himmels willen, den Fernsehapparat nicht immer so laut drehen, für viele ihrer Mitbewohner sei die Mittagsruhe geradezu überlebenswichtig; auch gebe es gar keinen Grund für diesen Lärm, schließlich brauche sie doch bloß zu klingeln und sofort käme jemand, der ihr beim Einsetzen des Hörgerätes helfen könne. – Und so weiter.

Die von ihrer Pflegerin ins Feld geführten Mitbewohner tat Gerhild als taub wie Amöben ab: Als einzige Ausnahme lasse sie Anderson Hawthorne gelten, der lediglich schwerhörig sei, jedoch niemals ein Wort der Beschwerde äußern würde, da – dies erwähnte sie nicht – der alte Zausel starrsinnig darauf beharrte, unsterblich in Gerhild verliebt zu sein. Überhaupt würden die restlichen Bewohner der Bristlecone Residence doch nur noch mit Pillen und Medizingeräten, wenn nicht gar mit Voodoo am Leben erhalten, auf dass der Rubel weiter rolle.

Als sie den Blick ihrer Pflegerin bemerkte, ahnte Gerhild, dass sie wieder einmal unbemerkt ins Deutsche verfallen war. Eilig lenkte sie ein: »Schon gut, Juanita, schalten Sie die verdammte Kiste gleich ganz aus. Die Sendung ist eh vorbei.«

Eins: Worin es mit Theodor aufwärtsgehen soll (Arc – Tour)*

Archaeopteryx lithographica

Sein Schädel war bis zur Schwanzwirbelsäule zurückgebeugt, der Schnabel weit aufgerissen. Gerade so, als sei der Urvogel zum Zeitpunkt seines letzten Schreies fest vom Kalkstein umfasst worden.

Theodor Wilhelm Leudoldt schloss die Augen. Und sah nun- 189**
mehr sich selbst, aus verwegener Höhe abgestürzt, seinen Körper verdreht im Wasser liegen. Von einer Brücke herab beobachteten seine Eltern, wie die Strömung Schlamm und Sand über ihren Sohn spülte, Schicht um Schicht ablagerte, bis er vollständig bedeckt war. Dabei weinten sie nicht, waren vielmehr stolz, dass Theodor dereinst eine weltberühmte Versteinerung sein würde.

Doch ehe seine fossilen Überreste Jahrtausende später von Steinbrucharbeitern entdeckt und in ein Museum verbracht werden konnten, fühlte sich Theodor rabiat aus der Tiefe emporgerissen. – Herr Hälßig zerrte ihn am Ohrläppchen zum Katheder. Er drückte Theodors Kopf neben dem Gipsabdruck des versteinerten Vogelkadavers nieder und holte Schwung. Als der Lehrer schließlich wieder zu Atem kam, deutete er mit dem Rohrstock auf den Schnabel des Urvogels und fragte Theodor ein weiteres Mal, was ihm diese kurzen spitzen Zähne verrieten.

☞ Ω-Σ-P

* Für die Kapitel *Eins* und *Drei* gibt es mehrere Lektürepfade. LeserInnen, die eine chronologisch erzählte Geschichte bevorzugen, sollten nicht dem gewohnten Seitenverlauf folgen, sondern den Verweisen (☞). Der Ausgangspunkt dieses Pfades ist Ω-Σ-P auf Seite 43.

** Die Seitenangaben am Rand dienen der leichteren Zuordnung der Figuren des jeweiligen Abschnittes zu den Miniaturen im letzten Kapitel.

Aszendenz

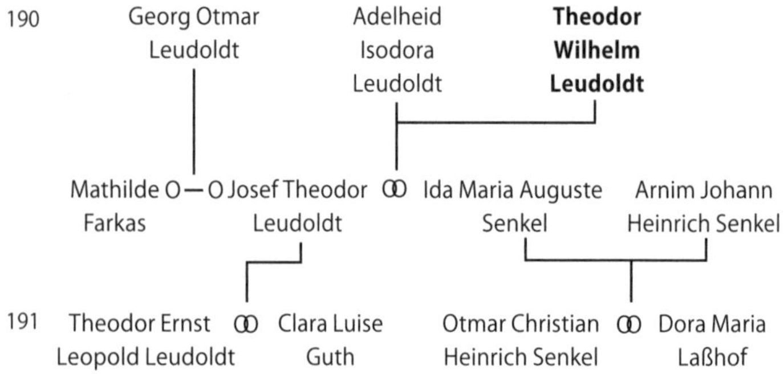

Auftrieb

Zurück aus dem Badischen, wirkte Beyer weit blasser als zuvor. – Theodor argwöhnte, der alte Herr habe es mit dem Kurprogramm übertrieben. Auch die privaten Unterlagen, die ihm der Kommerzienrat über den Schreibtisch zuschob, machten einen maladen Eindruck: Bei solch formloser Buchführung hatte Beyer im rauchgetrübten Licht der Spielsäle zwangsläufig den Überblick verlieren müssen. Bereits dem ersten, flüchtigen Anschein nach würde die Grundsteinlegung für das Flugzeugwerk nicht im Frühjahr stattfinden können – womit Theodor seinen Heiratsantrag ebenfalls in unkalkulierbare Ferne rücken sah. Während er die Zwischensummen listete, ertappte er sich dabei, wie er an das aussichtsreiche Stehpult unmittelbar vor dem Separee seines ehemaligen Abteilungsleiters zurückdachte.

Nachdem sich die Zahlen vor seinen Augen zu kaum nachvollziehbaren, nichtsdestotrotz arithmetisch akkuraten Aussagen geordnet hatten, wurde deutlich, dass die unerwarteten Fehlbeträge niemals durch die Flugzeuglotterie gedeckt werden könnten. Um so überraschender fand es Theodor, dass nun seine alsbaldige Ernennung zum Vizedirektor des neuen Werkes ins Gespräch kam.

☞ Erkenntlichkeit

Bagdadbahn

Mit seinem Abschlussaufsatz *Deutsche Gleise im Osmanischen Reiche* begeisterte Theodor nicht nur seine Lehrer, sondern auch den Vorsitzenden der Gothaer Sektion des Vereins zur Förderung des Eisenbahnwesens – seinen Großvater und Vormund Otmar Senkel.

Theodor hatte in seinem Aufsatz weder die Heißdampftechnik noch die Nachteile des Kameltreiberwesens oder die brachliegende Weite Anatoliens unerwähnt gelassen. Seine wichtigste Quelle ferriviatischer, ökonomischer und landeskundlicher Details waren die monatlichen Vorträge des Vereinsvorsitzenden Senkel gewesen. Diese Fachkenntnisse hatte er mit Formulierungen aus Zeitungsartikeln, vorwiegend mit Äußerungen Seiner Majestät verwoben – und auf diese Weise 192
seinen eigenen, nichtsdestotrotz sofort vertraut klingenden Ton gefunden.

Herr Hälßig nickte anerkennend und sagte Theodor eine steile Karriere als Handelsvertreter oder Kommunalpolitiker voraus. Der Vereinsvorsitzende Senkel revidierte seine Prognose, keiner seiner Enkel werde es jemals bis zum Bahnhofsvorsteher bringen. Theodor glaubte dabei heraushören zu können, dass er nunmehr Pläne schmieden dürfe.

☞ Ferriviatus

Boxerkrieg

Als die Nachricht von Arnim Senkels Entsendung nach Tientsin das Westthüringer Hügelland erreichte, glaubte Otmar Senkel, auch dessen Neffen, Theodor und Georg, mit Helmen nach Art des Kaiserlichen Expeditionskorps ausstatten zu müssen. Wenngleich es Theodor bevorzugte, seine Schlachten auf dem Schachbrett zu schlagen, fühlte er sich daraufhin verpflichtet, mit seinem Bruder durch Gotha zu patrouillieren und Katzen über die Kohleberge zu jagen.

Im Herbst verteidigte er allerdings starrköpfig seinen Titel als schulischer Schachmeister, qualifizierte sich überdies für den

Großen Rechenwettbewerb. Trotz Helm und gemeinsamer Heldentaten galt Theodor fortan nicht mehr als Alliierter. Dessen ungeachtet mussten er und Georg im neuen Jahr noch ein letztes Mal gemeinsam in Uniform aufmarschieren:

Ihr Oheim Arnim war von einer Explosion zerfetzt worden – beim Salutschießen nach Abschluss der Kampfhandlungen aus Versehen für Kaiser und Vaterland gefallen. Der Obelisk an seinem leeren Grab war dermaßen gründlich poliert, dass sich darauf die Trauergemeinde, die Krähen und die kahlen Weiden widerspiegelten. Theodor salutierte vor Theodor, dann legte er seinen Helm neben dem Trauerkranz nieder.

☞ Minusdifferenz

Caïssa

Von Kindestagen an brachte Theodor der Göttin des Schachspiels Opfer. Sein Bruder Georg wuchs folglich schneller als er und wusste bald kräftiger zuzuschlagen oder gegebenenfalls flinker wegzulaufen. Zudem war Georg weitaus beliebter bei
192 den Jungen in der Nachbarschaft.

Dies verstärkte sich, als Theodor in der ersten Klasse zum Schachmeister der Schule aufstieg. Und als wäre dies nicht genug, hinderte er seine Mitschüler in allen folgenden Turnieren daran, ihn matt zu setzen. Auch in der Schachgruppe der Gothaer Sektion des Vereins zur Förderung des Eisenbahnwesens blockierte er jahrelang den Spitzentitel – und wurde einzig von der schützenden Hand seines Großvaters vor dem übereilten Aufstieg in eine höhere Liga bewahrt.

An alldem änderte sich nichts, als Theodor nach Ende seiner Schullaufbahn dem Schachzirkel der Gothaer Versicherungsangestellten beitrat. Er führte pflichtgemäß Buch über den Verlauf aller Spiele und tat auch sonst sein Bestes, sich auf das wichtigste Spiel seines Lebens vorzubereiten.

☞ Boxerkrieg

Dichterzirkel

Obwohl neunzehn, wies Theodor alle Vorschläge seiner
Kollegen zurück, die darauf abzielten, ihn auf sein späteres
Eheleben vorzubereiten. Wenn er am Abend das Versicherungs-
büro verließ, eilte er nach Hause und las Schachjournale, und
jeweils samstags traf er sich mit fünf jungen Männern bei Dok- 193
tor Waldemar Krätzsch. Der Begründer und Spiritus Rector 194
des Fortschrittlichen Literarischen Zirkels war aufgrund zweier
Schmisse zu keiner klaren Mimik genötigt. Zudem verfügte er
über eine sonore, für die metrisch gebundene Sprache geradezu
geschaffene Stimme. Krätzsch brachte den jungen Männern die
neuesten Entwicklungen der Schreibkunst nahe und regte sie
zum öffentlichen Vortrag eigener Werke an. Das Wort, daran
erinnerte er sie regelmäßig, sei neben der Elektrizität eine der
wichtigsten Triebkräfte des neuen Jahrhunderts.

Theodor arbeitete an Gedichten, und Krätzsch bestärkte ihn darin, alsbald zu debütieren. Seine Arbeitsproben kamen postwendend vom ersten, wenig später auch von allen anderen Verlagen zurück. Krätzsch beschwor ihn, nicht zu verzagen: Er habe auf das rückständige Urteil dieser Buchstabenkrämer von Anfang an keinen Pfifferling gegeben, Theodor jedoch nicht um diese lehrreiche Erfahrung bringen wollen. Sobald Theodor genügend Gedichte beisammenhabe, werde er ihm aus eigenen Mitteln eine Veröffentlichung ermöglichen.

Also verfasste Theodor weiterhin jeden Abend nach Büroschluss Verse über die Wechselfälle des Fortschritts. Fünf Wochen später trug er die ersten – Waldemar Krätzsch gewidmeten – Resultate in dessen Rauchsalon vor:

Storch Otto saust im freien Fall
Vom Fliegerberg ins Lilienthal.
Der Dädalus im Kreuzgestell
Startet wie ein Vöglein schnell.

Beim Landen kracht er auf die Welt.
Jetzt liegt er unterm Lichterfeld.

Als die letzten Mitglieder des Zirkels gegen Mitternacht aufbrachen, hatte sich Theodor noch längst nicht am Lob seines Förderers sattgehört – obgleich dieser die Schlussstrophe irrtümlicherweise als Stockhammertriplet klassifiziert hatte. Krätzsch brachte mittlerweile beinahe ein Lächeln zustande, präsentierte einen bislang verborgen gebliebenen Schmiss und referierte ab dem vierten Glas Absinth ausschließlich in gebundener Sprache. Als Theodor schließlich begriff, dass die mit sonorer Stimme vorgetragene Liebeserklärung ganz prosaisch ihm
195 galt, schossen ihm die reißerischen Zeitungsartikel über Fürst zu Eulenburg und das Laster der Knabenliebe durch den Kopf. Im Gehen zog er seinen Mantel über.

☞ Musterung

Elektrostatik

Da Kommerzienrat Beyer im badischen Baden weilte, kam es Theodor zu, dessen Lieblingsnichte vom Bahnhof abzuholen. Er wartete am äußeren Ende des Bahnsteigs und glich seine Taschenuhr mit allen Uhren ab, die ihm ins Blickfeld kamen – bis endlich Bremsen quietschten, Abteiltüren aufgestoßen wurden und Oda aus den trägen Dampfschwaden auftauchte: Die vormals verstreuten Sommersprossen auf ihrem Gesicht hatten sich
196 zu einem lückenlosen Sepiateint zusammengerottet, der die Kofferträger zu befremdeten Blicken verleitete – Theodor hingegen in noch größere Unruhe versetzte und ihn darüber mutmaßen ließ, ob nunmehr ihr gesamter Körper von einer einzigen Sommersprosse bedeckt sei.

Bereits Tage im voraus hatte Theodor Wendungen aus Gedichtbänden und Groschenheften zu einer vielsagenden Begrüßung verwoben – wobei er sich um einen eigenen, zwar zurückhaltenden, aber persönlichen Ton bemüht hatte –, doch nun kam er nicht über den ersten Satz hinaus: Oda hakte sich bei ihm unter und begann sofort von der Ostsee zu schwärmen.

Die Beyersche Droschke rumpelte über Pflaster und Straßenbahngleise, und über den Giebeln der Stadt braute sich ein Gewitter zusammen. Alles schien von elektrischer Spannung erfüllt, weshalb Theodor die Hände im Schoß verschränkte, um nicht versehentlich Odas Rock zu berühren und damit eine statische Entladung zu provozieren.

Sowie ihr Gepäck abgeladen war, wies Oda den Droschker an, Theodor nach Hause zu fahren – ehe das Unwetter losbreche. Vor den Augen des Personals wagte es Theodor nicht, seine Rührung über ihre Fürsorge zu zeigen.

☞ Spurt

Elephantoidea

Ebenso wenig dürfe man die Einflüsse weit vor der Niederkunft unterschätzen, erklärte Assistenzarzt Brock der Heb- 197
amme, als diese die Schultern des Kindes zu fassen bekommen hatte und er endlich ungestört fortfahren konnte: Erst kürzlich habe die *Moderne Medizinische Monatsschrift* über den Kasus einer Lübeckerin berichtet, die auf einer Kolonialschau, und somit unter Zeugen, einem sogenannten *antepartalen Agens* ausgesetzt war – namentlich einem Asiatischen Elefanten. Das Biest habe seinen Führer abgeworfen und zertrampelt, woraufhin besagte Frau ohnmächtig geworden sei und sieben Monate später ein Kind mit einer rüsselartigen Nase zur Welt gebracht habe.

An dieser Stelle hielt der Assistenzarzt kurz inne, um das Abbinden der Nabelschnur zu überwachen – und schon war er wieder bei der Sache: Derartige Fälle ließen sich bis in die Bronzezeit verfolgen, Berichte über Säuglinge mit Wolfsfell, Vogelschnäbeln oder Fischkiemen seien durchaus keine Seltenheit und keinesfalls blanke Ammenmärchen.

Ida Leudoldt spürte ein Flattern in der Herzgegend, das erst nachließ, als sie sich aufgerichtet hatte und einen rundum durchschnittlichen Jungen auf der Waage liegen sah. Der

Assistenzarzt sinnierte indes weiter, dass es – nach empirischer Prüfung dieses Phänomens – denkbar wäre, spezielle Einrichtungen für werdende Mütter zu schaffen, in denen die Jugend von morgen durch gezielte pränatale Einflüsse in optimaler Weise vorgeprägt werden könnte.

Ida Leudoldt war erleichtert, als sich die Flügeltür des Kreißsaals hinter ihr schloss. Nach fünfzehnstündiger Entbindung durfte sie nun endlich ausruhen. Die Hebamme hingegen polierte noch so lange die Geburtszange, bis sie auf deren spiegelndem Kopflöffel den ordnungsgemäßen Sitz ihrer Haube prüfen konnte.

☞ Namenspaten

Erkenntlichkeit

Theodor hielt seinen Hut verkrampft mit beiden Händen und drückte ihn, ohne es zu merken, auf der Brust platt, während er Oda von der Unterredung mit ihrem Onkel berichtete. Oda zeigte sich keineswegs überrascht, schien sogar besser in-
197 formiert als Theodor. Sie klärte ihn darüber auf, dass das Fräulein Heckscher nicht bloß der Notschlüssel zum Himmel, sondern überhaupt eine gute Partie sei: sowohl recht ansehnlich als auch fortschrittlich – obschon deren Vater, jenseits von Forschung und Fabrikation, partout nichts von Fortschritt wissen wolle.

»Aber, ich –«, stammelte Theodor, woraufhin Oda sich genötigt sah, ihn darauf hinzuweisen, dass Theodor, nach alledem, was ihr Onkel bisher für ihn getan habe, jetzt nicht allein an sich denken dürfe.

Er erblasste, verabschiedete sich leise. Mit einem Fausthieb gelang es ihm, seinen Hut leidlich auszubeulen, ehe er das Haus verließ.

Durch die Handelshöfe und vorbei an den Läden mit ihren Auslagen voller Portefeuilles, Golduhren, Pelze und Tuxedos eilte Theodor und sah doch bloß Rasierklingen, Jagdgewehre und Medizinampullen. Niesel sammelte sich links und rechts seiner Nase zu großen Tropfen, die in den Schnauzbart hinabrannen. Am Brühl wäre Theodor beinahe von einer Straßenbahn überfahren worden – was ihn auf die Idee brachte, zum Bahnhof zu gehen. Vor dem Perronkartenschalter kam er zur Besinnung.

Bereits am nächsten Morgen machten sich die Setzer, auf 198
Beyers Anweisung hin, an die Einladungskarten für die Vermählung von Herrn Direktionssekretär Theodor Wilhelm Leudoldt und Fräulein Eleonore Heckscher.

Dank des Aufgebots erfuhr Theodor, dass sein Vater durch Kommerzienrat Beyer und Filialdirektor Starrenberg postum zum Vorstandssekretär der Versicherungsgesellschaft erklärt und sein Großvater väterlicherseits vom Corporal zum Secondelieutenant befördert worden war. Darüber hinaus hatte Beyer seinem Assistenten eine respektable Übergangsadresse beschafft.

☞ Spannfeder

Ferriviatus

Bis ins Alter von sechzehn Jahren war Theodor stolz auf seinen Großvater. Dieser hatte einst als Bahnhofsvorsteher über
alle Gothaer Rangiermeister, Barrierenwärter, Perrondiener und 199
Billetverkäufer geherrscht. Und auch als Pensionär konnte der Vorsitzende der Gothaer Sektion des Vereins zur Förderung des Eisenbahnwesens weiterhin jeden Kubikdezimeter seines Bauches als Sinnbild der mächtigen Staatseisenbahn durch die Stadt bugsieren. Daran änderte sich kaum etwas, als der Vorsitzende nach einer Blinddarmoperation einige dieser Kubikdezimeter an einen Kokkenstamm verlor.

Otmar Senkel, der Theodors sorglosen Umgang mit mathematischen Unbekannten lange Zeit geduldet hatte, ertappte seinen Enkel eines Tages mit einem Lehrbuch der Stochastik. Obwohl er nur anzudeuten wagte, an welch schwindelerregenden Abgrund dieser Zweig der Mathematik führen könne, gelang es ihm, kraft seiner akkumulierten Autorität, Theodor bis zum Ende der Schulzeit auf die Beschäftigung mit der bodenständigeren Ferriviatik zu verpflichten.

Allein die Solidität und die geistige Strenge, welche dem deutschen Eisenbahnwesen seit Anbeginn innewohnen, haben es seinem Enkel ermöglicht, die schulische Laufbahn als Jahrgangsvierter abzuschließen, erklärte Otmar Senkel, als er Theodors Aufsatz *Deutsche Gleise im Osmanischen Reiche* bei einem seiner monatlichen Vortragsabende erwähnte.

Als Theodor anfing, Zukunftspläne zu schmieden, zwirbelte der Großvater die linke Bartspitze um den Zeigefinger und erklärte, seine Pension reiche schon bisher kaum für das Alltägliche. Allein die fest zugesagte Spende an den Verein zur Förderung des Eisenbahnwesens stelle für ihn eine hauswirtschaftliche Herausforderung dar. – Von Leudoldtscher Seite dürfe sich Theodor allerdings noch weniger erwarten: Die Bergung und das Begräbnis seines kläglichen Erzeugers hätten dessen Barrücklagen verschlungen, und die Wertsachen befänden sich bereits allesamt im Pfandhaus.

Nachdem er seine Bartspitze wieder geradegezogen hatte, schwor Otmar Senkel beim Schutzpatron der Lokomotivführer, Barrierenwärter und Weichensteller, er werde all seinen Einfluss geltend machen, um Theodor eine Anstellung bei der Staatseisenbahn zu verschaffen.

☞ Katastrophen

Fesselballon

In der *Gothaischen Zeitung* stieß Theodor auf eine Bekanntmachung, dass die hiesige Sektion der Concordia Aeronautica gedenke, sich in Kürze ein eigenes motorisiertes Aerostat nebst Befüllungsanlage anzuschaffen. Allen Freunden und Förderern der Aeronautik, die bis zum Tag der Investition Vereinsmitglieder würden, böte sich die einzigartige Chance, an einer Fesselballonfahrt über das Westthüringer Hügelland teilzunehmen. Theodor kam zu dem Schluss, dass die Beteiligung an einer solchen Expedition ihn zum ersten Luftfahrtexperten der Versicherungsgesellschaft machen würde.

Carl Eduard Tölpert, der Vizesekretär der Concordia Aeronau- 199
tica Gothais, unterbrach Theodor nach wenigen Worten und nannte ihm einen Betrag. Dieser hätte Theodors finanziellen Spielraum auch dann überschritten, wenn er nicht für die medizinische Versorgung seiner Mutter und die Miete seines möblierten, nach Mäusegift und Mottenpulver riechenden Zimmers aufkommen müsste. Als er einwarf, dass ihm nichts daran läge, im Ballon mitzufahren – er wolle lediglich bei den Wartungsarbeiten und Startvorbereitungen zur Hand gehen –, verdrehte Tölpert die Augen: Das Privileg, derart elementare aeronautische Tätigkeiten auszuführen, sei den zahlenden Mitgliedern vorbehalten.

Infolge dessen musste Theodor es hinnehmen, dass sein Kol-
lege Eugen Rabenstein aus dem Fachbereich *Z*, der auf der 200
Frankfurter Luftschifffahrt-Ausstellung ein Glas Apfelwein getrunken und Waidlings Wanderstock um die Souvenirplakette *Zeppelin über Bockenheim* bereichert hatte, innerhalb der Versicherungsgesellschaft nun als erste Adresse in Sachen Aeronautik galt.

☞ Dichterzirkel

Fordismus

Das Wetter in England war, wie der *Baedeker* gewarnt hatte, unsäglich, die Teeköche und Ingwerkeksbäcker unerbittlich und die restlichen Insulaner vorderhand höflich, aber unnahbar – zumindest Theodor gegenüber. Das sonst so wirksame Capriblau seiner Augen schien die Lage hier noch zu verschlimmern.

Im *Grand Hotel* in Brighton traf Theodor einen jungen Amerikaner aus Detroit. Dieser sprach ein wenig Deutsch und weihte ihn – dies immerhin ein erster Erfolg – in die Produk-

201 tionsmaximen von Henry Ford ein: »Einfach, zuverlässig und preiswert, that's it.«

Während sich Eleonore bei den Tee- und Pfefferpartys örtlicher Damenrunden über landeskundliche Eigenheiten aufklären ließ, entwarf Theodor Strategien, wie eine rasche flächendeckende Ausbreitung der Aeronautik erreicht werden könnte:

Wie viele Flugmaschinen bräuchte es, um ein sich selbst verstärkendes Interesse wie bei Automobil, Omnibus und Eisenbahn zu erzeugen? Und wie viele, um einen profitablen Taxameterverkehr zwischen einer variablen Anzahl von Städten zu bewerkstelligen?

Die Ergebnisse fasste er in Briefen an Beyer zusammen. Der wiederum hielt Theodor mit Telegrammen über den Fortgang der Lotterie und die alsbald anstehende Gründung des Flugzeugwerkes auf dem Laufenden. Zudem erinnerte er Theodor daran, die moderne britische Industriearchitektur in Augenschein zu nehmen: »Derzeit kein näheres Herankommen an Detroit Stopp«.

Theodor kam mit den einheimischen Droschkern und Schaffnern allerdings überhaupt nicht ins Geschick: Die Gesten und Ferriviatismen, mit denen er sich verständlich zu machen versuchte, provozierten lediglich Eigensinn. Nachdem er ungewollt die Truman Brewery und St Michael's Abbey sowie die verrufensten Vorortbahnhöfe von Birmingham und Bristol hatte besichtigen sollen, ließ er sich fortan, direkt nach der
202 Ankunft, von einem Hotelboy zum jeweils nächstgelegenen Schachclub führen. Indem er dort hartumkämpfte Remis provozierte, fand er endlich polyglotte Ortskundige und somit Anlässe, seine neue Rollfilmkamera zum Einsatz zu bringen.

☞ Honigmond

Fortbildung

Auf Anraten des Hotelarztes verließ Eleonore unverzüglich Paris und fuhr allein zur Kur nach Antibes. Theodor spielte

kurz mit dem Gedanken, in der medizinisch erzwungenen
Flitterwochenpause seinem neuen Büro in Leipzig eine Visite
abzustatten. Er kam allerdings mit dem französischen Fahrkar- 203
tenverkäufer überhaupt nicht ins Geschick, was – so viel schien
sicher – für einen designierten Vizedirektor nicht anging. Zu
seinem Erstaunen entpuppte sich der daraufhin gebuchte Pri-
vatlehrer Antoine Moreau als jener Jean-Paul de Keelque-Paard,
den er auf der Zugfahrt nach Paris kennengelernt hatte.

Zuallererst klärte ihn Jean-Paul über die zweischneidige Er-
folgsgeschichte der Guillotine und über die aktuelle Notwen-
digkeit eines nom de guerre auf. Letzteres heiße *Deckname*, und
ein solcher sei – seit Napoleon III. entthront worden war und
Comte de Bismarck völlig unritterlich hatte Paris bombardieren 204
lassen – unter französischen Adligen wieder en vogue.

Bald war eine Vielzahl Vokabeln im Umlauf, die Jean-Paul buchstabieren musste, und am Ende der ersten Stunde reihte sich in Theodors Quartheft eine illustre Wortsammlung, die ihm, en passant, Aufschluss über den Zustand der Grande Nation gab.

Jean-Paul nahm seine Aufgabe als Sprachlehrer ernst und legte viel Wert darauf, dass Theodor sich im Alltag verständlich machen konnte. Auf ihren allabendlichen Streifzügen durch die Arrondissements betraute er seinen Schüler deshalb stets mit neuen Aufgaben: Theodor lernte, mit Droschkern zu verhandeln, in Cafés zu bestellen und die Eintrittskarten fürs Vaudeville oder für tahitianische Tanzkunstrevuen zu lösen.

Als Jean-Paul bemerkte, dass Theodor sich für moderne Technik interessierte, empfahl er ihm Vernes *Autour de la Lune.* Das Vokabular dieses Romans stimmte jedoch kaum mit Theodors bisherigen Lektionen überein, weshalb er sich für den Einstieg eine deutsche Übersetzung zulegen musste. Die Idee einer Reise zum Mond faszinierte Theodor, das Mondprojektil reizte seine Phantasie. Allerdings fand er nicht genügend Zeit, seine Version der Weltraumkanone – einen einfachen und preiswerten, nach dem Grundprinzip der Pistolenpatrone funktionierenden Flugapparat – zu präzisieren, weshalb er Beyer vorerst nichts davon schrieb.

☞ Schnappschüsse

Genealogie

204 In Paris lernte Theodor den Vizekonsul Heinrich Linhaus kennen. Eleonore nannte ihren Cousin *Henri* und ließ sich von ihm auf den Mund küssen. Linhaus war ein drahtiger Mann mit kurzen spitzen Zähnen. Aufgrund der Vehemenz seines ehemaligen Lehrers glaubte Theodor, an dieser Zahnform eine Verwandtschaft mit Reptilien ablesen zu müssen. Mit Eleonore hingegen wies der Vizekonsul – bei aller Zärtlichkeit, die er seiner Cousine entgegenbrachte – keinerlei Ähnlichkeit auf. Auf Theodors Nachfrage hin stufte Eleonore ihren Lieblingscousin zu einem Kreuz- und kurz darauf zu einem Stiefkreuzcousin herab.

Linhaus lebte in einer Stadtvilla, die zwei Etagen höher war als das Haus, das Gustav Heckscher seiner Tochter als Aussteuer gekauft hatte. Überhaupt verstand Theodor mittlerweile, warum es Eleonore in Paris besser als in Leipzig gefiel, auch wenn sich beide Städte – im Vergleich mit Gotha – durchaus ein wenig ähnelten: »Baustellen, wohin man auch blickt.«

Erst nach dem Dessert wandte sich Linhaus wieder an Theodor: »Eleonore schrieb, Sie machen in Flugmaschinen.«

»Das kann man nunmehr durchaus so sagen. Ich bin –«, Theodor räusperte sich, »designierter Vizedirektor der Leipziger Flugzeugwerke. Eine Branche mit Zukunft.«

»Allerdings noch nichts für schnelles Geld, möchte ich behaupten.«

»Mitnichten. Wir planen, die Produktionsmaximen von Henry Ford auf die Flugzeugproduktion zu übertragen. Laut meinen Berechnungen wird sich auf diese Weise nicht nur schnelles, sondern auch gutes Geld mit der Luftfahrt verdienen lassen.«

Linhaus nickte bedächtig und drehte sein Monokel zwischen den Fingerspitzen: »Fliegen Sie selbst, Monsieur Leudoldt?«

»Ich? Nein, ich halte es mit den mathematischen und strategischen Grundlagen, sozusagen.«

Hinter der Hand hüstelte Linhaus ein Lachen heraus: »Den Kopf himmelwärts, die Füße fest auf dem Boden, verstehe. Ich werde Sie bei Gelegenheiten mit ein paar hiesigen Aviatoren bekannt machen.«

»Es wäre mir ein Vergnügen«, erwiderte Theodor.

☞ Fortbildung

Georgenthal

Obwohl sich sein Großvater und Vormund, Otmar Senkel, der Förderung des Eisenbahnwesens verschrieben hatte, verbrachte Theodor seine Kindheit fast ausschließlich in Gotha. Dagegen sprach schon deshalb nichts, weil Gotha eine Residenzstadt war, deren Hauptbahnhof über eine stattliche Gleisanlage verfügte. Und auf einem Tagesausflug kam Theodor immerhin bis nach Georgenthal, dem nächstgelegenen Streckenknoten am Fuß des Thüringer Waldes:

Der großväterliche Drang zur Prüfung der ferriviatischen, historischen und petrologischen Kenntnisse seiner Enkel ermüdete bereits nach den ersten Schritten ihrer Wanderung entlang der Ohratalbahn. Die weißen Hosen und Socken hingegen stellten Theodor und Georg unablässig vor Herausforderungen. Als größte Gefahr für Heil und Sauberkeit erwiesen sich allerdings die Lampions, mit denen die beiden am helllichten Tage den Waldweg beleuchten durften. Theodor trug eine Mondsichel, und Georg folgte mit dem Halleyschen Kometen. Über Wurzelwerk stolpernd, stieß Georg mit dem Schweif des Kometen gegen den Mond. Theodor ließ das auflodernde Gestirn fallen, woraufhin das trockene Laub ringsum Feuer fing.

Die bereits absehbare Vernichtung des Thüringer Waldes
konnte nur unter Opferung aller Getränke, welche die Mitglieder 204
des Vereins zur Förderung des Eisenbahnwesens als Wegzehrung

mitführten, abgewendet werden. Der Rauch kräuselte sich noch über den verkohlten Ästen und Blättern, als einstimmig eine Satzungsänderung angenommen wurde, welche Kinder fortan von Vereinsausflügen ausschloss.

☞ Lehrplan

Geschwister

Als die Köchin ihre Schwangerschaft nicht mehr kaschieren konnte, sah sich Theodors Vater gezwungen, diese zu entlassen. Am Wochenende nach der Entbindung fuhr Josef Leudoldt nach Hörselgau und begutachtete den Säugling. Dass es ein kräftiger Junge war, erleichterte die Übereinkunft. Von jenem Tag an hatte Theodor einen Bruder. Er wurde auf den Namen *Georg Otmar Leudoldt* getauft, die Köchin mit einem tadellosen Zeugnis und einer Barschaft bedacht. Theodors Mutter, Ida, fuhr daraufhin neun Wochen zur Kur, um sich von den Strapazen dieser Schwangerschaft zu erholen.

Kaum war Ida nach Gotha zurückgekehrt, setzte ihr Mann alles daran, sie alsbald wieder mit einem leiblichen Kind niederkommen zu lassen. Das Mädchen strangulierte sich allerdings bei der Geburt mit der Nabelschnur, verstarb unter der Nottaufe. Theodor und Georg lernten Adelheid als wohlgenährten Engel lieben und beneideten ihre Schwester darum, wie sie mit sanften Flügelschlägen vom Sockel des Grabsteins aufstieg.

☞ Caïssa

Gestose

Wenn Eleonore sich unpässlich fühlte, blieb sie im Hotel und kolportierte Theodor die Abenteuer ihrer neuen britischen
205 Freundinnen. Oder sie erläuterte ihm das Veränderungspotential des hiesigen Wahlsystems und mutmaßte dann, inwiefern dies auch in allen anderen Staaten anwendbar wäre. Wiederholt sprach sie von einem Ausbruch aus dem Käfig des Geschlechtes, aber Theodor blieb ganz ruhig – schließlich hatte er sich längst

in einschlägigen Fachblättern informiert und wusste, dass diese hormonelle Verwirrung nach der Niederkunft wieder nachlassen würde.

☞ Fordismus

Gravitation

Der Kampf mit dem Luftelement habe von Anbeginn grässliche Opfer gefordert, erklärte Theodor, wozu er einige Parade-beispiele aus der Katastrophistik sowie eines seiner Gedichte heranzitierte:

Nun stell'n die Brüder Montgolfier 205
aus Heu und Wolle Traggas her.
Mit papiernem Sack und Mutters Kissen
erlangen sie ihr Luftfahrtwissen.

Drei Tiere zuerst gen Himmel aufsteigen,
die Aero-Statik dem Volk vorzuzeigen.
Testfahrer Ente, Hahn und Hammel
ergreift der allergrößte Bammel.

Marquis d'Arland und Pilâtre de Rozier
vertrauen dem Heißballon schon mehr.
Als Aeronaut № 1 vom König gelobt,
stürzt de Rozier als Erster in den Tod.

– Da Eleonore meinte, die Reime bemängeln zu müssen, verwies Theodor auf die fachkundige Analyse seines einstigen Mentors, Doktor Waldemar Krätzsch, welcher das Gedicht als herausragendes Beispiel einer Ernestinischen Dodekarime bezeichnet hatte.

»Nun, dann wollen wir nicht streiten«, entgegnete Eleonore.

☞ Seegang

Herausforderung

Allen Tagträumen zum Trotz trat Theodor in der wichtigsten Partie seines Lebens nicht gegen den amtierenden Weltmeister,

206 Emanuel Lasker, sondern gegen den Leipziger Kommerzienrat Beyer an. Für den Stellenwert der Partie gab es zu diesem Zeitpunkt noch keinerlei Indizien.

Theodor kannte seinen Gegenspieler bereits namentlich, da dieser der Verleger einer Versicherungszeitschrift sowie weiterer, größtenteils auf Fortschritt orientierter Publikationen war. Den Gedichtzyklus, den er einst an dessen Verlag gesandt hatte, erwähnte Theodor nicht, da er sich nicht an den Schärfegrad des Ablehnungsschreibens erinnern konnte.

Nachdem Beyer ihm einen Läufer abgenommen hatte, streifte Theodor die Zurückhaltung und die Sorge um den Sitz seiner Krawatte ab. Nur wenige Züge später stand er vor der Frage, ob es klüger wäre, den Kommerzienrat doch noch gewinnen zu lassen oder dem lokalen Meister ein hart umkämpftes Remis zuzuspielen.

Ihm kam entgegen, dass die umstehenden Clubmitglieder dem Kommerzienrat zu helfen versuchten, indem sie das Schachbrett mit Zigarrenrauch einhüllten. Als die Kontrahenten die verbliebenen vier oder fünf Schachfiguren nicht mehr erkennen konnten, beendeten sie die festgefahrene Partie per Handschlag.

☞ Lotterie

Honigmond

Nach elf feuchtkalten Wochen reisten die Leudoldts zurück auf den Kontinent. Vor der Abfahrt nach Calais ließen sie sich
207 vom Ersten Offizier die Brücke zeigen, und erleichtert stellte Theodor fest, dass die Augen seiner Frau sogar einen gestandenen Seebären unruhig machten. Seine eigenen Augen konnten trotz oder gerade wegen des Meeres ihre Wirkung abermals nicht entfalten. Mit glasigem Blick beobachtete er die Möwen, die sich gierig ins Kielwasser stürzten.

Im Expresszug nach Paris schloss Theodor Bekanntschaft mit dem jungen Adligen Jean-Paul de Keelque-Paard. Dieser sprach sehr gut Deutsch und bot ihm alsbald seine Gastfreundschaft an – sicherte den Flitterwöchnern eine ganze Etage seines Herrenhauses in Biarritz zu. Theodor hielt dies für eine großartige Möglichkeit, die verbleibenden Winterwochen behaglich zu überdauern, aber Eleonore mochte Jean-Paul nicht und erinnerte Theodor daran, dass es seine Idee gewesen sei, die Reise im Norden zu beginnen.

»Nun, wir wollen nicht streiten«, sagte Theodor.

»Nein, wir wollen nicht streiten, Guillaume«, erwiderte Eleonore.

Sie stiegen im *Athénée* ab. Theodor fürchtete, der Portier würde 207
Eleonore ein Bonbon über die Rezeption reichen, hatte sie doch mittlerweile weitere sechs Jahre gutgemacht und selbst die zarten Falten um ihre Augen verloren – aber der Portier beließ es bei ein paar höflich klingenden Worten, die Theodor allesamt nicht verstand.

Gleich am ersten Abend fuhren sie mit einer Droschke nach Montmartre hinauf, um sich einen Überblick zu verschaffen und unter der Decke ein brandneues Fingerspiel zu üben. Am zweiten Tag ließen sie sich die Champs-Élysées hinauf und hinunter kutschieren, bis es dem Chauffeur übel wurde. Daraufhin verlegten sie sich auf einen Wettbewerb, wessen Papierflugzeug am weitesten vom Eiffelturm segelt: Aufgrund bizarrer Luftströmungen fiel es Theodor nicht schwer, ritterlich zu sein und stets seine Frau gewinnen zu lassen. Am dritten Tag fühlte sich Eleonore unpässlich, was Theodor unverhofft mehrere Stunden einbrachte, in denen er sich weitere Gedanken über die Anwendungen der Fordschen Prinzipien auf die Luftfahrtindustrie machen konnte. Und als Eleonore ins Hotel zurückkam, fühlte sie sich bereits viel besser. Am vierten Tag gingen sie in den Louvre und stellten abends im Hotelzimmer die besten Gemälde nach. Am nächsten Tag untersuchten sie die Verteilung der Regentropfen auf den Fensterscheiben, aßen winzige Pasteten mit fürchterlich langen Namen, und Eleonore ließ nach dem Champagner noch eine Karaffe Absinth aufs Zimmer bringen. Theodor blätterte gerade die *Norddeutsche Allgemeine* durch, als ihm Eleonore, inzwischen weitestgehend entkleidet, eine der Vorhangkordeln darbot: »Vielleicht hülfe es ja, wenn ich in Fesseln läge –?«

208 Bei einer Randnotiz über Harriet Quimbys Ärmelkanalflug angelangt, quittierte Theodor die gefühlvoll insistierenden Kordelhiebe mit Kopfschütteln.

»Wenn es uns nun aber guttäte?«

»Wir wollen doch nicht streiten, Eleonore.«

»Nein, streiten wollen wir wahrlich nicht, Theodor.«

☞ Genealogie

Initiative

April war der grausamste Monat, trieb Muff und Männerschweiß deutlicher denn je in Theodors Nase: Wann immer er das Büro betrat, spürte er einen Juckreiz – der sich bis hin zum Unwohlsein steigerte. Und sein Spiegelbild auf der Glastür des Chefseparees verblasste bereits an den Rändern.

Theodor sinnierte gerade darüber, dass er mit seiner bisherigen Arbeit nicht weiter vorwärtskommen würde – das Heft des Handelns aber womöglich an sich reißen könne, indem er eine Denkschrift zur Zweckmäßigkeit einer Allgemeinen Versicherung von Luftschiffen verfasste –, als der Abteilungsleiter aus seinem Separee kam und ihre Blicke sich trafen. Waidlings Blick verhieß nichts Gutes.

☞ Quartalsinspektion

Interim

Bevor Oda nach Lübeck fuhr, um mit ihrem Cousin Schwimmen und Segeln zu trainieren, bat sie Theodor, ihren wasserscheuen Hund in Obhut zu nehmen. Theodor streckte ihr die offene Hand entgegen.

Abends legte sich Ecke in Theodors Hut, dessen Krempe er zielstrebig zerbissen und in Fetzen zu einem Polster drapiert hatte.

Dass Ecke noch im Traum schnüffelte und schmatzte, störte Theodor nicht, da er ohnehin kaum Schlaf fand. Zumeist brütete er darüber, ob Beyers norddeutscher Neffe überhaupt Odas leiblicher Cousin sei – und, falls doch, ob ihn das im Strandhotel oder auf See von ihren Sommersprossen fernhalten würde.

Er spürte dann entweder Verzweiflung oder Gedichtzeilen oder beides in sich aufsteigen. In jedem dieser Fälle zerriss er nach ein paar Minuten die nervös bekritzelten Briefbögen und verbrannte sie in dem alten Nachttopf, der auf dem Fensterbrett stand. Dabei lauschte er dem Klappern der Hufe und dem Gelächter der Nachtschwärmer, die, nach einem Tanzabend oder einem Vortrag über die Erfolge der Missionsarbeit auf Samoa, ihre Euphorie noch mit einem oder zwei Paar Schoppen vergrößert hatten.

Und während Theodor hinaus in die Sommernacht lauschte, sah er sich mit seinem künftigen Schwiegeronkel durch hochmoderne Montagehallen schreiten, sah bereits Flugzeugschwärme über den Himmel gleiten, sah sich die *Beyer&Leudoldt-Werke* bald darauf ganz alleine leiten. Als er gerade jedem seiner Dienstboten eine goldene Taschenuhr mit Kette spendierte, riss ihn die Fehlzündung einer Kraftdroschke zurück in die Gegenwart, zurück in seine stickige Kammer.

☞ Elektrostatik

Irrtum

Dass er ausgerechnet jetzt, da es endlich mit der Flugzeuglotterie losging, eine überlange Hochzeitsreise würde unternehmen müssen, passte Theodor überhaupt nicht. Der Kommerzienrat beharrte jedoch auf unbedingter Rücksicht gegenüber Eleonores Eltern. An anderer Stelle bewies er wiederum Feingefühl gegenüber Theodor: Die Reiseroute, die Beyer für das Flitterpaar erstellte, führte so weit an Gotha vorbei, dass Theodor sie auf Anhieb gutheißen konnte – Karbol und Kohl bräuchte er sich und seiner Braut nicht antun. Und nach allem, was Beyer über den Gesundheitszustand von Theodors Mutter und über die Tapferkeit von Theodors Bruder Georg verbreitete, bestanden die alten Heckschers darauf, persönlich dafür zu sorgen, dass Abzüge des Hochzeitsphotos sowie Freilose der Flugzeuglotterie nach Gotha und Lüderitz gesandt würden.

In überheizten Zugabteilen ging es durch verräucherte Täler, entlang der Telegraphenmasten, Tagebaugruben und eingeschneiten Truppenübungsplätze, vorbei an Gerbereien, Gehöften und Irrenhäusern. Theodor wurde bald vom Pfeifen der Lokomotive, bald von störrischen Gleiszungen und immer wieder vom raschelnden Rock seiner Frau am Einschlafen gehindert. Das Reisen zerrüttete ihn offensichtlicher als das Türenknallen in der Hochzeitsnacht; bald trübten sich sogar seine Pupillen – hin zur hypoxischen Schattierung der Augenringe.

Auf Eleonore schien die Fahrt eine gegenteilige Wirkung zu
209 haben: Hatte ein sächsischer Bahnbeamter mit beschlagener Brille Eleonore Leudoldt noch für Theodors Großtante halten können, wurden derartige Fehleinschätzungen nach dem Umsteigen in Magdeburg bereits unwahrscheinlicher, und als das Brautpaar in Rotterdam ankam, schien Eleonore trotz der anstrengenden Fahrt um mindestens fünfzehn Jahre verjüngt.

☞ Rekorde

Jalousien

Von seinem Pult aus blickte Theodor nun direkt auf das verglaste Separee seines Vorgesetzten, Konrad Waidling. Dieser ließ seine wenigen verbliebenen Haare lang wachsen und drapierte sie mithilfe einer Pomade um den Schädel, was Theodor an ein umgestülptes Vogelnest erinnerte. Abgesehen davon gab sich der Abteilungsleiter bis ins letzte Knopfloch seriös.

Waidling war sehr zufrieden mit den Katastrophenanalysen und Kalkulationen, die Theodor ihm zum Gegenzeichnen vorlegte, weshalb er ihn sehr schnell ganz nach vorne, neben die Separeetür umplatzierte. Wenn Waidling die Jalousien seines Separees herunterließ, konnte Theodor in den spiegelnden

Scheiben sich selbst sowie die bleichen Scheitel der anderen Angestellten hinter sich sehen. Nach einer Weile bemerkte er, dass seine Kollegen häufig zu ihm nach vorne starrten – so als lauerten sie auf irgendeine Gelegenheit.

☞ Fesselballon

Karriere

Theodor hielt es für eine ausgemachte Sache, dass Versicherungsangestellte, in Zeiten wie diesen, nur als Universalisten bestehen und aufwärtskommen konnten. Er kaufte Karl Mays Reisereportagen, um sein Wissen über den Orient 209
zu erweitern, lieh sich Rankes *Römische Weltherrschaft* und Haeckels *Lebenswunder* sowie, versehentlich, einen jüdischen Katechismus. Auf seiner Ablage im Büro drapierte er Versicherungsjournale, Rundschauen über Ingenieurskünste und gelegentlich auch ein Ornithologiejahrbuch.

Um Waidlings Neugier zu befriedigen, versuchte er sich zudem in Briefen. Darin bat er seinen Bruder um detaillierte Beschreibungen der Spuren des Hottentottenkrieges – der, so schrieb er, bedauerlicherweise bereits vor Georgs Eintreffen in Südwestafrika zu Ende gegangen sei. Dennoch fände es allerorten begeisterte Aufnahme, dass ein Sohn Gothas bei der Schutztruppe diene, mithin den Frieden und die Interessen des Reichs bewahren helfe. Gewiss werde Georg dem Vorbild seines tapferen Oheims gerecht, ohne dessen Los teilen zu müssen!

Während Theodor sich bereithielt weiterzukommen, verstrichen die Tage. An jedem Wintermorgen, an dem er unter den Gaslampen bis zum vordersten Pult des Großbüros ging, redete er sich selbst gut zu, dass es nichtsdestotrotz noch weiter vorwärtsgehen würde. Doch Waidling hielt die Jalousien seines Separees dieser Tage stets geschlossen, und Theodor ertappte sich, dass er gelegentlich Zahlen in die Summenspalte eintrug, die er später wieder ausstreichen musste.

Als das Frühjahr nahte, blieb er sogar ein paar Mal dem Schachzirkel der Gothaer Versicherungsangestellten fern, um seinen Gedichtzyklus über die Wechselfälle des Fortschritts zu überarbeiten und abermals an alle Verlage zu verschicken. Unruhig wartete er nun jeden Morgen auf Post und träumte hartnäckig – bis zur letzten Absage.

☞ Initiative

Katastrophen

Theodor schaute hinauf zu den Marmorbüsten, von denen es
hieß, man könne sie weinen sehen, wenn die Versicherungsge-
210 sellschaft in Bedrängnis sei – Büsten, auf die ihn sein Kinder-
mädchen einst mit den Worten hingewiesen hatte, bald werde
auch sein Vater dort oben stehen. Derzeit lief das Geschäft, so
viel zumindest konnte Theodor erkennen.

Da sich Otmar Senkel bereits seit Jahren jegliche Erwähnung der Versicherung verbat, kannte Theodor keinen der ehemaligen Mitarbeiter seines Vaters. Dennoch fand er offene Türen und Verwendung für sein Abschlusszeugnis.

Mit der großväterlichen Aufforderung, nun unverzüglich auszuziehen, hatte er gerechnet – jedoch unterschätzt, wie schwierig dies würde: Die Eisenbahnmodelle und Signallampen, die Festschriften, Vereinsunterlagen und Kursbücher aller Jahrgänge seit 1876, die Streckenpläne, Atlanten, Lexika und technischen Handbücher, die Otmar Senkel hortete, hatten den Flur dermaßen verengt, dass Theodor seinen Koffer am liebsten durch ein Fenster auf die Straße befördert hätte. Allein, der Weg zurück in die Zimmer wurde von seinem hyperventilierenden Großvater, von umgestürzten Bücherstapeln und von verunglückten Blechlokomotiven blockiert.

Abteilungsleiter Waidling, der sich nicht mehr erinnern konnte oder wollte, was sein ehemaliger Vorgesetzter, Josef Leudoldt, getan oder unterlassen hatte, nahm dessen Sohn nur zu gern unter seine Fittiche. Nachdem Theodor auf Botengängen die Verwaltungsstruktur der Gesellschaft verinnerlicht hatte, wies

Waidling ihm ein schattiges Stehpult in einem der Großraumbüros zu.

Neben den Zeitungen, die er auf Artikel über Katastrophen
und Erfindungen sowie auf Angebote der Konkurrenz durch-
sah, fand Theodor bald auch Rechnungen und Risikoanaly-
sen auf seinem Pult, die er in Reinschrift übertragen durfte.
Obwohl er hierbei mit Vorliebe an das Automobil des Direk- 210
tors oder an die Schachweltmeisterschaft dachte, stockte ihm
zuverlässig der Füller, wenn sich eine Zahlenkolonne zu einer
regelwidrigen Summe zusammenfinden sollte. Die Angewohn-
heit, seine Änderungen so taktvoll wie fehlerfrei mit Bleistift zu
notieren, fand Anklang bei seinem Vorgesetzten. Schon bald
wurde Theodor in ein anderes Büro versetzt und dort dem
Fachbereich *L* unterstellt – woraufhin er sich sowohl auf Las-
tenaufzüge als auch auf Luftschifffahrt und Lunatismus spezia-
lisieren musste. Überdies ließ Waidling ihn in den folgenden
Wochen ein wenig darüber aufklären, wie man im Versiche-
rungswesen mit großen Zahlen und kleinen Fehlern Gewinne
erwirtschaften konnte.

☞ Jalousien

Lehrplan

Im Gegensatz zu seinem Vater bekam Theodor nie die Widerspenstigkeit der Zahlen zu spüren. Egal ob groß, klein, rational, imaginär, geheim oder transzendent – sie ordneten sich vor seinen Augen zu verständlichen Aussagen. Allerdings wussten weder er noch sein Lehrer mit den Ergebnissen irgendetwas Sinnvolles anzufangen. Herr Hälßig setzte stoisch Häkchen hinter Theodors säuberlich unterstrichene Lösungen und teilte seinem Primus mit, er werde beim Großen Rechenwettbewerb gegen die besten Schüler des Herzogtums antreten.

Nachdem Theodor es bei dem alljährlichen Rechenwettbewerb wiederholt bis auf den vierten Platz geschafft hatte, regte sein Großvater an, er solle sich nunmehr stärker auf den Turnunterricht konzentrieren. Außerdem verpflichtete er seinen Enkel, die vom Verein zur Förderung des Eisenbahnwesens herausgegebene Festschrift – insbesondere die Abhandlung über die gesellschaftliche Stützfunktion der Gleisnetze sowie die vier Oden über die alles vorwärtstreibende Kraft der Lokomotive – zu studieren.

Dies, so unterrichtete Otmar Senkel seine Tochter Ida, werde hoffentlich die Ausdrucksformen des Jungen verbessern.

☞ Bagdadbahn

Lokalkolorit

Eines Abends blieb Theodor mit seinem Lehrer im Hotel, um bei ein paar freundschaftlichen Partien, en passant, die französischen Schachbegriffe zu erlernen. Jean-Paul erwies sich jedoch als miserabler Verlierer, also bat Theodor ihn darum, er möge ihm ein französisches Volkslied beibringen. Als er das Lied über irgendeine Brücke in Avignon so gut beherrschte, dass er es mit Jean-Paul im Kanon singen konnte, strahlten Theodors Augen capriblau wie lange nicht. Er bestellte eine Kanne Kaffee aufs Zimmer sowie Absinth für seinen prächtigen Lehrer und bat Jean-Paul, ihm noch ein paar Gedichte vorzutragen. Der deklamierte in gebundener Sprache und kehrte dabei die volle Schönheit der Akzente, Nasale und Liaisons heraus. Als Theodor das Gefühl überkam, dass diese Liebesgedichte ganz prosaisch ihm gelten sollten, ließ er es Jean-Paul unkommentiert durchgehen, weil er glaubte, dass dies unter jungen Franzosen nichts Ungewöhnliches oder zumindest en vogue sei.

☞ Tour de force

Lotterie

Theodor folgte Kommerzienrat Beyer und Filialdirektor Starrenberg in den Speisesaal des Clubhauses und nickte ausdauernd, während diese über Stadtpolitik sprachen. Erst als Beyer
210 die Flugversuche eines Herrn Thiele auf einem hiesigen Sportplatz erwähnte, horchte Theodor auf. Nachdem das Gespräch auf Beyers neuesten Plan – die Gründung eines Leipziger Flug-

zeugwerkes – gekommen war, hielt Theodor es für angezeigt, die Unzulänglichkeit aller althergebrachten Transportmittel zu geißeln und die glänzende Zukunft der Luftfahrt hervorzuheben. Dabei griff er vorsichtshalber auf Formulierungen zurück, die ihn bereits mit seinem Abschlussaufsatz hatten glänzen lassen. Einmal in Fahrt, kam er auch auf seine Erkenntnisse aus der Vergleichenden Katastrophistik zu sprechen: Da bei den Luftfahrzeugzahlen mittelfristig eine ähnlich rasante Zunahme wie bei den Dampfmaschinen und Ottomotoren zu erwarten sei, könne ein Anstieg der Unfälle als kalkulatorische Gewissheit betrachtet werden. Auf dieser Grundlage konzipiere er momentan eine Allgemeine Luftfahrtversicherung. Starrenberg zeigte sich begeistert von diesem, wie er sagte, avantgardistischen Gedanken.

Kommerzienrat Beyer winkte ab und meinte, für ihn gelte es erst einmal, genügend Startkapital flüssig zu machen, damit überhaupt Prototypen gebaut werden könnten: »Noch sind es ja nur Ideen, also nichts, was beim Absturz physischen Schaden hervorrufen kann. Zumindest keinen, gegen den eine Versicherung denkbar wäre.«

»Ich vermute, Sie haben bereits eine Kapitalaufstockung
mittels Lotterie erwogen«, erwiderte Theodor. Der Blick, den
Beyer und Starrenberg einander zuwarfen, sagte ihm, dass er
gerade eine Tür aufgestoßen hatte. Für entsprechend sinnvoll
hielt er es, den beiden in Erinnerung zu rufen, wie Graf von
Zeppelin nach dem Debakel seines ersten Luftschiffprojektes 210
ein Gros des Kapitals für den Bau eines Nachfolgemodells aufgebracht hatte – was seiner Meinung nach bestätige, dass die Geschichte der Fehlschläge und Katastrophen immer auch eine Geschichte der Chancen sei und deshalb ihre Analyse, also die der Fehlschläge, gerade für die Versicherung und für die fortschrittlichen Industrien bares Geld bedeute.

Als es neun schlug, hatte Theodor eine neue Anstellung als Privatassistent von Kommerzienrat Beyer sowie eine Verabredung zu einer Revanchepartie.

☞ Nachhilfe

Minusdifferenz

Die Erregung hatte sich von der Innenrevision auf die Direktion übertragen und streute von dort, durch die Rohrpoströhren und über die Hintertreppe, in alle Abteilungen der Versicherungsgesellschaft. Hauptabteilungsleiter Josef Leudoldt rieb sich die Augen – meinte er doch die Marmorbüsten der Schutzpatrone und Sozietätsbegründer, die wie Falken auf dem Gesims thronten, schwitzen zu sehen.

211 Einzig Justiziar Steudel bewahrte Ruhe. Gleich zu Beginn der internen Anhörung stellte er klar, dass die Versicherungsgesellschaft nicht an der Aufklärung privatimer Fragen interes-
212 siert sei: Er werde weder Herrn Doktor Windisch noch Fräulein Helbrich vorladen. Dies sei gegebenenfalls Aufgabe eines Amtsgerichts.

Hauptabteilungsleiter Leudoldt sah sich verpflichtet, darauf hinzuweisen, dass einige der Zeugen womöglich Gewerkschaftsmitglieder seien: Für das Hochkommen dieses unpatriotischen Geschmeißes habe sich sein seliger Vater nicht vor Saint-Quentin bajonettieren lassen.

Der Justiziar nickte verständnisvoll. Dann schraubte er das Tintenfass auf und arbeitete seinen Fragenkatalog ab.

Obschon die Anhörung kaum neue, zumindest keine weiteren beunruhigenden Erkenntnisse brachte, kam Justiziar Steudel nicht umhin, auf Josef Leudoldts sofortige Entlassung zu drängen. Die Unterschrift des Direktors befand sich bereits auf allen erforderlichen Papieren.

Die Spekulationen über mögliche weitere Schäden für Gotha und die Versicherungsgesellschaft verstummten erst acht Tage später, als der Hauptabteilungsleiter a. D. – nach Ansicht all seiner ehemaligen Kollegen – klaren Verstand, Verantwortungsbewusstsein und Ehrgefühl bewiesen hatte und von einer Eisenbahnbrücke gesprungen war.

☞ Georgenthal

Musterung

Sichtlich widerwillig schritt Stabsarzt Dösch durch den 212
Saal – vorbei an den kraftwadigen, krummbeinigen, behaarten, bartlosen, allesamt nervös geröteten Männern, die zur Tauglichkeitsprüfung aufmarschiert waren.

Neben Theodor, der soeben von der Waage stieg, blieb er stehen und zog den Bleistift aus der Halterung seines Klemmbretts, forderte Auskunft über Namen, Geburtsdatum und Zivilverhältnisse. Vorm Hintergrund der blassblauen Kacheln zeigten Theodors Augen eine auffrischende Wirkung auf den Stabsarzt. Dessen Miene verfinsterte sich jedoch ein wenig, als er Theodors Brustkorb betrachtete. Nachdem sein Blick ein paar Dezimeter tiefer geglitten war, wirkte Dösch wieder etwas zufriedener. Bei den Füßen angekommen, ließ der Stabsarzt sein Monokel mit einem abfälligen Brauenzucken aus der Augenhöhle fallen. Er befand es für unnötig, das Hörrohr an Theodors Brust zu setzen oder einen Sehtest anzuordnen. Sein Urteil wurde von anderer Stelle wiederholt und rechtskräftig verzeichnet, ein Befehl zum Abtreten fiel.

☞ Karriere

Nachhilfe

Zu den Aufgaben, die Theodor als Privatassistent des Kommerzienrates zufielen, zählten auch die Rhetorik-, Mathematik- und Schachübungen für Beyers Nichte.

Einzig aufgrund schwerer Schicksalsschläge wiederhole Odine die Untersekunda nunmehr zum zweiten Mal, erklärte Beyer: Er habe sich seiner Nichte angenommen, nachdem deren verwitweter Vater bei einer Grubengasexplosion ums Leben gekommen sei.

Oda hielt es ihrerseits für wahrscheinlicher, dass ihr Aufsatz über den veredelnden Einfluss der Weiblichkeit an einer Abneigung gegen *Iphigenie* gekrankt habe. Auch bekannte sie sich freimütig zu einem algorithmischen Zerebraldefizit – wohingegen sie im Turnunterricht fortwährend glänze, überdies als die schnellste Schwimmerin der Damensektion des Leipziger Schwimmclubs gelte.

Bald vertraute sie Theodor an, dass ihr Vater keineswegs verunglückt sei, sondern seinen Posten als Bergwerksinspektor aufgegeben habe, um für ein Konsortium zu arbeiten, welches in aller Welt agiere und während dieser Unternehmungen stets im Schriftverkehr mit der Wilhelmstraße stehe. Ob es ihr Vater sei, der die Hohe Pforte mit Lokomotiven, Lebertran und Logarithmentafeln versorge, der Dampfboote und Daunendecken in den Kongo und die Karibik liefere oder der die reußischen, italienischen und serbischen Studenten mit Glycerol, Kieselgur und Soda ausstatte, könne sie nicht mit absoluter Gewissheit sagen. Aufgrund seiner Kontakte zum Auswärtigen Amt habe er alle Verbindungen zu ihr kappen müssen, um sie und Onkel Bernhard nicht in Gefahr zu bringen. An anderer Stelle offenbarte sie Theodor, der Kommerzienrat sei gar nicht ihr leiblicher Onkel, sondern ein alter Busenfreund ihres Vaters: Dieser habe sie bereits als Kind genötigt, ihn *Onkel* zu nennen.

☞ Reize

Namenspaten

Am Wochenbett seiner Gattin Ida verkündete Josef Leudoldt, er werde ihren ersten Spross auf den Namen *Theodor Wilhelm* taufen lassen: nach seinem eigenen Vater, der 1871 bei
212 Saint-Quentin gefallen war, und nach Wilhelm I., der aus diesem Opfer die Einheit des Reiches zu schmieden gewusst habe.

Pflichtschuldig kehrte Josef Leudoldt wenig später in *Müllers Bierhalle* ein, um seinem Schwiegervater zu rapportieren. Dieser wies unverzüglich alle Mitglieder der Gothaer Sektion des Vereins zur Förderung des Eisenbahnwesens an, ihr Glas auf das Wohl seines Enkels zu erheben und sich auf Rechnung des jungen Vaters volllaufen zu lassen.

Kaum hatte Josef Leudoldt sein Glas geleert, eilte er nach Hause, um sich von der Köchin ein Dessert servieren zu lassen.

☞ Geschwister

Neuigkeiten

Eleonore nannte Theodor ausschließlich *Guillaume*, was diesem durchaus gefiel – er fand es beinahe schade, dass sie einander nicht vor der Drucklegung der Einladungskarten kennengelernt hatten.

Von der Hochzeitstafel verabschiedete sich Eleonore – für seine Begriffe – ein wenig frühzeitig, ließ sich als unpässlich entschuldigen, was die Gäste mit teilnahmsvollem Schmunzeln 213
quittierten. Als Theodor ihr Schlafzimmer betrat, rollte sie sich wie eine Kellerassel unter der Bettdecke zusammen und klärte ihn darüber auf, dass sie ihm etwas beichten müsse.

Theodor atmete tief durch, ehe er die Maxime deklamierte, mit welcher ihn Beyer auf den Ehestand in diesen modernen Zeiten vorbereitet hatte. Und, nein, über das, was vor ihrer Trauung liege, verlange er keinerlei Rechenschaft – er sei bekanntlich bisher auch kein Kind von Traurigkeit gewesen.

Eleonore streckte daraufhin den Kopf unter der Bettdecke hervor: »Ich wünschte, Papa dächte in dieser Hinsicht ebenso fortschrittlich.«

Theodor wagte sich nicht auszumalen, was dies wohl für die künftige Entwicklung der Luftfahrt und sein eigenes Avancieren bedeutet hätte. Eleonore war inzwischen so nah an ihn herangerückt, dass er die Träne oder Schweißperle sehen konnte, die durch eine ihrer zarten – den Strapazen des Hochzeitstages geschuldeten – Falten rann.

»Gleichwohl betrifft es auch dich, Guillaume. Wenn Papa davon erführe, er würde nicht zögern –«

Theodor schaffte es nicht, ohne bitteren Beiklang zu lachen. Doch bevor er noch etwas hinzufügen konnte, entdeckte er, dass Eleonore bereits entkleidet war. Trotz des arhythmischen Flatterns in Bauch und Bein gelang es ihm, sich auszuziehen und zu ihr ins Bett zu schlüpfen. Allerdings hatte er zum Ende hin kurz das Gefühl, dass es möglicherweise vorteilhaft gewesen wäre, sich seinerzeit – zumindest einmal – von seinen Versicherungskollegen zu einer Übungsstunde bei Fräulein Isadora überreden zu lassen.

Leise summend streifte er anschließend seine Strumpfhalter ab. Eine Weile später kehrte Eleonore angekleidet aus dem Boudoir zurück, setzte sich auf die Bettkante und meinte, es gebe übrigens noch etwas, worüber sie ihn aufklären müsse.

☞ Irrtum

Obliegenheiten

Der Sommer produzierte ein barometrisches Maximum nach dem anderen und kroch klebrig unter die Stehkragen. Die Wolkenberge, die sich regelmäßig über der Stadt auftürmten, entließen meist nur ein paar Tropfen, ehe sie sich ins Umland zerstreuten. Schon deshalb war Theodor froh, tagsüber im kühlen Vorzimmer von Kommerzienrat Beyer zu sitzen. Er rechnete verschiedene Lotteriesysteme auf deren Einträglichkeit durch, erstellte Entwürfe für eine Reklamekampagne und zeigte sich auch sonst durchaus tatkräftig. Zwei Mal pro Woche ging er gemeinsam mit Beyer und Starrenberg in den Schachclub – redlich darauf bedacht, dass der Titel des Lokal- und des Vizelokalmeisters in regelmäßigen Abständen an die beiden zurückfiel.

213 Wiederholt drängte Starrenberg ihn, seine Gattin Hermine auf Tanzabende zu begleiten, da er selbst nicht für das Parkett geschaffen sei – was Beyer als blanke Untertreibung bezeichnete: Das synkopisch knarrende Holzbein ihres Schachfreundes habe bisher noch jedes Orchester aus dem Takt gebracht, von den Tanzpaaren ganz zu schweigen.

Der Kommerzienrat überließ Theodor an jenen Abenden seine Droschke und schärfte ihm ein, zwischen all seinem Getanze nach Förderern der Luftfahrt Ausschau zu halten. Filialdirektor Starrenberg lieh Theodor eine silberne Taschenuhr mit Kette, da jener es abgelehnt hatte, sich den Frack für diese Anlässe spendieren zu lassen. Und Hermine Starrenberg ließ Theodor nach ihrem ersten gemeinsamen Abend ein herbes Eau de Toilette sowie die Visitenkarte eines Ballettmeisters zukommen.

Derlei fachgebietsferne Aufgaben fielen Theodor wesentlich leichter, nachdem er erfahren hatte, dass der Kommerzienrat diese Abende ebenfalls tatkräftig nutzte: Im sturmfreien Salon der Starrenbergs bemühte sich Beyer, Geldgeber für das Flugzeugwerk zu akquirieren. – Über den taktischen Gebrauch von Tabak, geistigen Getränken und Glücksspiel schwieg er sich seinem Assistenten gegenüber rücksichtsvoll aus.

☞ Interim

Ω-Σ-P

Große Zahlen zeigten sich Josef Leudoldt gegenüber widerspenstig, ebenso einige kleinere. Überdies war sein Gespür für Risiken nur rudimentär entwickelt. Die Eintrittswahrscheinlichkeit von Blitzschlag, Eisprung oder Schlagfluss unterschätzte er intuitiv, und Glücksspiele endeten für ihn generell mit leerer Geldbörse. Nichtsdestotrotz hatte es ihn in die Versicherungswirtschaft, sprich: in die Sphäre der großen Zahlen gezogen. Seine Fähigkeit, den Sachverstand und das Schaffen seiner Kollegen – wie bald auch das seiner Untergebenen – zu bündeln, zu veredeln und zum Wohl der Versicherungsgesellschaft einzusetzen, ließ ihn zügig aufwärtsfallen.

So hatte er es bereits bis zum stellvertretenden Hauptabteilungsleiter gebracht, als er mit seinem Niederrad Ida Senkels Rock ramponierte – und bald darauf sein erster Sohn, Theodor, zur Welt kam.

In einem Brief an ihre Schwester berichtete Theodors Kin- 213
dermädchen, Herr Josef Leudoldt mache sich um das Versicherungswesen in solchem Maße verdient, dass er gewiss in Kürze einen Vorstandsposten übernehmen werde. Auf welche Weise sie davon zu profitieren hoffte, schrieb sie ihrer Schwester nicht.

☞ Namenspaten

Poetik

Ja, Gedichte, erklärte Theodor dem versammelten Fortschrittlichen Literarischen Zirkel, keinen Roman. Er glaube nicht, dass die heutige Welt sich noch im Roman fassen lasse – weder durch Artistik der Form noch durch Umfang. Folglich werde er die Welt im Reagenzglas der Lyrik eindampfen, bis sie in die sprichwörtliche Nussschale passe.

☞ Karriere

Quartalsinspektion

213 Der Sekretär der Leipziger Versicherungsfiliale klammerte sich wie ein Ertrinkender an den Empfangstresen und erklärte, Direktor Starrenberg sei bedauerlicherweise noch immer nicht zugegen. Theodor erwog einen Vermerk im Inspektionsjournal, rückte aber stattdessen noch einmal seine Krawatte zurecht und begutachtete den Rolltisch, in dessen Deckplatte ein Schachbrett eingelassen war. Bald darauf hinkte ein elegant gekleideter Herr durch die Flügeltür herein, und der Sekretär gab seine sichere Position auf, um diesen von Mantel, Zylinder und Gehstock zu befreien. Dabei deutete er verstohlen in Theodors Richtung. Der zückte seine druckfrische Visitenkarte und die Vollmacht, die Waidling ihm ausgestellt hatte.

Theodor kämpfte sich bis zum frühen Nachmittag durch die Geschäftsbücher, Kundenkarteien und Delikatessen, die ihm ein Laufbursche heranschaffte, der dabei bisweilen unter der Last zusammenzubrechen drohte.

Die restlichen Geschäftsstunden verbrachte er in einem Sessel in Starrenbergs Büro und hörte sich mit interessierter Miene Anekdoten aus dem Bruderkrieg anno 1866 an: über General-
214 stabschef von Moltke und dessen geniale Strategie, welche obendrein ein Triumph der Eisenbahn und der Telegraphie gewesen sei, und über einen spektakulären Gardinenbrand bei der Siegesfeier zu Königgrätz, dessen Eindämmung einem Feuerwehrmann, quasi als letztem Opfer des österreichischen He-

gemonialstrebens, das Leben oder zumindest ein Auge gekostet haben soll.

»Zum Glück nicht bei uns versichert«, prustete Starrenberg mitsamt einer Wolke Zigarrenrauch heraus.

☞ Tempozug

Reize

Eines Abends spazierten Oda und Theodor zu einer abgelegenen Wegkreuzung des Nonnenholzes, um unter einer Laterne Nachtfalter zu bestimmen. Odas kleinwüchsiger Zwergspaniel Ecke zeigte sich lepidopterologisch uninteressiert: Statt ruhig zu sitzen und Theodor zuzuhören, umschnürte er dessen Fußgelenke in mehrfacher Umrundung mit der Hundeleine.

Während ihr Nachhilfelehrer sich befreite, entwendete Oda diesem den Hut. Theodor sah sich gezwungen, den kurzbeinigen Ecke zu tragen, um Oda quer durch die Auen verfolgen zu können. Aufgrund dieses Handicaps fiel es ihm nicht schwer, ritterlich zu sein und ihr den anfänglichen Vorsprung zu belassen. Am Rennbahnsteg angelangt, ließ Oda ihn aufholen und klagte, dass es keine gute Idee gewesen sei, hier spazieren zu gehen – sie habe das Gefühl, sie werde vom Bärlauch einen üblen Ausschlag bekommen. Dann drückte sie sich Theodors Hut noch tiefer in die Stirn und raunte: »Aber wenigstens werden wir gemeinsam leiden.«

»Chárr-wwheeëw-wæff«, kläffte Ecke, doch da keiner seiner beiden Begleiter errötete, musste er davon ausgehen, dass sie ihn wieder einmal nicht verstanden hatten.

Theodor hielt es für unangemessen, Ecke als Schoßhund zu bezeichnen: Odas Hund war so klein, dass er sich bequem auf der Handfläche seines Frauchens zusammenrollen oder hinter der Schachuhr verstecken konnte. Doch, als wolle er Theodors Thesen zum Zusammenhang zwischen Hirngröße und Denkvermögen widerlegen, hielt er Oda während der Schachstunden mehrfach von strategischen Fehlgriffen ab.

Theodors pädagogische Vorfreude, die Ecke so zuverlässig erschnüffelte, sobald Oda nach einer falschen Schachfigur griff, wurde im Spätsommer immer deutlicher überlagert, verlor sich in Interferenzen: Von Odas Haaransatz abwärts bis über ihr Kinn hinaus hatten sich Sommersprossen gebildet. Dass diese unter dem Kragen ihrer Bluse verschwanden, nur um an den schlanken Handgelenken wieder in Erscheinung zu treten, rief in Theodor Vorstellungen weiterer übersäter Körperpartien hervor – oder sollten diese, brustabwärts bis zu den Schwimmerinnenwaden, womöglich in reinstem Aspirinweiß leuchten? Schon patzte er mit einem Freibauern und brach mit seiner eisernen Regel, stets die Figuren des Gegners zu opfern. Ecke rieb indes seine Nasenspitze an der Schachuhr. Hastig räumte Theodor die Figuren zurück in das Kästchen und verabschiedete sich. Draußen auf der Straße spürte er seinen Puls noch immer rasen und wünschte sich, es würde endlich ein Gewitterschauer niedergehen.

☞ Obliegenheiten

Rekorde

Ein beinah taktfestes, über die Innenstadt hinwegziehendes Motorentuckern lockte das Flitterpaar auf den Hotelbalkon hinaus. Etwa zweihundert Meter schräg über ihnen näherte sich auf unstet anmutendem Kurs ein Lenkballon. Von dessen Gondel und Takelagen fielen wiederholt Eiszapfen auf die Straßen hinab, weshalb die Schaulustigen dem landenden Luftfahrzeug in respektvollem Abstand folgten.

Kurz entschlossen reihten sich Eleonore und Theodor in die Prozession ein und fanden sich bald darauf im Het Park wieder, wo sich bereits Händler mit Bauchläden und rollbaren Frittierständen neben einer Rettungskutsche in Stellung brachten. Theodors Eindruck, dass dies kein spontanes Volksfest war, vielmehr einer bereits routinierten Choreographie folgte, wurde durch das Eintreffen einer Blaskapelle verstärkt, zu deren Klängen die Standarte der Zuid-Hollandse Hoogtevaart Soos in den gefrorenen Boden getrie-

ben wurde. Wie Eleonore in Erfahrung brachte, handelte es
sich um die Begrüßung zweier Ballonisten aus Den Haag – 214
deren Rekordfahrten, entgegen jedweder vorab verlautbarten
Route, in aller Regel in Rotterdam endeten. Die Haager Vereinssektion sei bereits telegraphisch informiert worden, damit der dort vorbereitete Festakt ebenfalls beginnen konnte.

Ein Raunen ging durch die Menge, als der Lenkballon an seinen lose hängenden Landetauen niedergeholt wurde: Die beiden
Männer, deren Bärte, Ballonistenmützen und -brillen von Eiskristallen übersät waren, rührten sich nicht. Sofort schloss sich
eine Phalanx aus Amateur- und Pressephotographen um den 215
Landeplatz, was es den Sanitätern erschwerte, mit ihren Thermoskannen und angewärmten Decken zu den Rekordfahrern zu gelangen. Aus dem weiteren Verlauf des Nachmittags schloss Theodor jedoch, dass die beiden der Hypobaropathie und Hypothermie, kurzum: dem Höhentod erfolgreich trotzten – oder doch wenigstens stichhaltige Beweise ihres jüngsten Rekordes zur Erde gebracht hatten. Unweit der Standarte der Zuid-Hollandse Hoogtevaart Soos meinte Theodor überdies munkeln zu hören, im Logbuch des Lenkballons fände sich ein Eintrag, dem zufolge die Besatzung auf 19000 Fuß Höhe eine Schar seraphischer Wesen mit stählernen Flügeln gesichtet habe.

»Stahlene vläugel-djäs?«, versuchte sich Theodor – erntete jedoch lediglich eisige Blicke.

☞ Seegang

Schnappschüsse

Auch in Paris konnte Theodor das Flitterwochengeschenk des Kommerzienrates ausgiebig zum Einsatz bringen. Beinahe sämtliche Photographien, die er bei seinen Begegnungen mit den Piloten des Aéro-Club de France schoss, taugten nicht für das Familienalbum: Nur selten beinhalteten seine Bildausschnitte Kopf *und* Körper der Abgebildeten; überdies hatte er den Fokus in aller Regel so weit hinter die Piloten gelegt, dass deren

Gesichter absolut unscharf waren. Theodor war hochzufrieden mit seinen Aufnahmen und schickte sie, mit aufschlussreichen Anmerkungen versehen, an Beyers neues Büro.

Als Kommerzienrat Beyer eine dieser Photographien herum-
215 zeigte, auf der Jean-Paul und die Pilotin Raymonde de Laroche – ausnahmsweise – komplett zu erkennen waren, schüttelte Theodors Schwiegervater nur den Kopf: »Grundgütiger! Was mag uns wohl als Nächstes bevorstehen?«

☞ Lokalkolorit

Seegang

Die Kanalpassage nutzte Theodor, alle von der Seekrankheit betroffenen Passagiere der Ersten Klasse über die Unzulänglichkeit und Gefahren der Seefahrt aufzuklären und die glänzende Zukunft der Luftfahrt hervorzuheben. Das Unterseeboot wollte er als technische Herausforderung und einzige ambitionierte Fortbewegung zur See noch gelten lassen, da dieses nicht dem ewigen Spiel der Wellen unterworfen sei. – Für weitere Ausführungen stand er nicht mehr zur Verfügung.

☞ Fordismus

Spannfeder

Nachdem die Heckschers von der Weltausstellung zurückgekehrt waren, lud Kommerzienrat Beyer zum Dinner ins *Central Hôtel* – nicht zuletzt, damit Theodor seine Verlobte kennenlernen konnte. Fräulein Heckscher schien etwa fünf oder zwölf Jahre älter als Theodor, trug ein kühn dekolletiertes Kleid und kniff die Augen angriffslustig zusammen, als Beyer seinen Assistenten als Experten für Luftfahrt und Lotterie vorstellte.

Theodor erklärte ihr, dies sei vielleicht ein klein wenig übertrieben: Ja, er habe die Entwicklung der Luftfahrt kritisch studiert und nicht nur die Große Leipziger Luftfahrtlotterie, sondern auch schon eine Allgemeine Luftfahrtversicherung konzipiert, gleichwohl –.

Fräulein Heckscher unterbrach ihn, und die zarten – der langen Zugfahrt geschuldeten – Falten rings um ihre Augen verwandelten sich in tiefe, ihn noch nervöser machende Grübchen.

»Leipzig –?«, antwortete er, »eine wunderbare Stadt.«

»Ich finde es, ehrlich gesagt, schrecklich. Klein-Paris, c'est ridicule. Warum sollte man sich mit einem Duplikat, noch dazu mit einer Miniatur zufriedengeben? Und womit, da wir schon einmal dabei sind, haben die hier servierten Gerichte ihre französischen Namen verdient?«

Theodor nickte verständnisvoll – was Eleonore nicht da-
von abbrachte, den Oberkellner darum zu bitten, in Er- 216
fahrung zu bringen, ob sich der Chef de cuisine mit dem bloßen Abglanz eines Genusses, etwa mit einer Zigarre aus getrocknetem Sauerampfer zufriedenzugeben bereit wäre?

Der alte Heckscher bedachte dies mit einem kratzigen Lachen, das Theodor – da dieses Bild nun einmal in der Welt war – an Zigarren aus getrocknetem Sauerampfer denken ließ. Der Oberkellner bestand darauf, als Ausgleich für den entstandenen Unmut sofort und auf Kosten den Hauses eine Flasche *Moët & Chandon* aus dem Keller heraufbringen zu lassen.

»Wer weiß, auf welchen sächsischen Schaumwein sie das Etikett geklebt haben«, raunte Eleonore ihrem Verlobten zu.

Kaum ließ sich der alte Heckscher dazu hinreißen, von den technischen Neuerungen zu schwärmen, die er auf dem Flugfeld der Società Aviazione Torino hatte begutachten dürfen, vermochte seine Tochter nicht mehr mit der Ansicht hinterm Berg zu halten, dass derzeit jeder zweite Fahrradmechaniker, Papiermüller und Paraventfabrikant davon besessen sei, aberwitzige Konstruktionen mit ein, zwei oder drei, gern aber auch bis zu dreiunddreißig Tragflächen zum Widerstand gegen die Gravitation zu bewegen – und dabei nicht nur seine eigene Unversehrtheit, sondern auch die der Schäfer und Straßenarbeiter bedrohe.

Der Tenor ihrer Kritik sei durchaus berechtigt, hakte Theodor ein: Auch er sei im Zuge seiner Katastrophenanalysen allenthalben auf geltungssüchtige Abenteurer gestoßen. Gleichwohl seien durch diese bereits eine Vielzahl vielversprechender Ansätze sichtbar geworden. Im nächsten Schritt gelte es, die Solidität und geistige Strenge, welche in beispielhafter Weise dem hiesigen Eisenbahnwesen innewohnen, auf die Aviatik zu übertragen.

Kommerzienrat Beyer und der alte Heckscher nickten unisono.

☞ Neuigkeiten

Spurt

Obwohl die Anzahl möglicher Hürden schwerer kalkulierbar schien als die Variablen jeder Katastrophenprognose, spornte Theodor die Vision einer Vermählung mit Oda zu weiteren Höchstleistungen an: Er überschwemmte das Vorzimmer von Kommerzienrat Beyer mit immer neuen Plakatentwürfen, mit Papierflugzeugen und Kostenvoranschlägen für emaillierte Blechschilder, die man an den Spritzschützern von Mietdroschken anbringen könnte, sowie mit bedruckten Papphüten für die Losverkäufer.

216 Wenn es galt, einen Wackelkandidaten des Rechtsausschusses exklusiv zu informieren oder Investoren zu gewinnen, folgte er Beyer ins Clubhaus: Dieser platzierte seinen Assistenten vor der Wand mit den Schlachtengemälden und lancierte ihm geschickt jene Fragen, zu denen Theodor mit jugendlichem Elan und Esprit vortragen konnte.

»Vielversprechend, vielversprechend«, sagten seine Zuhörer dann. Und als im Herbst kühlere Luftmassen in die Leipziger Tieflandsbucht drängten, waren die Fäden und Stricke der Beyerschen Netzwerke endlich fest genug verknüpft, um das Lotteriesystem bedenkenlos dem Rechtsausschuss zu übergeben. Daraufhin bat ihn Beyer, unterdessen allein die Stellung zu halten: Er selbst wolle die Zeit bis zum Bescheid nutzen, heuer ein zweites Mal nach Baden zu fahren – sobald es mit der Lotterie und dem Bau des Flugzeugwerkes losgehe, werde man auf Jahre hin keine Zeit mehr finden, sich um das eigene Wohlbefinden zu kümmern.

»Hervorragende Perspektive«, erwiderte Theodor.

☞ Auftrieb

Tempozug

Nach einer Weile gelang es Theodor, die Rede auf das Schachspielen zu bringen, das als zivile Trainingseinheit aller Strategen und somit als Denkschule des modernen Versicherungsfachmannes gelte. Unverzüglich ließ Starrenberg von seinem Sekretär jenen Rolltisch, in dessen Platte das Schachbrett eingelassen war, aus dem Vorzimmer hereinbringen. Als Theodor den Filialdirektor schachmatt setzte, hatte er zugleich die letzte Bahnverbindung nach Altenburg verpasst.

»Werde selbstverständlich zu Ihren Gunsten aussagen«, lachte der Filialdirektor, wobei seine Beinprothese abermals ungestüm knarrte. Wieder zu Atem gekommen, klärte er Theodor darüber auf, dass er bis zu diesem Debakel der lokale Vizemeister gewesen sei und folglich darauf bestehen müsse, Theodor umgehend gegen den amtierenden Meister aufzustellen. Im Gehen diktierte er seinem Sekretär ein plausibel klingendes Telegramm nach Gotha.

☞ Herausforderung

Tour de force

Nachdem es Theodor gelungen war, seinen angeheiterten
Lehrer aus den Fängen einer Polizeipatrouille zu argumentie- 217
ren, verbeugte sich dieser und meinte, dass er seinem Schüler nun eigentlich ein Sprachdiplom ausstellen müsse. Er bestand darauf, Theodor aus diesem Anlass zu einem ganz besonderen Vergnügen einzuladen, und führte ihn in ein namenloses Kellerlokal. Als sie die muffige Schankstube betraten, deren Dekoration sich in jugendstilartigen Salpeterflecken erschöpfte,

glaubte Theodor, sein Lehrer wolle ihn auf den Arm nehmen.
218 Jean-Paul nickte dem Wirt zu, der eifrig Gläser und Karaffen spülte, obwohl kein einziger Gast im Lokal saß.

»De dieu, Victor, mais qu'est-ce tu croyais donc?«, raunte der Wirt. »On est pas chez les forains ici, que j'sache.«

Jean-Paul schob ihm ein paar zusammengerollte Banknoten über den Tresen: »Doucement, Fernand, l'monsieur est un bon ami. J'mets ma main au feu pour lui.«

Der Wirt seufzte. Er betrachtete Theodor von der Melone abwärts, rieb schließlich die Hände an der Weste trocken und strich das Geld ungezählt ein. Dann bückte er sich und öffnete eine Bodenklappe hinter dem Tresen. Mit dem Gedanken, dass derartige Abenteuer nun einmal zum Leben eines Strohwitwers dazugehören, folgte Theodor seinem Lehrer die schmale, schludrig gemauerte Treppe hinab. Als die Bodenklappe dicht über Theodors Kopf zuschlug, verwandelte sich das nervöse Flattern in seiner Herz-Magengrube in eine stechende Attacke. Er tastete an der klammen Wand entlang und stieß auf der nächsten Stufe gegen Jean-Paul.

»Einen Moment, Guillaume, sonst brechen wir uns den Hals.«

»Wo zum Henker–«, fragte Theodor gerade, als am unteren Ende der Treppe ein Licht aufleuchtete.

»Buyrun, buyrun«, hallte es zu ihnen herauf.

Zwei: Worin es mit Gökhan aufwärtsgehen soll

»Man erzählt – doch Gott allein ist allwissend –, dass in ural- 218
ter Zeit, als man die Uhren noch aus Neuschnee schmiedete,
als man sich noch mit gezähmten Ratten rasierte und das Fla-
denbrot aus Tulpen buk, sprich, dass in jenen längst entschwun-
denen Tagen der Herrschaft unseres prächtigen Sultans Sü- 219
leyman, genauer gesagt: am 21. Safar des Jahres 972, Gökhan
geboren wurde.

Gökhan war der zweite Sohn von Gülbahar und Mehmet Çelebi. Der erste Eindruck, den Gökhan auf seine Eltern machte, war niederschmetternd – schien er doch gänzlich aus der Art geschlagen zu sein. Der Säugling war schmächtig und fahlhäutig, atmete unregelmäßig und hatte eine Hasenscharte von der Oberlippe bis zum linken Nasenloch. Gülbahar weinte nach der Niederkunft, und ihr Mann, der gerade noch rechtzeitig von einer Inspektion der Passwächterdörfer zurückgekehrt war, schwieg eine ganze Woche lang. Dann nickte er mit gesenktem Blick – was Gülbahar jedoch zu viel der Demut schien: So einfach wollte sie sich dem Schicksal nicht ergeben. Immerhin war es ihr Sohn! Sie brachte Einwände ästhetischer und hygienischer Art vor. Mehmet schwieg dazu. Sie erklärte Mehmet, wie schwer es sei, seinen Sohn zu stillen. Mehmet rührte sich nicht.

›Mit dieser Spalte in der Lippe wird er die Namen des Allmächtigen nicht richtig aussprechen können‹, sagte sie schließlich.

Verunsichert blickte Mehmet zu seiner Frau und dann zu seinem Schwiegervater Hodscha Atanur. Atanur versprach, er werde den Leibarzt des Sultans, den er seinerzeit aus einem

Hinterhalt der magyarischen Giauren gerettet habe, darum ersuchen, sich die Lippe des Jungen anzuschauen.

Der Arzt bestätigte Gülbahars Befürchtung und schlug vor, die Scharte mit Darmsaiten vom Hammel zu nähen. Mehmet zögerte, weshalb Atanur ihn beiseitenahm und von den Meisterleistungen des Arztes berichtete: Dieser habe ihm nach der Schlacht bei Buda ein neues Auge eingesetzt – das zwar eine falsche Farbe habe, aber viel schärfer als das verlorene blicke –,
220 und einem Leibwächter des Großwesirs habe er sogar den abgeschossenen Kopf wieder angenäht.

Mehmet fixierte erst das braune und dann das blaue Auge seines Schwiegervaters. Schließlich nickte er ein weiteres Mal mit gesenktem Blick und setzte sich mit Atanur ins Nebenzimmer. Gökhan tat während der Operation kaum einen Mucks; und von der Hasenscharte blieb ihm lediglich eine Narbe zwischen Lippe und linkem Nasenloch. Zwei Jahre später, als Gökhan das erste Mal klar und deutlich die Worte seines Vaters nachsprach, wiederholte dieser seinerseits noch ein weiteres Mal die Lobpreisung des Allmächtigen – dankbar, in einer Zeit leben zu dürfen, die so ruhmreich und fortschrittlich war.

Der kleine Gökhan hatte sechs Schwestern und einen Bruder. Nach einer Scharlachwelle hatte er noch vier Geschwister und nach der Seeschlacht von Lepanto nur noch drei. Seine Schwestern hießen Emine, Melek und Ayla. Gökhan blieb auf alle Zeiten der Jüngste, da Gülbahar sich nach seiner Geburt darauf verlegte, Pfefferpulver auf ihre Bettkante zu streuen und ihrem Gatten den lendenstärkenden Granatapfelsaft vorzuenthalten. Dieser akzeptierte die Diät, hoffte bloß, sein allabendlicher Niesreiz werde alsbald wieder verschwinden. Überhaupt setzte Gökhans Vater die Pflicht weit über das Wohlergehen: Wenn nicht morgen … irgendwann würde er dafür belohnt werden.

Irgendwann war bereits im nächstfolgenden Herbst. In einem staubigen Passwächterdorf traf Mehmet einen Händler, der unter Tränen beklagte, seine Karawane sei im Schutzbereich des Dorfes von Wegelagerern ausgeraubt worden. Die Dorfbewohner hätten sich zudem geweigert, die Banditen zu verfolgen, steckten also womöglich mit ihnen unter einer Decke.

Mehmet befragte alle Bewohner – aber diese zeigten sich ver-
stockt oder berichteten wirr von entlaufenen Geißböcken, stör-
rischen Eseln, verlorenen Jagdmessern und einer vom Schmelz-
wasser verwaschenen Grenzlinie des Schutzbereiches. Weder
in ihren Hütten und Schobern noch in ihren Röcken fand sich
eine Spur von den gestohlenen Waren. Viel schlimmer als der
Verlust des Händlers erschien Mehmet allerdings der durch die-
sen Fall offenbarte Haarriss im Verwaltungsgefüge: Selbst wenn
die Passwächter keine gemeinsame Sache mit den Wegelagerern
machten, blieb doch der Fiskus betrogen, da sich der Steuer-
nachlass für das Passwächterdorf nicht in Sicherheit aufwog.
Mehmet brütete auf dem Rückweg nach Istanbul über diesem
Problem. Für seine Lösung, die Passwächter generell auf Scha-
densersatz für Verluste durch Überfälle in ihrem Schutzbereich
zu verpflichten, wurde Mehmet reich belohnt: Er durfte die
Hand des Schatzmeisters küssen, aus dieser einen kleinen Beu- 221
tel Goldstücke entgegennehmen und sich zu alledem noch eine
von dessen rothaarigen Sklavinnen aussuchen. Dankbar, unter
einem derart hellsichtigen und gütigen Pascha dienen zu dürfen,
beugte sich Mehmet mehrfach mit der Stirn bis zum Boden. Die
entzückende Siran, die er mit nach Hause nahm, wäre aus seiner
Sicht durchaus des Großwesirs oder gar des großherrlichen Pa-
dischahs würdig gewesen, ja, sogar kochen konnte sie. Kurzum:
Von jenem Tag an musste Gökhans Vater abends nicht mehr nie-
sen – was auch Gülbahar einen ruhigeren Schlaf verschaffte.

Obwohl von der Hasenscharte nur eine wulstige Narbe und die beständig zum Kuss gespitzte Lippe geblieben waren, hänselten die Nachbarkinder Gökhan bei jeder Gelegenheit; aus dem Haus schräg gegenüber drang sogar einmal eine Mädchenstimme, er sei der hässlichste Junge auf der Welt.

Das stimme bei weitem nicht, klärte ihn daraufhin Groß-
vater Atanur auf – und der musste es wissen! Wirklich hässliche
Menschen leben in Wien, das habe er mit seinen eigenen, damals
noch beidseitig braunen Augen gesehen. Der Titel des hässlichs-
221 ten Mannes auf Erden gebühre neidlos dem König von Wien,
der so ein Ausbund an Hässlichkeit sei, dass man ihn kaum noch
zu den Menschen zählen könne.

›Der verkriecht sich vor Scham im Schatten eines Regenwurmes, wenn du an ihm vorübergehst‹, sagte Atanur.

Gökhan wusste diese Kunde aus fernen Landen zu schätzen, aber sie war ihm nicht Trost genug. Er beschloss, sich einen buschigen Oberlippenbart stehenzulassen. Bald merkte er jedoch, dass die Kraft seines Beschlusses nicht ausreichte – kein Haar spross über seiner Lippe, und selbst der Großvater wusste da kein Mittel.

Nachdem Gökhan das elfte Lebensjahr erreicht hatte, wurde er allerdings so kräftig, dass kein Nachbarkind mehr wagte, ihm irgendetwas hinterherzurufen. In dieser Zeit zog Gökhan allerdings den Unmut seiner Mutter und der Sklavin Siran auf sich: Die beiden mutmaßten, er spiele heimlich mit Kanonenkugeln Murmeln und nasche auf dem Basar Greifeneier, da er Tag um Tag stattlicher wurde. Obwohl Siran an den Säumen seiner Hosen und Leibröcke beständig Stoff nachgab, vergingen keine drei Tage ohne geplatzte Nähte oder abgesprengte Knöpfe.

›Bismillah‹, seufzte seine Mutter dann und gab ihm einen Klaps. Siran sagte nichts, sondern gab ihm ein paar Schöpfkellen Bulgur und Joghurt in die Schüssel, bevor sie das Nähzeug und neue Knöpfe holte. Wenn Gökhan aufgegessen hatte, durfte er sich zu Füßen von Großvater Atanur setzen. Der zwinkerte mit seinem blauen Auge und begann zu erzählen:

›Honig lässt den Burschen sprießen
222 an der Moschee trifft er zwei Riesen
das Minarett schenkt ihm der große

Gökhancık steckt es in seine Hose
doch, ach, bald bildet er sich ein
das muss wohl 'ne Trompete sein‹

Gökhan liebte es, seinem Großvater zuzuhören. Besonders mochte er die Geschichten über den Fliegenden Teppich, die der Großvater äußerst detailliert zu erzählen wusste, weil er nach der Eroberung von Bagdad einst selbst auf diesem Wunderwerk der Knüpfkunst geflogen war.

In den Teppich sei eine Karte der Welt geknüpft, die jeden Fluss, jeden Berg und jede Ansiedlung zeige und in den Flüssen die Fische, auf den Bergen die Adler und ihre Nester, in denen die Küken Zicklein zerreißen, und in den Städten jedes einzelne Haus – ja, selbst in deren Innenräumen sei, wenn man die Teppichfäden ein wenig beiseiteschiebe, kein Geheimnis mehr sicher.

An dieser Stelle der Beschreibung setzte der Großvater seinen knöchernen Zeigefinger auf Gökhans Brust und erklärte, dass es auch dabei gelte, die Gebote der Sittlichkeit einzuhalten: Das Verborgene zu entschleiern, gebühre lediglich der Mutter, dem Gatten und dem Padischah sowie dem Einzigen und Allmächtigen, der allein die Dauer kennt, während alle seine Diener vergehen müssen.

Dann fuhr der Großvater damit fort, dass der Fliegende Teppich sich, ohne ein Wort aus dem Mund seines Hüters, bereits auf dem Weg zu dem Ziel befinde, sobald dieses auf der Karte gefunden sei. Dabei eile er so schnell auf dem Wind dahin, dass der Vogelschwarm, der stets als Baldachin über dem Teppich fliegt, gelegentlich seinen Schatten verliere. Dieser losgerissene Schatten segele dann wie ein welkes Blatt zur Erde hinab, und wenn er jemandem auf den bloßen Kopf falle, verliere der Ärmste sofort den Verstand:

›Darum trägt ein jeder gescheite Osman
zeitlebens Kavuk, wenn nicht gar Turban

geht nur so ins Ziel seiner Wünsche ein
und jetzt lassen wir's uns gemütlich sein!‹

Als eines Morgens der große, von Hodscha Atanur gestiftete Teppich aus der Moschee verschwunden war, berichtete Gökhan dem kleinen Hasan aus dem Haus schräg gegenüber, dass dieses Wunderwerk der Knüpfkunst gerade einen eigenmächtigen Ausflug mache: vermutlich nach Bagdad, denn von dort habe sein Großvater den Teppich einst als Kriegsbeute mitgebracht. Aus dem Haus schräg gegenüber drang daraufhin ein Mädchenlachen, aber obwohl Gökhan ein heißes Kribbeln im Bauch verspürte, schaute er nicht zu dem vergitterten Fenster hinauf.

Tags darauf grinste ihm Hasan mit löchriger Zahnreihe entge-
222 gen: Auch aus dem Haus seiner Eltern sei ein Teppich ausgeflogen. Allerdings habe weder seine Mutter noch sein Vater gewusst, was für einen Teppich sie da jahrelang in ihrer Stube liegen hatten. Gökhan stutzte: Ganz offensichtlich gab es mehr Fliegende Teppiche, als der Großvater ihm verraten hatte. Sofort eilte er nach Hause und testete alle Teppiche, aber keiner bewegte sich nur einen Fingerbreit in die Luft – wohl aber Gökhan selbst, denn plötzlich zog ihn sein Vater am Ohr nach oben. Er fragte Gökhan, was er da auf dem Teppich treibe.

Nachdem er seinem Vater das Anliegen seiner Untersuchung erklärt hatte, sagte dieser, dass er mittlerweile zu alt für derartige Narreteien sei. Noch am selben Abend zog Gökhan zu seinem Onkel Berkel, um bei diesem etwas Anständiges zu lernen.

Als Erstes lernte Gökhan von seinem Onkel, dass man Teppichdiebe auspeitscht und anschließend nach Zypern verbannt, wo sie mit Grashalmen Oliven von den Bäumen schlagen müssen. Diese strafrechtlichen Raffinessen erfuhr er allerdings in einer fakultativen Lerneinheit. Was Gökhan hauptsächlich von Onkel Berkel lernen sollte, war das hochschätzenswerte Handwerk der Büchsenmacherei. Und so geschah es.

Über kurz und noch ein bisschen länger konnte Gökhan mit verbundenen Augen Damaststahl aus 1002 Metallschichten schmieden, Arkebusen- und Pistolenläufe drehen, Schwarzpulver anmischen, Kugeln gießen und aus vier Schritten Entfernung Kohlköpfe und Melonen zerschießen. Letzteres war eine praktische Methode, Eintopf und Nachtisch schneller vorzubereiten – was sich bei Gökhans Hunger als sehr hilfreich erwies.
Doch trotz dieser Zuarbeit stöhnte seine Tante Şengül bisweilen, 222
und mit der Tante stöhnten deren vier Töchter und die Sklavin, 223
aber Berkel sagte dann bloß: ›Wer viel schafft, der soll viel essen, und wer viel lernt, isst bei uns noch mehr! Şengül, hör auf, mit dem Löffel zu messen, reich dem Neffen noch zwei Schaufeln voll Kebab her.‹

Mit fünfzehn war Gökhan schließlich kräftiger als sein Onkel, und im Jahr darauf drehte er Pistolenläufe bereits mit solch einer Leichtigkeit, dass der Topay Pascha bei einer Inspektion der Werkstatt mutmaßte, Feuerwaffen würden neuerdings aus Brotteig gefertigt. Auf des Paschas Geheiß musste Gökhan von diesem Tag an dem schwäbischen Kanonengießer Munir beim Erproben neuer Geschütztypen helfen. Laut dessen Beschreibung kam Gökhan hierbei die Aufgabe zu, die Kanonenkugeln auf dem Schießplatz einzusammeln und zum Geschütz zurückzuwerfen. Allerdings war der Schwabe sowohl des Türkischen als auch des Arabischen nur leidlich mächtig – der Meister radebrechte, wann immer er den Mund aufmachte, und verwandelte sich erst zum Schöngeist, wenn er mit Zahlen auf dem Papier hantierte oder seine Geschütze mit Säure polierte –, deshalb war sich Berkel nicht sicher, was wirklich bei den Versuchen seines Kollegen vorging. Gökhan selbst schwieg, wie ihm befohlen oder um seiner Zunge willen anempfohlen war.

Nachdem ein Schneider drei Wochen in Folge im Umfang von Gökhans Taille und Schultern keine sprunghaften Änderungen festgestellt hatte, zog Gökhan im Jahr 992 zu Ramadan erstmals wieder luftig, aber dennoch auf Maß geschneiderte Kleidung an. Dies und sein mittlerweile buschiger Vollbart machten ihn, wie Tante Şengül meinte, vollends zu einem stattlichen Mannsbild. Onkel Berkel setzte nach, es sei wirklich an der Zeit, dass er sich eine Frau nehme – und bedauerte zugleich, dass seine Töchter bereits vergeben seien.

Auch Gökhans Mutter, seine Schwestern und die reizvolle Siran lagen ihm während des Zuckerfestes damit in den Ohren. Gökhan nickte mit gesenktem Blick und blieb stumm. Als er sich am vierten Tag wieder auf den Weg zur Werkstatt machte, hörte er aus dem Haus schräg gegenüber das Lachen einer jungen Frau – und plötzlich war es für ihn beschlossene Sache, dass er seine Eltern alsbald wieder besuchen würde. Wie in seiner Kindheit spürte er ein heißes Kribbeln im Bauch, das mittlerweile allerdings schon bis tief hinab in den Beckenboden ausstrahlte. Rot vom Turbanrand bis unter den Bart und die Mahnung seines entschlafenen Großvaters Atanur noch immer im Ohr, schaute Gökhan nicht zu dem vergitterten Fenster hinauf. Er eilte die Gasse hinab und wandte sich nicht einmal mehr um, als hinter ihm eine Tür zuschlug und die Schritte eines Verfolgers hallten. Auf dem Şeyh-Küşteri-Platz überholte ihn schließlich ein junger Mann, der die Uniform der Reitersoldaten trug.

›Du bist es also tatsächlich‹, sagte dieser nach einem Seitenblick, ›Salam, Gökhan.‹

›Salam, mein Freund. Ja, ich bin es‹, sagte Gökhan und umarmte Hasan, ›und du – ein Held, wie ich hörte. Sag, stimmt es, dass hundert georgische Giaurs mit ihrem Leben für deine abgeschossene Hand bezahlen mussten?‹

›Mit den Fingern einer Hand lässt sich schwerer zählen‹, erwiderte Hasan nun ein wenig leiser und erbot sich, Gökhan noch ein paar Schritte zu begleiten.

›Und die Hand deiner Schwester‹, fragte Gökhan, als sich ihre Wege am Tor zum Wirtschaftshof des Yeni Saray schließlich wieder trennten, ›ist die noch zu haben?‹

Hasan schnalzte mit der Zunge und sagte: ›Besprich das alsbald mit meinem Vater.‹

Am nächsten Freitag ließ Gökhan sich barbieren, maniküren, die Stiefel polieren, den Turban so hoch wie möglich winden und schlüpfte in einen neuen Kaftan, bevor er zu seinen Eltern und kurz darauf in das Haus schräg gegenüber ging.

Bei einer Wasserpfeife berichtete er Hasan und dessen Vater Hacivat vom hochschätzenswerten Handwerk der Büchsenmacherei – zumindest so viel, wie sein Gelübde ihm erlaubte. Er präsentierte den beiden eine Pistole, die er erst an diesem Vormittag fertiggestellt hatte, und zerschoss damit eine Melone aus fünf Schritt Entfernung. Und während sie die Melonenstückchen verspeisten, ließ er Hasans jüngsten Bruder mit einem Maßband bis auf seine Schultern klettern und half dem kleinen Spion beim Notieren der Messergebnisse, auf dass sich dessen Schwester ein besseres Bild von ihm machen könne. Nachdem sie am Abend gemeinsam in der Moschee gewesen waren, setzte er sich mit Hacivat nochmals bei Tee und Honigscheiben zusammen. Hacivat nickte mit krämerischem Lächeln und schickte, damit am Ende auch alles seine Richtigkeit habe, seine Frau hinauf in den Harem des Hauses, um die Zustimmung ihrer Tochter einzuholen: Schließlich dürfe eine Jungfrau nicht verheiratet werden, ohne ihre Erlaubnis gegeben zu haben.

Als Hacivats Frau endlich zurückkehrte, kniete sie sich neben ihren Mann und flüsterte ihm etwas ins Ohr. Der sprang sofort vom Kissen auf und zog seine Frau aus dem Zimmer hinaus.

›Was soll das bedeuten?‹, hörte Gökhan es draußen zischen, ›ist das all meiner Liebe Lohn?‹

Seine Frau trug ein riesiges Tablett voll Baklava hinter Hacivat herein, als dieser in das Zimmer zurückkehrte. Der Alte druckste eine Weile, bevor er unter sanftem Kopfschütteln erklärte, seine geliebte Tochter erbitte sich noch etwas Bedenkzeit.

Gökhan nickte. Dann wischte er die klebrigen Finger sauber, steckte seine Pistole in den Gürtel und verabschiedete sich auf baldige Wiederkehr. Vor der Haustür überlegte er noch einen Augenblick – dann trat er in die Mitte der Gasse und schaute mit festem Blick hinauf zu dem vergitterten Fenster. Er konnte nichts und niemanden erkennen. Plötzlich flackerte jedoch eine Lampe hinter dem Gitter auf, und zarte Lichtstrahlen schnitten durch die engen Maschen des Weidengitters in die Dunkelheit der Gasse.

›Bring mir ein Stück vom Mond‹, flüsterte die Stimme hinter dem Gitter und weiter: ›Denjenigen, der das schafft, werde ich heiraten … und sei er der hässlichste Mann der Welt.‹

›So soll es sein‹, sagte Gökhan und senkte den Blick. Er ahnte, dass er nun dafür büßen musste, dass er die Mahnung seines verstorbenen Großvaters Atanur in den Wind geschlagen hatte. Mit einem leisen Lachen im Ohr und einem Hitzestau tief unten im Bauch eilte er die Gasse hinab.

›Was für ein grausames Weibsstück. Eher fliegt noch ein Hammel über den Bosporus, als dass ein Mensch zum Mond gelangt‹, sagte Munir. Der Kanonengießer hatte – auf Berkels Bitte hin – Gökhan beiseitegenommen, da dieser schon seit Tagen nicht mehr anständig aß und folglich erste Anzeichen von Missmut und Mattheit zeigte. Gökhan hatte geseufzt und, als Munir nicht von ihm ablassen wollte, dem Freund davon berichtet, was ihm die Stimme aus dem Haus schräg gegenüber
224 aufgetragen hatte. Auch davon, dass er Hezârfen Kemal, den Mann seiner Schwester Melek, besucht habe – doch in keiner der Schriften sei irgendein Hinweis auf den Verbleib des Fliegenden Teppichs zu finden gewesen. Der gelehrte Schwager habe ihm folglich nicht weiterhelfen können, womöglich aber Melek. Diese habe ihn auf die Idee gebracht, einfach ein Stückchen vom Mond abzuschießen.

›Deshalb all die Schmauchspuren und dein verbrannter Bart‹, lachte Munir. Dann brach er einen Zweig aus dem Gebüsch und kritzelte Zahlen, Variablen und Parabeln in den Sand. Dabei hielt er mehrere Male inne und berichtete von

Meister Orbáns Riesenkanone, die dazumal Konstantinopel 224
sturmreif geschossen habe, von Meister Alis Dardanellenrohr und davon, dass die größte Kanone, die er bisher selbst gegossen habe, 700 Pfund schwere Kugeln eine halbe Meile weit schießen konnte.

›Beim Aufprall hatten die Kugeln noch immer genug Kraft, einen Stier zu Pergament zu pressen. Allerdings brauchte die Kanone stattliche 50 Pfund Schießpulver pro Schuss. Sagen wir, bis zum Mond ist es so weit wie von hier bis … ja, bis wohin meinst du‹, fragte Munir. ›Bis Edirne?‹

›Ich fürchte, mindestens so weit wie bis Wien, wenn ich Kemal richtig verstanden habe‹, erwiderte Gökhan leise.

Munir zog Striche unter seine Zahlenkolumnen, und während er addierte und multiplizierte, fuhr er mit dem Zeigefinger über seine zehn Stirnfalten wie über ein Rechenbrett.

›Nimmermehr‹, sagte er schließlich, ›so viel Eisenerz habe ich in meinem Leben noch nicht auf einem Haufen gesehen, und ich habe wohl drei Mal mehr Glocken und Geschütze gegossen, als dir Vollmonde auf den Kopf geschienen haben. Ach, allein um das Pulver für einen einzigen Schuss herbeizuschaffen, bräuchtest du mindestens 63 Ochsen. Doch damit nicht genug: Beschießt du den Mond nahe dem Zenit, fällt der Mondbrocken womöglich auf den Kopf deiner Liebsten. Visierst du ihn aber über dem Horizont an, fällt der ersehnte Brocken gewiss ins Meer oder landet irgendwo jenseits der Krim. Nimmermehr, mein Freund, nimmermehr.‹

Gökhan seufzte nun noch lauter auf. Der alte Schwabe legte ihm die Hand auf die Schulter und riet Gökhan, er solle nicht verzagen. Seine Angebetete meine das Ganze ja womöglich gar nicht wörtlich, sondern vielmehr im Sinne der Dichter – ob er es denn schon einmal mit Edelsteinen versucht habe. Nein?

Gökhan versuchte es mit einem Edelstein. In ein Säckchen aus Samt verpackt, drückte er den indischen Mondstein in Hasans Hand. Hasan reichte ihn an seine Mutter weiter, die den Mondstein sogleich ihrer Tochter überbrachte. Obwohl

Gökhan sich von seinem gelehrten Schwager Kemal und einem weitgereisten Schmuckhändler hatte beraten lassen, drangen als Antwort auf den mattblauen Stein nur eine wortwörtliche Wiederholung ihrer Bedingung und ein fast schon beleidigt klingendes Lachen durch das Weidengitter. Und diesmal war es nicht nur das Kribbeln in seinen liebestollen Eingeweiden, sondern auch das beschämende Gefühl, die Prüfung nicht bestanden zu haben, das Gökhan zurück in das Dunkel der Gasse trieb.

›Sie nimmt ihn also als Vorleistung auf einen echten Mondstein an‹, sagte Munir, ›nun, das ist immerhin ein Anfang. Aber, um das Ganze einmal von hinten aufzuzäumen: Muss es denn unbedingt dieses Weib sein? Vielleicht ist sie ja kalt und pockennarbig wie der Mond und will den Stein als ihren Spiegel haben.‹

Ja, stieß Gökhan unter seinem mittlerweile nachgewachsenen Schnurrbart hervor, es müsse und werde dieses Weib sein, und sei sie die hässlichste Frau auf Erden. Diesmal seufzte Munir, aber er erklärte sich bereit, Gökhan bei dessen neuestem Unterfangen zur Seite zu stehen. Ursprünglich war es Meleks Einfall gewesen – möglicherweise hatte seine Schwester aber auch bloß zu seiner Ablenkung von dem Feuerwerk bei der Prinzenbeschneidung gesprochen. Gökhan hatte diesen verwegenen Ansatz mittlerweile präzisiert und zeichnete nun zu Munirs Füßen einen Bauplan in den Sand.

›Ausgezeichnet‹, sagte Munir, ›damit ersparen wir uns 500 Ellen Kanonenrohr. Und wenn wir es richtig anfangen, stellt uns der gnädige Topay Pascha sogar das nötige Schwarzpulver zur Verfügung, denn –‹

Jetzt nahm Munir den Zweig aus Gökhans Hand und skizzierte vor dessen Füßen eine von mächtiger Befestigung umgebene Stadt in der Form eines Apfels und ringsherum ein Feldlager voll Janitscharen, Kampfreitern und Bombardieren.

›– denn‹, fuhr er fort, ›wenn es tatsächlich funktioniert,

könnte man jede Stadt erobern. Mit einer Kavallerie solcher
trojanischen Pferde, die sich selber über die Mauern zu tragen
vermögen, würde seine Majestät, der großherrliche Padischah,
alsbald in Wien residieren oder im Palast der englischen Köni- 225
gin Tee trinken, wenn er denn möchte.‹

›Mit oder ohne ihr‹, lachte Munir, als er mit vier schwungvollen Bogenlinien in das Stadtinnere vorgedrungen war.

›Und‹, fügte er hinzu, ›dann werden wir beide gewiss die ersten Statthalter dieser neuen Nordprovinzen.‹

Ja, dachte Gökhan in diesem Augenblick, schon deshalb sei sein Freund Munir ein hochschätzenswerter Mann; denn wie Großvater Atanur – Allahs Wohlgefallen auf ihm – habe Munir in der Vergangenheit viel gesehen und könne deshalb weit in die Zukunft schauen und Möglichkeiten erkennen.

Als der Topay Pascha das nächste Mal zur Abnahme der neuesten Geschütze kam und zufrieden über den polierten Stahl strich, packten Gökhan und Munir die Gelegenheit beim Schopf und zeichneten vor dessen Stiefeln einen umschanzten Apfel in den Sand.

Die ersten Versuche kosteten Gökhan und Munir die Augenbrauen und Wimpern, aber noch ehe der Schnee taute, hatte ein junger Hammel im Fluge den Bosporus überquert. Ob er den Flug überlebte, war nicht mehr herauszufinden, da drei Wanderhandwerker das arme Tier bereits verspeist hatten und davonliefen, als Gökhan und Munir das östliche Ufer erreichten. Im Frühjahr musste Gökhan als Waffenschmied in einer Instandsetzungseinheit mit gegen die Perser ziehen und durfte, da es streng zu haushalten galt, unterwegs keine weiteren Versuche unternehmen.

Zurück in Istanbul, wagte er sich an größere Pulvermengen. Der zweite Hammel verglühte beim Start, aber glücklicherweise hatte der Topay Pascha eine schwere Grippe und war nicht zur Inspektion auf dem geheimen Testgelände erschienen. Der dritte Hammel blieb nach seinem Abflug auf sieben Monate verschollen, bis schließlich eine aus Tbilissi kommende Karawane sein Halsband nach Istanbul brachte. Ob der Hammel den Flug überlebt hatte, war nicht mehr sicher nachzuweisen, da Wölfe oder Adler das arme Tier aus seiner Halterung gerissen und aufgefressen hatten. Der Topay Pascha gestattete Gökhan daraufhin, weitere Versuche zu unternehmen, ermahnte ihn allerdings, sich mehr auf die präzise Steuerung als auf unnötige Distanz zu kaprizieren: Er sehe keinerlei Sinn darin, die fliegenden Sturmspitzen von Istanbul aus einzusetzen, wenn das restliche Heer zur Belagerung und Besetzung doch sowieso nach Wien ziehen müsse. Pulver werde Gökhan deshalb kein neues mehr erhalten, da ja die bisher bereitgestellte Menge noch für Hunderte Versuche reichen müsste. Noch am gleichen Abend prüften Gökhan und Munir das Pulverdepot am Testgelände. Sie kamen zu dem Schluss, dass der Bestand für einen Flug zum Mond wohl gerade noch reichen müsse.

›Ob wir ihn treffen, bleibt die Frage‹, gab Munir zu bedenken.

›Andererseits werden wir nie wieder so viel Pulver auf einmal zur Hand kriegen‹, sagte Gökhan. ›Dann wäre all die Mühe vergebens gewesen. Oder soll ich etwa warten, bis du der Beglerbeg von Schwaben geworden bist und mir mit ein paar Karren Schwarzpulver aushelfen kannst?‹

›Schon recht, schon recht, doch noch ist der Beweis nicht erbracht, dass man einen solchen Flug überhaupt überleben kann.‹

›Oh, glaube mir, ich will lieber blitzschnell vom Pulver zerrissen werden, als noch länger aus meinem eigenen Innern heraus zu verbrennen‹, erwiderte Gökhan nun.

›Sei's drum. Aber, sag, wie willst du eigentlich vom Mond zurückkehren‹, fragte Munir, ›mit einem langen Seil etwa?‹

Gökhan stutzte und verdrehte die Augen. Munir notierte ein paar Zahlen und rieb sich über die gerunzelte Stirn, während er berechnete, wie schwer ein solch langes Hanfseil sein würde.

›Nimmermehr‹, sagte er, als er Gökhans Fuß beiseitegeschoben und die letzten acht Stellen vor dem Komma notiert hatte, ›nimmermehr.‹

Gökhan erbleichte, und ein seit über einem Jahr zurückgehaltener Seufzer entwich seiner Kehle.

Drei Tage irrte er aschfahl durch die Stadt, ehe Berkel und Munir ihn fanden. Pistolen- und Musketenläufe konnte man ihn in jenen Tagen nicht drehen lassen; aber auch zum Belüften des Schmiedefeuers, zum Kugelgießen oder Kohlkopfzerschießen war er nicht zu gebrauchen, da er nach jedem Handgriff eine Stunde auf den Boden starrte. Munir, Gülbahar und Berkel wussten sich keinen Rat, aber auch Hacivat und Şengül nicht. In dieser verfahrenen Situation schlug nun endlich die Stunde von Gökhans gelehrtem Schwager Kemal: Dieser berichtete, einst von einem attischen Erfinder gelesen zu haben, welcher mit künstlichen Flügeln aus Leisten und Vogelfedern in den Himmel aufgestiegen sein soll. Zwar halte er dies für eine typische Aufschneiderei der Griechen, denn die menschlichen Knochen seien zu schwer und selbst Gökhans kräftige Brust niemals ausdauernd genug, um mehrere Stunden sein eigenes Gewicht durch den Himmel zu tragen. Mit fest versteiften Flügeln aber könne man von einem erhöhten Punkt aus herabgleiten, wie einst Abbas Ibn Firnās in Córdoba vom *Berg der* 225
Braut. – Hier horchte Gökhan auf, schien der Name des Berges doch ein untrügliches Zeichen dafür, dass diese Methode für sein Ansinnen die richtige sein müsse.

Bei einem Flug in tiefster Nacht, fuhr Kemal indes fort, gehe zudem keine Gefahr von der Sonne aus – das Wachs werde also nicht zerfließen und die Federn würden somit nicht abfallen. Allerdings solle Gökhan auf keinen Fall vergessen, sich auch einen Vogelschwanz zu bauen, sonst werde er sich, wie einst der wagemutige Ibn Firnās, beim Landen beide Beine brechen.

Am Ende jener Woche waren alle Vorbereitungen getroffen: ein Sack mit Federn, ein Eimer voll Wachs, stabile Leisten und Proviant für drei Tage sowie eine Bergmannsaxt waren herbeigeschafft; auch das Pulver war eingefüllt und die Lunten waren gelegt. Am siebten Morgen ließ Gökhan sich barbieren, maniküren, die Stiefel polieren, den Turban so hoch wie möglich winden, und als er auch damit fertig war, ging er noch einmal zu seinen Eltern und küsste ihre Hände. Dann trat er hinaus in die Gasse, um unter dem Fenster des Hauses schräg gegenüber seine Abreise zum Mond und die alsbaldige Hochzeit anzukündigen. Kaum hatte er seinen ersten Satz beendet, öffnete Hasan die Tür.

›Teurer Bruder‹, sagte er und senkte seinen Blick, ›meine geliebte Schwester Ipek liegt seit gestern Abend in schwerstem Fieber. Weder das Pulver des Arztes noch Sardellen wollen helfen: Die Stunde scheint nah – und, so verkündete der einzige Prophet uns die Worte des Allmächtigen: wo immer ihr seid, der Tod wird euch erreichen. Also komm herein und bete mit uns um die Vergebung der Sünden meiner geliebten Schwester.‹

Kaum hatte Hasan dies gesagt, da drang ein Klageschrei aus dem Haus, das für Gökhan immer das Haus schräg gegenüber bleiben sollte.«

226 »Und«, sagte Aytekin, nachdem er einen Zug aus der soeben
servierten Pfeife genommen hatte, »während nun also der Leib
der Toten aus jenem Haus schräg gegenüber gewaschen, be-
klagt und beigesetzt wird und die Seele der Toten aus jenem
Haus schräg gegenüber vor dem himmlischen Zwischengericht
steht und schließlich auch Gökhans Seele die Engel der frohen
Botschaft erblickt, werdet ihr, meine Freunde, sogleich hören
können, wie ein halbes Jahrhundert später der tollkühne Lagari
227 Hasan Çelebi in Gökhans Fußstapfen tritt.«

»Nein, nein! Halt!, halt«, riefen Theodor und Jean-Paul unisono.

»Erzähl doch erst einmal –«, stieß Jean-Paul nun hervor, und Theodor fiel ihm ins Wort, »– wie es mit seiner Mondreise weitergegangen ist! Und wie genau hat dieses Fluggerät ausgesehen?«

Ihr Bitten wurde bald zum Betteln, schließlich sogar zum Bestechungsversuch. Aytekin nahm einen weiteren tiefen Zug aus seiner Pfeife und grinste bis über beide Ohren.

Am nächsten Morgen erhielt Theodor ein Telegramm aus Nizza. Darin teilte Eleonore ihm mit, dass sie erwarte, Mittwochmittag am Port-Aviation erwartet zu werden. Theodor erblasste – und gewann in den verbleibenden Tagen kaum Farbe wieder, weshalb ihm auf der kurzen Zugfahrt nach Viry-Châtillon zahlreiche Ratschläge zur Abwehr der Ferriviatopathie unterbreitet wurden.

Bereits von der Kraftkutsche aus sah er über den Wipfeln
des Waldes einen Zeppelin näher kommen, den der Taxifahrer 227
als das franco-lützebuergische Linienluftschiff *La Commodité* identifizierte: Von Kaiser Wilhelms Marine außer Dienst gestellt und verkauft, befördere es nunmehr zahlungskräftige Zivilisten von Mondorf-les-Bains bis zur Côte d'Azur und retour. Im langgestreckten Schatten des Luftschiffes, der während der
Landung auf ihn und das Bodenpersonal fiel, fröstelte Theodor. 228
Die Luftschrauben wehten ihm den Hut vom Kopf, brachten auch noch seine Frisur durcheinander. Nicht einmal der einfachste der französischen Liebesschwüre, die er in den letzten Wochen gelernt hatte, wollte ihm über die Lippen, als Eleonore aus der Passagiergondel der *Commodité* stieg.

»Hast du dich gut erholt, Guillaume?«, begrüßte sie ihn.

Eleonore sah blendend aus und küsste Theodor, als dieser zu ihr in die Kutsche stieg. Zu allem Übel blies auf der Rückfahrt ein lauer Frühlingswind unter das Verdeck – Theodor konnte einfach nicht anders, als Eleonore doch noch in den Genuss seiner neuen, beinahe akzentfreien Fähigkeiten kommen zu lassen.

Beim Dinner verkündete Eleonore, dass sie bereits Anfang der kommenden Woche nach Leipzig zurückkehren werde, da sie von den Briefen ihres Vaters alarmiert sei: Dieser spiele mittlerweile ernsthaft mit dem Gedanken, die komplette Produktion eines Flugzeugprototyps zu finanzieren.

»Papa ist so schrecklich unvernünftig, und aus der Ferne will er einfach nicht auf mich hören«, sagte sie. »Wenngleich über dein Gehalt ein Teil des Geldes an uns zurückfließt, sehe ich nicht ein, dass Papa noch mehr Kapital in eure klapprigen Flugkisten steckt. Außer zum Erschrecken von Bauern sind diese Dinger doch zu nichts zu gebrauchen. Sag jetzt bitte nichts, Guillaume! Selbst wenn sie irgendwann einmal zu irgendetwas zu gebrauchen sein werden – mit einem Zeppelin fährt man einfach viel bequemer. Du hättest dir wirklich den Innenraum der Passagiergondel anschauen sollen! Oder ist dir kürzlich irgendeine Flugkiste mit Mahagonitäfelung und Perserteppichen untergekommen?«

»Ich bitte dich, Eleonore, so lass dir doch erklären–«

»Ach, Guillaume«, sagte Eleonore.

Drei: Worin es mit Theodor weiter aufwärtsgehen soll (El – Yo)

Elementwechsel

Theodor folgte den taktischen Vorgaben, die Kommerzienrat Beyer für das Neujahrsbankett ausgegeben hatte, und verstrickte
seinen Tischnachbarn, Generalmajor von Bölz, erst nach dem 228
Hauptgericht in ein Gespräch über die Aviatik: Das Potential des Flugapparates harre noch immer seiner Entfesselung – obwohl doch jeder weitere Aufschub verheerende Konsequenzen nach sich ziehen müsse, da das Reich allen aviatischen Mächten eine entblößte Flanke biete.

Unversehens überwand der Generalmajor seine Sättigungsstarre: »Bitte meine Zerstreutheit zu entschuldigen. Bei welcher Stabsabteilung, sagten Sie, war es Ihnen vergönnt gedient zu haben?«

Von Bölz nutzte Theodors Zögern, um weiter vorzustoßen: Er halte es für verfrüht, wenn nicht gar wahnwitzig, Flugkisten unmittelbar im Waffengang einzusetzen. Adäquate Aufgaben fänden sich bestenfalls im Bereich der Feindaufklärung, der Feindverwirrung oder des Frontmeldewesens. Das Wohl und Werden des Reiches aber könne nur auf dem beanspruchten Boden sowie, ganz im Sinne Seiner Majestät, zu hoher See errungen werden.

»Gewiss, Herr Generalmajor. Gleichwohl könnten die Luftgeschwader in einem Ozean agieren, der allerorten schiffbar ist und bis zum Quartier des gegnerischen Generalstabs reicht«, parierte Theodor. – Die Aufmerksamkeit des Generalmajors war jedoch
bereits vom Einmarsch der Servicebrigade gebunden, welche 229
vier Riessche Torten auftrug und diese mit Kerzen bestückten Kunstwerke des Küchenkonditors zu einer *1914* aufreihte.

In Windeseile, so rapportierte es Theodor später, hatte sich von Bölz bis zu den Epauletten in die Eierlikörcrème gegraben.

Noch vor Ablauf des Jahres kam Generalmajor von Bölz auf Theodor zurück: Er sei damit betraut, das Zusammenspiel zwischen Stab, Truppe und Industrie zu verfeinern, um schnellstmöglich Abhilfe für die in der Luft bedrängten Aufklärer zu schaffen und die Angriffe der Entente auf die atmosphärische Flanke des Reiches abzuweisen. Mittelfristig gelte es, die volle offensive Schlagkraft der Aviatik zu entfesseln.

Dies bot Theodor die Gelegenheit, sich mit einer Denkschrift über einfache, zuverlässige und preiswerte Flugzeuge hervorzutun – indem er seine Kenntnisse der Fordschen Fließbandtechnik mit Verlautbarungen der Obersten Heeresleitung zu eigenen, gleichwohl zwingend anmutenden Argumenten verquickte.

Einmal in Schwung, fasste er überdies seine lang zurückgehaltenen Überlegungen zu einem Raketenflugapparat zusammen: Entschlossenes Handeln sei nötig, da die französische Seite das Potential der Raketistik bereits kenne oder doch wenigstens erahne und man technisch ins Hintertreffen zu geraten drohe, wenn nicht umgehend –, und so weiter. Obwohl er dabei weder auf Jules Verne noch auf die frühen osmanischen Raketenversuche einging, hielt Beyer es für unangebracht, letztere Denkschrift an Generaloberst von Bölz weiterzuleiten.

☞ Engpässe

Engpässe

Die goldene Zukunft des Flugwesens – und damit Theodors Zukunft – lag mit einem Mal vor aller Augen offen. Sogar Eleonore, die ihrem Vater bisher von weiteren Investitionen in die Flugzeugindustrie abgeraten hatte, wurde einsichtig und zeigte bald selbst Gefallen an den immer schnittiger werdenden Maschinen.

Die Produktion lief so hervorragend, dass Theodor sich von früh bis spät in jeglichem Sinn tatkräftig zeigen musste: Es galt, neue Aufträge abzuwehren, den Fertigungstakt zu erhöhen sowie die Technik von Beuteflugzeugen unter die Lupe zu nehmen. Auch wollten die nunmehr umstandslos eingehenden Gelder verbucht und zur Vermehrung angeregt werden. Und immer wieder musste Theodor Jagdflieger davon abhalten, ihr 229
Flugzeug zu besteigen, ehe es die Fließfertigungsanlage verließ. Doch obwohl Theodor das Flugzeugwerk fast alleine führte und, unter der Hand, sogar für einen Verdienstorden im Gespräch war, fand Beyer nie den passenden Zeitpunkt, seinen Assistenten offiziell zum Vizedirektor zu ernennen: Immerzu brachen irgendwo Frontabschnitte auf oder gar zusammen, wieder und wieder fiel irgendein Fliegerheld vom Himmel, oder es haperte schlicht am Champagnernachschub.

»So gut dieser Krieg dem Fortschritt auch tut«, erklärte Theodor seiner Tochter, »er ist und bleibt eine zweischneidige Angelegenheit.«

»Tut-tut«, antwortete Emmeline.

Als schließlich die Materialzufuhr des Flugzeugwerks immer stärker ausdünnte, fand Theodor zuweilen Muße, Alternativpläne zu schmieden. Die neuesten Flugzeugtypen schienen ihm inzwischen auch für die breitangelegte Personenbeförderung reif: Der – in Friedenszeiten – allerorten schiffbare Luftozean, welcher bis an jedermanns Haustür reiche, könne folglich für die allgemeine und alltägliche Nutzung erschlossen werden. Direktor Beyer, der unlängst zum *Geheimen* Kommerzienrat aufgestiegen war, ließ er in diesen Plänen außen vor.

Doch noch ehe Theodor Vorgespräche mit aufgeschlossenen Flugzeugfabrikanten und Taxameterherstellern anbahnen konnte, ließen ein paar Generäle Verträge unterzeichnen, die, nach Theodors Ansicht, das Papier nicht wert waren, auf denen sie geschrieben standen.

»Wie, um alles in der Welt, kann man denn diesen Krieg be-

enden, ehe nicht die Zukunft unseres Flugwesens gesichert ist«,
229 fragte er Werkspilot Koldewitz und Eleonore und Emmeline und sich selbst immer wieder.

☞ Turbulenzen

Fingerspitzengefühl

230 Bereits am folgenden Tag klagte Anna die ihr versprochene Spritztour ein, ließ sich nicht von Theodors Ausflüchten beirren: In den Augen ihres Vaters würde es unsportlich wirken, wenn sie ihm ein Bukett aus Berlin ans Krankenbett lieferten, und Ludwig wäre zweifellos pikiert, wenn er bei seiner Rückkehr aus Rio erführe, dass seine Verlobte so schändlich von Theodor hängengelassen wurde.

Theodor polierte vorsichtshalber noch einmal die Frontscheibe und fuhr, so behutsam er konnte – bediente das Gaspedal viel zu zaghaft: An einer Eisenbahnschranke musste er aussteigen, um den abgewürgten Motor wieder anzukurbeln, und als er wieder einsteigen wollte, war Anna bereits auf den Fahrersitz gerutscht.

Drei Wochen später steuerte Anna seinen *Opel* das erste Mal nonstop bis Rheinsberg. Auf Theodors Kompliment hin beugte sie sich zu ihm herüber. Theodor fühlte sich durch die Zielstrebigkeit und Finesse, mit der Anna ihm beim Küssen auf die Zunge biss, unter Zugzwang gesetzt, sich unverzüglich ein wenig zu verlieben: An den folgenden Samstagen tanzte er ausschließlich mit Ortrun, der Tochter des Kunsthändlers Bloomwald – der sich, neben seinem umstrittenen Kunstverstand, insbesondere dadurch auszeichnete, in keinerlei Beziehung zu
231 den Familien Borsig, Bendix oder von Grimmelsberg zu stehen.

Als Benjamin wenig später darüber klagte, dass sich Anna Katharina in letzter Zeit zur Xanthippe entwickelt habe und schrecklich blasslippig wäre, gelang es Theodor, in nonchalantem Tonfall zu erwidern, Fräulein Täppchen sei womög-

lich aus Sehnsucht Nihilistin oder Opiumistin geworden –
immerhin weile ihr Verlobter bereits neun Wochen länger als
geplant in Südamerika. Der junge Bendix winkte grinsend ab
und meinte, er kenne eine ganze Reihe einsamer Weiber, die 231
dem Nihilinum und dem Laudanum zusprächen: »Die reinsten
Kätzchen, mein Bester.«

☞ Revolutionspotential

Fluktuationen

Am nächsten Morgen flog Direktor Bendix mit Freya Wo-
losokowska in die Schweiz. Nachdem die beiden den kleinen
Wiktor im Davoser Sanatorium besucht hatten, nutzten sie die 232
günstige Thermik für einen dreiwöchigen Abstecher an die
Côte d'Azur. Noch am Tag ihrer Rückkehr nach Berlin gaben
die beiden ihre alsbaldige Hochzeit bekannt; und Benjamin
Bendix fügte mit gehobenem Glas hinzu, er scheide mit sofor-
tiger Wirkung aus dem Unternehmen aus.

Da Direktor Borsig noch immer in Rio weilte, waren nun beide Direktorensessel vakant – was der Generaldirektor, in Anbetracht kurz bevorstehender Geschäftsabschlüsse und pressierender Übernahmen, als unhaltbar erkannte: Schließlich müsse er an seine Gesundheit denken und heuer noch drei, wenn nicht gar vier Monate kuren. Notgedrungen ernannte er Chefsekretär Deitze zum Direktor und Theodor zum kommissarischen Vizedirektor des Unternehmens. Nach dieser Restrukturierung verabschiedete sich der kantige Alte und überließ es Theodor, Lösungen für die anstehenden Herausforderungen und ein Hochzeitsgeschenk für Benjamin Bendix und dessen reizende Verlobte zu finden.

☞ Weihnachtstief

Interessensphären

Theodor tanzte in Gedanken noch Wange an Wange mit Freya Wolosokowska, als Generaldirektor von Grimmelsberg die Bürotür aufstieß und mit seinem Gehstock gegen den

Schreibtisch pochte: »Das rote Gesindel hält seine Klauen also über ihrer Erbschaft, was? Und wir sollen in die Bresche springen und ihr zurückgelassenes Vermögen repatriieren – damit Baronin *Ohneland* es gewinnbringend in die deutsche Luftfahrt investieren kann?«

Zögernd nickte Theodor und wollte gerade seine diesbezüglichen Pläne erläutern, als Direktor Bendix hinter dem kantigen Alten auftauchte: »Wenn die Bolschewiken sie enteignet haben, wer begleicht dann eigentlich die saftigen Rechnungen der Wolosokowska?«

Theodor wurde noch ein wenig kleiner auf seinem Stuhl: »Ihr Hotelzimmer läuft vorerst auf unsere Handkasse, wie der Herr Generaldirektor –«

»Und die Seelenreparatur ihres Sohnes?«

»Das Sanatorium zahlt Frau Baronin aus eigener Kasse. Vermutlich.«

»Da lassen Sie sich weiß Gott zu Spekulationen hinreißen. Ich glaubte bislang, Köpfe wie Sie seien immun gegen weibliche Reize«, erwiderte Direktor Bendix. »Ich habe heute Morgen mit Litauen telegraphiert – aus eigener Kasse könnte die Wolosokowska nicht einmal mehr eine Tasse Tee bezahlen.«

Bendix legte seine Trapflinte auf Theodors Schreibtisch, ehe er sich dem kantigen Alten zuwandte: »Ich werde diese Angelegenheit persönlich in die Hand nehmen.«

☞ Fluktuation

Keiler

Mit seinem neuen, noch störrischen *Opel* trieb Theo-
233 dor den Butler der Täppchens auf die zweite Stufe der Freitreppe. Angesichts der Miene des Butlers war er froh, dass ihm Anna aus dem Vestibül entgegenkam. Es schien ihm unumgänglich, sie und den Butler darüber aufzuklären, dass die Wagenlenkung ineffizient sei: Das Verhältnis von eingesetzter Kraft und resultierender Wirkung müsse dringend verbessert werden – er habe da bereits ein paar Ideen. Allerdings

sehe er das Automobil sowieso bloß als eine vorübergehende Erscheinung beziehungsweise als ein Sportgerät. Aber die Optimierung der Steuerung spiele auch in der Luftfahrt eine entscheidende Rolle.

Anna erwiderte, er brauche ihr keinen Sand in die Augen zu streuen, er sei ganz offensichtlich viel zu temperamentvoll für ein Automobil. Sie bewirtete ihn mit Kaffee, Eiscrème und Torte und legte die neuesten Platten auf, die Ludwig ihr aus Amerika mitgebracht hatte. Nachdem die beiden mit sämtlichen Tanzschritten an der Musik gescheitert waren, lümmelten sie sich auf der Terrasse in die Sonnenstühle. Es war ein frühreifer Mainachmittag, und sie unterhielten sich prächtig über Heli-, Gyro- und Quadrocopter – die Theodor zufolge allenfalls als aviatische Modeerscheinung gelten konnten –, als Annas Vater mit den Hunden aus dem Garten kam und ihnen seinen Jagderfolg präsentierte. In Annas Blick glaubte Theodor tiefe Abneigung gegen den Jagdsport, womöglich gar Ekel vor toten Eichhörnchen und Elstern auszumachen, weshalb er ihr als Ablenkung anbot, eine kleine Spritztour zu unternehmen.

»Junger Mann, meine Tochter steigt in kein Automobil, das nicht von mir gesteuert wird. Es sei denn, ich habe den Fahrzeugführer examiniert«, verkündete der Konservenkaiser.

»Selbstverständlich, Herr Täppchen. Es wäre mir ein ausgesprochenes Vergnügen«, sagte Theodor. Anna seufzte leise.

Ungeachtet der Fußgänger und Lastenkutscher, die ihnen stil- 233
lose Flüche hinterherschickten, schien der alte Täppchen nicht völlig unzufrieden mit Theodors Fahrgeschick. Er erzählte, dass er – seinerzeit noch in Hameln – der Erste gewesen sei, der vom Hochrad auf ein Niederrad und schließlich auf ein Kraftrad umgestiegen sei. Von Letzterem habe ihm seine Gemahlin jedoch an ihrem Sterbebett abschwören lassen: wegen der Verantwortung für das bald mutterlose Kind und wegen seines fortgeschrittenen Alters. – Zum Glück habe seine selige Frau Gemahlin nur von Zweirädern gesprochen.

Den Blick starr voraus, umriss Theodor daraufhin die kausale Abhängigkeit seiner eigenen Existenz vom Sicherheitsniederrad, sprich: die eher rabiate als romantische erste Begegnung seiner Eltern – ein geplatzter Reifen, ein ramponierter Rock und so weiter. Dies wiederum brachte ihn, beinahe zwangsläufig, auf seine Erkenntnis zu sprechen, dass die Geschichte der Unfälle und Katastrophen stets auch eine Geschichte der Chancen sei. Ob der Konservenkaiser bejahend oder lediglich aufgrund der Schlaglöcher nickte, konnte Theodor nicht ausmachen.

An der Avus angekommen, stieg Täppchen in seinen eigenen Wagen, mit dem ihnen der Butler vorsichtig gefolgt war. Als dieser sich zwischen die beiden Wagen stellte und einen Revolver lud, begriff Theodor, dass sein Examen noch nicht zu Ende war. Der alte Täppchen rief zu ihm herüber: »Erst an der äußersten Grenze des Möglichen zeigt sich die Herrschaft über das Automobil. Möge der Bessere gewinnen.«

Ein Schädelbasisbruch nebst beidseitiger Schlüsselbeinfraktur sowie drei frei flottierende Rippen sind wahrlich kein Pappenstiel – und so dauerte es volle vier Tage, bis der verunglückte Täppchen wieder zu Bewusstsein gelangte. Er gestand Theodor anerkennend zu, sein Fahrzeug geschickter um die Wildschweine gesteuert zu haben.

Ehe Theodor den Konservenkaiser über dessen Trugschluss aufklären konnte, bedeutete ihm dieser, zu schweigen und sich weiter herabzubeugen: »Schwören Sie, mein Ännchen niemals ans Steuer zu lassen«, röchelte er, »andernfalls wird meine Erlaubnis hinfällig.«

☞ Fingerspitzengefühl

Lehreinheiten

233 In Theodors Augen konnte Wassili Michailowitsch Owogow weder didaktisch noch methodisch mit seinem einstigen Französischlehrer Jean-Paul mithalten. Owogow schwor auf das Memorieren von Konjugationstabellen, und seine Lektionen

basierten entweder auf Teterewkins Elegien oder auf Tolstois 233
Evangelien. Während der Konversationsübungen erzählte der
vertrocknete Junggeselle am liebsten von den Menschlichen 234
Kanonenkugeln, die er als Knabe auf dem Jahrmarkt in Pskow
gesehen hatte.

»Und auch der Wortbestand seiner übrigen Anekdoten hat, in einer ebenso hochentwickelten wie schnelllebigen Ära wie der unseren, kaum mehr Relevanz«, äußerte Theodor gegenüber von Grimmelsberg – was dieser jedoch mit nahezu kantenfreier Miene abtat: »Ruhig Blut, mein Junge! Wir wollen Sie ja nicht an die Moskauer Universität entsenden.«

☞ Venus von Vilnius

Multiplikator

Von einem avancierten Verkehrskonzept war seit seiner Rekrutierung nie wieder die Rede gewesen. Vielmehr schienen die Kunden des kantigen Alten sehr genaue Vorstellungen zu haben, wie ihre Geschäfte am Laufen gehalten und befördert werden konnten. Die Worte der Stunde waren *Export* und *Fusion*.

Während Benjamin Bendix und Ludwig Borsig nach London oder Oslo oder New York fuhren, um mit künftigen Abnehmern oder Partnern zu konferieren, konnte sich Theodor ausschließlich in Berlin tatkräftig zeigen. Desto genauer achtete er darauf, mit seiner Arbeit die diffusen Ziele der von Grimmelsbergschen Unternehmung allzeit überdurchschnittlich zu erfüllen: Er organisierte Überführungen für sämtliche Luftfahrzeugtypen, verhandelte mit dem Luftschifferbund, mit Versicherungen und Zollbehörden. Er beobachtete Kursschwankungen, dehnte Gewinnspannen und erstellte überdies erste Kalkulationen zur Gründung einer Vereinigten Luftfahrtgesellschaft. Als er eine Gehaltserhöhung für sich selbst vorschlug, zeichnete der kantige Alte die Anweisung mit einem Schmunzeln gegen, das Theodor ganz nebenbei erste Einsichten in den Kubismus verschaffte.

Von diesen ersten Erfolgen beflügelt, stürzte er sich noch

tiefer in seine Arbeit. Er wälzte bis in die Nacht hinein die Kartellverordnung, Fachartikel zur Golddeckung des Geldes oder die Geschäftspost der Direktoren. Auch streute er regelmäßig Denkschriften zwischen die Unterlagen des kantigen Alten – Verbesserungsvorschläge, die er zuvor in weinbrandseligen Gesprächen mit Piloten, Werksingenieuren und Zulieferern aufgeschnappt und anschließend mit individueller Note aufbereitet hatte.

☞ Keiler

Passung

Als Theodor zu seiner dritten und letzten Hochzeitsreise aufbrach, sah er allenfalls wie Mitte dreißig aus und schien somit
235 maximal fünfzehn Jahre älter als seine Gattin Gerhild zu sein. Den tatsächlichen Unterschied half auch Gerhild zu verringern, die bereits seit Ende der Oberrealschule ihr Bestes gab, älter zu wirken, als sie war.

Nach Anna Katharinas Tod hatte Theodor sich vier Jahre lang nur wenig für sein Vermögen und noch weniger für Frauen interessiert, war einzig in seiner Arbeit im Reichsverkehrsministerium aufgegangen. Mittlerweile lag seine Demission bereits weitere vier Jahre hinter ihm, und er bezeichnete sich in aller Öffentlichkeit als *vollends seiner Gerhild verfallen.*

Zwischen ihren brünetten Haarschnecken hatte Gerhild die Erkenntnisse aus Wissenschaft und Technik – von der Psychoanalyse über die Physiognomik bis hin zur Physikotherapeutik – sorgsam verstaut. Letztere hatte sie zu überraschenden Anwendungen weiterentwickelt, die Theodor überzeugt hatten, dass sie auch so etwas nicht zum ersten Mal machte. Mit Newtons Gesetzen und mit Kraftvektoren vergnügte sie sich wie andere mit Spielzeug oder mit Stricknadeln; und das oberste Glied ihres rechten Ringfingers hatte sie bereits mit dreizehn beim Sezieren eines Feuerwerkskörpers verloren. In diesem Zusammenhang war Theodor einmal der Begriff *Seelenverwandtschaft*

herausgerutscht, aber das hatte Gerhild nicht gelten lassen wollen – da es ja, unter naturwissenschaftlichen Gesichtspunkten,
um die Seele nicht anders als um den Golem oder Knecht Rup- 236
recht bestellt sei.

☞ Privatsekretär

Privatsekretär

In der Ewigen Stadt gabelte das Flitterpaar einen jungen Schwaben namens Joachim Hering auf. Dessen Schwärmerei für den Duce schlug sich in einer besonderen Hingabe zur römischen Geschichte und zu italienischen Getränken nieder. Theodor und Gerhild waren sich sofort einig, ihren intelligenten Landsmann unter die Fittiche zu nehmen: Sie strapazierten seine Lateinkenntnisse, schwadronierten mit ihm
über Hannibal und da Vinci und ließen sich sämtliche alten 237
Steine Roms zeigen. Anfänglich hegten sie den Verdacht, der junge Schwabe leide an einer Art Hyperkinese, da dieser weder ruhig sitzen noch stehen bleiben konnte und sich unablässig umblickte. Während eines Stadtrundgangs verschwand er gar mitten im Satz spurlos – weshalb Theodor im Reiseführer nachschlagen musste, wie der berühmte Panther hieß, der aufgrund der einseitigen Diät mit Christen an Verdauungsbeschwerden gelitten hatte.

Wenige Tage später, während eines Picknicks, wurde der Schwabe derart nervös, dass sie ihn nur mit Mühe davon abhalten konnten, in den Tiber zu springen. Hiervon beunruhigt, verfrachteten sie Hering zu ihrem Hotel. Wie sich nach Verabreichung hochdosierter Hausmittel herausstellte, hatte Hering seine Rückreise aus Neapel angetreten, ohne seine Spielschulden zu begleichen. Als Gerhild ihn fragte, um welche Summe es sich handele, erlitt der Schwabe einen nervösen Rückfall – stotterte aber nach Verabreichung einer Dosis Acquavite doch noch eine Summe heraus.

»Chapeau! Da rechnet es sich für die Schuldeneintreiber, Ihnen bis nach Rom zu folgen«, meinte Theodor. Er kalkulierte kurz und schlug dann vor, Herings Schulden zu übernehmen, wenn dieser sich im Gegenzug für fünf Jahre als sein Sekretär verpflichten wolle. Es stünden in nächster Zeit ein paar kleine Projekte an: Kapitalumschichtungen, der Ausbau des Familienanwesens und seine Autobiographie – da gäbe es eine Menge Kleinarbeit, bei der er ihm zuarbeiten könne. Der junge Schwabe nickte schaffensfreudig.

Im Zug nach Berlin kam Theodor zu der Überzeugung, eine gute Wahl getroffen zu haben – Joachim unterhielt Gerhild hervorragend und hatte ein Händchen für Tee. Dass der junge Schwabe ein wenig zu unkonventionell Schach spielte, ließ Theodor ihm vorerst durchgehen, da ihn dies an seine eigenen stürmischen Jahre erinnerte und da Joachim mit seiner offensiven Blitzstrategie zumindest an Gerhild scheiterte. Außerdem zeigte er sich anstellig: Wenige Tage nachdem Theodor darüber sinniert hatte, dass ein Schachautomat sämtliche Spielertemperamente in sich vereinigen könnte, legte ihm Joachim eine recht brauchbare Aufstellung aller seit der Antike konstruierten Automaten und Androiden sowie aller am Markt verfügbaren Rechen-, Lyrik- und Komponiermaschinen vor.

Als Theodor diese Aufstellung durchgesehen hatte, fühlte er sich wie erschlagen – der Weg zum Fortschritt erschien ihm abermals auf qualvolle Weise verworren und unbeständig.

»Man kann doch deshalb nicht schon wieder einen Krieg beginnen. Zumindest nicht allein, um die Automaten voranzubringen. Das war nicht einmal der Aviatik vergönnt«, sagte er, als er sich ein wenig gefangen hatte.

Der junge Schwabe, der den Weltkrieg lediglich vom Hörensagen kannte und mit Luftfahrzeugen fast so selbstverständlich wie mit dem Brummkreisel in seinem Laufgitter aufgewachsen war, wusste ganz offensichtlich nichts darauf zu antworten und fragte, ob er vielleicht einen Tee servieren solle.

☞ Yo-Yo

Revolutionspotential

Eines Tages rief der Generaldirektor Theodor zu sich. Der Alte saß paffend hinterm Schreibtisch und zeigte sich von seiner kantigsten Seite: Die überproportional häufige Nutzung der Floskel *revolutionäre Neuerung* in Theodors Denkschriften werfe heikle Fragen auf. Zwar deute dessen Wortwahl noch nicht zwingend auf eine bolschewistische Gesinnung hin, gleichwohl lasse sie auf schlechten, mithin geschäftsschädigenden Umgang oder auf äußerst fragwürdige Lektüre schließen.

Zu seiner Verteidigung brachte Theodor vor, dass er beinahe ausschließlich mit Bekannten der Direktoren Bendix und Borsig
verkehre. Dass er außer Oberths *Rakete zu den Planetenräumen* 238
seit Wochen kein Buch zur Hand genommen hatte, konnte er nicht mehr anbringen, da ihm der Generaldirektor mit einem Wink zu schweigen bedeutete. Theodor spürte heftiges Flattern und Krampfen in der Magengegend, als er die zahlreichen grünen Wellenlinien auf der Denkschrift sah, die vor seinen Füßen zu liegen kam. Und der kantige Alte kannte kein Erbarmen, schob eine markierte Denkschrift nach der anderen über den Schreibtisch. – Wie ein Croupier, dachte Theodor und entschied sich, da dieses Bild nun einmal in der Welt war, alles auf eine Karte zu setzen. Er erklärte, dass ihm jedweder umstürzlerische Gedanke zuwiderlaufe – bekanntlich habe sich bereits sein Großvater, Theodor Ernst Leopold Leudoldt, für das Emporkommen des Reiches bajonettieren lassen und sein Vater, Josef Leopold Leudoldt, habe mit Leib und Leben für Gotha und das Wohl der Versicherung eingestanden. Ganz in dieser stolzen Tradition opfere er, Theodor Wilhelm Leudoldt, sich tagtäglich auf, um das Luftfahrtwesen zügig voranzubringen! Eben diese seine geschäftsfördernde Veranlagung qualifiziere ihn geradezu für einen alsbaldigen und angemessenen Aufstieg! Kurzum: Er könne sich durchaus vorstellen, den Posten des Vizedirektors zu übernehmen, der durch die bevorstehende Gründung der *Luft Hansa* entstünde.

Das Ziel der nunmehr einsetzenden Umbauarbeiten in den Gesichtszügen des kantigen Alten blieb aufgrund disparater

Vektoren und unausgesprochener Überlegungen eine grausame Weile lang unklar.

»Da kalkulieren Sie defizitär«, stieß der Generaldirektor schließlich hervor, »nichtsdestoweniger endlich mit dem rechten Schneid. Aber jetzt, da mit unserem Generalfeldmarschall wieder ein Titan an der Spitze des Staates steht, ist es doch nur noch eine Frage der Zeit, bis wir Sie an weitaus geeigneterer Stelle einsetzen können.«

Die Miene des Alten war inzwischen zu einem klar definierten Schmunzeln geronnen. Er stellte Theodor – als Vorschuss – eine markantere Visitenkarte in Aussicht und verabschiedete ihn mit dem Hinweis, dass es hilfreich wäre, wenn er in den nächsten Wochen ein wenig Russisch lernen würde.

Da Theodor sich noch flau in der Magengegend fühlte, verkniff er sich die Frage, ob nicht dies gerade die Muttersprache der Bolschewiken sei; stattdessen achtete er darauf, die Tür schwungvoll, aber lautlos hinter sich zu schließen.

☞ Lehreinheiten

Superpositionen

Generaldirektor von Grimmelsberg platzierte Theodor an einem Schreibtisch in der Einflugschneise zu den Büros von Benjamin Bendix und Ludwig Borsig, den designierten Direktoren des Unternehmens – die momentan noch auf Norderney weilten. Seine erste Aufgabe bestand darin, eine Stenotypistin, eine Te-
238 lefonistin, zwei Chauffeure sowie einen Botenjungen einzustellen – Ingenieure oder Arbeiter wären hingegen nicht vonnöten, hatte von Grimmelsberg klargestellt. Nachdem auch Karl Anton Deitze, der vom Generaldirektor persönlich auserkorene Chefsekretär, sein Büro bezogen hatte, war die Belegschaft des Unternehmens folglich komplett und bereitete alles für die Ankunft der Direktoren Bendix und Borsig vor. Nach Berlin zurückgekehrt, machten sich die beiden unverzüglich daran, die Ortskenntnisse und die Fahrtüchtigkeit der Chauffeure zu prüfen.

Benjamin Bendix war ein Schwippschwager der Tochter des 239
kantigen Alten und Ludwig Borsig der Adoptivsohn eines Urgroßcousins des Eisenbahnmagnaten Borsig. Ohne Eile, aber unaufhaltsam sollten die beiden darauf vorbereitet werden, nach Erreichen der Volljährigkeit eine Firma, eine Expedition oder wenigstens ihren Hausstand zu führen. Ihre Familiennamen waren wie geschaffen für Visitenkarten und Geschäftsbriefe, ihre Hände prädestiniert für Lenkräder, Trapflinten und graziöse Hüftpartien.

Im Abendlicht ähnelten sie einander wie Zwillinge, weshalb sich ihre Verlobten noch nicht vollends darüber sicher waren, welchen Familiennamen sie nach der Heirat jeweils tragen würden. Als Bendix' Verlobte, Rosa Harbaek, ihnen vom Ausbleiben ihrer Periode berichtete, einigten sich die drei, dass dies auf eine kleine Zyste zurückzuführen sei – worin alsbald auch ein
Gynäkologe mit ihnen übereinstimmte und folglich eine Ek- 240
tomie vornahm. Bei Borsigs Verlobter, Almuth Asslar-Zeiss, sahen sich die beiden gezwungen, ihren Ansatz dahin gehend zu variieren, dass sie zuerst den Gynäkologen überzeugten und dieser schließlich Almuth.

Die jungen Direktoren fanden in Theodor einen patenten Assistenten, der begierig auf seine Arbeit, anpassungsfähig und notfalls im Club vorzeigbar war. Immer öfter kamen die beiden kurz vor Feierabend in die Geschäftsräume des Unternehmens und holten ihn zu Spritztouren, zum Tontaubenschießen oder auf einen Umtrunk ab. Und nachdem er überall eingeführt war, kam ihm bald auch die Aufgabe zu, gelegentlich als Eskorteur und Ersatztanzpartner für Rosa Harbaek zu fungieren.

☞ Wahlverwandtschaft

Treibgut

Theodor wollte nicht abwarten, bis er durch eine Phalanx aus Winkeladvokaten und parteiischen Zeugen schachmatt gesetzt würde, und rettete sich mit zwei Telefonaten auf die angebotenen Remis. Dann nahm er das rohe Schnitzel von seinem geschwollenen Augenlid und packte – verließ Leipzig mit dem nächstbesten Zug.

Als die Gleise an der Küste endeten, stieg Theodor um und fuhr so lange in die Gegenrichtung, bis er an eine frischgezogene Grenze stieß und abermals umkehren musste. Die Eisenbahnabteile und Bahnhöfe schienen zu Notherbergen
241 für schwindsüchtige Kriegsversehrte, flüchtige Spartakisten und abgehalfterte Eminenzen in mottenzerfressenen Pelzen verkommen – federgeschmückte Damenhüte und goldene Taschenuhren machten sich ebenso rar wie Flugzeugfabrikanten, die sich auf Gespräche mit ihm einlassen wollten.

War Theodor anfänglich davon ausgegangen, lediglich auf den nächsten günstigen Aufwind warten zu müssen, um auf eine andere aussichtsreiche Stelle getragen zu werden, keimte in ihm nun allmählich der Verdacht, dass die alte Strömungslehre nicht mehr gültig war und er systematischer als bisher vorgehen müsse. Er fuhr nach Berlin.

☞ Wackelkontakt

Turbulenzen

In Paris trockneten Tinte und Siegelwachs – im Beyerschen Flugzeugwerk trocknete das Schmieröl der Fließfertigungsanlage. Mit der Abschaffung der deutschen Luftstreitkräfte ging für Theodor die Aussetzung seines Arbeitsverhältnisses einher: Selbstverständlich nur vorübergehend, erklärte Direktor Beyer. Als Sklave der Entente wolle man ohnehin nicht arbeiten, und überhaupt, Theodor solle sich endlich einmal eine Atempause gönnen.

Außergewöhnlich früh nach Hause kommend, überraschte Theodor seine Frau mit dem tollkühnen Werkspiloten Koldewitz, der Eleonore im Kaminzimmer unlizenziert Flugstunden gab. Doch erst nachdem Theodor seine Aktentasche neben ihnen zu Boden geschleudert hatte, wandte Eleonore sich ihm zu – wobei ihre Augen wie zwei ausgehungerte Spinnen in einem Netz aus zarten, aber auch geltungssüchtigen Falten lauerten.

Am nächsten Morgen brachte ein Kurier drei Briefe in Theo- 241
dors Ausweichquartier im Hotel *Fürstenhof*: Eleonores Anwalt schrieb, er sei beauftragt, ihm ein Angebot seiner Mandantin zu unterbreiten, das aufgrund der vorliegenden Zeugenaussagen und der eindeutigen Rechtslage als überaus gütig bezeichnet werden müsse. Theodor könne – und dies sei fraglos zum Wohle aller Beteiligten – eine Anklage wegen mutwilliger Sachbeschädigung sowie seelischer Grausamkeit abwenden, wenn er vorbehaltlos in die Scheidung einwillige. Über die Aufteilung des gemeinsamen Besitzes und über die Höhe der Unterhaltszahlung für Eleonore und Emmeline werde man sich gewiss gütlich einigen.

Der Justiziar des Beyerschen Flugzeugwerkes schrieb, er sei von Direktor Beyer mit der Wahrung der Rechte und Ehre des Werkspiloten Koldewitz betraut worden. Ihm lägen genügend Zeugenaussagen und Beweise vor, um Theodor wegen tätlichen Angriffs vor Gericht zu bringen. Wie Theodor – und dies sei zweifelsohne zum Wohle aller Beteiligten – das Verfahren noch abwenden könne, wolle man alsbald in einer Unterredung unter acht Augen klären.

Doktor Heckschers Notar schließlich übersandte Theodor kommentarlos die Kopie einer Schenkungsurkunde, aus der hervorging, dass das Haus und sämtliche anderen seiner Hochzeitsgaben einzig auf Eleonore überschrieben waren.

☞ Treibgut

Umgehungsgeschäft

Im Mai des darauffolgenden Jahres wurde Theodor mit einladender Geste in die von Grimmelsbergsche Villa gebeten. Der
Kammerdiener führte ihn in einen Salon, in dem die Maha- 242
gonimöbel auf Löwenpfoten standen und der Schlachtkreuzer

Lützow noch immer die Wellen der Ostsee durchpflügte. Der
242 kantige Alte von Grimmelsberg und seine Gattin, die dessen Kanten perfekt abzupolstern verstand, versorgten Theodor mit Kirschtorte, Kaffee und Berichten über den Niedergang badischer Kurhotels. Erst kurz vorm Abschied ließ von Grimmelsberg beiläufig die Bemerkung fallen, dass im Reichsverkehrsministerium derzeit nichts zu holen sei – was keineswegs zum Schaden gereiche: »Dieses blutarme Provisorium wird der Bezeichnung *Ministerium* nicht im entferntesten gerecht, und in puncto *Reich* sollten die Herren am Wilhelmsplatz besser ganz schweigen.«

Seine Gattin lachte diese Bemerkung mit molliger Wärme davon, und der Alte von Grimmelsberg fuhr in sachlichem Tonfall fort: »Allerdings bin ich inzwischen von unternehmerischer Seite damit betraut, Verkehrskonzepte voranzutreiben, welche die demütigenden Einschränkungen unserer Luftfahrt legal zu umsteuern vermögen. Kurzum: Ich suche einen Experten für die Planungsabteilung, einen Mann mit Verve und Visionen.«

Theodor nickte. Der Alte erhob sich vom Sofa und streckte ihm die Hand entgegen. So losgelöst von seiner Frau, wurden all seine Kanten sichtbar, aber auch seine großväterlichen Züge. Da Theodor in den letzten Monaten ein klein wenig ausgemergelt war, investierte er keine Kraft in weitere wachsame Erwägungen, sondern achtete darauf, den Handschlag des kantigen Alten mit möglichst präzisem Druck zu erwidern.

☞ Superposition

Venus von Vilnius

Theodors Skepsis gegenüber seinen neuerworbenen Sprachkenntnissen verdichtete sich bei deren Anwendung noch weiter – meinte er doch Spott im Blick von Freya Wolosokowska auszumachen.

Aber nein, er spreche völlig untadeliges Russisch, in dem sogar ein angenehmer aristokratischer Zungenschlag mitschwinge, verstand Theodor ihre Beschwichtigung.

Auf seine Erwiderung hin erntete Theodor einen weiteren halb fragenden, halb spöttischen Blick – und es sollte noch eine Weile dauern, bis er dahinterkam, dass dies auf eine Fehlfunktion ihrer Augenmuskeln zurückzuführen war.

»Вы могут сказать мне в том случае, если изуродовам ваше родной язык«, beharrte Theodor.

»Bin keine Russin, stamm' aus Wilno, echt polnisch«, berichtigte ihn Freya Wolosokowska. Dass sie, nach all seinen Mühen, beinahe akzentfrei Deutsch sprach, wurmte Theodor – jenseits davon war er allerdings erleichtert, das Geschäftliche nicht auf Russisch besprechen zu müssen.

Auf der Fahrt vom Zentralflughafen Tempelhof zu ihrem
Hotel erklärte sie, ihr Vater, Władysław Partatius, sei vor dreißig 242
Jahren nach Russland übergesiedelt, um am Aerodynamischen Forschungsinstitut zu arbeiten. Eben dort, in Katschino, habe sie ihren Ehemann, Baron Fjodor Michailowitsch Wolosokowski, kennengelernt. Mittlerweile lägen beide auf einem Moskauer Friedhof: Ihr Vater sei bei der Gasbefüllung eines Versuchsluftschiffs umgekommen, ihr Mann beim Anlassen eines Flugzeugprototyps. Geblieben sei ihr lediglich Wiktor, ihr Sohn, der allerdings noch immer in einem Schweizer Sanatorium an den Schrecken der letzten Jahre laboriere.

Abgelenkt von dem zarten Flaum, der im Seitenlicht auf ihrer Wange und ihrem Ohrläppchen sichtbar wurde, überlegte Theodor laut: »Wieso um alles in der Welt wollen Sie Ihr Familienvermögen nach all diesen Schicksalsschlägen weiterhin in die Luftfahrt stecken?«

»Nun, durchaus nicht das gesamte«, erwiderte Freya Wolosokowska, »vorerst nur den Anteil, den Papa für die Verwirklichung seines Traumes bestimmt hat. Er verstarb gerade noch rechtzeitig, um nicht den Glauben an die heilsbringenden Impulse des Fliegens verlieren zu müssen.«

Baronin Wolosokowska bestand darauf, Theodor müsse sie Freya nennen und ihr überdies am Abend Gesellschaft leisten,

schließlich kenne sie in Berlin keine Menschenseele. Sie ließen sich einen Tisch am Kamin geben und aßen Wachteln auf Birne sowie winzige Pasteten mit ellenlangen Namen, bei denen
242 dem Kellner der Schweiß ausbrach.

Ja, antwortete Theodor, auch er sei bereits einmal verheiratet gewesen. Allerdings könne er nichts über das derzeitige Befinden seiner einstigen Gemahlin berichten: Anfänglich habe sie noch das Eintreffen seiner Briefe bestätigt, ihn über ihre Fortschritte beim Flugunterricht und über die Beyersche Segelflugzeugfabrik auf dem Laufenden gehalten. Doch seit dem Vollzug der Scheidung hülle sie sich in Schweigen – weshalb er noch nicht einmal wisse, wie es seinem Töchterchen gehe.

Freya berührte zaghaft seine Hand. Um Theodor aufzumuntern, erzählte sie ihm weitere Anekdoten aus Russland: Als vierjähriges Mädchen habe sie auf einem Jahrmarkt in Moskau die weltberühmte Menschliche Kanonenkugel über fünfzehn hintereinander aufgereihte Troikas hinwegfliegen sehen. Und im Jahr darauf sei sie das erste Mal mit einem Ballon gefahren – in Begleitung ihres Vaters selbstverständlich.

»Und wenige Wochen darauf war es uns vergönnt, Graf Tolstoi, dem verehrungswürdigsten unter den russischen Dichtern, zu begegnen«, hauchte Freya.

Theodor nickte. Nachdem er, mit Owogows Worten, Tolstoi
243 als jenen Menschen eingestuft hatte, der, nach dem Heiland, wohl am tiefsten für die gesamte Menschheit gelitten habe, begann er aus dessen Evangelien zu rezitieren.

»Ich wusste gar nicht«, sagte Freya, »dass es so weit im Westen derart russophile Seelen gibt.«

Hiervon tauchte keine Silbe in Theodors Bericht für den Generaldirektor auf. Auch davon nicht, dass er die Baronin wenig später hinauf zu ihrem Zimmer begleiten durfte. Freya, die ungeachtet aller Wirrungen ihrer Herkunft in Russland aufgewachsen war, einem Land, in dem die Fahrstühle gemächlicher glitten und Nebensätze häufig halbfertig gelassen wurden – aus Ratlosigkeit, wie diese noch unverfänglich enden könnten –, Freya bedachte Theodor mit einem Blick, den dieser nicht schnell genug zu deuten wusste. Im nächsten Augenblick war die Zimmertür vor ihm ins Schloss gefallen.

☞ Interessensphären

Vorzeichenwechsel

Am Vormittag des 4. Januars 1926 kam der Alte von Grimmelsberg mit sonderbar abgerundeten Gesichtszügen in Theodors Büro und legte ihm die Hand auf die Schulter: »Ich hoffe, ich störe Sie bei keiner allzu dringlichen Aufgabe, Herr Direktor.«

Aufgrund der Prellungen, die Theodor sich bei seinem Unfall am Weihnachtsabend zugezogen hatte, fühlte er sich nicht genötigt, allzu sehr über sein argwöhnisches Mienenspiel hinwegzutäuschen: »Durchaus nicht, Herr Generaldirektor – womit kann ich Ihnen behilflich sein?«

»Nun, lassen wir den förmlichen Ton, mein Bester. Ich kam in rein außergeschäftlicher Angelegenheit zu Ihnen«, sagte von Grimmelsberg: »Das arme Ding sitzt seit ein paar Minuten auf meinem Sofa. Weiß der Teufel, nichts als Geschluchze. Wollte sich wohl nach dem Verbleib ihres Verlobten erkundigen. Kurzum: Hätten Sie die Güte, Fräulein Täppchen behutsam an die frische Luft zu begleiten?«

Theodor erklärte sich bereit, die Chose rücksichtsvoll zu bereinigen. – Der Zustand, in dem er Anna vorfand, schien jedoch alles andere als desolat: Sie hielt ihren Pelzmantel dezent unter Spannung, und die Bubikopffrisur stand ihr, entgegen einstigen Vorbehalten, ganz ausgezeichnet. Auch zeigte sie sich wenig daran interessiert, dass ihr Verlobter Ludwig niemals auf San Félix, mithin bei der verhängnisvollen Havarie in der Propellerfabrik überhaupt nicht in Gefahr gewesen war. Im Treppenhaus hakte Anna sich bei Theodor unter und verkündete trocken, dass sie diesen Gecken nie geliebt habe.

»Nein, auch seinen farblosen Doppelgänger nicht«, wehrte sie Theodors fragenden Blick ab: »Sie hingegen konnte ich, bedauerlicherweise, einfach nicht vergessen. Welcher begnadete Tänzer hat sich schon je mit mir über Mathematik oder Gyrocopter unterhalten? Wenn Sie nicht in den Armen dieser alttestamentarischen Schönheit gelandet wären, weiß Gott, ich hätte mich wohl glattweg an Sie verschwendet.«

»Gütiger Himmel, Anna!«

Die Route seiner zweiten Hochzeitsreise hatte Theodor geplant, weshalb er sich unterwegs wiederholt selbst kritisierte: Am Tag ihrer Ankunft auf Capri braute sich eine schreckliche Schwüle zusammen und setzte sich zwischen den Felsen fest. Die gleiche Misere erwartete sie in Neapel. Rom schien völlig menschenleer, so dass sich nicht einmal ein Kofferträger oder Souvenirverkäufer fand und sie nach Florenz weiterfahren mussten – wo es jedoch auch nicht besser aussah. Nizza wiederum erwies sich als vollkommen überlaufen. Und in Avignon war es so windstill, dass jedermann eine Pestwelle oder einen Pulmonalkoller befürchtete.

Als sie Anfang September in Paris ankamen, brüteten die beiden jedoch eine derart vortreffliche Flitterwochenlaune aus, dass Theodor seiner Frau bald vorschlug, sie sollten die Reise durchaus noch um ein paar Wochen verlängern: Er könne sich sogar vorstellen, im November seinem Bruder Georg im nordschottischen Steòrnabhagh einen Besuch abzustatten – sofern Anna sich in ihrem Zustand dann noch auf einen Dampfer wagen würde.

☞ Passung

Wackelkontakt

Noch am Morgen seiner Ankunft in Berlin warf sich Theodor in Schale und ersuchte Johann Freiherr von Grimmelsberg um eine Audienz. Der kantige Alte, den Theodor noch vor dem Großen Krieg auf seiner Hochzeitsreise kennengelernt hatte, gewährte ihm zehn Minuten. Bereits nach wenigen Worten wurde Theodor klar, dass sich von Grimmelsberg nicht mehr an ihn, ja noch nicht einmal mehr an Eleonore erinnerte. Es schien dem Alten allerdings Freude zu bereiten, über die vollkommen unverhältnismäßige Härte der Alliierten, über die abgrundtiefe Unfähigkeit der Regierung sowie über seine eigene, äußerst unerfreuliche Lage zu klagen. Da Theodor hierzu ausdauernd nickte und anschließend in einem angenehmen Tonfall über seine bescheidene, gleichwohl nicht vollends marginale Rolle beim Aufbau und Aufstieg der Fliegertruppe vortrug, schlug der kantige Alte vor, Theodor solle sich im Herbst noch einmal bei ihm melden: In Stunden der Schmach und Dunkelheit gelte es, weit vorauszuschauen – wofür Theodor zweifellos der rechte Mann sei. Und, so Gott wolle, sei bis dahin auch das Kaiserreich restauriert.

☞ Umgehungsgeschäft

Wahlverwandtschaft

Bei einer Bootspartie lernte Theodor die nächste Verlobte Ludwig Borsigs kennen. Anna Katharina, von Ludwig und Benjamin meist *AK* genannt, war die Tochter des *Konservenkaisers* Albert Täppchen – der, entgegen einer exzentrischen Mode seiner Zeit, niemals an Papiergeld oder an Aktien, sondern immer nur an Dosenbrot, Edelmetall und Immobilien geglaubt hatte.

Die attraktive, dezent dralle Anna ließ sich ohne jegliches Anzeichen von Strapaze oder Langeweile stundenlang über die Berliner Seen schippern. Bei der unverhofften Begegnung mit einem Schwerlastkahn aber ergriff sie unverzüglich die Initiative und manövrierte das Boot gekonnt aus der Gefahrenzone.

Beim Tanzabend des Rudervereins kam Theodor mit ihr über die Olympischen Kunstwettbewerbe und über ihre eigenen lyrischen Ambitionen ins Gespräch. Wenig später warf Anna die Frage auf, ob bei einem algebraischen wie irrationalen Exponenten α über der algebraischen Basis β die Potenz α^{β} immer transzendent sei. Darüber hinaus galt es zu klären, weshalb Emanuel Lasker nach siebenundzwanzig Jahren den Schachweltmeistertitel verloren hatte und ob ihre Gesichtsform einen Bubikopfschnitt zulasse. Anna ging alsbald dazu über, Theodor nur noch *Theo* zu nennen, und bat ihn, er möge mit ihr draußen auf dem Bootssteg tanzen. Es war ein milder Altweibersommerabend; die Fische sprangen, um die von Anna und Theodor aufgescheuchten Mücken zu fangen, und mit der Tanzmusik drangen Fetzen von Gelächter aus dem Clubhaus. Mit jeder Drehung und jedem Seitschritt addierte Theodor ein weiteres Detail zu seiner Vision, künftig im Haus der Täppchens zu verkehren und dort alsbald irgendeiner von Annas unliierten Cousinen vorgestellt zu werden.

☞ Multiplikator

Weihnachtstief

Obwohl Theodor immer größere Unternehmungen orchestrierte und somit beständig an Einfluss gewann, überließ er die Entwicklung der Technik vorerst ihrem eigentümlich unsystematischen Lauf und verfasste keine Denkschriften mehr. Stattdessen zeigte er sich pragmatisch: Da das Lufttaxinetz allmählich engmaschigere Formen annahm und die Margen in der Flugzeugindustrie immer geringer wurden, galt es neue Geschäftsstrategien zu entwickeln.

Als sich dank seiner mathematischen und rhetorischen Künste auf San Félix kurzzeitig eine steuerbefreite chilenisch-deutsche Propellerfabrik materialisierte und an der Börse Rekordwerte erzielte, ließ sich der Generaldirektor nicht lumpen: Er schenkte Theodor einen stattlichen Holzsplitter, der – laut beiliegendem Zertifikat – vom Propeller der ersten, anno 1914 auf Feindflug zerstörten *Beyer-E.II* stammte.

»Sie ist nach einer Kollision mit aufgeschreckten Krähen ins Trudeln geraten und nahe Lodsch auf unsere eigenen Einheiten gestürzt«, erläuterte von Grimmelsberg. »Sehen Sie hier: Untrüglich eine Seriennummer der Beyerschen Flugzeugwerke, was? Alles bestens dokumentiert – an sich bereits eine unschätzbare Rarität. Aber für Sie dürfte es von ganz besonderem Wert sein.«

Theodor bemühte sich redlich, Rührung zu zeigen. Bei dieser Gelegenheit regte er dezent an, seine Visitenkarten dadurch zu vereinfachen, dass er vom *kommissarischen* zum *ordentlichen* Vizedirektor umbenannt werde. Hieraufhin verflüssigte sich die kantige Miene des Generaldirektors zu einem verächtlichen Grinsen: »Solang dieses Unternehmen den stolzen Namen meiner Ahnen trägt, gilt noch immer der eherne Grundsatz: Nach Beutezügen wird geteilt – nach ritterlichen Taten befördert!«

Im Herbst tauschte Theodor seinen *Opel* gegen einen stattlicheren *Horch* ein, und von seinem Dezembergehalt legte er die Hälfte in Gold an. Trotzdem wurde er zu Weihnachten schwermütig, wusste nicht recht, wie er die Tage bis zum Neujahrsempfang des Generaldirektors sinnvoll überbrücken sollte. Während er sein Adressregister durchblätterte, kam ihm der Gedanke, sich nach all den Wochen wieder einmal bei Ortrun zu melden: Unter Umständen würde sie sich sogar auf einen Ausflug nach Rheinsberg entführen lassen. Als er wenig später bei den Bloombergs klingelte, kam ein Dienstmädchen zum 243
Tor und erklärte ihm, dass die Familie des Kunsthändlers probehalber ein paar Wochen in Tel Aviv verbringe und frühestens im Frühjahr 1926, vermutlich aber überhaupt nicht zurückkehren werde.

Wortlos drückte Theodor ihr den Bescherungsbeutel in die Hand und stieg wieder in den Wagen. Kaum hatte er den Motor angelassen, verflüchtigten sich alle Gedanken an Ortrun Bloomberg. Er fuhr ziellos durch die von Weihrauch und Schneeregen durchwehten Straßen und sinnierte darüber, weshalb die Wirklichkeit seinen Visionen so träge hinterherhinkte, sich weder durch Geist und Wille noch durch Nachahmung gelungener Schachzüge fehlerfrei lenken ließ. – Am liebsten hätte er sich sein Leid in einem Brief von der Seele geschrieben, aber seine Mutter war bereits im Steckrübenwinter 1916 an all ihren Gebrechen verstorben, und der in Gefangenschaft erkrankte Georg hatte sich, absolut unpatriotisch,

243 sofort nach dem Krieg von einer schottischen Samariterin nach
Steòrnabhagh wegheiraten lassen.

Theodor fuhr und fuhr – bis zum äußersten weißen Rand seiner Straßenkarte –, und nachdem er aufgetankt hatte, fuhr er noch ein paar Kilometer weiter.

☞ Vorzeichenwechsel

Yo-Yo

Während Joachim sich – im niemals näher spezifizierten Sinn – für die Leudoldts nützlich machen durfte und während des Umbaus der Villa die silbernen Teelöffel und Türknäufe im Auge behielt, fuhr Theodor von Berlin über Hamburg bis Wien und via Stuttgart zurück nach Berlin, um all seine Immobilien zu inspizieren.

Selbstverständlich hatte Theodor zuverlässige Verwalter, die
ihn auch jederzeit fernmündlich oder schriftlich auf dem Lau-
fenden gehalten hätten, aber diese Quartalsinspektionen waren
nun einmal sein zweitliebster Zeitvertreib geworden: Als ihm
244 der Testamentsvollstrecker ein mehrseitiges Verzeichnis aller
Immobilien vorgelegt hatte, die nach Anna Katharinas Tod auf
ihn, auf *ihren Theo* Leudoldt, übergegangen waren, hatte Theo-
dor kurzerhand ein Bahnticket gelöst. Zwar standen die aktu-
ellen Schätzungen der Grundstücks- und Gebäudewerte sowie
die monatlichen Pachterlöse und Mieteinnahmen in säuberlich
geführten Tabellen, aber im Gegensatz zu den Goldbarren, die
im Tresorseparee der Täppchens aufgestapelt waren, konnte
sich aus diesen Zahlen erst während seiner ersten Rundreise ein
fassbares Bild ergeben.

Auf einer der Reisen hatte er schließlich Gerhild Hausdorf kennengelernt; doch auch nach der Hochzeit wollte er sich dieses Vergnügen nicht nehmen lassen. Er fuhr landauf und landab und wieder landauf – und wie jedes Jahr tat ihm die mehrtägige Luftveränderung auch dieses Mal sehr gut.

© 1957 PCM
FRÜHE VÖGEL
No 4
IMMER HÖHER, IMMER WEITER
von
Matthew Leskin
LUNA-ALPHA:
Zeitriß im Mondorbit
von
Gordon Grouper

THEODOR WAR ERST SEIT WENIGEN STUNDEN ZURÜCK IN BERLIN, ALS IHM JOACHIM EINEN UNANGEKÜNDIGTEN BESUCHER MELDETE.

DER HAT BLOß SEINE ORDENBRUST VORGESTRECKT UND KAM HEREINMARSCHIERT
IN WELCHEM ANLIEGEN?
Oberstabsingenieur
Erwin Feltin-Kreuzmichel
Technisches Amt des
Reichsluftfahrtministeriums

244

244

DIE TROPISCHE VIELFALT DES WINTERGARTENS BRACHTE FELTIN-KREUZMICHEL AUF DIE TOMATENZUCHT SEINES BRUDERS ZU SPRECHEN UND AUF DEN HERVORRAGENDEN DÜNGER, DEN MAN EINST AUF DEN FELSEN VOR DEUTSCH-SÜDWESTAFRIKA ABGEBAUT HABE – WESHALB DER VERLUST DIESER BESITZUNG DOPPELT BITTER SEI.
GLÜCKLICHERWEISE WÄHRT NICHTS EWIG – AUSSER DER WAHRHEIT UND DER LIEBE ZUM VATERLAND. ERGO IST AUCH ÜBER DIESEN LANDSTRICH NOCH NICHT DAS LETZTE WORT GESPROCHEN.
EIN GANZ HERVORRAGENDER TEE ÜBRIGENS.
MEIN BRUDER VERSORGT MICH MIT DEN ALLERBESTEN INDISCHEN SORTEN.
SPANNEN SIE MICH NICHT WEITER AUF DIE FOLTER, HERR OBERSTABS-INGENIEUR: WAS VERSCHAFFT MIR DAS VERGNÜGEN IHRES BESUCHES?
EIN GANZ AUSSERGEWÖHNLICHER FUND
KOMMEN IHNEN DIESE UNTERLAGEN BEKANNT VOR?
THEODOR ERINNERTE SICH NOCH DEUTLICH, DASS GENERALDIREKTOR VON GRIMMELSBERG IHM EINST EINE BOLSCHEWISTISCHE GESINNUNG UNTERSTELLT HATTE – WEIL ER SEINE VERBESSERUNGSVORSCHLÄGE GERN ALS REVOLUTIONÄRE NEUERUNGEN ANGEPRIESEN HATTE. WELCHEN STRICK WÜRDE MAN IHM WOHL HEUTE DARAUS DREHEN WOLLEN?
STRENG VERTRAULICH

HOCHACHTUNG HERR LEUDOLDT, IM NAMEN DER GESAMTEN ABTEILUNG ENTWICKLUNG GANZ DOLLE SACHE DAS.
JEDER, DAS HABE ICH PERSÖNLICH ÜBERPRÜFT, JEDER ZWEITE ENTWICKLUNGSVORSCHLAG, DEN SIE ZWISCHEN 1915 UND 1925 VORGELEGT HABEN. IST HEUTZUTAGE IN DER LUFTFAHRT UMGESETZT. EINE AUßERGEWÖHNLICH HOHE QUOTE.
IHRE WEITSICHT BELEGT AUFS NEUE DIE GEISTIGE KRAFT DES DEUTSCHEN VOLKES! EINE UNGEHEURE KRAFT, DIE KÜNFTIGE KRIEGE FERN- ODER WENIGSTENS KURZHALTEN WIRD.
WAS HÄTTE WERDEN KÖNNEN, WENN DIE DEUTSCHE FLUGZEUGINDUSTRIE SEINERZEIT NICHT DERART VERJUDET GEWESEN WÄRE UND MAN SOLCH GENIALE VORSCHLÄGE BEREITS ZU KRIEGSZEITEN UMGESETZT HÄTTE.
EIN WENIG IRRITIERT ERZÄHLTE IHM THEODOR VON DER GROßEN LEIPZIGER FLUGZEUGLOTTERIE UND VON GENERALMAJOR VON BÖLZ ANFÄNGLICHER SKEPSIS.
SICHER, SICHER, AUS DER NÄHE BETRACHTET IST ES NATÜRLICH VIEL KOMPLIZIERTER
WAS ALLERDINGS NICHTS AM GESAMTBILD ÄNDERT. DER BREMSSCHUH SITZT MANCHMAL AN STELLEN, AN DENEN NIEMAND IHN VERMUTET.
NATÜRLICH IST DAS ALLES SCHNEE VON GESTERN. DIE GESELLSCHAFTLICHE UND TECHNISCHE ENTWICKLUNG SCHREITET MIT SIEBENMEILENSTIEFELN VORAN.

THEODOR HATTE AUCH AN DIESER STELLE DURCHAUS ZWEIFEL ANZUMELDEN GEHABT, ABER FELTIN-KREUZMICHEL WAR SCHON WIEDER IN FAHRT:
WO GESTERN NOCH HOLZ WAR, IST MITTLERWEILE STAHL. STOLZER FORTSCHRITT, SICHERLICH. DOCH, AUS STRATEGISCHER SICHT DRÄNGT SICH SOFORT DIE FRAGE AUF, WOMIT WIR MORGEN FLIEGEN WERDEN. WAS MICH ZU IHREN AUSFÜHRUNGEN ÜBER DIE RAKETENTECHNIK BRINGT. ES IST WOHL NICHT ZUVIEL VERRATEN, DAß DIE REALITÄT IHRE IDEEN MITTLERWEILE EINHOLT. ES GAB BEREITS ERSTE VIELVERSPRECHENDE TESTS UND EIN NEUES VERSUCHSZENTRUM IST IN PLANUNG. ABER – AUCH DAS AUSLAND SCHLÄFT NICHT. DESHALB BRAUCHEN WIR KÖPFE WIE DEN IHREN. KURZUM: ICH MÖCHTE IHNEN EINE STELLUNG IN UNSERER NEUEN VERSUCHSANSTALT ANTRAGEN.
FÜHLE MICH ZUTIEFST GEEHRT! ALLERDINGS HABE ICH SEIT MEINEM AUSSCHEIDEN AUS DEM VERKEHRSMINISTERIUM DEN ANSCHLUSS AN DIE NEUESTE ENTWICKLUNG VERLOREN UND WIE SIE SEHEN, GENIEßE ICH MEINEN RUHESTAND.
WOHLVERDIENT HERR LEUDOLDT, WOHLVERDIENT. ABER:
DAS REICH BRAUCHT SIE!
IN DER DARAUFFOLGENDEN WOCHE SPRACH FELTIN-KREUZMICHEL ABERMALS IN DER VILLA LEUDOLDT VOR, WARB MIT NOCH GRÖßEREM NACHDRUCK ALS BEIM LETZTEN MAL FÜR DAS ANGEBOT DES REICHSLUFTFAHRTMINISTERIUMS.
DIE ZEIT SCHEINT MIR REIF, DER NACHRÜCKENDEN GENERATION PLATZ ZUMACHEN INSBESONDERE FÜR MICH, DER ICH IN DEN NÄCHSTEN TAGEN VATER WERDE.
ABER DOCH NICHT SOLANGE DIE VORRANGSTELLUNG DES REICHES NOCH ANGEFOCHTEN WIRD. GERADE MIT BLICK AUF DAS WOHL DER JUNGEN GENERATION KÖNNEN WIR NICHT AUF IHR GESPÜR FÜR INNOVATION VERZICHTEN!

IN ANBETRACHT IHRER LANGJÄHRIGEN ERFAHRUNG IN DER MASSENFERTIGUNG…
… WÄRE ES GERADEZU VOLKSSCHÄDIGEND, SIE HIER ALS PRIVATIER DÄUMCHEN DREHEN ZU LASSEN!
BITTE VIELMALS UM ENTSCHULDIGUNG. ES IST MIT MIR DURCHGEGANGEN. ABER SIE MÜSSEN VERSTEHEN, ICH HABE DOCH DEM HERRN GENERALMAJOR AUF GRUNDLAGE IHRER VITA BEREITS ZUGESICHERT – MACHEN SIE SICH WENIGSTENS VOR ORT EIN BILD. ICH BIN MIR SICHER, SIE WERDEN SOFORT FEUER FANGEN, SOBALD SIE SEHEN, WELCHE UNGLAUBLICHEN HERAUSFORDERUNGEN SICH ANBAHNEN.
AUF DIESE EINLADUNG KOMME ICH BEI GELEGENHEIT GERNE ZURÜCK, HERR OBERSTABSINGENIEUR.
ICH WUßTE ES DOCH! – EIN MANN MIT IHREM MÖGLICHKEITSSINN
EINE MASCHINE DES MINISTERIUMS WARTET SCHON STARTBEREIT, SIE ZUR VERSUCHSANLAGE ZU FLIEGEN.

ICH WERDE MIR LIEBER VON MEINEM ASSISTENTEN EINE ZUGVERBINDUNG HERAUSSUCHEN LASSEN. MEINE FRAU LIEBT DAS REISEN, UND NACH DER NIEDERKUNFT WIRD IHR EINE SOLCHE ABWECHSLUNG SICHERLICH GUT TUN.
EINEN AUSFLUG MIT FRAU GEMAHLIN UND KIND KÖNNEN WIR SPÄTER SELBSTVERSTÄNDLICH ARRANGIEREN. HEUTE, MIT DEM FLIEGER DAS WÄRE FÜR SIE DOCH NUR EIN KLEINER ABSTECHER VOR DEM ABENDESSEN — KUMMERSDORF, KEINE FÜNFZIG KILOMETER
BEDAUERE VIELMALS
ICH FLIEGE GRUNDSÄTZLICH NICHT.
BEI ALLEM RESPEKT HERR LEUDOLDT
WIR LASSEN UNS NICHT ZUM NARREN HALTEN!!!

Fünf: Worin es mit Ursula weitergeht

Die erste Hälfte ihrer Kindheit verbrachte Ursula Leudoldt in 245
der Villa ihrer Eltern in Berlin. Berlin, das ist die Hauptstadt des Deutschen Reiches; das Reich, *le premier, le deuxième, le troisième*, ist das größte und mächtigste Land in Europa, lernte Ursula. Es hat die schlagkräftigsten Streitkräfte, die präzisesten Messgeräte und den hochwertigsten Volkskörper, erklärte ihr Großvater Albrecht Hausdorf. Obwohl der Großvater früher einmal Lehrer, ja sogar stellvertretender Direktor des Halberstädter Gymnasiums gewesen war, wies ihn Ursulas Mutter beim Abendessen sanft zurecht: Er solle seiner Enkelin doch lieber das Bruchrechnen und die Grundzüge der Mengenlehre beibringen. Ursula nickte enthusiastisch. Zwar konnte keine ihrer Freundinnen weiter als bis fünfzig zählen, geschweige denn bruchrechnen, aber da Ursula sich ein Pony wünschte, war sie äußerst motiviert. Zu ihrem Leidwesen kam sie allerdings nur langsam voran, da der Großvater während der Übungen oftmals einschlief oder beim Kürzen der Brüche jäh das Thema wechselte: Von einer Einundzwanzig im Nenner konnte er über das Dreikaiserjahr zum Siebenjährigen Krieg kommen – und schon sah er das Reich auf dem Weg zu neuer Größe.

Ursula war intelligent, aber nicht immer vernünftig. Sie beharrte auf ihrem Wunsch nach einem Pony, obwohl ihr Vater, Professor Theodor Leudoldt, mit für seine Verhältnisse ungewöhnlich einfachen Worten erklärt hatte, dass der Mensch, dank der Fähigkeiten des Verstandes, schon längst nicht mehr auf die Dienste der Tiere angewiesen sei, um von *A* nach *B* zu gelangen. Joachim würde Ursula jederzeit mit dem Automobil chauffieren, das so viel Kraft wie 180 Pferde, also bestimmt 300 Ponystärken habe.

»Vor unserer Haustür steht quasi eine ganze Ponyherde«, sagte Theodor.

»Mais – mais, aller à cheval est plus joyeux!«, erwiderte Ursula.

Der Grund ihrer Beharrlichkeit war, dass sowohl ihre Freundin Brunhild von Borghoff als auch Clara Schlüter ihr eigenes Pony hatten. Und da Ursula längst durchschaut hatte, dass, wann immer sie bei ihren Eltern etwas erreichen wollte, sie einfach die richtigen französischen Vokabeln lernen oder mit neuen Zahlen jonglieren musste, bekam sie zum Schulanfang ihr eige-
245 nes Pony: Es stammte aus einem kleinen Zirkus, hieß Paris und hatte wunderschöne Wimpern. Paris konnte zählen und zeigte mit festem Hufstampfen an, wie viele Zuckerstücke man ihm vor die Schnauze hielt; zudem war er sanftmütig und ein hervorragender, sich vornehm bewegender Traber. Ursula bekam allerdings bald Hüftschmerzen und Schnupfen vom Reiten, und überhaupt wollte sie mittlerweile viel lieber ihrer Mutter Gerhild beim Arbeiten zuschauen.

Im August hatte Joachim zusammen mit einem Gehilfen aus der Universität für Ursulas Mutter eine neue Experimentieranordnung im Keller der Villa aufgebaut: Auf einem großen Stahltisch war horizontal das Hinterrad eines Fahrrades montiert, von dessen Zahnradkranz eine Kette zu einem Elektromotor gespannt war. Das Ganze erinnerte Ursula an ein kleines Karussell, denn oben auf die Felge des Hinterrades hatte Joachim vier kleine Käfige geschraubt, in denen jeweils eine Ratte Platz fand. Und obwohl der Kellerraum schon wieder frisch gekalkt war, konnte man an allen vier Wänden noch vage den Streifen Blutspritzer von den ersten Versuchen erkennen. Mittlerweile hatte Joachim allerdings einen besseren, weil stufenlosen Regler an den Motor angeschlossen, und Gerhild hatte die Geschwindigkeit ermittelt, welche die Ratten gerade noch auszuhalten vermochten. Auf dem Gehäuse des Drehreglers befand sich seither die dünne rote Markierung: V_{max}.

»Und jetzt wollen wir herausfinden, wie lange die Ratten diese Fliehkräfte aushalten«, erklärte sie.

Ursula nickte. Nach zehn Minuten bremste ihre Mutter das Rad langsam ab. Als das Summen des Motors verstummt war, schob Gerhild ihr Stethoskop durch die Käfigöffnungen und diktierte Joachim die Herzfrequenzen der Ratten.

Noch vor Ende des Jahres musste Joachim eine größere Apparatur bauen, und anstelle der Ratten zogen nun acht Katzen,
vier Hunde und zwei Affen in den Keller. Die Affen stammten 246
aus dem gleichen Zirkus wie das Pony Paris. Der Zirkusdirektor 247
war sichtlich erleichtert, wohlhabende Tierfreunde gefunden zu haben. Schon viel zu lange hatten seine Lieblinge Diät halten müssen, erklärte er, als er im Palmenzimmer Platz genommen hatte, und strich mit gesenktem Blick über die deutlich hervorgetretenen Rippen der beiden Affen. Obwohl der Zirkusdirektor selbst seit geraumer Zeit auf Diät zu leben schien, legte er die Zuckerwürfel, die Joachim ihm zum Tee reichte, auf dem Unterteller ab. Nach dem Tee demonstrierte er Ursula, dass ihr Pony nicht nur zählen konnte, sondern auch die Quadratwurzel meisterte und dass man Paris kleine Papiernelken aus den Nüstern ziehen konnte. Zu guter Letzt ließ der Zirkusdirektor eine dieser Nelken in Joachims Ohr verschwinden, bedankte sich fürs Trinkgeld und fuhr davon.

Jeden Freitag brachte Joachim Hering die Forschungsnotizen von Gerhild Leudoldt in einem verschlossenen Koffer in die Stadt und holte auf dem Rückweg Ursulas Vater vom Bahnhof ab. Am Samstag nach dem Mittagessen verschwand Theodor in aller Regel mit Gerhild in deren Arbeitszimmer, und Ursula ließ sich, da ihre Eltern sich für diese Zeit strikte Ruhe wünschten, entweder zu Brunhild in die Steinäckerstraße chauffieren, oder sie zog mit Paris Wurzeln.

Vor dem Einschlafen, aber auch wenn sie des Nachts noch einmal alle gemeinsam hinunter in den Keller gingen, erzählte Ursulas Vater oft von Menschen, die in riesigen Flugapparaten in den Weltraum flogen und von künstlichen Orbit-Inseln aus das Wetter und vagabundierende Eisberge beobachteten, Flugzeuge und Forschungsexpeditionen sicher an ihre Ziele leiteten, Schiffbrüchige aufspürten und mit Spiegeln das Sonnenlicht umlenkten, um Sümpfe trockenzulegen oder im Winter das Eis von den Bürgersteigen abzutauen.

»Und eines Tages werden wir mit diesen Weltraumschiffen sogar bis zu den Sternen fliegen«, sagte ihr Vater.

»Und deshalb müssen Peterchen und Anneliese in Mamans Karussell?«

»In die Zentrifuge, ja – damit wir herausfinden, ob der Körper solche Flüge aushält. Aber gib den Tieren im Keller keine Namen, hörst du, Ursel.«

Ursula hörte es.

Joachim kannte ebenfalls großartige Geschichten. Etwa über
247 zwei Findelkinder, die von einer Wölfin aufgezogen wurden,
und über Hannibal, der mit seinen Elefanten – »wie mit 'ner
Panzerarmee, woischt« – Richtung Rom vorgerückt war, und
248 über den geisteskranken Kaiser Nero, der die Hauptstadt seines eigenen Reiches hatte in Schutt und Asche legen lassen. Manchmal erzählte Joachim auch von seinen Abenteuern im Land der italienischen Mohren oder von seiner unglücklichen Begegnung mit den zwei hinterhältigen polnischen Kampfpiloten, die einer eingekesselten Reitereinheit zu Hilfe gekommen waren und dabei Joachims rechtes Auge kassiert hatten. Wenn Ursula ihm dann einen Kuss gab und versprach, es niemandem zu verraten, durfte sie sein Glasauge in die Hand nehmen. Gegen das Licht gehalten, leuchtete die eingelassene Pupille kobaltblau.

Großvater Albrecht schlief bei seiner Geschichte über Barba-
249 rossa immer wieder an der gleichen Stelle ein. Die Köchin Rotraut erzählte ausnahmslos von Lebensmittelmarken und von Tauschgeschäften, die sich allesamt um Fett zu drehen schienen. Putzmamsell Lilli kannte nur kleine, in Lieder verpackte Geschichten. Seit Ursula auf deren Texte neugierig geworden war, hatte Lilli sich allerdings darauf verlegt, ihre Lieblingslieder nur noch zu summen; die Erkenntnis, dass Männer es aus

unerfindlichen Gründen auf *die Fräuleins ihre Beene* abgesehen hatten, war trotz dieser Selbstzensur nicht mehr aus der Welt
zu schaffen. Der betagte Gärtner Emil, der sich in den Winter- 249
monaten lediglich um das Gemüse im Gewächshaus und um das Palmenzimmer kümmern musste, brachte Ursula längst keine Verse von Wilhelm Busch mehr bei. Er hatte sich stattdessen auf die Sage vom Goldhort der Nibelungen verlegt und
beschrieb die Schlacht an König Etzels Hof, als wäre er selbst 250
zugegen gewesen.

»Und die Burgunder sind dabei wirklich alle gefallen?«, fragte Ursula.

Emil nickte: »Bis auf Gunther und Hagen.«

»In dem verriegelten Rittersaal?«

»Ganz richtig, Fräulein Leudoldt.«

»Waren sie etwa krank im Kopf, so wie Nero?«

»Wer sollte das heutzutage noch so genau wissen können«, erwiderte der alte Gärtner und lachte verschnupft auf. Dann zog er die Fellmütze, die er von Ursulas Mutter zu Weihnachten bekommen hatte, bis über die Ohren herunter und humpelte mit den Kohleeimern zum Gewächshaus.

Obwohl Ursula direkt in die dritte Klasse eingeschult worden war, langweilte sie der Unterricht oft, da sie den Stoff der meisten Fächer längst beherrschte. Für die Leibesübungen verschaffte ihr Doktor Goltzsch, der seit Jahren Hausarzt der Leudoldts war, ein amtliches Attest, denn schon nach wenigen Wochen bekam Ursula Hüftschmerzen und Atemwegsreizungen,
sobald Sportlehrer Waltz zum Antreten pfiff. Der bullige Waltz 251
brach beinahe in Tränen aus, als er das Attest las: Gerade der Unterleib künftiger Mütter müsse durch regelmäßige Ertüchtigung robust gemacht und ehern erhalten werden – so ein kleines Ziehen und Zerren sei doch der beste Beleg für nahen Erfolg, dies müsse man aushalten und im größeren Zusammenhang sehen lernen.

Trotz dieser Standpauke saß Ursula von da an fünf Stunden

pro Woche mit der Stoppuhr an Aschenbahn, Kletterstangen und Hinderniswand oder neben der Meterleiste an Sprunggrube und Wurffeld. Immobil, aber engagiert notierte sie die Ergebnisse und Pulsfrequenzen ihrer Mitschülerinnen, berechnete die Mittelwerte und Steigerungsraten. Und wie sie es im Kellerlabor ihrer Mutter gesehen hatte, trug sie diese Werte säuberlich in Diagramme ein.

In der Nacht vor Ursulas achtem Geburtstag wurde das Schulgebäude von zwei Bomben getroffen und brannte bis
251 zum Morgengrauen komplett aus. Die Sekretärin des Direktors weinte, als sie anrief, um mitzuteilen, dass der Unterricht vorerst ausfallen müsse, bis eine Ausweichlösung gefunden sei. Ursula wollte nichtsdestotrotz zur Schule gefahren werden. Dort angekommen, manövrierte Joachim um die Feuerwehrabsperrung und hielt auf dem Sportplatz. Verkohlte Balkenreste ragten wie faulige Zahnstummel über das offene Obergeschoss der Schule auf; aus einigen Fensterlöchern drangen noch schwache Rauchschwaden, und vom Chemiekabinett im Mittelschulflügel war nur ein bunter Krater geblieben. Dort, wo bisher die Turnhalle gestanden hatte, türmte sich ein Schutthügel, aus dessen Flanke die vier eisernen Kletterstangen senkrecht hervorstachen. Auf dem Schulhof lagen Ziegel, geplatzte Medizinbälle, angekohlte Buchseiten und nasse Notenblätter zwischen Porträts honoriger Lehrkräfte und pädagogisch unbeleckter Persönlichkeiten. Sportlehrer Waltz lehnte an einem geretteten Turnpferd und beobachtete Deutschlehrer Bartholm beim Auflesen und Glätten loser Seiten aus Fibeln, *Rasse-Günthern* und Tafelwerken, aus *Macbeth*, *Edda* und *Des Knaben Wunderhorn* sowie einiger Aufsätze der 7a und b. Bartholm schichtete all diese von Detonationen, Wärmeauftrieb und Feuerwehrstiefeln gemischten Seiten auf einen Bibeldeckel – wobei er einen Text produzierte, der noch Jahrzehnte später als inhaltliches und ästhetisches Wagnis
252 gelten würde. Direktor Fleßa eskortierte indes zwei Pimpfe, die seinen Globus zu einem Lieferwagen trugen. Ursula fragte Joachim, wem sie dies unerwartete Geschenk zu verdanken habe.

»Den Tommys vermutlich«, antwortete Joachim.

Ursula nickte zufrieden; und während sie noch die Aufräumarbeiten beobachtete, hielt neben ihnen der von Borghoffsche Wagen. Brunhild winkte lachend aus dem Fond herüber. Ihr Chauffeur stieg vorsichtig aus und schritt, wie ein Balletttän- 252
zer, auf den Schuhspitzen durch die rußschwarzen Löschwasserpfützen.

»Dies mit den allerbesten Glückwünschen des gnäd'gen Fräuleins«, sagte der Chauffeur und reichte Ursula ein mattgolden eingewickeltes Päckchen durch das heruntergeklappte Seitenfenster herein. Ursula warf Brunhild einen Luftkuss zu.

Auf ihrer Geburtstagsfeier am Nachmittag sah Ursula sowohl Brunhild als auch Clara das letzte Mal. Die von Borghoffs schickten ihre Tochter bereits am nächsten Morgen auf ihr Landgut in Schlesien, wo sie vor den Luftangriffen und weiteren Schulbränden sicher sein würde, und Clara Schlüter wurde auf ein Internat in der Bayerischen Ostmark gebracht. Ursula durfte in Berlin bleiben und erhielt zu Hause Privatunterricht durch Rudolf Tübken, einen einbeinigen Lehramtsanwärter 253
aus Spandau, sowie Zusatzstunden von Joachim und von ihrem Großvater Albrecht.

Eines Nachmittags, als Ursula gerade in einem Buch ihres Vaters schmökerte, riss Joachim die Tür zur Bibliothek auf. Kreidebleich und stumm blieb er auf der Schwelle stehen. Ursula überlegte kurz – wurde sich aber keiner Schuld bewusst. Die Automaten aus der Antiquitätensammlung ihres Vaters hatte sie wieder originalgetreu zusammengesetzt, ohne sichtbare Spuren zu hinterlassen. Oder sollte der einäugige Hering etwa die Überreste der sezierten Silvesterraketen gefunden haben, die sie oben auf dem Speicher deponiert hatte? Unwahrscheinlich.

»Die ersten Menschen auf dem Mond«, sagte Ursula leise und kippte das Buch an, damit Joachim die harmlosen Illustrationen sehen konnte.

Der nickte geistesabwesend und beugte sich über Großvater Albrecht, der eine halbe Stunde zuvor übergangslos vom Satz

253 des Pythagoras auf die Badewanne des Archimedes zu sprechen gekommen und darüber eingeschlafen war. Joachim rüttelte ihn wach, flüsterte ihm etwas ins Ohr, und dann zog er den Alten nach nebenan ins Palmenzimmer.

»Sonst nichts? Grundgütiger! Hering, so sagen Sie doch endlich, was man Ihnen –. Nachrichtensperre?«, hörte Ursula ihren Großvater hervorstoßen, als sie auf Socken zur Tür geschlichen war. »Und ist meine Tochter schon aus der Versuchsanstalt zurück? Sie kommt mit dem General? Ich werde sofort meine Uniform anlegen.«

Nebenan wurde die Tür zum Treppenhaus geöffnet, und – trap-trip-trap – Joachim humpelte die Stufen hinab. Dann war es still. Ursula lugte in das Palmenzimmer. Die sonst so lebensvollen Pflanzen, die durch Schlinggewächse miteinander verknüpft waren, sahen aus, als seien sie zu Marmor geworden – selbst die zartesten Triebe. Schließlich entdeckte Ursula ihren Großvater, der im schattigen Herzstück dieser grünen Gruft auf einem der Korbstühle saß. Scheinbar schon wieder eingeschlafen, erschreckte er Ursula, als er unvermittelt den Kopf hob: »Komm! Auf meinen Schoß, hörst du.«

Als Ursula sich gesetzt hatte, schnaufte der Großvater noch ein paar Mal tief Luft ein und aus, bevor er mit gedämpfter Stimme sagte: »Streck die Hand aus, mein Täubchen.«

»Warum denn, Großpapa?«

»Ich muss dir etwas sehr Wichtiges geben – also sei ein artiges Kind.«

Sie war ein artiges Kind und bot ihm erwartungsvoll die linke Hand dar. Der Großvater legte Ursula die goldene Taschenuhr ihres Vaters auf die Handfläche, und dann drückte er sanft ihre Finger darüber.

Am Morgen nach der Trauerfeier rief Ursulas Mutter alle im Kaminzimmer zusammen. Inmitten bleisüß riechender Rosen und Drachenwurzeln erklärte sie, dass nach den schweren Angriffen die Labore und Werkstätten sicherheitshalber nach Mit-

teldeutschland evakuiert würden. Auch ihre Forschungsgruppe werde einstweilen in einen Bunker übersiedeln – sich unter die Erde begeben, um in naher Zukunft über den Himmel hinauszuschießen, so wie ihr Gatte es sich erträumt habe. Joachim, Rotraut und Emil würden auch weiterhin in Lohn bleiben, um Haus und Garten zu hüten und sich um ihren Vater zu kümmern, der auf seine alten Tage nicht noch einmal umziehen wolle. Das restliche Personal gedenke sie zu entlassen, da es an anderer Stelle momentan dringlicher benötigt werde. Und Ursula müsse auch weiterhin so tapfer bleiben wie bisher – Joachim werde sie noch dieses Wochenende aufs Land chauffieren;
sie werde eine Weile bei ihrem Onkel Günther wohnen. Ursula 253
nickte mit starrem Blick, so wie sie es bei den Generälen gesehen hatte, die bei der Beerdigung ihre Hand geschüttelt hatten.

Unter geschickter Ausnutzung sämtlichen freien Platzes wurde das Leudoldtsche Automobil mit Koffern, Körben und Kisten beladen, in welchen sich Ursulas Schul-, Spiel- und Anziehsachen, aber auch Lebensmittelvorräte, Schellackplatten, Schachautomaten und ein Teil von Theodors Bibliothek befanden. Kurz vor der Abfahrt ging Ursula noch einmal mit Zuckerstückchen zum Ponystall hinter dem Gartenhaus.

Dies sollte das letzte Mal sein, dass Paris seine Rechenkünste unter Beweis stellen konnte: Angelockt von den Schreien des verletzten Ponys sollten kurz nach Kriegsende Flüchtlinge auf das verwaiste Leudoldtsche Grundstück vordringen und aus Paris eine Mahlzeit zubereiten. Ursula würde jedoch nie vom ungesalzenen Ende ihres Ponys erfahren, weshalb sie den klugen Paris wenig später mit der Rettung der Welt betraute. An jenem Morgen aber warf sie die verbliebenen Zuckerstücke gedankenlos in die Krippe und lief zur Auffahrt.

Die nächsten zwanzig Monate kam Ursula bei ihrem Onkel Günther unter, in einem schmalen Haus am Anger, direkt neben der Dorfkirche. Ihr Onkel war der Pfarrer – Hirte dieser gottgefälligen Gemeinde, hatte er Ursula am Tag ihrer An-

254 kunft erklärt. Ursula bewohnte mit ihrer Cousine Johanna ein Zimmer im Obergeschoss. Von dort aus hatte man den besten Ausblick auf den Garten, der hinter einer Reihe Johannisbeersträucher in den Gottesacker überging. Die Haushofschen Kinder naschten nie von den Beeren, denn Tante Waltraut hatte sie darüber aufgeklärt, dass diese allein vom Blut der Begrabenen so rot seien, gewöhnlich würden die Beeren schwarz wie die Erde, heuer aber sögen die Sträucher reichlich Lebenssaft. Wegen all der Toten hinter dem Haus zog Johanna die schweren Gardinen zu, sobald es vage zu dämmern begann: »Ein Lichtstrahl der Lampe genügt, und sie kommen dich holen«, flüsterte sie Ursula nicht nur einmal vor dem Einschlafen zu.

Gegenüber war das Zimmer ihrer beiden älteren Cousinen Katharina und Ute. Am anderen Ende des Flurs – zwischen dem Kleiderschrank und der Tür zum Schlafzimmer von Tante Waltraut – lag die Kammer des kleinen Michael. Ursula mochte ihren Cousin sehr, denn er war ein fröhlicher Junge mit Segelohren, die wie Eisenbahnsignale leuchteten, wenn die Sonne sie von hinten traf. Allerdings war er auch ein notorischer Pechvogel: Jeder Stein, der im Dorf geworfen wurde, streifte seine Stirn; jeder fallende Ast oder Balken traf seine Zehen; jeder Schnupfen fand den Weg zu ihm. Im November fieberte er so fürchterlich mit Ziegenpeter, dass alle nur noch traurig mit dem Kopf schüttelten oder schluchzten, der *liebe Gott* werde *den armen kleinen Michel* nun alsbald zu sich holen. Michael widerstrebte es jedoch, sich vom bärtigen Chef seines Vaters mit Flügelchen und Harfe auf eine Wattewolke platzieren zu lassen – und war schon bald so weit genesen, dass er sich beim Schlittenfahren beide Schlüsselbeine brechen konnte.

Hinter Michaels Kammer befand sich eine schmale Stiege, die zum Spitzboden führte: Dort hinauf hatte Joachim Hering gleich nach der Ankunft aus Berlin all jene Kisten, Körbe und Koffer tragen müssen, in denen sich keine Kleidung oder Lebensmittel befanden. Zum Abschied hatte Joachim die Papiernelke, die ihm Zirkusdirektor Vento einst im Ohr deponiert hatte, aus diesem hervorgezogen und sie Ursula ins Haar gesteckt. Seither lag die Nelke auf Ursulas Nachtschrank, neben der gerahmten Photographie ihrer Eltern und dem Poesiealbum, das Brunhild ihr zum Geburtstag geschenkt hatte.

Auf halber Treppe zwischen Parterre und Obergeschoss befand sich Onkel Günthers Arbeitszimmer. Niemand außer dem Onkel durfte das Arbeitszimmer betreten. Überdies verlangte er, dass auf der Treppe stets peinliche Ruhe zu herrschen habe und niemand auf den Stufen herumlungerte. Vom Flur parterre ging zwischen Küche und Waschküche der Durchgang zu einem flachen Anbau ab, in dem der Onkel seine Gemeinde außerhalb der Gottesdienste empfing und den Konfirmanden Unterricht erteilte. Auch der reguläre Schulbetrieb fand in dem Anbau statt, wobei alle acht Klassenstufen gemeinsam im holzgetäfelten Saal saßen. Schräg unter dem Herrn am Kreuze
wurde vor Unterrichtsbeginn der Herr Hitler an seinem reser- 254
vierten Nagel aufgehängt … und am Nachmittag vorsichtig zurück in den Wandschrank gelegt.

Der einzige offizielle Lehrer der Schule hieß Alois Zweger und war, nach der Mobilisierung seines Sohnes, aushilfsweise auf seine frühere Stelle zurückgekehrt, damit die Kinder nicht bis in die Kreisstadt fahren mussten. Bereits in der zweiten Stunde platzierte er Ursula auf die Primusbank. Gelegentlich schrieb Herr Zweger für alle Klassenstufen Rechenaufgaben an die Tafel, und dann wies er Ursula an, hinterm Katheder Platz zu nehmen und den Unterricht zu überwachen, bis er wiederkomme. Er trank nicht viel während dieser Stunden, aber nach einer Weile begann Ursula damit, die Fehler ihrer Mitschüler bereits dünn mit Bleistift zu markieren, bevor sie die eingesammelten Bögen in Herrn Zwegers Aktentasche schob.

Einmal pro Woche kam Ortsleiter Pölke in die Schule und hielt seine Zusatzstunde, wobei die Grenzen zwischen den Fächern auf ähnliche Weise verschwammen, wie Ursula dies noch aus den Lektionen ihres Großvaters kannte: Von der Sage über die Teufelskanzel im Dorfwald kam Pölke zum Sieg des

255 Arminius und von der römischen Schildkröte zur strategischen Frontbegradigung an der Weichsel. Beliebt waren Pölkes naturwissenschaftliche Übungen: So brachte er etwa Schautafeln und stumpfe Zirkel mit und ließ die Schüler gegenseitig ihre Gesichter vermessen. Beim Vergleich mit den Werten und Abbildungen der Schautafeln wähnten sich alle, außer Pölkes Neffe Ludwig, vom Glück angemessen begünstigt. Ludwigs momentan noch palänegrid proportionierter Schädel würde sich aber, laut Pölkes Erläuterung, am Ende der Pubertät ordnungsgemäß ins Teutonordide auswachsen; der Apfel vermöge ja rein naturgemäß nicht weit vom Stamm zu fallen.

Ähnlichen Naturgesetzen sah sich bald auch Ursula unterworfen: Als sie nicht mit zur Kartoffelkäferlese auf Pölkes Feld wollte, erklärte der, es gebe Leute, die so faul seien, dass sie stinken, und dann gebe es noch die feinen Schnösel, die seien sogar zum Stinken zu faul. Man müsse stets wachsam im Auge behalten, dass sich aus einem feinen Schnösel kein ausgewachsener Schmarotzer entwickle – das seien Schädlinge wie die Kartoffelkäfer, aber noch viel gefährlicher. Ursula zeigte sich unverbesserlich, gleichwohl nicht unbeeindruckt: Vorm Einschlafen dachte sie laut darüber nach, wie es wohl wäre, wenn sie tatsächlich eines Morgens als ein ungeheures Ungeziefer mit gepanzertem Rücken und Mundwerkzeug aufwachen würde. Johanna attestierte Ursula, dass sie ekelhaft und grausam sei: Nun traue sie sich nicht mehr einzuschlafen. Auf Johannas Ankündigung hin, nun die ganze Nacht im Gebet zu verbringen, gelobte Ursula, dass sie sich heuer noch nicht verwandeln werde.

Bei klarer Sicht konnte man gelegentlich winzige Flugzeuge über dem Horizont ausmachen: Wie Silberfische eilen die zwischen den Sternbildern hindurch, beschrieb es Ursula für Johanna. Die blieb vorsorglich unter ihrer Decke versteckt, bis Ursula die schweren Vorhänge wieder zuzog. Um die öde Dunkelheit im Zimmer zu vertreiben, erzählte Ursula aus glücklichen Berliner Tagen. Dabei musste sie sich wiederholt den Vorwurf gefallen lassen, sie übertreibe schamlos. Weil sie vor dem Krieg schon oft Pferde gesehen hatte, zog Johanna in Zweifel, dass Paris – gesetzt den Fall, Ursula habe tatsächlich ein eigenes Pony gehabt – addieren und multiplizieren konnte.

Ursula sparte sich in den folgenden Wochen Brotkrusten und Haferflocken vom Mund ab, weil sie erst einer Gans, dann einer Taube und schließlich einem Raben wenigstens die einstelligen Zahlen beibringen wollte. Obschon wohlgenährt und handzahm, verweigerten sich die Vögel dem Fortschritt des Geistes und brachten Ursula nichts als Taubenflöhe, kotbefleckte Blusen und Spott ein. Genug, dachte sie, als der Rabe auch noch eigenmächtig mit albernen Kunststückchen begann; ihre freien Stunden wollte sie nunmehr nur noch mit Lesen und mit Algebra füllen.

Onkel Günther bestand jedoch darauf, dass die Bücher seines verstorbenen Schwagers in den Kisten auf dem Spitzboden zu bleiben hätten. Ursula war zwar tapfer, aber noch immer nicht vernünftig. Sie beharrte ihrerseits darauf, sich bestmöglich vorzubereiten, eines Tages die Pläne ihres Vaters verwirklichen zu helfen.

Der Onkel zeigte sich, bei aller Unnachgiebigkeit, einfühlsam: Er verschloss die Tür zum Spitzboden und deponierte den Schlüssel in seinem Arbeitszimmer. Anschließend nahm er Ursula beiseite und sagte, sie solle nicht weinen – er werde ihr die Geschichte einer wunderbaren Himmelfahrt erzählen. Nein, darin gebe es weder Raketen noch Weltraumspiegel, die Geschichte vom Herrn Jesus sei bar jedweder Technik, dafür aber wahr und äußerst lehrreich.

Warum denn der Herr Jesus dann zugelassen habe, dass ihrem Vater eine Fliegerbombe auf den Kopf falle, fragte Ursula, nachdem der Onkel mit Erzählen fertig war. Als sie sein Gesicht sah, fürchtete Ursula einen Moment lang, er werde sie schlagen. Doch zu guter Letzt entspannten sich seine Wangenmuskeln. Nun wieder milde lächelnd, erklärte der Onkel, dass man die Frage so nicht stellen und deshalb auch nicht beantworten könne. Nicht Jesus Christus träfe die Schuld, womöglich aber ihren Vater Theodor. Allerdings sei sie noch viel zu jung, das zu verstehen. Von nun an solle sie sich deshalb nicht mehr so viel ihren Kopf zerbrechen, sondern vielmehr ihr Herz öffnen.

256 Ursula fühlte sich unangenehm an ihr Kindermädchen Mathilde erinnert und ahnte zugleich, dass, was immer sie ihrer Mutter schriebe, niemand Onkel Günther kündigen könnte. Und da sie bereits durchschaut hatte, dass sie glaubwürdig zustimmen musste, wenn sie den Vorträgen ihres Onkels entkommen wollte, schlug sie demütig die Lider nieder und nickte.

Pferde und Ponys gab es im ganzen Dorf keine, dafür jedoch zwei Belgier und drei Polen in den Ställen von Hübners Karl und Boglings Peter. Die beiden Bauern waren indes an der Front – wo sie bisweilen ebenfalls in Scheunen unterkämen, berichtete die Frau von Boglings Peter. Das sei der Krieg, erklärte die Mutter von Hübners Karl.

Wenn Hübners Rosel *Russland* sagte, dann verbanden sich ihre aschgrauen Augenbrauen zu einem durchgehenden Strich, über dem sich eine tiefgestaffelte Phalanx Falten aufwölbte. Wenn Tante Waltraut *Russland* sagte, klang das fast, als hätte Boglings Magd schon wieder irgendeine unanständige Krankheit, und Onkel Günther rügte seine Frau dann jedes Mal, ihr Gebiss sei nicht dazu bestellt, anderer Leute Worte wiederzukäuen. Und wenn Gemeindeleiter Pölke seinen Radioapparat auf das Fensterbrett stellte und den Anger mit erfolgreichen Frontverkürzungen beschallte, dann klang es so, als verursachten die im Osten tobenden Stürme unweigerlich Knötchen auf den Stimmbändern.

Um ihrem Gelöbnis gerecht zu werden, sich heuer noch nicht in einen schmarotzenden Käfer zu verwandeln, hütete Ursula nun regelmäßig nach dem Unterricht Frau Hübners Gänse oder

brachte die Briefe an deren Sohn Karl zu Papier. Dies alles um so bereitwilliger, da sie dabei gelegentlich mit Antoine, dem älteren der beiden Belgier, ein wenig Französisch üben konnte. Sie erzählte ihm von Berlin und von Paris, der rechnen und Wurzeln ziehen konnte – was Antoine, der aus Brüssel, also aus einer Stadt kam, niemals Anlass gab, auch nur den leisesten Zweifel zu äußern. Im Gegenzug erzählte er Ursula, wie sein Großonkel Edmond 1914 auf einem gestohlenen Motorrad der 257
Gefangenschaft entkommen war, oder von Edmonds unzähligen glimpflichen Bruchlandungen und wie er letzten Endes in Afrika bei einem Wirbelsturm in den Tanganjikasee gestürzt und ertrunken war. Von sich selbst erzählte Antoine allerdings nie. Er erinnerte Ursula ein klein wenig an ihren Großvater Albrecht, weil er bisweilen auch mitten im Satz einschlief. Wenn Ursula ihn dann mit einem Grashalm in der Nase kitzelte, pustete er ein kurzes Lachen hervor und sagte: »Pardon, Mademoiselle, j' étais en voyage.«

Eines Abends – Antoine hatte Ursula geholfen, die Gänse mit einem Seil vom Löschteich zu treiben, und ihr auf dem Weg zum Stall gerade davon berichtet, wie Edmond während der Belagerung von Brüssel über dem Haus seiner Verlobten eine Fahne und einen Liebesbrief abgeworfen hatte – versperrten ihnen plötzlich Pölke und dessen Sohn Hermann den Weg. Hermann brauchte schon seit einigen Wochen keine Hausaufgaben mehr zu machen: Er half jede zweite Nacht die Scheunen von Hübners Karl und Boglings Peter bewachen, in deren leeren Pferdeboxen die Belgier und Polen untergebracht waren. Eben dieser von allen Hausaufgaben befreite Hermann hielt Antoine nun mit einem Jagdgewehr in Schach. Gemeindeleiter Pölke packte Ursula am Ohrläppchen und zog sie zur Scheune der Hübners.

»Angeblich so g'scheit«, stieß Pölke hervor, »aber nich' mal 'nen einfachen Satz verstehen können, wie? Lies schon – was steht da? Oder müssen wir es für's gnäd'ge Fräulein noch ausländisch hinpinseln?«

An der Scheunenwand stand mit roter Farbe und zwei eklatanten Fehlern, dass von Fremdvölkischen stets Abstand zu halten sei. Da Pölke ihr Ohr noch immer festhielt, nickte Ursula nicht, sondern senkte nur die Lider. Als er sie schließlich losließ, zeigte sich Ursula das erste Mal seit dem Tod ihres Vaters in aller Öffentlichkeit weder tapfer noch artig: Sie blieb in sicherer Entfernung stehen und zählte unter Tränen die Namen sämtlicher
257 Generäle und Gruppenführer auf, die sich am Grab ihres Vaters per Handschlag zu Beistand verpflichtet hatten. Sie stampfte mit dem Fuß auf und schrie, dass sie ihrer Mutter verraten werde, wie Pölke sie malträtiert habe. Dann rannte sie den Anger hinauf.

Da das einzige Telefon des Dorfes in Gemeindeleiter Pölkes Haus stand, konnte Ursula ihre Mutter nicht anrufen. Sie schrieb ihr also einen Brief – erhielt jedoch, zum ersten Mal, keine Antwort. Sie schrieb ihrem Großvater und Joachim nach Berlin … und wartete vergebens. Sie begann, sich Sorgen zu machen.

Im Frühjahr sah Ursula endlich Gerechtigkeit nahen. Gemeindeleiter Pölke war gerade dabei, auf dem Dorfanger die Verteidigung des Heimatbodens vorzubereiten – er ließ die verbliebenen Männer und Jungen in Reih und Glied um den entnadelten Weihnachtsbaum marschieren, ihre Flinte, Schaufel oder Fahne präsentieren und die Lafette eines napoleonischen Geschützes reparieren –, als sich ein Militärmotorrad und eine Limousine dem Dorfrand näherten. Nach kurzer Verwirrung, ob dies bereits eine Vorhut der Amerikaner sei, sammelten sich die Verteidiger wieder auf dem Anger und versuchten sich in strammer Haltung.
258 Der Kradfahrer hielt neben dem Tannenbaum, nahm den staubigen Stahlhelm ab und zündete sich eine Zigarette an. Die Limousine parkte unter ungestümem Hupen direkt vor dem Pfarrhaus – und heraus sprang: Joachim Hering. Er öffnete die hintere Wagentür, woraufhin erst ein junger Obersturmführer und dann Frau Leudoldt ausstiegen. Schon rannte Ursula ihrer Mutter entgegen. Aus jedem Kuss hörte sie ein mütterliches Versprechen auf bessere Tage sowie eine Bitte um Verzeihung heraus.

Der Obersturmführer schien indes nicht daran interessiert zu sein, die lang herbeigesehnte Gerechtigkeit zu schaffen: Er ließ den Soldaten vom Krad absitzen, damit dieser Joachim helfe, die markierten Kisten vom Spitzboden zu holen. Ansonsten war er damit beschäftigt, den Himmel nach Silberfischen abzusuchen, Tante Waltrauts Kornkaffee zu trinken und sich vor dem restaurierten Beutegeschütz photographieren zu lassen, wozu er die oberste Kugel von der Munitionspyramide nahm und wie einen Reichsapfel hielt. Ursula beließ es dabei, denn immerhin hatte Hermann Pölke die Formation der Verteidiger verlassen, um die Papiernelke zu apportieren, die der Wind aus Joachims Knopfloch geblasen hatte: Die Verhältnisse waren offenkundig geklärt. Ortsleiter Pölke ließ die Verteidiger schultern, was auch immer sie zu schultern in den Händen hatten, und dann marschierte er mit ihnen zum Dorfrand, um die Schanzarbeiten weiter voranzutreiben.

Nachdem Ursula gepackt hatte, machte sie dem kleinen Michael, der gerade mit einem rätselhaften Fieber seine Sonderbehandlung sicherstellte, noch einmal frische Wadenwickel. Kaum hatten sie und ihre Mutter sich auch von allen anderen verabschiedet, ordnete der Obersturmführer schleunigste Abfahrt an.

»Kruzitürken«, rief der Soldat, als sie daraufhin das Pfarrhaus verließen, »das ist ja glattweg Hochverrat.«

Dem Blick des Soldaten folgend, sah auch Ursula, dass dessen Motorrad nicht mehr neben dem Skelett des Tannenbaums stand. Sie biss sich vorsichtshalber auf die Unterlippe und hoffte inständig, Antoine möge ebenso viel Glück auf der Flucht haben wie einst sein Großonkel Edmond.

Doch Antoine hatte nicht das Glück seines Großonkels. Kaum startete er das gestohlene Motorrad, das er umsichtig bis zum Dorfrand geschoben hatte, lockte das Motorgeräusch Hermann Pölke aus dessen halbfertig geschaufelter Panzerfalle hervor. Hermann stutzte ob der unorthodoxen Uniform des Kradfahrers. Kurz entschlossen rieb er seine Hände am Hosenboden sauber und spuckte sich, wie sonst beim Schützenfest, vorm Zielen über die rechte Schulter. Er holte Antoine mit einem einzigen Schuss vom Sattel. Der Obersturmführer und der Soldat gratulierten dem jungen Pölke, als dieser das Motorrad samt humpelndem Antoine zum Anger zurückbrachte. Sie sagten ihm eine steile Karriere voraus. Er solle den Gefangenen von nun an nicht mehr aus den Augen lassen, bis dieser seiner wohlverdienten Strafe zugeführt werde.

Die nächsten Wochen genoss Ursula mit ihrer Mutter und Joachim das Urlaubspanorama des Inntals: Die umliegenden Gipfel noch schneebedeckt, zeigten sich an den Berghängen Geröll und feuchtgraues Gestein, grüne Flächen, erstes Blühen. Sie residierten in einer jener Leudoldtschen Immobilien, die ihr Vater nicht hatte vermieten lassen, da er sich selbst gelegentlich dorthin zurückziehen wollte: Zum Ausspannen oder um seine Autobiographie zu schreiben. Alle anderen Häuser der Gegend standen unmittelbar am Ufer des Inns, die Grundmauern im Schmelzwasser, oder schmiegten sich so eng an die Berghänge, dass die Almen auf ihre Dächer vorgedrungen waren. Das Haus der Leudoldts aber stand einsam, beinahe trotzig auf einem Felsvorsprung. Abgesehen vom Stauboden unterm Giebel hatte es lediglich ein Erdgeschoss mit großzügiger Wohnküche, Schreibstube und Schlafzimmer. Das bemalte Bauernbett teilte sich Ursula mit ihrer Mutter, während Joachim auf der ledernen Chaise in der Schreibstube schlief.

Die Blumenkästen vor den Fenstern und die Beete hinterm Haus waren verwildert – doch jetzt, da Ursula die Bücherkisten wieder offen standen, sah sie keine Veranlassung, sich des Unkrautes anzunehmen. Meistens saß sie, gewärmt von der Frühlingssonne, auf der Gartenbank vor dem Haus und blätterte im *Neuen Universum* oder las bei Oberth nach, warum man mit einer Kanone unmöglich Mondreisende lebend ans Ziel bringen könne. Währenddessen schlief ihre Mutter neben Ursula im Liegestuhl oder unternahm alleine ausgedehnte Spaziergänge. Ein ums andere Mal sortierte sie in der Schreibstube ihre Unterlagen, die Ursula weitaus aktuellere Erkenntnisse zur Mondfahrt hätten verschaffen können – obschon Peterchen und Anneliese, so viel hatte sie bereits herausgefunden, noch immer keinen Testflug unternommen hatten. Ursulas Mutter war in diesen Tagen überaus wortkarg; sie ließ sich bestenfalls dazu hinreißen, Ursula die Grundlagen der Integralrechnung zu erläutern. Joachim hingegen zeigte sich schubweise regelrecht redselig: Mal hatte er Werwölfe durch das Unterholz streifen sehen … die gingen ihm nach! Die wollten Menschenkleider und eine Rasur, damit Rotkäppchen sie nicht entdecke. Ein andermal meinte er, sein Vater sei hinter einem Felsblock hervorgetreten, gebückt und faltig, und habe gesagt, er habe ihm dies alles beschert. Auf seine Frage hin, was *dies alles* denn sei, habe der Vater gelacht und sich in einen Nebelschleier aufgelöst. Ursula beschlich bisweilen das Gefühl, Joachim übe für eine Theateraufführung.

An seinen ruhigeren Tagen sammelte Joachim Blüten und Kräuter, die er ersatzweise als Tee aufbrühte. Überdies pflanzte er Tabaksetzlinge in die Blumenkästen, da er das Schlimmste befürchtete, seit ihm ein Fleischhauer und eine Hilfsbahn- 258
wärterin übereinstimmend kolportiert hatten, dass *der Führer* auf seinem Befehlsstand in der Reichskanzlei *gefallen* sei. Die Unterschrift auf ihren Sonderzuweisungen war demnach kein Streichholz mehr wert.

Doch obwohl der Krieg nun vorbei zu sein schien, änderte sich nichts; und als Ursula fragte, wann sie denn endlich wieder zurück nach Berlin fahren würden, blieb ihre Mutter ihr ein weiteres Mal eine Antwort schuldig. Joachim aber bat Ursula, die kobaltblaue Pupille seines Glasauges grau zu färben. – Im Gegenzug verriet er ihr, wann sie, laut seinem Kenntnisstand, zurück nach Berlin fahren würden.

»I glaub, so bald no nedd«, flüsterte Joachim.

Seit Joachim kein Benzin mehr für den Wagen bekam, fuhr er zweimal am Tag mit dem Fahrrad hinunter in eines der Dörfer oder zum nahe gelegenen Landgasthof, um Essen zu holen. Eines Abends aber kam er nicht von dort zurück. Bereits hungrig geworden, hatte Ursula ihr Buch kurz nach sieben beiseitegelegt und wartete am Küchenfenster. Der Wind war seit dem Nachmittag noch heftiger geworden. Er peitschte die Zweige der Ziertannen gegen die Scheiben, beugte die Tabaksetzlinge und wirbelte im Schornstein, was wiederum die Küche rauchig würzte – Ursulas Appetit folglich noch verstärkte. Die näher kommenden Scheinwerfer hielt sie einen Augenblick lang für das Licht von Joachims Rad; aber schon sah sie, dass es zwei Lichtkegel waren, die sich überdies viel zu schnell durch die Serpentinen bewegten, immer intensiver wurden. – Motorisierter Besuch, dachte sie überrascht, und kurz darauf hielt tatsächlich ein *Jeep* vor dem Leudoldtschen Alpensitz.

259 Ursula kannte keinen der vier unangemeldeten Besucher, spähte also weiterhin aufmerksam durch die windgeplagten Tabaksetzlinge: Die beiden jüngeren Soldaten verschwanden im Laufschritt links und rechts des Hauses. Der Fahrer versuchte indes eine Zigarette anzuzünden, duckte sich dabei immer tiefer in den Windschatten der Frontscheibe. Der Beifahrer zog seine Uniform glatt und kam die Eingangsstufen herauf. Noch bevor er klopfen konnte, hatte Ursulas Mutter die Tür geöffnet. Der Wind pfiff scharf über das Türblatt.

Ob sie eine Frau Doktor Leudoldt sei oder diese beherberge, wollte der Beifahrer wissen – woraufhin Gerhild Leudoldt mit der Frage konterte, mit wem bitte sie zu dieser ungewöhnlichen Stunde die Ehre habe.

Das flaue Gefühl in Ursulas Magengegend wurde durch den mit Joachims Abwesenheit unheilvoll verbundenen Hunger noch verstärkt. Der Beifahrer ratterte eine Litanei fremder Namen und Nummern herunter, die Ursula allesamt nicht verstand – aus denen ihre Mutter allerdings herauszufiltern wusste, wie das Gespräch fortzusetzen sei.

»Darf ich Sie auf einen Tee hereinbitten, Major Wolpert?«, fragte Frau Doktor Leudoldt.

Sie durfte.

Ursula wurde, noch immer hungrig, mit ihrem Buch ins Schlafzimmer verbannt. Hätte ihr Magen nicht so verräterisch laut geknurrt, sie wäre zur Tür geschlichen; so aber bekam sie kaum etwas mit von dem Gespräch, das sich bei schnödem Kamillenblütentee unglaublich in die Länge zog. Nur einmal, als ihre Mutter gerade trocken aufgelacht hatte, wurde der Major etwas lauter: »Sie haben Angst vor dem Iwan, verachten die Franzosen, und die Briten können noch nicht einmal ihre Schulden bezahlen. Wo also wollen Sie Ihr Know-how unterbringen, wenn nicht bei uns?«

Gegen zehn Uhr verabschiedete sich Major Wolpert und ließ die beiden jüngeren Soldaten vor dem Haus zurück. Obwohl der Wind gegen Mitternacht noch weiter an Stärke gewann, wollten die beiden nicht in die Küche hereinkommen, lehnten sogar den heißen Kamillentee und die Kekse ab. Frau Doktor Leudoldt zuckte mit den Schultern und packte die nächste Kiste: Sie stapelte die Bücher, die Ursula ihr zurechtgelegt hatte, oben auf ihre Unterlagen. Ursula war mittlerweile längst im Bett, konnte allerdings nicht schlafen, weil der Wind immer wieder unter die Dachpfannen fuhr und weil die Schreibzimmerdielen unter den Füßen ihrer Mutter knarrten. Als diese endlich ins Schlafzimmer kam, war es zwei Uhr. Der Sturm beugte die Ziertannen bis auf die Fensterbretter herab, als gelte es, Joachims improvisierte Tabakzucht mit Nadelzweigen winterfest zu machen. Ursulas Mutter verriegelte die Fensterläden und legte sich schließlich zu Ursula ins Bett. Dank ihrer Tabletten schlief sie sofort ein, bemerkte weder die Polka der Dachpfannen noch dass sich ihre Tochter schlaflos im Bett wälzte.

Der Sturm nahm indes an Heftigkeit weiter zu und rüttelte bald am ganzen Haus. Das Gebälk knarrte, und einmal ging ein so gewaltiger Ruck durchs Haus, dass Holzmehl von der Decke rieselte. Mehrmals glaubte Ursula, den Boden wanken zu spüren, die Kisten und Stühle nebenan bald zur einen, bald zur anderen Wand rutschen zu hören. Dann riss eine Böe die

Fensterläden auf und ließ sie wie hölzerne Schmetterlingsflügel schlagen. Zum Fenster geeilt, schien es ihr, als käme der Regen wie Ozeanwogen aus dem nachtschwarzen Tal heraufgepeitscht, als leuchteten die Blitze nicht von den gegenüberliegenden Felswänden, sondern von Tausenden Hochhausfenstern wider. Sie fürchtete, Joachim habe sie mit seinen Phantasien, mit seinen Werwölfen, hustenden Ziegen und schleierhaften Wiedergängern angesteckt, hatte sie doch tatsächlich das Gefühl, das Haus treibe wie ein Gasballon durch die Luft.

Endlich bekam Ursula die auf-und-zu-auf-und-zu knallenden Fensterläden zu fassen und schaffte es gerade noch, diese wieder zu verriegeln, bevor das Haus abermals ruppig durchgeschüttelt und sie gegen den Bettpfosten geschleudert wurde. Benommen sank Ursula in einen wirren Traum.

Als ihre Mutter am nächsten Morgen die Fensterläden öffnete, wurde Ursula vom hereinflutenden Sonnenlicht geweckt. Die weißen Dünen der Gipswüste gleißten unbarmherzig, und das Radio meldete bereits stattliche 67° Fahrenheit für Alamogordo, 68° für El Paso. Ursula rieb die Beule an ihrer Schläfe, blinzelte, nieste. Nachdem sie einen Eistee getrunken hatte, öffnete sie die Kiste in der Schreibstube und holte das oberste Buch heraus. Dann ging sie vor das Haus, wischte den weißen Sand von der Gartenbank und las an dem Absatz weiter, an dem sie am Vorabend aufgehört hatte.

Sechs:
Worin es mit Ursula anderweitig weitergeht

Dank der Fähigkeiten brillanter Kernforscher und Ingenieure,
dank Atombombe, Farbfilm, Nylonstrumpf und weiterer heil-
bringender Errungenschaften galt nicht nur der Weltkrieg, son-
dern der Krieg an sich für die verbliebene Menschheit als ein
abgeschlossenes Kapitel der Geschichte. – So zumindest glaubte
Ursula ihren zukünftigen Stiefvater, Robert Servadac Jr., ver- 260
standen zu haben.

Während der Zeichenstunde zeigte auch sie sich vom Zeitgeist erfasst, verlegte die Ära des ewigen Friedens allerdings in die Zeit nach einem dritten Beinaheweltkrieg: In ihrer Bildergeschichte war es Paris, der mit hochkomplexen mathematischen Operationen und festem Hufstampfen die Welt vor dem drohenden Untergang rettete.

Die anderen Schüler der Kindergartenklasse, in die Ursula
aufgrund ihres Sprachdefizits eingeschult worden war, zeichne-
ten indes lieber Superman oder Dorothy Gale; manch einer ver- 261
suchte sich bereits an seinem Vater im Cockpit eines Bombers,
auf einer Feuerwehrleiter oder im Sattel eines wurstbeinigen
Hengstes. Ohne auf nennenswerten Widerspruch zu stoßen,
deklarierte ihre Klassenlehrerin einige der dabei entstandenen
Gestalten als General Lee nach seinem Sieg bei Gettysburg, als
John Wayne oder als den Baseballspieler Roland Agni.

Allerdings ging Miss Scarrisbrick aber auch davon aus, dass der groblinig skizzierte *Doktor P* Ursulas Held und Paris dessen treues Pferd sein müsste. Entsprechend wahnwitzige Änderungen schlug sie für Ursulas Bildergeschichte vor. Zudem bemängelte sie, dass sich die Gedankenblasen mit den Zahlen und Integralen über dem Pferd anstatt über dem Kopf des Doktors befanden: In

Ursulas Alter müsse man sich bereits etwas genauere Gedanken über Bildaufbau und Perspektive machen, forderte Miss Scarrisbrick. Da Ursula so schnell wie möglich den Fängen ihrer Klassenlehrerin entkommen wollte, nickte sie eifrig.

Skeptisch, ob Ursula sie wirklich verstanden hatte, zog Miss Scarrisbrick daraufhin einen Bleistift aus ihrem Dutt und änderte den Verlauf einiger Gedankenblasen – womit sie Doktor P, dem gefährlichsten aller Bösewichte, die Geheimformel zur Rettung der Erde zuspielte, das Böse also schier allmächtig machte. Ursula fühlte sich unangenehm an ihren Onkel Günther und an ihr Kindermädchen Mathilde erinnert, fand aber auf die Schnelle nicht die treffenden Worte, Miss Scarrisbrick über die gefährlichen Ausmaße ihrer Inkompetenz und Impertinenz aufzuklären, weshalb sie abermals nickte und einfach weiterzeichnete. Miss Scarrisbrick seufzte.

Abends übte Ursula vor dem Spiegel, all die tagsüber aufgeschnappten Wörter mit der Zunge im Mund umzurühren, ohne beim Sprechen die Lippen zu bewegen. Ihre Mutter half ihr gelegentlich beim Lernen, fragte sie beim Abendessen Vokabeln ab oder berichtete auf Englisch von den Raketenflügen
262 ihrer neuen Versuchstiere: Der Affe Albrecht I. hatte offenbar nicht genug Sauerstoff an Bord gehabt. Die Rakete von Albrecht II. war im Flug explodiert, die Kapsel von Albrecht III. bei der Landung zerschellt. Ursula zeigte sich enttäuscht, dass die Raumfahrt trotz jahrelanger Vorbereitung noch immer ein solch unsicheres Unterfangen war – fand allerdings an einigen Formulierungen und Fachbegriffen ihrer Mutter so großen Gefallen, dass sie am liebsten sofort probiert hätte, diese mit Rührei und Toast im Mund auszusprechen.

»To die of suffocation«, begann sie hochmotiviert, als sie wieder vor ihrem Spiegel saß.

Ursula kaute noch tagelang auf dem Wortschatz ihrer Mutter herum, bis Miss Scarrisbrick sie eines Tages im Unterricht rügte. Da Ursula sich uneinsichtig zeigte, rief Miss Scarrisbrick während der Pause Frau Leudoldt an. Dabei behauptete sie, Ursulas morbides Gemurmel verschrecke sämtliche ihrer jüngeren Mitschüler. Des weiteren habe sie den Eindruck, es gehe mit Ursula überhaupt nicht vorwärts – momentan könne sie nicht einmal ihre Versetzung in die erste Klasse befürworten.

Ursulas Mutter erwiderte, ihre Tochter spreche zu Hause ein durchaus akzeptables Englisch und ihre mathematischen Fähigkeiten näherten sich mittlerweile dem Universitätsniveau.

Miss Scarrisbrick lachte kühl auf und erbat sich, ihr, der Muttersprachlerin und Pädagogin, die Beurteilung zu überlassen. Einzig die Leistungen, die Ursula, dank fachkundiger Anleitung, neuerdings im Zeichnen an den Tag lege, seien halbwegs akzeptabel. Zeichnen allein habe jedoch noch niemanden durch die Schule gebracht. Vom Leben wolle sie an dieser Stelle noch nicht zu reden wagen.

Ursulas Mutter war in Eile, versprach eine alsbaldige Besserung der Lage und verabschiedete sich.

Nach diesem Telefonat verlegte sich Ursulas Mutter darauf, beim Abendessen nicht mehr von tödlich verunglückten Fruchtfliegen und Affen, sondern von einem möglichen Umzug zu sprechen. Zudem erzählte sie immer öfter von jenem charmanten Ingenieur, mit dem sie seit einem reichlichen Jahr recht gut zusammenarbeitete. Ursprünglich hatte sie ihn Ursula als Robert Servadac Jr. vorgestellt, aber mittlerweile nannte sie ihn *Bob.* Auch andere Auskünfte über Mister Servadac hatten sich als recht unbeständig erwiesen: So war dieser junge Ingenieur plötzlich alt genug gewesen, zwei eigene, freihändig laufende Kinder 262
zum ersten gemeinsamen Sonntagsausflug der Leudoldts und Servadacs mitzubringen.

Bobs sechsjährige Tochter Deborah wollte alle paar Meilen abwechselnd zum Sodatrinken oder Wasserlassen anhalten – was ihr keiner ausschlug, da Deborah dann, wenigstens solange sie ihr Soda trank, verstummte. Die restliche Zeit summte, pfiff, jodelte oder sang sie ununterbrochen Filmmelodien, Shanties und Chansons, Volks-, Pfadfinder- und Kirchenlieder sämtlicher Konfessionen, Operettenschlager und die Nationalhymne sowie Werbejingles für Schuhpolitur, Sandwichbutter oder Seife – ohne auch nur eine einzige Melodie halten zu können.

»So geht das schon, seit ihre Mutter von uns gegangen ist«, erklärte Bob, als Deborah abermals am Straßenrand hinter einem Busch verschwunden war.

»Ich kauf' das neue Fruitique, nur Original von Vuylstek's«, drang es durch die offene Wagentür herein.

»Mach schon, Debby, beeil dich«, rief Jeff, »sonst schließt der Zoo wieder, bevor wir ankommen.«

Bobs Sohn Geoffrey, den alle nur *Jeff* nannten, ging bereits in die High School. Jeffs Lächeln kam Ursula wie ein emaillierter Maiskolben vor; zudem erschien ihr durchaus plausibel, dass Jeffs Wurfarm der beste seines Jahrgangs sein sollte. Dies sei allerdings keine Frage bloßer Stärke, sondern der Wurftechnik, erklärte Bob. Auch der Sport müsse sich heutzutage mit der Wissenschaft verbünden: F gleich $\frac{1}{2}\rho V^2$ mal AC_L – nur so bringe sein Junge den gefürchteten Effet auf Abruf, was er natürlich von seinem alten Herrn habe.

Ursula verspürte von Anfang an den unerklärlichen Drang, Jeff Servadac sehr gut im Auge zu behalten, auch wenn dieser mit seinen dunklen Augen manchmal recht seltsam zurückschaute.

Aber auch auf Bob würde sie achten müssen: Der legte ihrer Mutter den Arm um die Hüfte, obwohl er doch die *Krauts* als eine Geißel Gottes einstufte und dies damit begründete, dass
263 seine Großmutter mütterlicherseits von einem schlesischen Neueinwanderer geschändet, sein Lieblingsonkel Geoffrey im *Großen Krieg Nummer Eins* mit badischem Chlorgas überkippt und sein dämlicher Cousin Des noch am 7. Mai 45 von einem bayerischen Bauernjungen ausgeknipst worden war.

»Aber diese alten Zeiten sind ein für alle Mal vorbei«, verkündete Bob, und schon im nächsten Augenblick zeigte er in einen der Tierkäfige: »Oh, boy! Schaut euch mal dieses verfressene Erdmännchen an.«

Ihrem Ausflug in den Zoo folgten bald ein weiterer zu den Carlsbad-Höhlen und in den Frühjahrsferien ein Urlaub bei Bobs Eltern in Duncan Switch, Texas. Zur gleichen Zeit 263
war dort auch Bobs Bruder Timothy mit seiner Familie zu Besuch, so dass es ziemlich eng im Haus der alten Servadacs zuging. Ursula sollte sich das ehemalige Kinderzimmer mit Deborah teilen, schaffte es aber, Bobs Vater zu überreden, ihr zwischen den Pfosten der Veranda eine Hängematte zu spannen. Abends, wenn alle zu Bett gegangen waren, hörte sie die Rinder und Hunde der Ranches drüben am Tenmile Creek, manchmal drang auch noch gequältes Motorenheulen von der Air-Corps-Flugschule herüber, und fast jede Nacht stand ihre Mutter nach Mitternacht noch einmal auf und ging mit Bob spazieren. Vor dem Einschlafen dachte Ursula vorsätzlich an Jeff. Sie setzte ihn sich in Gedanken mit all seinen Sommersprossen und emaillierten Maiskornzähnen sorgfältig zusammen, schaffte es aber nie, ihre Träume in die erhoffte Richtung zu lenken. Stattdessen fand sie sich unversehens in Onkel Günthers Arbeitszimmer oder in Berlin, im Palmenzimmer der Leudoldtschen Villa wieder: Zwischen den Palmen ging ein Tier um, das war nur zwei Augen inmitten einer gewaltigen Masse in sich verstrickter Blätter, Zweige, Lianen und Nebelschwaden; sie rannte, rutschte und kam wieder und wieder auf dem Rücken zu liegen, zappelte wie ein Käfer.

Morgens weckten sie die Rufe der Rinder oder das Knarren der Bohlen, wenn Jeff und sein Cousin Phil mit den Angelruten die Verandatreppe hinabschlichen; meist aber weckte sie Deborah, die ihren Tag mit einem kleinen Lied begann. Bobs Vater schaltete sofort nach dem Aufstehen das Radio ein und kam wenig später mit einer Tasse Kaffee auf die Veranda. Zwischen den zahllosen Falten rings um seinen Mund klebte in aller Regel noch ein wenig Rasierschaum.

»Jetzt aber aufgestanden, junges Fräulein! Wer fängt den Wurm?«, begann der alte Servadac dann und tat so, als sei er überrascht, Ursula nicht mehr in der Hängematte vorzufinden.

Am Ostersonntag, als sie den Lammbraten und den Kuchen aufgegessen hatten, schlug Robert Servadac Jr. mit der Gabel an sein Weinglas und verkündete, dass er wichtige Neuigkeiten mitzuteilen habe. Ursula schaute zu ihrer Mutter, die jedoch keine Miene verzog, dann lugte sie wieder zu Jeff hinüber. Der kniff die Lider zusammen, als fixiere er einen gegnerischen Batter. Deborah hatte das Klingen des Weinglases aufgenommen und summte leise einen Jingle für Spülmittel. Bob sagte, er habe sich am gestrigen Abend mit Gerhild verlobt. Das heiße natürlich, sie sich miteinander, sagte Bob und wurde nun tatsächlich ein bisschen rot im Gesicht. Auf jeden Fall würden sie, so denn die Behörden zustimmten, noch im Herbst heiraten.

Deborah verstummte jäh, und Timothy grinste beinahe gehässig. Er beugte sich zur Seite, um einen besseren Blick auf die von Ostereiern und Strohhasen eingekesselten Familienphotos auf dem Buffet, auf all die Opfer der germanischen Geißel Gottes freizugeben. Der alte Servadac wischte sich einen Krümel aus dem Mundwinkel und fiel in das stumme Nicken seiner Frau ein, schien mit der Entwicklung des Osterfestes durchaus zufrieden. Ursula war sich ihrerseits nicht ganz so sicher: Dies hieße schließlich, Deborah täglich zu ertragen, und Jeff wäre dann ihr Bruder, was sich für sie völlig falsch anfühlte. Außerdem, fürchtete Ursula, würden doch sicherlich bald weitere Neuigkeiten nachkommen.

Twickenham, das ist die Hauptstadt von Madison County und zugleich die größte Stadt in Nordalabama, hatte Ursula gelernt. Fast alle Kollegen ihrer Mutter waren mittlerweile dorthin übergesiedelt und richteten nun jene Labore und Raketenwerkstätten ein, die später einmal den Ruf der Stadt als Geburtsort der amerikanischen Raumfahrt begründen und sie zum viertwichtigsten Ziel im Falle eines thermonuklearen Schlagabtauschs machen sollten. Twickenham, auch das wusste Ursula mittlerweile, liegt am Fuße kleiner Karsthügel, welche von den

Bewohnern des Tennessee-Tals gern als Berge bezeichnet werden. Und, Twickenham war eine Kleinstadt, in der keiner am Weltall oder an Raketen interessiert war – dafür aber fast jeder an den großen *K*s: Korn, Koton, Kuh, Klux und Kresse. Ursula war es einerlei.

Weil, so erklärte es Miss Scarrisbrick später in einem Interview, dank Miss Scarrisbricks fachkundiger Anleitung der Knoten endlich geplatzt und Ursula im letzten Halbjahr fast monatsweise in eine höhere Klasse gestuft worden war, konnte sie nun, nach dem Umzug nach Alabama, an der Twickenham High School anfangen. Anders als die Kinder der deutschen Kollegen ihrer Mutter gab Ursula sich keinerlei Mühe, dort beliebt zu sein. Damit war sie dermaßen erfolgreich, dass es sie selbst überraschte, als ihr Zeichenlehrer Mister Dwixter sie 264
eines Tages in seinen Kunstclub einlud.

Noch überraschter zeigte sich Ursula, im Club keinen ihrer Mitschüler, sondern ausschließlich Erwachsene anzutreffen. Laut Mister Dwixter handelte es sich dabei um Maler, Illustratoren, Bildhauer und einen längst über die Grenzen von Alabama hinaus bekannten Naturlyriker; weiterhin um pragmatistische Kritiker und pragmatische Verleger sowie um das Altsaxophon und den Kontrabass einer Jazzband. Für die wöchentlichen Zusammenkünfte dieser *Crème de la Crème de Twickenham* musste das altehrwürdige Kaminzimmer im Haus von Mister Dwixters Mutter herhalten. Miss Dwixter selbst kreuzte wie ein Eisbrecher zwischen den Gästen umher. Mit ihrem Zeigefinger wies sie dabei auf jene Gläser, die das in ihrem Fahrwasser umherwirbelnde Dienstmädchen als nächstes zu umsorgen hatte. Neben Ursula hielt die Alte einen Augenblick inne und begutachtete sie kritisch; kurz darauf hatte Ursula ein Sektglas in der Hand, dessen Inhalt sich als pures Sodawasser erwies. Ursula legte ihre Zeichenmappe auf den Kaminsims und setzte sich auf einen Fußschemel. Sie betrachtete die ruppigen Ölporträts und Frauenakte an den Wänden, die Mister Dwixter als sein Frühwerk bezeichnet hatte – etwas Neueres könne er hier leider nicht hängen, denn seine Mutter sei aus Pietät gegen jegliche Abstraktion im Haus ihrer Vorfahren.

Ursula nippte an ihrem Soda und gab sich keinerlei Mühe, nicht gelangweilt auszusehen. Unvermittelt hielt ihr ein ganz
264 in Schwarz gekleideter Mann ein Büchlein entgegen. Er bat sie inständig, ihm die darin angestrichenen Zeilen auf Deutsch vortragen. Dazu kniete er vor ihr auf dem Bärenfell nieder und stierte ins Feuer. Kaum hatte Ursula den ersten Absatz beendet, stiegen ihrem Zuhörer Tränen in die Augen, und er eilte davon.

»Nicht schlecht, junges Fräulein«, sagte nun ein anderer Mann neben ihr. Er hielt Ursulas Zeichenmappe in der Hand und grinste durch seine überquellenden Locken zu ihr herab. »Das sind doch Ihre, oder? Roy hat also gar nicht so sehr übertrieben. Hier am Horizont sollten Sie übrigens noch dezent mit Grün zwischengehen, das hebt den Kontrast.«

Ursula probierte einen Blick, den sie bei ihren Sprechübungen am Spiegel entdeckt hatte – und brachte den jungen Kunstkenner damit unter anderem dazu, sich für seine schlechte Kinderstube zu entschuldigen. Nachdem er sich endlich vorgestellt und von seiner intelligenten Seite gezeigt hatte, erbot sich Raymond Costek darüber hinaus, Ursula nach dem Essen nach Hause zu chauffieren. Dort angekommen, öffnete er ihr die Wagentür und bat sie zum Abschied, das nächste Mal ruhig noch weitere Zeichnungen mit in den Club zu bringen.

Ursula erwiderte, dass sie nicht wisse, ob sie sich diese langweilige Chose noch einmal zumuten wolle. Und überhaupt sei Kunst ein *K*, das nicht zu Twickenham passe, auch wenn dies auf Englisch wohl keinen Sinn ergebe.

Ray Costek lachte und sagte, er verstünde genau, was sie meine. Aber, an eben solchen Clubabenden sei schon die eine oder andere Karriere gemacht worden.

Ursula zuckte mit den Schultern, schlüpfte durch das Tor, und dann lief sie quer über die frisch getrimmte Wiese.

haupt nicht in diese Scheune zu gehören schien. Sie blickte Ray Costek fragend an, und der sagte: »Warte noch einen kleinen Augenblick hier.«

Er ging auf Umwegen in die Mitte des Raumes, und Ursula dachte, dies sei eine Art Tanz oder Pantomime – Ray Costek tue so, als setze er sich. Gegen alle Regel des Gleichgewichts lehnte er sich dabei bequem zurück und streckte schließlich noch seine Füße bis auf Brusthöhe hoch – schien nun in der Luft zu schweben. Ungläubig blinzelnd glaubte Ursula Schatten in all dem Weiß zu erkennen. Als sie näher trat, stieß sie mit dem Knie gegen etwas Hartes. Ray Costek lachte auf.

Ursula bückte sich, tastete und bekam etwas Lackiertes zu fassen. Jetzt, da sie mit ihrem Körper einen Schatten daraufwarf, erkannte sie, dass es eine weiße Truhe war.

»Einige Sachen habe ich seit Wochen nicht mehr gesehen«, sagte Ray Costek noch immer grinsend. »Wie gefällt es dir?«

»Keine Ahnung. Ich glaube, ich mag es«, sagte Ursula. »Aber was soll das sein? Ich dachte, Sie zeichnen.«

»Das habe ich hinter mir«, erwiderte Ray Costek, und dann goss er ihr ein Glas Milch ein.

Auf dem Rückweg probierte Ray Costek eine Abkürzung und verfuhr sich heillos, was ihn allerdings überhaupt nicht störte. Er riss Witze über Mister Dwixters Frühwerk – welches seines Wissens gleichzeitig dessen Gesamtwerk darstelle – und schwärmte davon, wie schön doch die Sonne gerade hinter den Horizont gleite. Unvermittelt endete die Nebenstraße vor einem Tümpel, und Ray Costek musste scharf bremsen, brachte den Wagen gerade noch rechtzeitig zum Stehen. Beim Wenden beugte er sich zu Ursula herüber und küsste sie auf den Hals. Ursula rutschte bis an die Wagentür und testete einen Blick, den sie ebenfalls während ihrer Sprechübungen am Spiegel entdeckt hatte. Dieser brachte Ray Costek unter anderem dazu, Ursula anzuflehen, ihm zu verzeihen. Außerdem gewann er seinen Orientierungssinn zurück, und kurz darauf hielten sie vor dem gusseisernen Tor des Leudoldtschen Anwesens. Beim

Aussteigen verkündete Ursula, sie erwarte, dass er sie am Freitag zum Club chauffiere.

Dort, in Leroy Dwixters Kunstclub, lernte sie eines Tages Frank L. Palucchi kennen. Dieser übertraf sogar die alte Miss Dwixter an Körperumfang, was es Ursula schwer machte, ihm zu glauben, dass er einmal Kampfpilot gewesen sei.

»Rechnen Sie für jedes Jahr seither fünf Pfund«, stieß der dicke Palucchi kurzatmig hervor, »dann kommen Sie in etwa dahin, wie ich als junger Bursche aussah.«

Ganz gehe diese Rechnung allerdings nicht auf, da nach Kriegsende erst einmal magere Jahre anstanden, er sich mit Düngeflügen und Luftzirkus nur leidlich habe am Leben erhalten können, erklärte der dicke Palucchi. Als Hollywood die Fliegerasse wiederbelebte, um diese abermals vom Himmel zu pusten, habe er sich sogar als Stuntpilot verdingt und mehr Rippen gebrochen als einst in Europa. Die Wirtschaftskrise sei dann endgültig der Sargnagel seiner Fliegerkarriere und vermutlich sein größter Glücksfall gewesen. Nachdem er sich, mehr schlecht als recht, als Hilfsmechaniker, Versicherungsvertreter und schließlich Reporter der *Twickenham Post* durchgeboxt hatte, habe er sich eines Tages selbständig gemacht und so, innerhalb von neun Jahren, mit Zwiebelhautmagazinen und Zeitschriften für Pfadfinder, Hausfrauen und Technikfreunde ein bescheidenes Vermögen verdient. In Wirklichkeit rühre sein Übergewicht also von Haushaltstipps und Kurzgeschichten her, hechelte der dicke Palucchi.

Mister Dwixter hatte sich mittlerweile zu ihnen gesellt und lachte, als wäre das Ende von Frank L. Palucchis Anekdote eine brillante Pointe gewesen. Noch immer schmunzelnd fragte er seinen gewichtigen Gast, ob er nicht einmal eine Zeichnung seiner besten Schülerin und Muse in einem seiner Hefte unterbringen wolle.

»Können Sie Chrom zeichnen, mein Kind?«

Ohne auf eine Antwort zu warten, zog Palucchi eine Visitenkarte aus der Westentasche und sagte: »Sobald Sie Chromstahl schwarzweiß zeichnen können, kommen Sie in meinem Büro vorbei.«

Zu Ostern kamen die alten Servadacs und Ursulas zukünftiger Stiefonkel Timothy samt seiner Familie nach Twickenham. Robert Servadac Sr. war in den letzten Jahren noch faltiger geworden, und als er mit seinen Söhnen, Bob Jr. und Timothy, über die bevorstehende Truppenevakuierung aus Korea stritt, rieselten ihm Staub und eingetrockneter Rasierschaum aus dem Gesicht. Drinnen im Haus versuchte seine Frau Susan währenddessen Deborah ein wenig Taktgefühl zu vermitteln, klatschte seit Stunden die Akzente zum Schlag des Metronoms. Ursula saß auf einem Klappstuhl im Garten und zeichnete Jeff beim Wurftraining, beim Wettschwimmen mit Phil oder beim Lackieren des Kanus. Sie konzentrierte sich besonders auf die Details, denn Jeff hatte ein Sportstipendium der University of California ergattert und würde auch weiterhin nur an Feiertagen nach Twickenham kommen.

Am Dienstagmorgen, noch vor Sonnenaufgang schlichen Ursula, Jeff und Phil in die Küche. Sie holten die vorbereiteten Sandwiches, Lammsteaks und Colaflaschen aus dem Kühlschrank, und dann machten sie sich auf den Weg hinaus zum Wheeler Lake. Die Sonne zerstreute gerade die letzten Dunstfetzen über dem Seitenarm des Stausees, als sie das Kanu von der Ladefläche des gemieteten Lieferwagens hoben. Sie kamen gut voran, und Ursula, die das Steuerpaddel führte, genoss die sportliche Rückenansicht ihrer zukünftigen Verwandtschaft. Am Nachmittag zogen, aus allen Himmelsrichtungen gleichzeitig, dunkle Ambosswolken auf. Jeff und Phil wollten es noch bis unter die Highwaybrücke schaffen, aber Ursula verband Sport mit Naturwissenschaft und lenkte das Kanu zum nächstliegenden Ufer. Sie erreichten es gerade noch, bevor das Gewitter einsetzte, drehten das Kanu herum und krochen darunter. Arm an Arm lagen sie dort im duftenden Gras. Blitze überstrahlten immer wieder die fahlen Schatten auf den Gesichtern von Jeff und Phil; und der Regen prasselte auf den Unterboden des Kanus, machte Ursula mit seinem ungestümen Beat noch nervöser. Um sich abzulenken, erzählte sie von den Trauerfeiern im Kunstclub, nachdem der über die Grenzen von Alabama hinaus in Verruf gekommene Naturlyriker sich vor einen Zug geworfen hatte und nachdem das Altsaxophon in Korea gefallen war.

»Oh, boy«, stieß Phil hervor, und dann erklärte er, dass er vor Ostern seinen Einberufungsbescheid erhalten habe – noch nicht einmal seine Eltern wüssten es. Er denke allerdings nicht daran, sich von den Koreanern und Chinesen wie ein Insekt aufspießen oder in Stücke reißen zu lassen, wisse aber noch nicht genau, ob er sich besser nach Mexiko oder auf eine Karibikinsel absetzen solle. Jeff meinte, dass jetzt, da der Rückzug anlaufe, Phil sicher gar nicht mehr nach Asien müsste.

»Teufel auch«, erwiderte Phil, »wer soll das so genau wissen. Vielleicht werfen sie jetzt doch ihre dicke Bombe drauf und versuchen dann noch mal, die Roten rauszuhauen. Von mir aus können sich ja die Nigger rüberschicken lassen.«

Sie schwiegen eine Weile. Das Regenwasser, das vom Bootsrand tropfte, sammelte sich allmählich zu kleinen Rinnsalen, die Jeff und Phil noch näher an Ursula rücken ließen. Sie bekam eine Gänsehaut.

»Ich muss euch auch etwas erzählen«, sagte Jeff und atmete tief zur Nase ein und wieder aus. Dann verkündete er, dass er im Sommer oder Herbst, so dann hoffentlich die Scheidung seiner Quasiverlobten durch sei, heiraten werde. Ursula spürte, wie sich ihre Kehle zusammenschnürte und die Erde zu beben begann. Das tiefe Grollen der Erde wurde immer stärker. Ursula dachte überrascht: So fühlt es sich also an, wenn eine Liebe stirbt. Dann aber schnalzte Phil mit der Zunge und fragte: »Hört ihr das auch?«

Jeff flüsterte: »Und ob! Und ich sehe sie.«

Eine Herde junger Hengste galoppierte am Waldrand entlang, preschte die Böschung herab. Die vom Gewitter verängstigten Tiere schienen in dem Kanu einen Haltepunkt gefunden zu haben und umkreisten es mit aufgeregtem Wiehern. In dem schmalen Streifen zwischen Jeffs Brust und dem Bootsrand sah Ursula lediglich die Hufe der vorbeieilenden Pferde, emporspritzenden Schlamm und losgetretene Grasnarbe. Das Hufstampfen und das Prasseln des Regens vermischten sich – verstärkten Ursulas rasende Unruhe. Ein Hengst stolperte gegen das Kanu, wurde hart gegen den Unterboden gedrückt und stieß im selben Moment wie Phil einen Schrei aus.

Später konnte sich, zu Phils Erleichterung, keiner mehr daran erinnern, ob und warum sie sich entschlossen hatten, das Kanu zur Seite zu kippen und mit den Paddeln in der Hand loszurennen. Ursula erwachte in einem Krankenhauszimmer. Ihr Brustkorb schmerzte, und knapp über ihrer linken Augenbraue befand sich eine dicke Kompresse. Phil saß mit eingegipstem Arm am Bettrand, und Jeff stand neben ihm und zeigte ein glanzloses Maiskolbenlächeln.

»Da bist du ja wieder«, sagte er.

»Oh, boy! Endlich«, sagte Phil, »da hattest du uns ja ordentlich in die Patsche manövriert, Steuermann.«

Nun tauchten auch Ursulas Mutter und ein Arzt oder Pfleger 265
neben dem Bett auf.

Was ist passiert, wollte Ursula fragen, aber sie konnte ihre Lippen nicht bewegen. Sie versuchte sich aufzurichten und hatte dabei das Gefühl, als würde ein milchiger Vorhang vor ihren Augen zugezogen. Jeff beugte sich zu ihr herab, sagte etwas – aber sie verstand ihn nicht. Sein Gesicht wurde immer unschärfer und glanzloser, und schon war er ganz verschwunden. Sie spürte nur noch ein dumpfes Pochen in ihrer linken Schläfe.

Verlass mich nicht, dachte sie, so laut sie konnte. Dann war alles weiß um sie herum.

Cecilia Delany, die Leiterin der privaten Kuranstalt in Panzacola, orientierte sich vorrangig an den Ratschlägen des Hippo-

266 krates von Kos. Genauer gesagt an einer Kurzfassung, die sie, noch während ihrer Ausbildung zur Stenotypistin, in einer *Hausapothekenrundschau* entdeckt hatte. Sie unterzog ihre Patienten einer strengen Diät farblich sortierter Lebensmittel. Dabei hielt sie sich nicht etwa sklavisch an die antike Speisekarte, sondern zeigte sich offen gegenüber moderneren Produkten wie Lakritzschnecken und Kaffee, um beispielsweise ein Defizit an schwarzem Kardinalsaft zu kompensieren – während sie die von Schwarzüberfluss geplagten Melancholiker mit Porridge und Marshmallows kurierte. Ihre Flexibilität hatte die private Kuranstalt in Panzacola zu einem Hafen für schwierige Fälle gemacht. Als eben solcher galt Ursula Servadac, die nach Abheilen ihres Schädelbasisbruchs noch immer von milchig-weißen Ohnmachten heimgesucht wurde. Ihr dabei wiederkehrender Alptraum von einem Operationssaal, in dem sie von dreifingrigen, im Licht schwebenden Kreaturen untersucht wurde und einen Funksender in die Stirn eingesetzt bekam, hatte die Ärzteschaft von Twickenham zu harter Chemie, zur Verzweiflung und schließlich zu unorthodoxen Methoden getrieben: Nach elf Monaten Therapie war eine Kur in Delany's Convalescent Home unumgänglich geworden. Doch trotz aller bahnbrechenden Erfolge ihrer bisherigen Karriere kam auch Cecilia Delany nur äußerst langsam voran: Das Ausgleichen der Kardinalsäfte, das trockene Schröpfen und die Salzwasserbäder zeigten bei Ursula keine bleibende Wirkung. Das hippokratische Reifentreiben wiederum hatte bei ihrer jungen Patientin ungelegenerweise sofort Hüftbeschwerden hervorgerufen. Cecilia Delany gab sich jedoch längst nicht geschlagen. Dort, wo ein Hufeisen Ursulas Stirn gestreift und eine tiefe, beinahe blitzförmige Narbe hinterlassen hatte, ließ sie jeden Abend mit Verbandszeug ein Stück Kalbfleisch fixieren. Zudem erwog sie, alsbald einen Experten für Elektrische Therapie hinzuzuziehen.

Als dieser Experte eines Tages seine Reizstromapparatur in Ursulas Zimmer rollte, fand er das Bett leer vor; die gleiche Diagnose stellte eine herbeigerufene Pflegeschwester für den

Kleiderschrank: Ursula hatte den Kalbfleischverband abgelegt, ihren Koffer gepackt und war kurz nach Morgengrauen in einen *Southern Greyhound* gestiegen.

In Mobile, Alabama, erwachte Ursula aus einem weißen, völ-
lig konturlosen Traum. Ein neuer Passagier hatte sich schwung- 266
voll neben sie gesetzt, sie leicht am Ellbogen gerempelt. Ursula erschrak, denn im Profil sah der junge Mann beinahe wie ihr Stiefbruder aus. Allerdings fehlten ihm die Sommersprossen, und als er sie angrinste, bemerkte Ursula, dass seine Zähne nicht glänzten, sondern rauchtrüb waren. Duane begann seinen ersten Satz damit, dass er Duane heiße und hoffe, sie habe nichts dagegen, sich ein bisschen mit ihm zu unterhalten, da er doch heute morgen erst aus Brasilien zurückgekehrt sei – auf dem Seeweg, mit einem Frachtdampfer, dessen Besatzung ausschließlich aus portugiesischsprechenden Seeleuten bestanden habe, weshalb er das dringende Bedürfnis verspüre, sich endlich einmal wieder vernünftig zu unterhalten, was sonst eigentlich gar nicht seine Art sei, einfach jemanden im Bus anzusprechen, sie könne das sicher verstehen. Zwischendurch hatte er eine kleine Pappschachtel und einen Löffel aus seiner Reisetasche geholt und verdrückte nun ein Stück Sahnetorte, während er ihr erklärte, dass São Paulo ihm bereits wie ein Traum erscheine, was allerdings nichts mit der Magie des Südens oder so zu tun habe, denn es sei ihm schließlich mit Michigan, wo er zehn Jahre lang bei seinem Onkel gewohnt hatte, ebenso ergangen: Michigan erscheine ihm jetzt auch wie ein Traum, gänzlich unwirklich. – Ob sie das irgendwie verstehen könne, fragte Duane.

Ursula sagte, sie könne. Ähnlich gehe es ihr mit Berlin, White Sands und Twickenham. Dann senkte sie die Lider und fügte hinzu, Titan und Rhea muteten ihr allerdings noch unwirklicher an, denn fast jedermann halte sie für verrückt, sobald sie von den Saturnmonden spreche.

Duane nickte mit wissender Miene. Dann drückte er sich an den Armstützen hoch und schaute sich über die Sitze hinweg im Bus um.

»Nicht so laut!«, flüsterte er, als er sich wieder zu Ursula hin-
267 überbeugte, »ich glaub', der Mann im Anzug dort vorne, der arbeitet für die Regierung. Im Knoten von seinem Schlips steckt bestimmt ein Mikrophon, und seine Brille ist eine Kamera.«

Ursula lachte. Jetzt, da ihr Nachbar ein wenig ruhiger wurde, fand sie ihn durchaus sympathisch. Bald darauf zog sie ihren Zeichenblock aus der Tasche und zeigte Duane die Landung auf dem Titan und eine Weltrauminsel, deren verchromte Paneele Lichtkegel durch die Weiten des Weltraums lenkten, um damit in den Straßen von Berlin die vereisten Bürgersteige abzutauen. Als der Bus Montgomery County erreichte, waren die beiden schon richtig gute Bekannte.

Hinter einer großen Plakattafel, die Montgomery als Hauptstadt der Confederation und als Wintersitz der legendären Wright School of Aviation auswies, kam der Bus mit einem Motorschaden am Rand des Highway zum Stehen. Der Fahrer werkelte leise fluchend im Motorraum herum und wandte sich schließlich mit der Ansage an die Passagiere, dass, wenn er die Zentrale erreicht habe, in zwei oder drei Stunden ein Ersatzbus komme. Duane schlug Ursula vor, per Anhalter in die Innenstadt zu fahren und sich dort in der Zwischenzeit ein wenig umzusehen. Ursula nickte, und Duane nahm ihren Koffer und seine Reisetasche.

Zuerst kehrten sie auf zwei große Ice Cream Soda ein, schlenderten dann am Weißen Haus und am Capitol vorbei und fanden sich schließlich vor dem Eingang eines Kunstmuseums. Duane meinte, so gut, wie Ursula zeichnen könne, bräuchte sie sich doch nicht die Bilder irgendwelcher anderen Leute anzuschauen.

Ursula klärte ihren Begleiter darüber auf, dass er entweder ein ungelenker Schmeichler oder ein schrecklicher Ignorant sei und nun gefälligst zwei Eintrittskarten zu kaufen habe.

Nachdem er Ursula eine Weile durch die Ausstellungsräume hinterhergetrottet war, sagte Duane, er wolle kurz bei der Greyhound Station anrufen, ob der Ersatzbus schon da sei.

»Noch mindestens zwei Stunden«, berichtete er, als Ursula gegen Mittag aus dem Museum kam. Nachdem sie in einem Diner eine farblich unausgewogene Kleinigkeit gegessen hatten, schlug Duane vor, die letzte halbe Stunde noch einen Spaziergang hinunter zum Alabama River zu machen. Das Gras an der Böschung war so trocken, dass es unter ihren Rücken knisterte. Ein Angler ruderte in einem kleinen Boot stromabwärts, wenig 268
später trieb eine weiße Parkbank vorüber, auf der sich eine Schar Möwen wie auf einem Flugzeugträger sammelte und immer wieder zu kurzen Patrouillenflügen aufstieg. Die Sonne gleißte auf dem träge fließenden Wasser, und Ursula musste wieder an Jeff und ihren Ausflug zum Wheeler Lake denken. Nachdem sie ein zweites Mal leise geseufzt hatte, drückte Duane seine Zigarette aus und teilte Ursula mit, er würde sie gerne küssen.

Sie entgegnete, ihr sei momentan kein bisschen nach Küssen zumute. Außerdem kenne sie ihn ja kaum.

Als er sich dennoch ungelenk über Ursula lehnte, zog sie die Augenbrauen hoch und bedachte ihn mit einem ihrer erprobten Blicke. Duane aber hatte, als er die Lippen spitzte, bereits seine Lider geschlossen. Ursula stieß ihn beiseite, traf ihn mit dem Ellbogen an der Nase. Blutend brachte Duane endlich seine Entschuldigung hervor, aber Ursula wollte nichts davon hören. Sie nahm ihren Koffer und eilte am Ufer entlang zur Union Station. Am liebsten wäre sie mit dem nächsten Zug abgefahren, aber ihr Geld reichte nicht mehr für ein Ticket nach Twickenham. Sie wandte sich wieder Richtung Innenstadt, blieb vor einem Kiosk stehen. Als sie die Zeitschriftenständer durchstöberte, fiel ihr ein Cover auf, dessen Illustration sie nur zu gut kannte: Ein Pilot dockte mit seinem Weltraumtaxi von einer radförmigen Orbitinsel ab, um zu der Mondsiedlung zu fliegen, deren Skyline stufenlos in den mattblauen Bildhintergrund verlief.

Dieser fette Aasgeier hat meine Zeichnungen abgedruckt, ohne zu fragen, schoss es Ursula durch den Kopf. Wütend kramte sie 30 Cent aus dem Portemonnaie – fest entschlossen, diese mit einem horrenden Aufschlag von Frank L. Palucchi zurückzufordern. Ohne einmal in das Heftchen hineinzuschauen, verstaute sie es im Koffer, und dann stieg sie in die nächste Straßenbahn. Als sie an der Greyhound Station ankam, hieß es, der Ersatzbus sei schon vor gut drei Stunden abgefahren.

Sieben: Worin dreidimensionale Angaben letzten Endes keinen Sinn mehr ergeben wollen

(Vorgezogenes Alternativende)

Worauf bezieht sich die häufig zitierte Formulierung, Michelle 268
L. Servadacs Karriere sei von Geburt an vorherbestimmt gewesen?

Wenige Augenblicke vor Michelles Geburt war es finster und
still geworden. Sogar die Schwesternschülerinnen und die Vö- 269
gel im Park der Klinik waren verstummt. Kaum hatte Oberarzt Roth die Nabelschnur durchtrennt, ließ er die Lampen im Kreißsaal dimmen und trat ans Fenster. Der Mond schob sich mit fliegenden Schatten immer weiter vor die Sonne.

Schwester Betty Bishop meinte, der Rand des Mondes glit- 270
zere wie das Diadem der persischen Kaiserin. Oberarzt Roth stieß daraufhin ein kurzes Lachen aus. Dieses Diadem, sagte er, würde die Kaiserin verbrennen.

Wie reagierte Roth, als er feststellte, dass sich die junge Wöchnerin Ursula Servadac während der Sonnenfinsternis eines der sterilen Abdecktücher über das Gesicht gezogen hatte?

Er beugte sich über das Abdecktuch und sagte: »Miss Servadac, ich bitte Sie! Nun haben Sie es doch hinter sich.«

Ursula antwortete mit einem leisen Wimmern. Nach einigen knappen Anweisungen verschwand der Oberarzt aus dem Kreißsaal.

War die Angelegenheit damit für den Oberarzt erledigt?

Vor der Schleuse zum Kreißsaal erwartete ihn bereits Gerhild Servadac. Auf dem Arm trug sie ihren schlafenden Sohn William, der die Säuglingsstation erst zwei Wochen zuvor verlassen hatte.

»Mein Glückwunsch, Misses Servadac, wir haben Ihnen eine

kerngesunde Enkeltochter geholt«, sagte Roth. »Sie ist allerdings unter den denkbar ungünstigsten Vorzeichen geboren.«

»Wenn sogar Sie so reden, Doktor, überkommt mich die Befürchtung, dass das Mittelalter womöglich immer noch nicht vorbei ist«, entgegnete Gerhild Servadac.

Roth stellte umgehend richtig, dass er einzig vom psychischen Zustand der jungen Mutter spreche. Entgegen seiner Prognose habe die Niederkunft keine Besserung bewirkt, im Gegenteil. Gerhild Servadac seufzte so laut, dass ihr Sohn aufwachte und voll Inbrunst zu schreien anfing. Michelle und Ursula, die gerade aus dem Kreißsaal geschoben wurden, stimmten kraftvoll ein.

Worauf hatte die Heilungsprognose des Oberarztes beruht?

Auf einer Gleichsetzung von Ursulas geistiger Verfassung mit pubertären Hautkrankheiten und Heuschnupfen: Nach der ersten Niederkunft werde alles besser. Laut seiner Vermutung resultierten ihre Symptome aus einem Ungleichgewicht der neuronalen Botenstoffe oder der Sexualhormone. Als mögliche Ursachen zog er eine erbliche Prädisposition – aber auch Schock, Mangelernährung und Rock 'n' Roll in Betracht.

War der Oberarzt Experte auf diesem Gebiet?

Keineswegs.

Wieso teilte Michelle das Laufgitter mit ihrem Onkel William?

Michelle wuchs bei ihren Großeltern in Twickenham auf. Ihre Mutter Ursula befand sich indes in Panzacola, wo sie unter der Aufsicht von Dr. h.c. Delany mit Wechselstrom, Wechselbädern und pechschwarzem Onyx therapiert wurde, einfarbig aß und Hula-Hoop-Reifen entgegen der Erdrotation kreisen ließ. Lediglich an den Feiertagen wurde sie auf Wunsch und Verantwortung der Familie kurzzeitig aus Delanys Kuranstalt entlassen
271 und von Privatpflegern nach Twickenham transportiert.

Kam Ursulas Mutterschaft an diesen Tagen im Haus der Servadacs zur Sprache?

Ebenso wenig wie die neuesten sowjetischen Raumfahrterfolge. Lediglich auf der Personaltoilette tuschelte es manchmal.

Michelle und William nannten Ursula lange Zeit *Tantchen*. Mit einem Bleistift oder einem Stückchen Kohle konnte Tantchen das Gästezimmer über Nacht in eine Raumstation oder einen Operationssaal verwandeln. Überdies wusste sie – weitaus lebendiger und verständlicher als Mum (Gerhild) und Dad (Robert Jr.) – eine Menge erstaunlicher Dinge zu berichten.

Zum Beispiel?

Am Thanksgiving Day 1959 erzählte Ursula von Außerirdischen, die so winzig seien, dass man sie beim Atmen unbemerkt verschlucke. Die seit Jahrhunderten andauernde Invasion dieser Wesen habe bereits mehrere schreckliche Infektionswellen auf der Erde ausgelöst – zuletzt die sogenannte *Spanische Grippe*. Zu Ostern 1960 berichtete sie von einer Lebensform, die von derart gigantischen Ausmaßen sei, dass die Menschen sie mit bloßem Auge nicht erfassen könnten. Unsere Milchstraße sei lediglich ein Lungenbläschen dieses Wesens und die seit Abermillionen Jahren andauernde Ausdehnung des Universums nur einer seiner Atemzüge.

Michelle monierte, Pfarrer Mason habe am Vormittag be- 271
reits eine ähnliche Geschichte erzählt. Sie verkündete zudem, dass sie dies alles nicht mehr interessiere: Sie wolle nämlich Naturforscherin werden. Tantchen solle ihr also lieber etwas über Krokodile oder Leuchtkäfer erzählen. Beim Thema Käfer kam Ursula allerdings dermaßen in Fahrt, dass ihre Pfleger sie vorsorglich ruhigstellten.

Was war über Michelles Vater bekannt?

Mangels tauglicher Anhaltspunkte konnte nicht einmal Tra- 272
cer D. Adler, der von Frank L. Palucchi engagierte Privatdetektiv, Michelles leiblichen Vater ausfindig machen – obwohl Adler

sogar die Scheune untersucht hatte, an der Ursula, laut eigener Aussage, von einer Fliegenden Untertasse zur Befruchtung abgeholt worden war.

Michelle selbst hielt sieben Jahre lang Robert Servadac Jr. für
272 ihren Vater, worin sie von Nachbarn, Verwandten und Lehrern bestärkt wurde, die ihr wahlweise das typische Servadac-Kinn, Bobbies markante Nase oder den gleichen verwegenen Blick wie Jeff Servadac attestierten. Im Kindergarten wurden sie und William sogar die *Servadac Twins* genannt.

Wie reagierten Michelles Großeltern auf Palucchis unbedachte Äußerung, infolge deren ihre Enkeltochter die Verwandtschaftsverhältnisse im Hause Servadac letztlich entwirrte?

Zunächst verfielen beide in eine konzentrierte Starre. Während Gerhild jedoch gefasst nickte, als Michelle die erste Schlussfolgerung aus den Worten ihres Taufpaten zog, bedachte Robert Jr. den torteschaufelnden Palucchi mit einem eisigen Seitenblick.

Und wie reagierte Michelles Taufpate?

Palucchi wischte sich eilig die Sahne von der Lippe und erbot sich, seine Privatmaschine für einen Wochenendbesuch in Panzacola zur Verfügung zu stellen. Der Pilot würde Michelle sicherlich auch mal ans Steuer lassen.

Warum kam es nicht zum außerplanmäßigen Treffen zwischen Mutter und Tochter?

Ursula war es in eben jener Woche gelungen, die Kuranstalt wieder einmal ohne ärztliche Zustimmung zu verlassen, und würde sich erst kurz vor Weihnachten in Corona, New Mexico, aufgreifen lassen.

Da Michelle sich durch diese spontane Exkursion um ihren ersten Flug gebracht sah, würdigte sie Ursula während der gesamten Feiertage keines Blickes. Durch William ließ sie *Tantchen* ausrichten, dass deren erlogene Sternfahrergeschichten sie kein bisschen interessierten – sie wolle nämlich Polarforscherin werden.

Ließ Michelle sich Ursulas neueste Geschichten heimlich von William erzählen?

Nein. Sie kroch unter ihre Bettdecke und hielt sich die Ohren mit den Pelzhandschuhen zu.

Weshalb wurde, trotz dieser Bestimmtheit, aus Michelle L. Servadac keine Polarforscherin?

Niemand könne Polarforscher werden, der seinen Angelfang nicht mit eigener Hand entschuppe und ausnehme und der zudem weder Porridge noch Spinat esse. – So hatte es Robert Servadac Sr. seiner Urenkeltochter erklärt. Der Staub oder trockene Rasierschaum, der bei jedem einzelnen Wort aus den Falten des alten Servadac schneite, hatte dessen Expertise noch zusätzliches Gewicht verliehen.

Welche unmittelbaren Folgen hatte diese unlautere Verkürzung der Tatsachen?

Noch am selben Nachmittag verschenkte Michelle ihre
Schneebrille und den Eskimodolch an einen Nachbarjungen. 273

Vorbei war es mit den gemeinsamen Angelausflügen zum Tenmile-Creek, vorbei mit Melken, Holzspalten und Landkartenstudium. Michelle lag nun die meiste Zeit in der Hängematte oder saß mit ihrer Urgroßmutter Susan vor dem Fernsehgerät und schlürfte Pemberton Soda. Und, kein Wort mehr über abermalige Ferien in Duncan Switch. Der alte Servadac seufzte leise.

Warum fand Bob Sr. seine Urenkeltochter eines Morgens weder in der Hängematte noch im ehemaligen Kinderzimmer?

An jenem Tag hatte die Air-Corps-Flugschule den Trainingsbetrieb wiederaufgenommen: Das Heulen der Motoren hatte Michelle auf den Wasserturm der Ranch gelockt, von dessen

Tank aus sie die Manöver auf und über der Rollbahn beobachten konnte.

Kaum war Michelle wieder vom Wasserturm herabgeklettert, schöpfte sie sich selbst eine Kelle Porridge auf den Teller und erklärte Bob sr., dass sie unbedingt sein Jagdfernglas benötige.

Am Ende der Woche hatte sie den alten Servadac schließlich
273 so weit, dass er mit ihr hinüber zu Steve Murray fuhr, um einen Düngeflug mit Passagier zu buchen. Steve Murray meinte, dass gerade keine Düngesaison sei und dass er prinzipiell keine Passagiere mit an Bord nehme, schon gar keine Frauen oder Kinder.

Hätte Percy Murray ihren Mann daraufhin einen Schritt beiseitenehmen müssen?

Nein, denn Misses Murray senkte ihre Stimme ohnehin nicht, als sie ihrem Mann erklärte, sie und sein dreiviertelgarer Braten würden sich einen Scheißdreck um die gottverdammte Düngesaison scheren.

Was folgte aus diesem Rekurs?

Steve Murray bewies ein feines Gespür für Zwischentöne. Und als Frank L. Palucchi vom Jungfernflug seines Patenkindes erfuhr, bestellte er ihr noch am selben Tag einen Motorsegler.

Weshalb ein motorisiertes Segelflugzeug?

Michelle war wählerisch, ihre Groß- und Ziehmutter ursprünglich Deutsche und Frank L. Palucchi gelegentlich sehr weitsichtig.

Und weiter?

Palucchi fuhr mit Michelle zum Damenschneider. Während ihre Montur abgesteckt wurde, saß er im Vorderzimmer und gab Anekdoten aus seiner Fliegerkarriere zum Besten, wobei er begeistert darauf hinwies, dass es mittlerweile Flugzeuge gäbe, die weniger wögen als er. Dies wiederholte er beim Schuster, beim Optiker und schließlich noch einmal beim Segelflugverein –

aber dort gab man nicht einmal vor, sich für Palucchis oder gar Michelles Gewicht zu interessieren: Der Himmel sei doch keine Rollschuhbahn! Das Mädchen könne frühestens in zwei Jahren mit dem Flugtraining beginnen.

Palucchi schacherte, schwitzte, schimpfte – vergeblich.

»Nichts für ungut«, stieß er daraufhin hervor und spuckte in den Sand. Dieser großartige Staat sei glücklicherweise von Männern seines Schlages für Männer seines Schlages in Besitz genommen und zu einem Leuchtturm der Zivilisation gemacht worden.

Von welchem Staat sprach Frank L. Palucchi?

Von Alabama, dem Herz des Dixieland.

Mit welchen Implikationen?

Noch vom Flughafen aus rief Frank L. Palucchi einen be- 274
freundeten Bauunternehmer an: Dieser möge ihm bis zum Wochenende auf seinem Grundstück eine Rollbahn ebnen lassen.

Waren damit alle Hürden genommen?

Nein. Als alles fertiggestellt und geliefert war, brachte Robert Jr. die Altersfrage abermals ins Gespräch. Palucchi schluckte, schwitzte, und sein großes sizilianisches Herz verkrampfte sich. Michelle schob die Unterlippe bis zur Nasenspitze. Gerhild hielt überhaupt nichts von dieser leidigen Diskussion – bestand jedoch darauf, dass ihre Enkeltochter eine professionelle Ausbildung erhalte und vorerst mit Copilot fliege.

»So sei es«, keuchte Palucchi, und die violetten Flecken auf seinen Kinnwülsten und Tränensäcken verblassten wieder.

Womit köderte Palucchi Vivian Davenport?

Über die genaueren Konditionen schwiegen sich die Vertragspartner aus. Bekannt ist: Miss Davenport erhielt ein stattliches Jahresgehalt im Voraus, Kost und Logis sowie freie Hand für eine Artikelreihe namens *Frauen und Luftfahrt* in der *Twickenham*

Post. Für ihren Doppeldecker und ihre Pokale wurde die ehemalige Landmaschinenhalle auf Palucchis Anwesen leergeräumt, frisch gekalkt und der Boden versiegelt.

Warum trug Palucchi nunmehr stets eine frische Blüte am Revers?

Miss Davenport, so hatte er den Servadacs berichtet, sei nicht nur die beste Fluglehrerin der nördlichen Hemisphäre, sondern auch die einzige vierfache Gewinnerin des legendären Columbus Lipstick Air Race.

Weiterhin halte sie zahlreiche offiziell anerkannte Höhen-, Dauerflug- und Geschwindigkeitsrekorde und sei, wenn auch unter männlichem Alias, Hollywoods erste Stuntpilotin gewesen. – Er selbst habe die Ehre gehabt, sich in einer äußerst dramatischen Filmszene von Miss Davenport abschießen zu lassen. Zudem habe sie sich mit der Überführung von Jagdflugzeugen und Bombern an die britische Front im vorletzten Krieg um den Weltfrieden verdient gemacht.

Wie gestaltete sich der Flugunterricht?

Michelles erste Stunde fand am Morgen nach ihrem neunten Geburtstag statt. Ihren Motorsegler und die Rollbahn sah sie dabei nicht einmal von weitem. Miss Davenport begann mit den Grundfaktoren der Thermik und nahm sich allein für Wolkenformen, Bodenfarben und Staubteufel mehrere Tage Zeit. Als sie Michelle nach der zwölften Lerneinheit bestätigte, dass El Palucchi tatsächlich einst so schlank gewesen war, dass er mühelos in ein Jagdflugzeug gepasst habe und Frauenherzen höher schlagen ließ, sprach Miss Davenport das erste Mal konkret vom Fliegen.

Nichtsdestotrotz zeigte sich Michelle auch in den folgenden Wochen ausdauernd lernwillig – wusste sie doch, dass es nach dem Spinat richtig gut werden würde. Sie beobachtete Vögel, maß tagtäglich die Windstärke und las einmal pro Woche Miss Davenports neuesten Artikel, den sie danach sofort zur Redaktion der *Twickenham Post* bringen musste.

Wann setzte Miss Davenport die erste Praxisstunde auf den Lehrplan?

Nachdem Michelle schließlich auch noch gelernt hatte:

✓ ihren Motorsegler in sämtliche Einzelteile zu zerlegen und diese in Tagesfrist wieder ordnungsgemäß zusammenzusetzen,

✓ ihre Werkzeuge und Ersatzteile in fünf Fremdsprachen zu benennen,

✓ wie man allein in der Wüste, auf Eis und im Wasser überlebt,

✓ mit welchen Ersatzsubstanzen man einen Motor notfalls betreiben kann,

✓ wie man lästige Jagdflieger, Konkurrenten und Reporter abschüttelt und

✓ wann, wo und wie man den Fallschirm anwendet,

ließ Miss Davenport ihren *Stearman* zur Rollbahn bringen.

Was passierte dann?

Als Michelle ihre Montur angelegt und Wind, Wolken und Reißleine geprüft hatte, sagte Miss Davenport, Michelle solle einfach alles so handhaben, wie sie es gelernt habe. Dann entfernte Miss Davenport die Bremsschuhe und sprang auf den Copilotensitz. Michelle gab Gas.

In den folgenden Monaten lernte sie den Doppeldecker und ihren Motorsegler – in allen dem Material noch zumutbaren Lagen – beherrschen, und zu Weihnachten kam sie das erste Mal per Fallschirm nach Hause.

Zu Ostern startete Michelle schließlich zu ihrem ersten Alleinflug: Vivian Davenport und Frank L. Palucchi standen auf der schwarzweiß gekachelten Gartenterrasse – zwei Zeichen eines kryptischen Sehtests, die alsbald ineinander verschwammen. Wenig später waren auch die Rollbahn und das weitläufige Anwesen des Patenonkels aus ihrem Blickfeld verschwunden. Per Funkgerät beschrieb Michelle ihrem Onkel William: Linker Hand zeige sich der Tennessee, rechter Hand das Cumberlandplateau und weit im Westen steige der Mond aus einer Nebelbank empor. Dann hielt sie den Atem an und zog fest am Steuerknüppel.

Mit welchen Konsequenzen?

Ihre Landkarte, unbefestigt – dies war ein Versäumnis und wurde ihr von Miss Davenport angekreidet –, fiel herunter in die Kanzelkuppel. Linker Hand zeigte sich nun das Cumberlandplateau und rechter Hand der Tennessee. Michelle kreischte vor Vergnügen.

Aus welchem Grund nahm Palucchi im folgenden Sommer 92 Pfund ab?

Als das vereinbarte Jahr endete, halfen alle Blumen, Gehaltserhöhungen und Liebesschwüre nichts: Vivian Davenport befand, sie habe Michelle alles Lehrbare vermittelt und müsse nun schleunigst die Wolkenberge des Amazonas erkunden. Sie packte ihre Hosen, Hüte und Pokale, machte ihren *Stearman* startklar und gab Frank L. Palucchi einen Abschiedskuss.

Und weiter?

Michelle stellte bald darauf ihren ersten Höhenflugrekord auf, welcher aufgrund ihrer Minderjährigkeit niemals offiziell anerkannt wurde. William begleitete seine Nichte weiterhin jedes Wochenende hinaus zu Palucchis Rollbahn, um ihre Starts, Fassrollen, Loopings, Lomcováks und Landungen zu beobachten und um das Funkgerät zu bedienen. Die restliche
274 Zeit saßen er und Malcolm, der Chauffeur, neben dem Fliegerschuppen und lasen Palucchis alte Zeitschriften für Pfadfinder und Technikfreunde. Palucchi hatte William dazu aufgefordert, sich jederzeit seiner privaten Sammlung zu bedienen. Die Science-Fiction-Taschenbücher von 1953 und 1954, deren Einbände Ursula Servadac illustriert hatte, hielt er allerdings streng unter Verschluss.

Weshalb diese Zensur?

Palucchi sah Grund zur Vermutung, dass mit den darin enthaltenen Geschichten etwas nicht in Ordnung, dem gesunden Menschenverstand abträglich sein müsse.

Beispiele?

Palucchi hatte jene Büchlein nie gelesen, der zuständige Lek- 275
tor ebenfalls nicht. Seinerzeit hatten sämtliche von *Palucchis Periodischen Paperbacks* reißenden Absatz gefunden – sofern das Titelbild stimmte.

Ursula Servadac war die einzige Leserin, die Palucchi persönlich kannte, und die augenfälligen Folgen ihrer Lektüre peinigten ihn noch immer.

Wie hießen die fraglichen Autoren?

Anderson Hawthorne, Mel S. Winstaal und Gordon W. Pilchard. Letzterer hatte unter einer Handvoll Pseudonymen den gesamten 1953er Jahrgang allein bestritten.

Was veranlasste Leroy Dwixter, Zeichenlehrer an der Twickenham High School, zu seinen Ausführungen über die Gefühlsregungen musisch veranlagter Teenager?

William hatte bald genug von den Zeitschriften und ging zu den alten Büchern über, die Palucchi einst mitsamt seinem Südstaatenanwesen erworben hatte. Malcolm bemerkte als Erster die Auswirkungen dieser Lektüre: Der Junge litt unter einem hartnäckigen Staubschnupfen und verliebte sich in alle Frauen, die den Heldinnen besagter Romane ähnelten. Da er nicht wagte, ihnen seine Liebe zu gestehen, litt er in einer kraftzehrenden und keuschen Weise, die jener in besagten Romanen ähnelte. Er verfasste Gedichte.

Mit welchen Auswirkungen?

Palucchi machte sich ernsthaft und öffentlich Gedanken über die Gefahren des geschriebenen Wortes und ließ sich auch von Leroy Dwixters Argumenten bald nicht mehr beruhigen: Er investierte in ein marodes Plattenstudio.

Mister Dwixter wiederum lud seinen lyrisch veranlagten Schüler in den Kunstclub ein. Der Kunstclub zeigte sich seit dem Ableben der greisen, an Herzverfettung und Zeitgeistkollern leidenden Misses Dwixter gegenüber traditionellen als auch modernen Tendenzen des Ausdrucks offen. Er wurde von
276 einer surrealistischen Töpferin, einem – laut eigenem Anspruch neorealistischen – Lautdichter, einer weit über die Grenzen von Madison County verkaufenden Landschaftsmalerin, zwei Musiklehrerinnen und Twickenhams kreativsten Hausfrauen frequentiert. William flüchtete.

Wiederholt drängte er Michelle, seine neuesten Gedichte als Luftpost über den Häusern seiner Angebeteten abzuwerfen.

Ging Michelle auf dieses Anliegen ein?

Erst nachdem ihr Onkel sich – beim Versuch, das Grundstück von Misses Coover (32) durch den städtischen Abwasserkanal zu erreichen – ein Bein gebrochen hatte.

Worauf bezieht sich Palucchis Bonmot, Michelle L. Servadac könne noch von der Stratosphäre aus einen Bindfaden in ein Nadelöhr einfädeln, solang man unten am Boden die Nadel ruhig genug halte?

Aufgrund von Trägheit und starkem Seitenwind führte der erste Versuch, Williams Liebesgedichte über dem Vorgarten von Misses McHale (28) abzuwerfen, im westwärts gelegenen Madison Station zu einem Streit zwischen Meriel und Pete Elkin.

Michelles Idee, die Luftpost mit einer Rose zu beschweren, wurde lediglich von einem stumpfsinnig äsenden Rind goutiert.

Mit Scheitern des zehnten Zustellungsversuchs begannen sich die Abwürfe allmählich von ihren ursprünglichen Zielen zu lösen. Gerhild und Robert Servadac wurden zur Planung und Berechnung einer Experimentalreihe herangezogen, an deren Ende Michelle bereits mit einer Quote von 1:4 jede vorherbestimmte Kachel auf Palucchis Gartenterrasse zu treffen vermochte.

Interessierten sich Michelle und William auch für andere Aspekte der Arbeit von Gerhild und Robert Servadac?

Anfangs nicht – hieß es doch, die Raumkapsel von Scott 276
Carpenter, der im März 1963 als erster Amerikaner den Erdorbit erreicht hatte, habe die Landezone im Atlantik um 400 Kilometer verfehlt. Bei Deke Slayton waren es immerhin noch 70 Kilometer gewesen, und Wallace Osborn hatte 1964 gar im falschen Ozean gewassert. Die guten Neuigkeiten über die Raumfahrt fanden sich, ihrer Meinung nach, im Auslandsteil der *Twickenham Post*.

Die Einstellung der beiden änderte sich erst, nachdem Präsident Johnson in einer Fernsehansprache bekräftigt hatte, Amerikaner würden noch vor Ende des Jahrzehnts auf dem Mond landen. In den folgenden Wochen liefen auf sämtlichen Programmen Wiederholungen von Disneys Sendungen über die Zukunft der Raumfahrt. Unser Flug zum Mond, hieß es da, werde in zwei Schritten erfolgen: »Zuerst müssen wir in einer stabilen Erdumlaufbahn unseren Starthafen bauen. In den Außensektionen dieser radförmigen Station (Einblendung: Modell) befinden sich Quartiere für die Raketenpiloten und 50 Techniker. Deren Hauptaufgabe ist es, jene atomkraftgetriebenen Raumschiffe zu montieren, mit denen wir den Mond – und bald auch den Mars – erobern werden.«

Was folgte daraus?

Wie Tausende junge Amerikaner verbesserte William in kürzester Zeit seine Leistungen in sämtlichen Schulfächern, um einer der besten fünfzig Raumfahrttechniker werden zu können. Bis auf die Stauballergie und einen kurzzeitigen Rückfall im Frühjahr 1971 – der sich in einer Affäre mit Misses Orlowska (39) äußerte – war er über die Folgen seiner Romanlektüre hinweg.

Michelle unterbreitete indes ihrem Patenonkel, sie habe beschlossen, Testpilotin – und auf diesem Weg Raketenpilotin zu werden.

Endlich werde sie erwachsen, stieß Palucchi daraufhin her-
277 vor. Noch am selben Tag wies er seinen Finanzverwalter an, die unerwartet sprudelnden Gewinne aus dem Plattenstudio für den Ankauf eines ausgemusterten Jagdflugzeuges einzusetzen: »Das Kind muss sich schließlich anständig auf seine Zukunft vorbereiten können.«

Wie hielt es Michelle zu diesem Zeitpunkt mit der Liebe?

Dem Zeitgeist und ihrem Trainingsplan entsprechend.

Und wie hielt sie es mit der Schule?

Ebenso engagiert wie ihr Onkel William – sofern es das Flugtraining und die Tanzstunden zuließen.

Aus welchem Grund stimmten Gerhild und Robert Servadac bei den Präsidentschaftswahlen für Senator Rosewater?

Der Kandidat hatte den Raketenkonstrukteuren von Twickenham auf einer Wahlkampfveranstaltung glaubhaft versichert, nach seiner Wahl die Raumfahrt mit aller Kraft voranzutreiben. Dies sei eine der Fronten, an der er den Russen einzuheizen gedenke – möge sein arglistiger Konkurrent auch fortwährend behaupten, Morris Rosewater sei einzig und allein auf die Anwendung der Atombombe aus. Er werde deshalb nicht nachlassen und überall wiederholen: Morris Rosewater wird, so Gott und das amerikanische Volk ihm beistehen, den Mond bestimmt nicht den Kommunisten als Werbetafel überlassen!

Beim anschließenden Cocktailempfang hatte der Kandidat überdies all seine Generalssterne, das Herz seiner Mutter sowie seine 398 Katsinapuppen als Pfand für sein Ehrenwort eingesetzt.

Weshalb stimmten Michelle und William nicht für Senator Rosewater?

Die Verfassung gestand ihnen noch kein Wahlrecht zu. Diese Altershürde hielt die beiden jedoch nicht davon ab, Jeff und Debby, Onkel Timothy und Tante Ann sowie sämtliche Nachbarn über die Notwendigkeit aufzuklären, für Rosewater und die Raumfahrt zu stimmen.

Stießen ihre Argumente auf offene Ohren?

In aller Regel. Deborah Servadac erwiderte allerdings, die beiden sollten einmal auf die Liedtexte ihrer ersten Platte hören oder in einer Bibliothek über Senator McCarthy nachlesen, dann bekämen sie eine Ahnung, warum ihr die Sache mit dem Einheizen noch unangenehm in Erinnerung sei. Überdies brauche die Menschheit eine Mondrakete genauso dringend, wie ein Kugelfisch ein Klappfahrrad benötige. Auch darüber habe sie übrigens schon einen Song geschrieben.

Weshalb waren $^{6}/_{7}$ *aller stimmberechtigten Servadacs bereits zwei Wochen nach der Wahl mit ihrer Stimmabgabe unzufrieden?*

Im Zuge der Neuausrichtung des Raumfahrtprogramms wurde Robert Servadac Jr. mit sofortiger Wirkung entlassen, da sich die von ihm geleitete Forschungsgruppe jahrelang unnütz und unter hohen Kosten damit beschäftigt hatte, wie man den Mond im Direktflug erreichen könne.

Überdies war nun nirgendwo mehr von fünfzig, sondern höchstens von einem Dutzend Technikern und Piloten für die Raumstation die Rede.

Worauf bezogen sich die spöttischen Bemerkungen, die Michelle bei ihrer ersten Teilnahme am Columbus Lipstick Air Race entgegenschlugen?

Aileen Geiger stellte infrage, ob Michelle die wichtigste aller 277
Voraussetzungen zum Start bei einem Wettfliegen für Frauen erfülle. Priscilla Lusorkski verwies darauf, dass ihre Piloten-

ausbildung sich auf einen Ratschlag ihres Mannes beschränkt
277 habe – der Rest sei Talent. Joyce Clifton sinnierte laut darüber, ob es für Michelle kein schlechtes Omen sei, dass Vivian Davenport seit ihrem Flug über die Anden als verschollen gelte.

Die restlichen Konkurrentinnen bedachten Michelle mit unerheblichen Variationen über diese drei Grundthemen oder forderten die Jurorinnen auf, abermals Michelles Alter und die Echtheit ihrer Dokumente zu prüfen.

Was hatte Michelle all dem entgegenzusetzen?

Ein betont mädchenhaftes Lächeln – immerhin war sie auf all diese Störmanöver vorbereitet, ebenso auf die Manipulation der Treibstoffleitung und die Panne, die ihr Joyce Clifton am Rande eines Sumpfes vortäuschte.

Beim abschließenden Pressetermin las sie Misses Davenports Postkarte aus Bombay vor, die als Glücksbringer im Cockpit ihrer *P-51* geklebt hatte. Dann verstaute Michelle ihren Pokal und flog zurück nach Twickenham.

Welche Reaktionen löste die amtliche Mitteilung aus, Bewerberin Michelle L. Servadac könne für eine Ausbildung an der Testpilotenschule der Air Force nicht in Betracht gezogen werden?

Michelle telegraphierte der Auswahlkommission, sie habe einen falsch adressierten Brief erhalten, stehe aber selbstverständlich auf Abruf bereit.

Robert Jr. verkniff sich, daran zu erinnern, dass er diese Absage vorhergesagt habe: Hilfsfliegerinnen für die Überführungen, das sei im Weltkrieg aus Personalmangel wohl möglich gewesen – trotzdem seien Frauen nie zum Kampfeinsatz zugelassen worden, und daran habe sich bislang auch nichts geändert. Warum also sollte die Air Force Frauen ausbilden?

Gerhild empfahl ihrer Enkeltochter den Umweg über ein Studium der Luftfahrttechnik. Onkel William sekundierte seiner Mutter.

Palucchis großes sizilianisches Herz kam vor Rage aus dem

Takt. Weder das Telefonat mit seinem Busenfreund Richard 278
Sandman, der es als hochdekorierter Fliegerveteran bis zum Berater des Verteidigungsausschusses geschafft hatte, noch das Telefonat mit Annabella Barth (neé Palucchi), einer Nichte des Bruders des Vizegouverneurs von Kansas, trugen dazu bei, die violetten Flecken auf Palucchis Lippen und Tränensäcken zu verringern. Als der Telefonapparat endlich frei war, rief Michelle den Hausarzt ihres Patenonkels an. Doktor Thomson ordnete an, Palucchi schnellstmöglich in die Klinik zu bringen.

Nein, meinte Chefarzt Roth, er könne es unter den gegebenen Umständen nicht verantworten zu operieren – der Patient müsse zuvor mindestens 120 Pfund abnehmen.

»So sei es«, keuchte Palucchi.

Was versprach Vivian Davenport am Grab von Frank L. Palucchi?

Nachdem Misses Davenport eine Handvoll Erde auf den übergroßen Sarg gestreut hatte, flüsterte sie Michelle zu, sie werde sich für deren Ansinnen bei ihrer hochgeschätzten Erzrivalin Jackie verwenden.

Jacklyn Crane, die in ihren jungen Jahren Coolidge,
Kane und Rockefeller durch die Lüfte chauffiert hatte, hielt 279
mehr anerkannte Höhen-, Dauerflug- und Geschwindigkeitsrekorde als irgendein anderer Pilot. Angesichts ihrer erfolgreichen Transferflüge für die Briten hatte auch die US Air Force ihre aviatorischen Qualitäten nicht mehr übersehen können und Jacklyn Crane 1942 zur Ausbildungsleiterin der Hilfsfliegerinnen ernannt. Entgegen dem Reglement hatte sie nun den Ehrenrang eines Colonel inne.

In der Artikelreihe *Frauen und Luftfahrt* hatte Misses Davenport überdies enthüllt, dass Jackie Crane in den Zwanzigern – mit falschen Papieren und angeklebtem Bart – eine Reihe von Wettflügen gewonnen hatte, die seinerzeit allein Männern vorbehalten waren. Die Preisgelder habe sie für die Ausrichtung des Columbus Lipstick Air Race gestiftet. Dass sie als Gewinnerin dieses ersten Frauenwettflugs den Großteil der gestifteten

Summe wieder eingestrichen habe, schmälere ihre Tat keineswegs.

Womit antwortete Jacklyn Crane auf Vivian Davenports Fürbitte?

Mit einem Appell an Michelles Patriotismus: Unter den heutigen Bedingungen müsse eine Berücksichtigung von Frauen lediglich die Chance reduzieren, im Wettstreit mit den Kommunisten endlich die Oberhand zu gewinnen. Sie lege Michelle nahe, ihre Fähigkeiten stattdessen der zivilen Luftfahrt zur Verfügung zu stellen.

Mit welcher Überzeugungskraft wirkten diese Worte?

Michelle schob ihre Petition an die Auswahlkommission in
einen Umschlag und machte sich mit ihrer *P-51* auf den Weg
zur Testpilotenschule der Air Force. Als sie sich den Quartie-
ren des Stützpunktes im Sturzflug näherte, durchschnitt das
Heulen ihrer Maschine die mittsonntägige Stille. Der dienst-
279 habende Befehlshaber fühlte sich an seinen ruhmlosen Kar-
rierebeginn auf den Sandwich-Inseln erinnert und befahl alle
Abfangjäger in die Luft.

Auch Major Pohl wurde aus seinem Nickerchen gerissen: Noch bevor der Leiter der Auswahlkommission die Schirmmütze vom Gesicht geschoben und sich aufgerichtet hatte, landete ein korrekt adressierter Brief vor seiner Hollywoodschaukel.

Eskortiert von zwei Abfangjägern, setzte Michelle auf der hitzeflimmernden Rollbahn auf und fand sich kurz darauf dem diensthabenden Befehlshaber gegenüber.

»Dies ist eine Militärbasis und keine gottverdammte Rollschuhbahn«, bellte dieser. Sein Adjutant übersetzte sinngemäß, Michelle habe mit einer Anklage und einigen Wochen kargem Abendbrot zu rechnen.

Mit welchem Ansinnen wartete Major Derrek Pohl vierzehneinhalb Monate später vor dem Haupttor der Justizvollzugsanstalt von Kern County?

Er wollte Michelle L. Servadac seinen Bruder Warren vor- 280
stellen.

Was erwiderte Michelle, als Warren Pohl ihr anbot, am Trainingsprogramm für die Testpiloten der Rockwell Aviation teilzunehmen?

Dass zivile Testpiloten keine Chance hätten, jemals mit einer Rakete zu fliegen. Von ihrer Großmutter wisse sie aus erster Hand, dass sogar Militärpiloten abgelehnt werden, wenn sie nicht mindestens einmal pro Woche mit Überschall fliegen.

Warren lachte auf. Michelle mache sich völlig falsche Vorstellungen, was in den Testhangars der Rockwell Aviation stehe. Er selbst habe den ersten Überschalljäger vor seinem Bruder geflogen. Und mittlerweile sei Schallgeschwindigkeit sogar für Passagierflugzeuge keine Träumerei mehr. Es könnten also jede Menge *25-Cent-Trips* auf sie zukommen – falls Derrek nicht übertrieben habe, was ihre Fähigkeiten angehe.

Was verstand Warren Pohl unter einem 25-Cent-Trip?

In seiner Kindheit hatte die Fahrt mit der größten Achterbahn in Cedar Point einen Vierteldollar gekostet.

Wie hielt es Michelle während des Testpilotentrainings mit Männern?

Dem Zeitgeist und ihrem Trainingsplan entsprechend.

Mit welchem jener Männer – abgesehen von Warren Pohl und Doktor Lovelace – traf Michelle sich in dieser Zeit regelmäßig?

Mit Stanley Deacon aus Saint Petersburg, Florida. Dichte 281
blonde Locken umrahmten dessen Gesicht wie ein Astronautenhelm. Sein Kinngrübchen verlief ein wenig schief – er sagte dazu, sein Minutenzeiger stehe auf fünf vor zwölf. Das stimmte allerdings nur, solange er nicht grinste.

Er war ebenso verrückt nach Überschall und 25-Cent-Trips wie Michelle; und gelegentlich fuhren die beiden bloß des vibrierenden Wasserbettes wegen bis hinaus zum *Xanadu Motel.*

Was waren (reduziert auf die einfachste wechselseitige Form) Stanleys Gedanken über Michelles Gedanken über Stanley – und Michelles Gedanken über Stanleys Gedanken über Michelles Gedanken über Stanley?

Er dachte, sie dächte, er wäre verliebt – wohingegen sie dachte, dass er wusste, dass sie wusste, dass er es nicht war.

Welche Auswirkungen hatte die erfolgreiche Landung der Lunarexpedition Искáтель-1 *(Iskatel-1) im* Lacus Temporis?

Fast der gesamte Ostblock versank in fünftägigen Feierlichkeiten (8.–12. November 1973), in deren unmittelbarem Zusammenhang es zu 146 tödlichen Unfällen und Vergiftungen kam.

281 Kommandant Wolkow, der seinen Platz im Lunarschiff wegen Verdachts auf Tuberkulose an Rubin Komarow hatte abtreten müssen, erinnerte in der *Komsomolskaja Prawda* daran, dass Lenin mehrfach angemerkt habe, der Mond erscheine nur fern, wenn man auf den Knien rutsche.

282 Der im französischen Exil lebende Anthropologe Witold Tichy wies mittels Bildschirmphotos nach, dass die Aufnahmen von der Mondlandung in den Mosfilm-Studios gedreht sein mussten.

Der türkische Staatssekretär für Wissenschaft übersandte der
283 Sowjetischen Akademie der Wissenschaften die Reproduktion
einer Buchmalerei aus dem 17. Jahrhundert, die den legendären
Raketenflug von Lagari Hasan Çelebi darstellte.

Die ost-, mittel- und westeuropäischen Streitkräfte (mit Ausnahme der eidgenössischen) wurden in erhöhte Alarmbereitschaft versetzt.

Ursula Servadac erfuhr nie etwas von der sowjetischen Mondlandung; Cecilia Delany hatte eine strikte Nachrichtensperre verhängt.

Michelle L. Servadac unterbreitete ihrer Großmutter Gerhild am Telefon, sie habe offensichtlich von Anfang an auf das falsche Pferd gesetzt.

Robert Servadac Jr. warf seine Zigarette vor den Schaukelstuhl und erklärte Malcolm, mit dem von ihm favorisierten Direktflugmanöver hätten die Amerikaner den Mond bereits 1970 erreichen können.

US-Außenminister Dickson betonte in einem Fernseh- 283
interview, das Hissen einer Flagge habe keinerlei Auswirkung auf den neutralen Status des Erdtrabanten – dies sei übrigens auch die Position der Vereinten Nationen. Zudem dementierte er, der Präsident habe vorgeschlagen, als Antwort auf diese Demütigung eine Wasserstoffbombe in die Herrentoilette des Kreml zu feuern.

Präsident Rosewater orderte noch in der Nacht der Mondlandung einen Lieferwagen und ließ all seine Katsinapuppen (472) dem Heard Museum in Pumpkinville, Arizona, zustellen. Dass er diesen drastischen Schritt am nächsten Morgen bereute, trug – laut Einschätzung all seiner Biographen – maßgeblich dazu bei, dass er nicht nur das Direktorium der Raumfahrtbehörde entließ, sondern das Budget des Mondprogramms derart drastisch kürzte, dass es prompt zu Engpässen bei der Versorgung der Montagecrew des Orbitalhafens kam.

»Dann schenken Sie dieses nutzlose Riesenrad doch endlich dem Disney Park«, erwiderte Rosewater auf die Klagen der Raumfahrtbehörde.

Weshalb kam Lloyd Barbicane, der neue Direktor der Raumfahrtbehörde, dem Ratschlag seines Präsidenten nicht nach?

Barbicane hatte bereits Einsicht in die – als streng vertraulich eingestufte – Bildreihe, welche die unbemannte Mondsonde *Ranger VI* (1966) vom *Lacus Somniorum* gemacht hatte. Angesichts des bevorstehenden Kollapses der Mondmission bat er den Präsidenten um ein alsbaldiges Zwiegespräch.

Wonach erkundigte sich Präsident Rosewater, nachdem Barbicane ihm die Aufnahmen vorgelegt hatte, auf denen sich am Südhang des Kraters Grove *ein nicht näher identifizierbares Artefakt ausmachen ließ, welches, laut Gutachten der Raumfahrtbehörde und der CIA, weder russischer noch amerikanischer Herkunft sein konnte?*

Rosewater fragte, ob er zum Nachtisch womöglich auch noch Neuigkeiten über die Fliegenden Untertassen von Corona zu erwarten habe?

283 *Mit welchen Argumenten versuchte Direktor Barbicane den Sonderausschuss des Kongresses zu überzeugen, noch einmal zusätzliche Mittel für die Mondmission freizustellen?*

Die Wahl des Expeditionsgebietes von *Iskatel-1* deute darauf hin, dass die Russen bisher keinerlei Kenntnis von Artefakt *Grove* hätten – fraglich sei jedoch, wie lange dieser vorteilhafte Umstand noch andauere. Er wage sich gar nicht auszumalen, was geschehen könne, falls die Russen *Grove* als Erste erreichten.

Wenn wir nun, fuhr Barbicane nach einem verschämten Blick auf sein Manuskript fort, eine Astronautin auf den Mond entsenden würden, böte uns dies nicht nur die vorerst letzte Chance, im Weltraumwettstreit einmal die Nase vorne zu haben. Es wäre zugleich der denkbar beste Deckmantel für unsere eigentliche Mission.

»Entscheiden Sie mit Weitblick und Courage«, endete Barbicane, »denn aus der Zukunft blickt die gesamte freie Welt – so sie denn diese Chance erhalten wird – auf diese heute noch geheime Ausschusssitzung zurück!«

Wie sekundierte der renommierte Luft- und Raumfahrtmediziner Doktor Lovelace seinem Vorgesetzten?

Lovelace wies darauf hin, dass in jeder seiner Tauglichkeitsstudien Frauen ebenso gute oder gar bessere Ergebnisse als die männlichen Probanden erreicht hatten.

Präsident Rosewater warf seinem Vize einen schalen Blick zu und fragte, warum er immerzu alles als Letzter erfahre.

Was sagte Michelle, als sie dies erfuhr?

Der alte Lovelace sei ihr von Anfang an sympathisch gewesen.

Welche Gegenstände führte Michelle mit sich, als sie am 9. Dezember 1974 die Raumkapsel der Transferrakete bestieg?

In der rechten Hand trug sie das mobile Sauerstoffmodul und in der linken ein Fähnchen, das ihr der Vizepräsident an der Startrampe in die Hand gedrückt hatte. In ihrem Overall befanden sich zudem:

- in der linken Brusttasche ein Notizblock nebst Kugel-
  schreiber sowie das Glasauge von Lucretia Palucchi, das 284
  Frank L. Palucchi über Hunderte Flugstunden hinweg als
  Talisman gedient hatte
- in der rechten Brusttasche die Taschenuhr ihres Urgroßvaters T. W. Leudoldt sowie eine Photographie, die William, Jeff und Debby mit Gerhild und Bob Servadac Jr. vor einem Affengehege zeigte
- in der oberen rechten Armtasche eine Taschenlampe
- in der unteren rechten Armtasche ein Multifunktionswerkzeug
- die linke Armtasche war leer, da die Raumfahrtbehörde dem Mitführen menschlicher Asche (Vivian Davenport) nicht zugestimmt hatte
- im rechten Hosenbein das Startverzögerungsnotdurftutensil
- in der linken Beintasche das versiegelte Kuvert, welches
  ihr von ihrem CIA-Verbindungsmann Woods überreicht 285
  worden war

Was geschah, als der Countdown bei Fünf angekommen war?

Die Raketenmotoren starteten, und der Druck ihrer Flammen wirbelte an der Startrampe dichte Staubwolken auf. Als die Haltebolzen der Startplattform abgesprengt waren und die Rakete bei *Null* auf den Verbrennungsgasen in die Höhe zu schweben begann, schien alles still. Sogar die Reporter und die Vögel in den Mangroven waren verstummt.

Erst 24 Sekunden später, als der Schall bei den Übertragungskameras angekommen war, drang aus dem Lautsprecher des Fernsehapparates, der in Ursulas Zimmer gerollt worden war, ein tief knatterndes Geräusch. Ursula lachte.

Worüber amüsierte sich Ursula Servadac?

Über dieses furzende Riesenfeuerwerk, erklärte Ursula ihrer langjährigen Therapeutin. Erde und Mond seien schließlich nicht einmal eine Buchseite weit voneinander entfernt, wenn man sich in der achten Dimension bewege. – Wozu also dieses aufwendige Spektakel? Und überhaupt, bei dem Schneckentempo dieser Rakete wäre sie damals auf ihrem Flug zum Titan glattweg vor Langeweile gestorben.

Miss Delany, die längst sämtliche Geschichten über den Saturnmond und dessen dreifingrige, in milchigem Licht schwebende Bewohner zu kennen glaubte, hörte Ursula bereits nicht mehr zu, sondern konzentrierte sich auf den Bildschirm.

»Schauen Sie doch, dort«, rief sie, als die Kamera am Raumfahrtflughafen über die himmelwärts starrenden Zuschauer schwenkte, »sind das nicht Ihre Eltern?«

Ursula lachte abermals auf.

Was verunsicherte Michelle, als sie von ihrer Schlafnische zum Bullauge des Mitteldecks schwebte?

Da sich der Orbitalhafen zu diesem Zeitpunkt im Erdschatten befand, wirkte das Glas wie ein Spiegel: Michelle trieb ihrem eigenen aufgequollenen Gesicht entgegen. Zwar hatte Doktor Lovelace sie während des Astronautentrainings im letzten Jahr mehrfach auf diese Auswirkungen der Schwerelosigkeit hingewiesen, aber eine solche Ähnlichkeit mit ihrem adipösen Patenonkel Frank hatte Michelle beileibe nicht erwartet.

Kurz darauf überstrahlte die Sonne ihr Spiegelbild, gleißte auf dem Rohbau des Orbitalhafens und auf der silbernen Mondfähre, die im Drehpunkt der radförmigen Station an einem der Dockpylonen hing.

»Wie in einem Spinnennetz«, meinte Michelle.

285 Commander Chaffee, der momentan eine noch ausgepräg-

tere Ähnlichkeit mit Frank L. Palucchi als Michelle aufwies, hatte zu sehr mit der Raumkrankheit zu kämpfen, als dass er für derartige Konversationsversuche empfänglich gewesen wäre. Überdies hatte ihm seine Frau eingeschärft, sich so fern wie nur 285
möglich von Michelle L. Servadac zu halten.

Und was hatte Bruce Chaffee auf diese Forderung seiner Frau erwidert?

»Wie stellst du dir das vor, Schnuckiputz? Ich werde mich mit ihr in eine Konservendose quetschen müssen.«

War dieser Vergleich von Mondfähre und Konservendose belastbar?

Nur partiell. Aus Sicht einer Ölsardine oder eines Pfirsichs muss das Behältnis, mit dem Michelle L. Servadac und Bruce Chaffee von der Orbitalstation in den Mondorbit gelangten, als äußerst weiträumig bezeichnet werden. Außerdem befand sich der Öffner im Inneren.

Aufgrund einer Fehlfunktion der Temperaturregelung erreichten die beiden Raumfahrer ihre Lieferadresse allerdings ebenfalls im eigenen Saft.

An wen sollten sich die ersten – von einem Redenschreiber des Prä- 286
sidenten geschliffenen – Worte richten, die eine Amerikanerin vom Mond sendet?

An die gesamte amerikanische Nation und alle Übrigen mit einigermaßen klarem Radioempfang.

Was aber sagte Michelle L. Servadac, als sie am 15. Dezember 1974 um 14:51 (UTC – 6h) am südöstlichen Fuß des Kraters Grove *den Mond betrat?*

»Bruce, was, um alles in der Welt –?«, rief Michelle L. Servadac, »Bruce? *LES-1*, bitte kommen! Commander Chaffee? Chaffee‽«

Acht:
Worin es noch einmal mit Ursula weitergeht

Ursulas Reisetaschen waren bereits im Kofferraum ihres *La Femme* unter dem Blumengebinde verstaut gewesen. Auf diese Weise konnte sie sofort nach Michelles Beerdigung das Flugzeug nach Nashville, Tennessee, nehmen. Während sie dort auf ihren Anschlussflug wartete, schrieb sie Briefe an ihre Mutter, an Geoffrey und an Dave Costek. Diese Briefe waren kaum länger als die Grabinschrift für ihre nur elf Tage alt gewordene Tochter. Den Brief an ihren Stiefbruder zerriss sie noch vor dem Einsteigen, die anderen beiden schickte sie vom Flughafenterminal in New York ab. Dann fuhr sie in einem Taxi hinunter zum Battery
Park an der Südspitze von Manhattan Island. Sie bat den Taxi- 286
fahrer, auf sie zu warten.

Winzige Schneekrümel wirbelten über die Upper Bay, wehten Ursula ins Gesicht, wehten gegen die Hochhäuser. Ob der schneeschweren Schwaden konnte Ursula weder Ellis Island noch Madame Liberty sehen. Die unruhig treibenden Wolkenbäuche erinnerten sie an die Nacht, in der sie die Ostküste im Wirbel der Nachkriegsmonate überquert hatte: Der Sturm hatte Wolkenfetzen über die Bucht gepeitscht, und Blitze, von den Fensterfluchten mehrfach umgelenkt, waren ziellos zurück gen Himmel reflektiert worden – außer Kontrolle geratene Leuchtfeuer einer ihr fremden Welt.

Jahre später hatte El Palucchi sie einmal gefragt, wie denn wohl *Lucky* Lindbergh nach seinem berühmten Ozeanflug zurück nach New York gekommen sei.

»Mit seinem Flugzeug?«, hatte Ursula ihm zur Freude geantwortet, und der dicke Palucchi hatte grinsend erwidert: »Aber bedenken Sie das immense Risiko seinerzeit, mit vereisten Flügeln abzustürzen. Oder die Schmach eines Zwischenstopps auf dem Rückflug; der Horror, halb erfroren und völlig übermüdet zur Konfettiparade zu müssen. Und wozu, mein Kind? Jeder weitere Alleinflug wäre banal und ein völlig unsinniges Risiko gewesen – also kam Lindbergh mit einem Luxusdampfer zurück, um seinen Ruhm zu genießen.«

Als der Taxifahrer ungeduldig hupte, stapfte Ursula zu der Telefonzelle am Parkrand und rief Deborah an. Ihre Stiefschwester klang angetrunken und aufgekratzt. Sie wiederholte mehrmals, Ursula könne jederzeit bei ihr vorbeikommen. Überhaupt fände sie alles so schrecklich grausam –, und so weiter. Ursula legte auf und reichte dem Taxifahrer den Telefonbuchfetzen, auf dem sie Deborahs Adresse notiert hatte.

287 Nola Patchen, die Mitbewohnerin von Deborah, brauchte etwa zehn Minuten, bis sie es endlich geschafft hatte, die beiden Türketten auszuhängen, da sie mit der rechten Hand den Telefonhörer und mit der linken den Telefonapparat festhalten musste und da ihr Telefonat zwischen der ersten und der zweiten Türkette eine Wendung genommen hatte, welche die sofortige Einnahme einiger Tabletten erforderte.

Als Ursula ihre Reisetasche im Flur abgestellt hatte, war Nola bereits in einem der Zimmer verschwunden. Den eingetrockneten Kaffeeflecken auf dem Fußboden folgend, glaubte Ursula in die Küche zu gelangen – kam jedoch ins Badezimmer. Deborah, die mit Gesichtsmaske und Badeschaum bedeckt in der Wanne lag, stieß ihr Weinglas vom Wannenrand. Quark bröckelte aus ihrem Gesicht, als sie zu weinen begann. Ursula bot ihrer Stiefschwester keine Tablette an, da sie befürchtete, dass diese, mit Alkohol eingenommen, Deborahs Verfassung noch verschlimmern würde. Auf ihre Überlegung, ob sie sich nicht besser ein Hotelzimmer nehmen solle, erwiderte Deborah, dies komme überhaupt nicht infrage.

»Wenn du dir jetzt erst noch ein Hotel suchst, verpasst du meinen Auftritt«, sagte sie.

Zweiunddreißig Monate später kam Deborah zu Besuch in Ursulas Apartment in der East 70th Street. Auf die Frage, ob sie fleißig ihre Matrizen rechne, schüttelte Ursula den Kopf und hielt die Zeichnung hoch, an der sie gerade arbeitete. Auf den Heckflossen eines Raumschiffs spiegelten sich Erde und Mond. Und obwohl sie es besser wusste, beschlich Deborah der Eindruck, dies müsse eine Photographie sein.

»Ich dachte, du wolltest dich nur noch um dein Studium kümmern«, sagte sie, »und nie wieder für El arbeiten.«

»Dabei bleibt es auch«, erwiderte Ursula, »aber das *Venus Magazine* bringt tatsächlich einen Artikel über Raumfahrt, und ich kriege eine Doppelseite. Letzten Mai haben die mich noch abblitzen lassen – von wegen: ›Wir bringen Chiffon aber bestimmt keinen Chrome.‹ Die russische Piepskiste hat den Ladys 288
offensichtlich mächtig imponiert.«

»Immerhin fliegt dieser Minimond, piep-piep-piep, direkt über unsere Köpfe hinweg – weißt du, ich versteh einfach nicht, wie das angeht, oder fragst du dich' nicht, woran zum Teufel Unser-aller-Mum-und-Dad den lieben langen Tag basteln, und ich hör' trotzdem immer nur von diesem einen Piep-piep-piep –«

Deborahs Stimme hatte sich in eine gefährliche Höhenlage geschraubt und schmierte nun atemlos ab: »Wer weiß, was für Überraschungen uns noch bevorvorstehen!«

»Womöglich findet die CIA demnächst heraus, dass die Kommunisten sogar Kühlschränke mit Eisfächern haben«, erwiderte Ursula.

»Und hast du das gestern auch gelesen, dass es in Manhattan viel zu wenige Strahlenschutzbunker gibt?«

Ursula nickte.

»Also ich finde das besorgniserregend, ehrlich«, zwitscherte Deborah. Sie öffnete die Wandbar und nahm die Sherrykaraffe und zwei Gläser heraus: »Ach übrigens, Mum hat gestern angerufen. Sie sagt, du gehst nie ran.«

»Bin viel unterwegs.«

»Jetzt komm schon«, entgegnete Deborah und schwenkte die Karaffe, »mir brauchst du doch nichts vorzumachen.«

»Danke, für mich nicht«, sagte Ursula. Sie legte ihren Zeichenblock in den Graphikschrank und angelte sich eine Zi-
288 garette aus dem Augenschlund der Skulptur, die Shirley Lipton-Haynes bei ihr verpfändet hatte, um sich die Bronze für eine nächste Skulptur leisten zu können.

»Was will sie denn so unglaublich Wichtiges?«, rief Ursula vom Balkon aus.

»Sie sagt, dieser Deutsche, du weißt schon wer, läge im Sterben – es würde dich gewiss interessieren.«

»Joachim Hering?«, fragte Ursula und, als Deborah nickte, »dann sollte es dich auch interessieren.«

Deborah setzte sich neben Ursula auf die Brüstung und nippte an ihrem Sherry.

»Jaja, mein *Steinway* und diese ganze Leier. Ich kenne ihn aber trotzdem nicht«, sagte Deborah – und nachdem sie das Glas abrupt geleert hatte: »Frag mich lieber, was mit Nola ist.«

»Will sie wieder mal ausziehen?«

»Nein. Sie ist schwanger«, sagte Deborah, »aber diesmal kann sie wenigstens nicht sagen, ich wäre an allem schuld.«

Ursula drückte ihre Zigarette auf der Brüstung aus: »Und? Fliegt sie rüber?«

»Wieso, wohin?«

»Mum, fliegt sie zu Joachim?«

»Nein«, erwiderte Deborah, »William hat die Masern oder Pocken oder so was, und da will sie ihn nicht mit Dad allein lassen.«

289 Professor Donald Hoenikker – also Don, wenn es nach ihm ginge – hatte darauf bestanden, Ursula zum Flughafen fahren zu dürfen. Daraufhin hatte Ursula ihn gebeten, er müsse abfahren, sobald sie ausgestiegen sei. Ursula hatte vor einigen Monaten die *Kunst des imperativen Wünschens* für sich entdeckt, schlug mitunter sogar die Hacken ihrer silbernen Pumps dabei zusammen.

Hoenikker, der seine Sonnenbräune auch im Winter nicht verlor, behauptete, sein Teint sei eine Nachwirkung der Atombombentests, an denen er beteiligt gewesen sei. Am Institut konnte sich allerdings niemand daran erinnern, dass er New York jemals verlassen hatte. Die Beweislage hierfür schien erdrückend: In seinen ersten Jahren an der Universität hatte Hoenikker den Ruf der Mathematiker mittels regelmäßiger Partys entscheidend verbessert – wobei ein modifizierter Plattenspieler, Spirituosen aus der Heimproduktion seines Groß- 289
vaters sowie amüsante Praxisanwendungen der Spieltheorie eine entscheidende Rolle gespielt haben sollen. Hoenikker hielt dem entgegen, sein Bruder Alex, der seit 1951 als *in Korea verschollen* galt, sei der Ausrichter jener legendären Ausschweifungen gewesen – was wiederum erklären würde, warum es am Institut in den letzten Jahren wesentlich behäbiger zuging. Auf den Fluren roch es nach Apfelgriebs und Nobelpreis. Zügellos erschien Ursula lediglich Hoenikkers Fahrstil, aber auf dem Weg zum Flughafen waren ihrem Professor enge Grenzen gesetzt.

»Er ist also noch nicht einmal mit Ihnen verwandt«, sinnierte Hoenikker. Seine raue Stimme vermischte sich mit dem Quietschen des Scheibenwischers zu einem weinerlichen Klang: »Daraus kann ich nur schlussfolgern, dass Sie vor meinem Antrag flüchten.«

Ursula putzte abermals ihre Brille. Laut ihrer Schätzung fiel die analytische Kapazität des Professors auf die eines Vier- oder Fünfjährigen ab, sobald er seine Seminare verließ. Andererseits war sie tatsächlich froh, ihm eine Zeitlang zu entkommen – ohne damit gleich ihre Mitarbeit in seiner Forschungsgruppe infrage zu stellen.

Der Verkehr rann zäh über die Queensboro Bridge; Böen pfiffen in unsteten Intervallen durch das Stahlfachwerk und peitschten die herabperlenden Regentropfen auf der Beifahrerscheibe immer wieder zu Querstreifen. Ursula verwickelte Hoenikker in eine Diskussion darüber, wie man dieses unregelmäßige Wassermuster wohl am elegantesten mathematisch beschreiben könne.

An der Ausfahrt zum Terminal begann Hoenikker abermals mit seinen persönlichen Schlussfolgerungen, aber Ursula schnitt ihm das Wort ab und erklärte, sie habe nicht vor, länger als ein oder zwei Monate in Europa zu bleiben. Damit stieg sie aus, und Hoenikker beeilte sich, ihr das Gepäck aus dem Kofferraum zu heben.

»Halten Sie sich bitte so weit wie möglich von der Elbe fern«, flüsterte er. »Wenn die Russen auch nur halb so interessiert an Ihrem hübschen Köpfchen sind, wie sie es meiner Meinung nach sein sollten, sehen wir Sie womöglich nie wieder.« Hoenikker brachte darüber ein Lächeln zustande, schüttelte ihre Hand und stieg, wie er es hatte versprechen müssen, sofort wieder in seinen Wagen ein.

»Keine Angst, Stuttgart liegt am Neckar«, entgegnete Ursula, und als sie ihren Trolley in die Abfertigungshalle schob, murmelte sie noch: »Ruhr, Lippe, Lahn, Sieg, Neckar und Main münden von rechter Hand in den Rhein.«

Le deuxième, le troisième – ein Lernreim nach dem anderen fiel ihr wieder ein, während sie in der Abfluglounge wartete und das *Bulletin of the New York Mathematical Society* durchblätterte – mais, le passé, c'est le passé.

Als Ursula von ihrem Journal aufblickte, erschrak sie:
289 Der Mann, der sich aus dem Abfertigungsbereich näherte, sah ihrem Stiefbruder ähnlicher, als Jeff sich selbst noch war. Er sah aus wie Jeff, bevor seine Profikarriere angefangen hatte, den Bach runterzugehen – und mit der Karriere seine Ehe, und schließlich auch seine Gesundheit und das emaillierte Maiskolbengebiss. Über den Rand ihres Journals hinweg beobachtete Ursula, wie der Mann seine Aktentasche auf einem Sessel abstellte und hinüber zum Panoramafenster ging. Und sie dachte, dass Donald womöglich gar nicht so unrecht gehabt habe – ja, sie würde vorsichtig sein müssen.

Der Mann ignorierte die Aufrufe zu den Flügen nach Mexiko und Montreal, stand noch immer am Fenster und strich einen Haarwirbel glatt, den er in der spiegelnden Scheibe entdeckt hatte. Als der erste Aufruf für den Flug nach Kopenhagen kam, nahm er seine Tasche, legte den Trenchcoat über den Arm und ging zur Flugsteigtür. Ursula rührte sich nicht, wartete, ob er zurückblicken würde, aber das Geoffrey-Double verschwand auf dem Vorfeld, ohne sich nach ihr umzuschauen. Gleichwohl strapazierte diese Ähnlichkeit den Zufall ihrer Meinung nach arg – womöglich würde er, ebenso zufällig, den Sitzplatz neben ihrem gebucht haben.

Ursula nahm eine Tablette und sank zurück in die Sessellehne. Die Griffe ihrer Handtasche umschlungen, verharrte sie reglos und fand erst beim letzten Aufruf den Mut aufzuste-
hen. Ein Nachzügler, der im Schlepptau eines Flughafenange- 289
stellten zum Gate geeilt kam, stieß mit seiner Mappe gegen ihre 290
Handtasche.

»Pardon«, sagte er und zog seinen Hut, um ihr mit ausholender Geste den Vortritt an der Tür zu lassen.

Nachdem der Steward ihre Bordkarte abgerissen hatte, wartete Ursula, bis der junge Nachzügler die Gangway betrat, und stieg dicht hinter ihm in die Maschine. Das Geoffrey-Double saß links neben der Kabinentür. Vertieft in den Sportteil der *Herald Tribune*, schien er sie allerdings gar nicht zu beachten. Ursula ging zügig weiter. In der Mitte der Passagierkabine, neben ihrer Sitzreihe, zog der junge Mann abermals den Hut und ließ Ursula zum Fensterplatz durchrutschen. Er verstaute Hut und Blazer, schnallte sich an, und dann streckte er ihr die Hand entgegen. Mit deutlichem Akzent stellte er sich als *Herr Hendrik Everling aus Bad Hersfeld* vor und wünschte ihr und sich einen guten Flug.

Nachdem die Maschine sie durch die Regenschwaden und Böen bis auf Flughöhe geschaukelt hatte, holte Herr Everling ein Taschenbuch aus seiner Mappe und legte es erst wieder beiseite, als der Steward mit dem Essen kam. Dabei sah Ursula, dass ihr Nachbar den neuen Roman von Mel S. Winstaal las – den Roman, mit dem Palucchi sie vor einigen Monaten ein letztes Mal hatte ködern wollen.

290 »Sind Sie schon bei dem Kapitel, in dem die Kinder das Waffenarsenal des Raumtransporters entdecken?«, fragte Ursula ihren Nachbarn, wobei sie, da sie seit Jahren kein Deutsch mehr gesprochen hatte, das Gefühl hatte, ein kalter Silberlöffel läge auf ihrer Zunge.

Herr Everling wischte sich mit der Serviette die Lippen ab und nickte ihr begeistert zu: »Das heißt, noch nicht ganz. Aber sie haben schon ihren Lehrroboter kurzgeschlossen. Verraten Sie bitte nichts weiter! Ich bin wirklich gespannt, wo all die Erwachsenen geblieben sind.«

»Keine Angst«, erwiderte Ursula, »das werden Sie nie erfahren.«

Herr Everling seufzte.

Als er den nächsten Bissen hinuntergeschluckt hatte, fragte er Ursula, ob sie schon einmal etwas von Hawthorne gelesen habe. Ursula nickte.

Sie wollte ihren Nachbarn gerade darüber aufklären, dass sich hinter allen weiteren Namen, die er ihr daraufhin aufgezählt hatte, einzig und allein der notorische Vielschreiber Pilchard verbarg, als das Geoffrey-Double auf dem Gang vorbeiging.

»Ist Ihnen dieser Mann aufgefallen?«

Herr Everling lachte leise: »Der eben mit den unnatürlich gleichmäßigen Zähnen?«

Ursula nickte.

»In seinen riesigen Schlipsknoten passt sicher eine Kamera hinein«, flüsterte sie. »Ich habe schon seit dem Flughafen das Gefühl, er beobachtet mich.«

»Wieso, wenn Sie mir diese Neugier gestatten wollen, sollte er Sie beobachten?«, fragte Herr Everling.

»Leise! Er kommt zurück«, flüsterte Ursula. Dieses Wieso schien ihr die falsche Frage. Andererseits fand sie auf ihre eigenen Fragen keine plausiblen Antworten: Es ergab alles keinen Sinn – und das war womöglich das einzig Unheimliche.

Wenig später brachte der Steward dem Double ein Glas Whiskey und eine Schlafmaske, und Ursula glaubte zu hören, dass er ihn dabei Mister Vandangle oder Fane d'Angle nannte.

»Vielleicht ist er ja auch hinter mir her«, murmelte Herr Everling aus dem Mundwinkel zu ihr herüber.

»Und wieso sollte denn jemand hinter Ihnen her sein?«, fragte Ursula.

»Digitale Rechenmaschinen«, sagte Herr Everling und zog dabei eine Visitenkarte aus der Brusttasche. Mit routinierten Formulierungen klärte er sie über einige Nachteile von Lochkarten und Röhrenrechnern auf und spitzte schließlich alles auf die Schlussfolgerung zu, dass Rechenmaschinen aus Transistoren der Markt der Zukunft und der einzige Weg zu künstlichen Gehirnen seien.

Er klopfte sich mit dem Zeigefinger an die Schläfe, wobei er die Augen eine gewichtige Weile lang schloss, so dass Ursula seine elegant geschwungenen Wimpern bewundern konnte. Sie verspürte das dringende Bedürfnis, ihren Sitznachbarn zu necken, weshalb sie ihm unterbreitete, dass ihr Doktorvater der Meinung sei, mit fünf oder sechs elektronischen Digitalmaschinen könne man die Rechenbedürfnisse der Vereinigten Staaten decken – wobei Professor Hoenikker bereits zwei für seinen Fachbereich einplane: als Arbeitstiere für stupide Operationen. Ansonsten gebe es in der Mathematik nichts, was eine Maschine besser könne als ein Mensch.

Herr Everling nickte: »Zumindest mit Letzterem hat Ihr Professor vollkommen recht! Bisher können Maschinen überhaupt nur rechnen und ausführen, was Menschen vorher bedacht haben.«

»Ja, das habe ich mit eigenen Augen gesehen«, sagte Ursula und erzählte ihm von den Mechanismen der Automaten, die sie als Kind untersucht hatte. Ihr Vater habe eine umfangreiche Sammlung besessen – Originale und Replikate von Automaten aus Antike, Barock und Belle Époque –, dennoch habe der Befund bei jedem zerlegten Exemplar gleich gelautet.

»Dann findet Sie der kalifornische Nussknacker womöglich

doch nicht nur attraktiv«, flüstere Herr Everling, »sondern ist obendrein hinter Ihrem Wissen um archaische Technologien her.«

Ursula sah sich daraufhin gezwungen, einen ihrer Blicke auszuprobieren, die sie seinerzeit in Texas bei ihren Sprechübungen vorm Spiegel entdeckt und bereits mehrfach erfolgreich eingesetzt hatte.

Herr Everling aber ließ sich überhaupt nicht vom Thema abbringen: »Allen Ernstes, ich denke, digitale Schachautomaten könnten bereits in wenigen Jahren ein äußerst lukratives Geschäft werden. Jawohl, Digitalmaschinen zum Spielen – jetzt schauen Sie doch bitte nicht so skeptisch! Erst letzte Woche habe ich am Lincoln Laboratory eine Tennisrechenmaschine testen dürfen. Großartige Sache. Und ich bin mir sicher, in der Massenproduktion lassen sich die Einzelherstellungskosten drastisch senken.«

Ursula nickte. Dies klang ihr wohlvertraut. Auf ähnliche Weise seien auch die Passagierflugzeuge in die Luft gekommen, erklärte sie, davon habe ihr Vater seinerzeit häufig berichtet. Herr Everling zeigte sich von den Parallelen ebenfalls begeistert. Nach und nach probierte Ursula noch ein paar andere Blicke aus, und als Island hinter ihnen in der atlantischen Dunkelheit zurückblieb, konnten sich beide insgeheim längst vorstellen, nach der Landung zusammen ein Hotelzimmer zu nehmen. Sie stießen mit Cognac an, und fortan durfte Ursula ihren Nachbarn *Rick* nennen. Nichtsdestotrotz wich Ursula aus, als er sie auf die Narbe unter ihrem Pony ansprach – raunte etwas von *angeboren*. Anstatt von ihren weißen Alpträumen erzählte sie weiter von Automaten und schließlich von Einweckgläsern: Letztere habe sie in einem Keller entdeckt, in den sie sich verirrte hatte, als sie – gleich nach ihrer Ankunft in New York – mit ihrer Schwester mehrere Tage am Stück durch die Konzertsäle, Lichtspielhäuser, Theaterkantinen, Diner, Sodabars, Nachtclubs und U-Bahn-Stationen zwischen Central Park und Coney Island gezogen sei. In einer Gegend ohne Hausnummern oder Klingelschilder, einem Viertel mit Tiefparterreläden und Hinterzimmerlokalen, die je nach Mondphase und Mordrate auftauchten oder verschwanden, habe sie sich in der Tür geirrt.

Der Keller sei hell ausgeleuchtet und eiskalt gewesen. Besagte Einweckgläser, hundert oder mehr, seien auf Hochregalen aufgereiht und von Hand beschriftet gewesen. In jedem habe ein Planetensystem geschwebt – wie ein Buddelschiff, bloß, dass sich winzige Monde und Planeten im Glas befanden, die sich umeinander und um ein sanft pulsierendes Zentralgestirn drehten. In einigen Gläsern habe sie die Erde sofort ausmachen können, in anderen kreiste auf deren Bahn ein wüster oder von giftgelben Wolken verhangener Planet, und in ein paar wenigen sei die Erde von Sonden und Orbitalinseln umgeben gewesen.

Trotz ihres filigranen Inhaltes seien die Böden der Regale so schmal gewesen, dass eine Erschütterung oder ein ungeschickter Handgriff genügen musste, alles zum Absturz zu bringen. Wohl auch deshalb habe ihr der Mut gefehlt, eines der Gläser herabzunehmen. Am nächsten Morgen, als sie die Neugier bereits dermaßen quälte, dass sie unter allen Umständen herausfinden wollte, was genau im Inneren der Gläser steckte und wie es funktionierte, habe sie den Keller nicht wiedergefunden.

»Natürlich!«, sagte Rick, »das gehört bei solchen Anekdoten dazu.«

Ursulas Zuversicht, Vandangle habe den Kopenhagener Flughafen längst verlassen, zerstob, als sie ihn aus der Toilette der Lounge kommen sah. Vandangle hatte sich rasiert und das weiße Hemd gegen ein blassblaues eingetauscht, seine Müdigkeit aber anscheinend nicht loswerden können: Als er zur Anzeigetafel blickte, auf der außer dem Flug nach Frankfurt am Main lediglich noch eine verspätete Ankunft aus London ausgeschrieben stand, bedeckte er mit dem Handrücken ein Gähnen. Dann setzte er sich auf eine der leeren Sitzgruppen und ließ den Kopf auf die Brust sinken. Ursula rutschte vom Barhocker und

schaute sich nach den Telefonkabinen um. Rick, der bloß kurz
290 seinem Chef hatte rapportieren wollen, telefonierte noch immer. Als Ursula an die Kabinenscheibe klopfte, legte er die Hand auf die Sprechmuschel und öffnete die Tür einen Spaltbreit.

»Sind wir schon ausgerufen?«, fragte er.

Ursula schlüpfte durch den Türspalt nach innen und zog die Tür zu.

»Er ist immer noch da«, sagte sie und deutete mit einer zaghaften Kopfbewegung über ihre Schulter.

»Wer will bei diesem Wetter schon in Kopenhagen bleiben«, erwiderte Rick, und dann nahm er die Hand von der Telefonmuschel und verabschiedete sich mit dem Versprechen, er werde sich sofort melden, sobald er in Frankfurt angekommen sei. – Seine Mutter, erklärte er, nachdem er aufgelegt hatte, habe sympathetische Flugangst und mache ihm stets Vorhaltungen, dass er sich einen Beruf gesucht habe, in dem er so viel fliegen müsse. Er habe sie noch ein wenig zu beruhigen versucht. Dann küsste er Ursula.

Erst nachdem sie ihm dezent auf die Lippe gebissen hatte, kam Ursula wieder zu Wort. Sie erklärte, sie habe nichtsdestotrotz beschlossen, dass sie getrennt weiterreisen sollten. – Sie werde den Zug nehmen. Rick seufzte. Als der Flug nach Frankfurt zum ersten Mal ausgerufen wurde, äugte Ursula über Ricks Schulter hinweg und schaute Vandangle hinterher, der seinen Trenchcoat über den Unterarm gelegt hatte und zur Flugsteigtür ging. Diesmal war es Ursula, die Rick küsste. Als sie sich zum Gehen wandte, reckte Rick seinen Ellbogen vor den Türgriff und sagte, er wolle sie unbedingt wiedersehen.

Ursula entgegnete, sie halte dies für eine vielversprechende Idee. Sie werde sich bei ihm melden, sobald es ihre Verpflichtungen in Stuttgart zulassen würden. Und dann bat sie ihn, er müsse auf sich aufpassen. Dabei schlug sie leicht die Hacken ihrer Pumps zusammen, und schon war sie durch den Zoll verschwunden.

Im Zug nach Hamburg wurde ihr unangenehm bewusst, dass sie der Elbe nun geradewegs entgegenfuhr – weshalb sie trotz des schlaflos zurückgelegten Fluges hellwach blieb. Der dänische 291
Schaffner, den sie bat, in seinem Abteil sitzen zu dürfen, missinterpretierte ihr Sicherheitsbedürfnis und führte sie mit festem Griff zum Sitzplatz eines Polizeibeamten. Dessen Deutschkenntnisse reichten aus, den leidigen Verdacht der Prostitution aus der Welt zu schaffen, und ermöglichten ihm überdies, Ursula bis zur Grenze die klimatischen und industriellen Extreme des Weimarer Landes und des Harzes in zahlreichen Einzelheiten zu schildern. Allein ihr amerikanischer Reisepass schien ihn davon abzuhalten, ihr zum Abschied die Narben auf seinen Fußsohlen zu zeigen.

Im Nachtzug nach Stuttgart stapelte sie sofort nach der Fahrkartenkontrolle ihre Koffer übereinander, um die Klinke der Abteiltür zu blockieren. Unter den gesteiften Bettbezügen liegend, kam sie zu der Überzeugung, dass es geradezu dumm von ihr gewesen war, sich allein aus dem Flughafen zu stehlen – denn trotz ihrer jahrelangen Übung beim Zeichnen gelang es ihr nicht, sich Rick vor dem Einschlafen in Gedanken zusammenzusetzen. An jedem Signal und Bahnhof, an dem der Zug hielt, wachte Ursula aus ihrem Dämmerschlaf auf. Ihr letzter Traum vor dem Morgengrauen sprang, wie eine zerkratzte Schallplatte, im Takt der Gleisabsätze immer wieder zum Anfang zurück – und so trug sie ein Wirbelsturm wieder und wieder zurück ins Inntal und setzte die Leudoldtsche Berghütte unsanft auf ihrem angestammten Felsvorsprung ab. Als Ursula sich vom Bett rollte, fühlte sie sich ausgelaugter als vor dem Einschlafen.

Am Stuttgarter Hauptbahnhof angekommen, ließ sie ihre Koffer zum Taxistand tragen, und dann ging es durch frisch verputzte Zeilen und Gerüstalleen, vorbei an Ruinenstummeln und Kränen. Als die Abstände zwischen den Baulöchern und Häusern größer wurden und die Straße sich schließlich durch ein Wäldchen aufwärtsschlängelte, fragte Ursula, ob dies wo-

291 möglich eine Überlandfahrt werde. Der Taxifahrer glaubte, sie wolle mit ihm über seine Streckenwahl streiten, und zählte zahlreiche Kombinationen von Straßennamen auf – um am Ende jeder einzelnen zu brummeln: »Noi, des isch fei a vil länger.«

Joachims langjährige Hauswirtschafterin, Frau Pfeiffer, empfing Ursula in vollem Schwarz und erklärte, der Herrgott habe
den Herrn Hering bereits am Vortag heimgeholt. Dabei zog sie
ein zerknittertes Taschentuch aus ihrem Ärmel und schnaubte
mit so viel Nachdruck hinein, dass ihr die Tränen kamen. Vorwurfsvoll stieß sie hervor, sie sei in den letzten Jahren nicht aus
den Trauerkleidern herausgekommen: Angefangen habe es mit
292 ihrem ersten Ehemann, der als Flak-Schütze in *Brasilien* geblieben sei, in dieser Holzattrappe des Hauptbahnhofes, mit der die feindlichen Flieger irregeführt wurden; dann habe es ihre Söhne getroffen, vor Gibraltar und vor Grünberg; ihre Schwiegertochter sei ins Wasser gegangen; ihren Bruder habe, noch keine vierzig Jahre alt, der Schlagfluss getroffen; und erst voriges Jahr sei ihr zweiter Mann beim Dachdecken verunglückt. Nun zu allem Übel also auch noch der Herr Hering; er sei ein so grundsolider Mann gewesen. Sie wage sich überhaupt nicht auszumalen, was jetzt noch kommen solle.

Joachim lag im Schlafzimmer aufgebahrt. Am Fußende des Bettes lehnte ein Grabkranz, daneben standen zwei Eimer voll Blumen. An der Wand hingen italienische Landschaften in Pastell und die afrikanischen Kriegermasken, die Ursula noch aus seinem Berliner Zimmer kannte.

Frau Pfeiffer sagte, sie werde jetzt, wenn es recht sei, Ursula mit ihrem Herrn Onkel allein lassen. Die Beisetzung finde am Nachmittag statt – und falls sie sich bis dahin noch ein wenig ausruhen wolle, stehe ihr selbstverständlich das Gästezimmer im Tiefparterre zur Verfügung, sie habe alles vorbereitet.

Im Kleiderschrank fand Ursula auf Kante gestapelte Hemden und Unterwäsche, aufgereihte Sockenknäuel, Hüte und Mottenkugeln; in der Innentasche des Jacketts sein Portemonnaie, in dem zwischen druckfrischen Scheinen eine Photographie stak, die Ursula steif im Sattel sitzend zeigte und Joachim, der Paris am Zaumzeug hält.

Sie beugte sich über den Leichnam, der nach Lavendel und Thymian roch, als habe man ihn – wie eine Weihnachtsgans – voll Kräuter gestopft. Die Gesichtshaut spannte über den Wangenknochen, und trotz geschlossener Augen sah Joachim noch immer gehetzt aus, von *selig entschlafen* konnte keine Rede sein. Ursula schob sein rechtes Lid nach oben und betrachtete das Glasauge, von dessen Pupille die graue Farbe mittlerweile vollständig abgerieben war. Mit einem Dreh, den sie in all den Jahren nicht verlernt hatte, klaubte sie ihm das Auge heraus und polierte es an seinem Revers, bevor sie es in ihre Rocktasche steckte.

Wenig später klopfte es an der Tür, und die Hauswirtschafterin reckte den Kopf herein: Die Sargträger seien nun da, ob 292
Ursula wohl so lange unten warten wolle. Ursula fragte, wo im Haus der Telefonapparat stehe, sie müsse ein Ferngespräch führen. Frau Pfeiffer zog die Augenbrauen hoch und schärfte Ursula ein, sich am Ende des Gespräches die Gebühren zu merken. Trotz des Knackens der Leitung hörte Ursula sofort heraus, dass Deborah verkatert war: Sie wiederholte mehrmals, sie fände es wirklich traurig, dass Ursula zu spät gekommen sei – daran werde sie jetzt vermutlich jedes Mal denken müssen, wenn sie sich an ihren Flügel setze; und so weiter. Nachdem Ursula von ihrer Reise und Vandangles Schlipsknoten erzählt hatte, fragte Deborah, ob Ursula regelmäßig ihre Tabletten nehme.

»Jetzt hör schon auf«, erwiderte sie, »ich habe dir doch erzählt, Mister Everling hat es ebenfalls bemerkt. Oder hätte ich dem etwa eine Tablette abgeben sollen?«

Als Deborah schließlich von Nola anfing, sagte Ursula, sie müsse noch ihr schwarzes Kleid anziehen und den Netzschleier feststecken, und legte auf.

Mittlerweile war die Trauergemeinde vor dem Haus zusammengekommen: Nachbarn und hiesige Angestellte der Leudoldtschen Hausverwaltung. Vor dem Souterrainfenster sah

Ursula Rockzipfel mit Samtborte, Trachtenschürzen, Krücken
und Schirmspitzen, Wollstrümpfe, Lackschuhe und zerfurchte
Winzerstiefel. Bei diesem Anblick erwartete sie beinahe, Joa-
chim werde in einer Kutsche zum Grab gefahren; aber als sie
hinter dem Sarg die Eingangstreppe hinunterstieg, sah sie den
schwarzen *Mercedes* – der beinah so imposant war wie einst das
von Borghoffsche Automobil. Da es keine Angehörigen gab,
293 ging Ursula mit dem Pfarrer und der Hauswirtschafterin in
der ersten Reihe direkt hinter dem Pfarrgehilfen, der ein Pro-
zessionskreuz vorantrug. Die Spiegelung des Kruzifixes auf der
verchromten Stoßstange des Leichenwagens erinnerte Ursula an
die unruhig flatternden Rabengeier, die oft auf dem Zaun der
Mülldeponie von Twickenham und auf den Strommasten am
Tennessee saßen; und es erinnerte sie an Michelles Beerdigung.

Hinter einer Tankstelle, deren Kühlwasserkannen wie ein Ehrenspalier vor den Zapfsäulen aufgereiht standen, bog der Trauerzug von der Hauptstraße ab. Und während sie den Weg zum Friedhof hinauftrotteten, setzte eiskalter Nieselregen ein.

Plus ½: Exit Personnage

Eins

Prof. h.c. ***Theodor Wilhelm Leudoldt*** alias *Guillaume* alias *Theo*

Beim Ausräumen von Theodor Leudoldts Arbeitszimmers fand sich dessen unvollendete Autobiographie: 194 lose Typoskriptseiten nebst vier Weinkisten, randvoll mit Karteikarten, Blaupausen, Photographien und Zeitungsausrissen.

Nach einigen einleitenden Aphorismen (»Die Geschichte der Katastrophen ist immer auch eine Geschichte der Chancen«) setzt seine Lebensgeschichte – unter völliger Vernachlässigung von Kindheit und Jugend – am Ende seines Studiums (sic) ein. Ab 1935 wird der Text zunehmend kryptisch; die Schilderung seiner Beisetzung sticht durch die präzise und kritische Darstellung der Trauergäste entsprechend deutlich heraus.

Aus dem Typoskript geht nicht hervor, welche Passagen Theodor Leudoldt selbst verfasst hat (bzw. aus seinem Diktat stammen) und welche sein Privatsekretär Joachim Hering eigenmächtig hinzugefügt hat. Mit hoher Gewissheit können Theodor Leudoldt aber all jene Passagen zugeordnet werden, die von den Irrwegen, Umwegen und Sackgassen des Fortschritts und der Liebe handeln – ebenso die leitmotivisch variierten Warnungen vor Aktien und Dichtung.

Josef Theodor Leudoldt und ***Ida Maria Auguste Leudoldt*** née *Senkel* – Theodor W. Leudoldts Eltern, siehe Seite 95

Carl-Heinz Hälßig – Theodor Leudoldts Lehrer

Auf seinem letzten Weg begleiteten ihn ausschließlich ehemalige Schüler: Adolf Kohlhoff, der Fahrer des Bestattungswagens, hatte sich einst über mehrere Klassenstufen als Hälßigs Primus behauptet – war dann allerdings von einer Kopfverletzung in seinem weiteren Werdegang ausgebremst worden. Zwei der Sargträger hatten sich im Unterricht durch ihre motorische Unruhe, die beiden anderen durch Schläfrigkeit ausgezeichnet. Als Trauergeleit fand sich Hans Martin Melz ein, der nach einer Ehrenrunde doch noch seinen Abschluss erreicht hatte und zu guter Letzt gar Hälßigs Kollege geworden war. Lothar Bäumer, dem Hälßig von der zweiten Klasse an prophezeit hatte, er werde dereinst auf die schiefe Bahn geraten, machte sich als Pfarrer recht passabel. Für das Zuschaufeln des Grabes war Hugo Drexler zuständig, der Hälßig schon zu Schulzeiten eine Vielzahl Streiche gespielt hatte.

Adelheid Isodora und ***Georg Otmar Leudoldt*** – Theodor Leudoldts Geschwister, siehe Seite 26

Mathilde Farkas – Köchin; Georg Leudoldts leibliche Mutter

Lydia Freifrau Vortimbrinck konnte es kaum fassen, dass Kriminalkommissar Reinwardt weder die Umstände des Mordes korrekt rekonstruierte noch die Tatwaffe identifizierte. Bei der Tatzeitbestimmung schlich sich eine Abweichung von drei Stunden ein, in das mutmaßliche Motiv eine Vielzahl Klischees. Obwohl Freifrau Vortimbrinck keinerlei Indizien in Richtung ihres Stallburschen gestreut hatte, wurde dieser letzten Endes für die Ermordung von Mathilde Farkas hingerichtet.

Positiv überrascht war Freifrau Vortimbrinck hingegen von dem Sicherheitsschnellkochtopf, den Farkas' Nachfolgerin in ihren Haushalt einführte: Dieser schonte das Gemüse ungemein.

Arnim Johann Heinrich Senkel – Theodor Leudoldts Onkel, siehe Seite 14

Theodor Ernst Leopold Leudoldt und ***Clara Luise Leudoldt*** née *Guth* – Theodor Leudoldts Großeltern väterlicherseits, siehe Seite 40

Otmar Christian Heinrich Senkel und ***Dora Maria Senkel*** née *Laßhof* – Theodor Leudoldts Großeltern mütterlicherseits

Die Beuge eines misslich angelegten Gefäßes hatte sich unter dem Druck schwerflüssigen Blutes zu einem Bläschen geweitet. Diese daumenbreit hinter der linken Schläfe gelegene Erweiterung war Ursache der Kopfschmerzen, die Senkel regelmäßig plagten. Als er die Stufen zum Podium hinaufstieg, um die Wiederwahl zum Vorsitzenden der Gothaer Sektion des Vereins zur Förderung des Eisenbahnwesens anzunehmen, schoss zu viel Blut in die ermüdete Gefäßbeuge und brachte diese zum Platzen.

Bernhard Ottfried Beyer – Geheimer Kommerzienrat, Verleger und Flugzeugfabrikant

Gott dem Allmächtigen hat es in seinem unerforschlichen
Ratschluß gefallen, unseren Oheim, den wohlachtbaren

Geheimen Kommerzienrat
Bernhard Ottfried Beyer

am heutigen Morgen zu sich in die Ewigkeit zu nehmen.

Sein gesamtes Dasein war in unabdingbarem Wirken seiner
Arbeit und der hilfsbedürftigen Menschheit gewidmet.

Unser unvergeßlicher Toter wird am Montag, dem 3. Mai 1926,
um 11 Uhr auf dem Südfriedhof im Familiengrabe beigesetzt.

Konrad Waidling – Abteilungsleiter der Versicherung

Der Strick, an dem Waidling gefunden wurde, war mit höchster Präzision geschlungen und sorgfältig eingeseift worden. Kriminalobermeister Schimmel sprach von einer bis zum letzten Atemzug bewusst ausgeführten Willenstat. Leichenbeschauer Grünwald schloss nach der Autopsie geistige Zerrüttung vollkommen und entschieden aus.

Friedrich Wilhelm Viktor Albert von Preußen alias *Wilhelm II.* alias *Seine Majestät* aka *Willy the Hun* – letzter deutscher Kaiser

Auf dem Sterbebett im niederländischen Exil urplötzlich mit geopolitischer Weitsicht geschlagen, sicherte sich der deutsche Kaiser a. D. seine Grabesruhe nachhaltig, indem er die Umbettung seiner Gebeine an die Restauration der Monarchie in Deutschland knüpfte, erläuterte Professor Khijan in seiner Vorlesung *Streiflichter der Geschichte aus juristischer Perspektive.*

Otto Kalkbrenner – Theodor Leudoldts Nachbarjunge und Mitschüler

Bereits wenige Stunden nach der Entgleisung des Güterzugs verhafteten ihn Kriminalbeamte der Bahnschutzpolizei und übergaben Kalkbrenner nach kurzem Verhör an ihre Kollegen von der Sicherheitspolizei. Kalkbrenner beteuerte abermals seine Unschuld. Für gründliche Untersuchungen hatte man ebenso wenig Muße wie für einen Prozess.

Gustav Jaeckel – Mitglied der Schachgruppe des Versicherungsvereins

In den Überresten eines Splittergrabens im Niemandsland kauerte Jaeckel mit zwei weiteren versprengten Infanteristen und harrte der Abenddämmerung, um hinter die eigenen Linien zurückkehren zu können. Scharfkantige, aus einer *Morane-Saulnier L* abgeworfene Eisenpflöcke hefteten sie auf dem Schlachtfeld fest.

Maximilian Hirsch – Theodor Leudoldts Kollege bei der Versicherung

Die sauren Gurken und Schmalzschrippen hatten – ob ihrer vergleichsweise geringen Menge und unter sengender Sonne – der Wirkung des Alkohols nur wenig entgegenzusetzen. Als aus dem fernen Rauschen ein unübersehbares Wehr wurde und als alle Steuerversuche das Paddelboot zum Trudeln, nicht aber zum Ufer brachten, rief Hirsch dies als willkommene Aufheiterung des Nachmittags aus. Und schon ging es wehrab.

Annegret Glümmer und Gisela Wolkenhaken waren Nichtschwimmer und klammerten sich an den Kiel des gekenterten Bootes, anstatt Hirsch helfende Hände zu reichen.

Erst im folgenden Frühjahr und neunzehn Kilometer flussabwärts fand sich an der Treibgutsperre des Mühlengrabens eine Leiche, die – laut amtlichem Gutachten – in das leere Grab von Hirsch gehörte. Der beschnittene Penis wurde von den Gerichtsmedizinern auf die profane Fraßtätigkeit von Flusskrebsen zurückgeführt.

Heinrich Jänisch, ***Anton Noeldner***, ***Johann Raimund Pfennig***, ***Gernot Uhlig*** und ***Richard Maria Weinberg*** – Mitglieder des Fortschrittlichen Literarischen Zirkels zu Gotha

Als Waldemar Krätzsch aus eigenen Mitteln die Veröffentlichung von Gernot Uhligs schmalem Gedichtband finanzierte, war dessen Leidenschaft für den Mentor des Fortschrittlichen Literarischen Zirkels bereits am Abklingen. Dass in keiner Literaturzeitschrift eine Rezension erschien, tat Krätzsch mit der Bemerkung ab, er habe auf das rückständige Urteil all dieser Erbaulichkeitspublizisten von Anfang an keinen Pfifferling gegeben. – Ebenso hielt es Uhlig später mit Krätzschs Kritik, die gallig klang, seitdem er diesen als Liebhaber geschasst hatte.

Im Alter von einundzwanzig Jahren verwarf Uhlig seine lyrischen Ambitionen und schiffte sich auf einem Dampfer der Hamburg-Afrika-Linie ein. Nach einigen gesundheitlichen, geschäftlichen und zwischenmenschlichen Tiefschlägen fand Uhlig eine Stelle bei der Genossenschaftsbank Lüderitz in Deutsch-Südwestafrika. Kaum hatte er sich eingearbeitet, erfolgte die allgemeine Mobilmachung; vier Wochen später eroberten Truppen der Südafrikanischen Union die Stadt.

Corporal Greeff stufte den in Uhligs Tornister gefundenen Gedichtband als verdächtig ein: Abschriften fanden ihren Weg bis zum Militärgeheimdienst der Unionstruppen sowie zu den Kryptoanalytikern des britischen MI1, welche wiederum Sachverständige der University of Oxford hinzuzogen. Das mutmaßliche kryptographische Codebuch blieb bis zum Kriegsende Gegenstand intensiver, gleichwohl ergebnisloser Analysen. Der Dichter selbst hatte nicht mehr zur Aufklärung beitragen können: Er war im Internierungslager Fort Napier am Denguefieber gestorben.

Zur Rezeptionsgeschichte siehe: Matthijs J. Fugard, *On the attempts of decrypting G. Uhlig's transpositional and transdeletional poems*. Pietermaritzburg: University of Natal Press, 1992.

Dr. vet. ***Waldemar Krätzsch*** – Mentor des Fortschrittlichen Literarischen Zirkels zu Gotha

Anfangs wiederholte Krätzsch lediglich einzelne Gedichtzeilen, was von den Mitgliedern seines Zirkels als Verzückung gedeutet wurde. Zudem begründete er – unbeabsichtigt – eine gewagte Bartmode, die beim lokalen literarischen Nachwuchs kurzzeitig Zuspruch fand.

Alsbald aber mieden ihn auch die Mitglieder des Fortschrittlichen Literarischen Zirkels: In seiner Wohnung roch es von Tag zu Tag strenger, und anstatt Versfüße zu zählen, verteilte Krätzsch gelegentlich Faustschläge. Doch erst als er im durchnässten Nachthemd über den Markt flanierte, wurde Krätzsch in die geschlossene Abteilung verbracht.

Doktor Grünwald zeigte sich bei der Nekropsie hellauf begeistert, fertigte zu Lehrzwecken mehrere Hirnschnitte an.

Otto Lilienthal und ***Daidalos*** alias *Dädalus* – Flugpioniere, siehe Seite 15–16

Philipp Friedrich Alexander Fürst zu Eulenburg und Hertefeld alias *Phili* alias *Graf Troubadour* – preußischer Gutsbesitzer und Gesandter

Willy (alias *Seine Kaiserliche und Königliche Majestät Wilhelm II., von Gottes Gnaden Deutscher Kaiser und König von Preußen, Markgraf zu Brandenburg, Burggraf zu Nürnberg, Graf zu Hohenzollern, souveräner und oberster Herzog von Schlesien wie auch der Grafschaft Glatz, Großherzog vom Niederrhein und Posen, Herzog zu Sachsen, Westfalen und Engern, zu Pommern, Lüneburg, zu Holstein und Schleswig, zu Magdeburg, Bremen, Geldern, Cleve, Jülich und Berg sowie auch der Wenden und Kaschuben, zu Krossen, Lauenburg, Mecklenburg, Landgraf zu Hessen und Thüringen, Markgraf der Ober- und Niederlausitz, Prinz von Oranien, Fürst zu Rügen, zu Ostfriesland, zu Paderborn und Pyrmont, zu Halberstadt, Münster, Minden, Osnabrück, Hildesheim, zu Verden, Kammin, Fulda, Nassau und Mörs, gefürsteter Graf zu Henneberg, Graf der Mark und zu Ravensberg, zu Hohenstein, Tecklenburg und Lingen, zu Mansfeld, Sigmaringen und Veringen, Herr von Frankfurt* – a. D.) vergoss keine Träne, als er vom Tod seines einstigen Intimus erfuhr.

Oda Clothilde Bayer aka *Odine Beyer* – Bernhard Beyers Ziehtochter

Es waren Oda Bayers lobelinfarbene Pupillen, die den Kolibrischwarm anlockten. Die Vögel schwirrten vor ihrem Gesicht umher, brachten Bayer von dem schmalen Pfad zum Katarakt des Rio Iguaçu ab.

Der Rio Iguaçu spülte Bayer in den Río Paraná; in Pasadas wurde sie schließlich aus dem Wasser gezogen. Der Zustand ihres Leichnams sprach gegen eine Überführung in die Heimat – Bayer wurde in Anwesenheit des deutschen Honorarkonsuls auf dem Cementerio Municipal beigesetzt.

Hendrik Richter, der das Tagebuch seiner Tante gelesen hatte, erkannte hinter all dem ein Täuschungsmanöver des Auswärtigen Amtes: Offenbar hatte man Bayer eine neue Identität verschaffen müssen. Richter verfolgte sämtliche Nachrichten aus Südamerika, glaubte wiederholt Anzeichen für geheime Aktivitäten seiner Tante zu entdecken.

Rudolf Schmidt – Kofferträger

Da sich keine Verwandten meldeten, niemand für die Beisetzung von Schmidt aufkommen wollte oder konnte, nahm sich die Alma Mater Lipsiensis seiner an.

Am Ende des Präparierkurses wurden seine Bauch-, Brust- und Schädelhöhle wieder verschlossen, die freigelegte Skelettmuskulatur wurde säuberlich verborgen – auch das Nähen menschlicher Haut war eine unerlässliche Übung. Gemäß den Gepflogenheiten der Medizinischen Fakultät versammelten sich alle beteiligten Studenten bei seiner Beisetzung und stießen beim anschließenden Umtrunk auf Schmidt an.

Eduard Scheffel – Chauffeur; Beyerscher Dienstbote

Maria stand noch eine Weile mit nackten Brüsten und entblößtem Geschlecht vor dem Bett ihres Untermieters, das Kleid zu den Knöcheln hinabgerutscht. Als das Türband quietschte, wandte sie sich erschrocken um und strauchelte.

Wie, fragte sie am Abend ihre noch immer fassungslose Tochter, hätte sie einem Sterbenden den letzten Wunsch abschlagen können?

Arnold Wendelin Brock – Assistenzarzt

Im Alter von 63 Jahren monierte Arnold Brock, sein *Handbuch zur vorgeburtlichen Veredlung des Volkskörpers* sei der konservativen Gebärfreude seiner Frau zum Opfer gefallen. Selten reife der Weltgeist in einem Tempo, welches dem Vordenker eine Ernte vergönne. Er aber habe im Vorfeld einer günstig gestimmten Epoche nicht zu säen vermocht, weil er für neun hungrige Mäuler zu sorgen hatte und deshalb all seine Zeit im Operationssaal opfern musste. Zwar habe er es auf diese Weise im Krankenhaus weit gebracht – diese unsere Welt aber wäre heute bereits eine bessere, hätte er sich seinerzeit an den Schreibtisch setzen können.

Jahre später gestand Ida Brock ihrer Enkeltochter Klara: Gerade heuer danke sie dem Herrgott täglich, dass der Arno ein tüchtiger Oberarzt und niemals Autor eines Standardwerkes geworden sei.

Hildegard Keil – Hebamme

Obwohl Hildegard Keil 11 643 Menschen auf die Welt geholfen hatte, standen lediglich vier müde Sargträger und Pfarrer Bäumer an ihrem Grab.

Bettina und ***Rotraut Gründel*** – Doktor Brocks Fallbeispiel

An Stelle der Nase hatte das Mädchen einen Rüssel. Ihre Ohren waren riesig, der Kopf fleckig und schlaff wie ein alter Fußball, ebenso ihr Brustkorb. Achtunddreißig Stunden nach der Geburt versagten sämtliche lebenswichtigen Organe auf einmal.

Kunjarugiri Maahir – Elefantenführer, siehe Seite 17

Eleonore Heckscher, geschiedene *Leudoldt* und *Koldewitz* – Theodor Leudoldts erste Gattin

Am 25. September 1940 wollten Eleonore Heckscher und ihre Tochter mit einer alten *Hanriot* im Nachtflug über die spanische Grenze gelangen. Beim Start wurde der Doppeldecker von einer Seitenböe erfasst. Die Maschine kippte und kam kopfüber auf dem Acker zum Liegen. Eleonore Heckscher erlag sofort ihren Schädelverletzungen, und die gequetschte Lunge ihrer Tochter kollabierte – die Reanimation scheiterte. Der Doppeldecker wurde umgehend wieder instand gesetzt.

Gustav Heckscher und ***Esther Heckscher*** née *Dornbosch* – Eleonore Heckschers Eltern

Als der greise Gustav Heckscher nachts um halb eins nach

einem Kaffee klingelte, brauchte Isolde Mayer vier Minuten, um sich anzukleiden; weitere sechs Minuten, um Wasser zu kochen, Kaffee zu mahlen, die Kanne heiß auszuspülen, um Geschirr, Zucker, Sahne und Gebäck auf das Tablett zu stellen; und noch einmal anderthalb Minuten, um von der Küche nach oben in das Schlafzimmer des Hausherrn zu gelangen. Sie hatte also lediglich fünfeinhalb Minuten länger als tagsüber für ihren Auftrag benötigt und war Eleonore Koldewitz deshalb dankbar, dass diese nun den Kaffee trank: Gustav Heckschers Wunsch war bereits vier Minuten zuvor hinfällig geworden.

Helmut Klagau – Schriftsetzer

Der umtriebige Nationalsozialist Klagau war der Meinung, dass er auch als Sozialdemokrat eine überzeugende Figur abgab. Der sowjetische Stadtkommandeur sah das anders. Das Fachpersonal des NKWD-Speziallagers Mühlberg stufte Klagau als renitent, aber arbeitsfähig ein, überwies ihn in ein Besserungslager.

Klagau, der im Krieg bereits zu alt für die regulären Einheiten gewesen war, fand sich nun doch noch in einer wattierten Wehrmachtsuniform wieder, auf die der Sparsamkeit halber zurückgegriffen wurde. Die verheizten Zugbänke hielten ihn während der Fahrt durch die sibirischen Weiten am Leben. Das Arbeitspensum unter Tage ertrug sein von Darmkatarrh geplagter Körper nicht lang genug: Klagau verstarb ohne Anzeichen von Besserung.

Johann Starrenberg – Direktor der Versicherungsfiliale Leipzig

Starrenberg hatte das Gros seiner Rente in Kriegsanleihen gesteckt, jedoch versäumt, sich selbst mit Munition einzudecken: Seine *Parabellum* war ihm deshalb von keinerlei Nutzen, als die Regierung Cuno die Geldpressen heißlaufen ließ und auf diese Weise auch Starrenberg endgültig ruinierte.

Nachdem er sich von seinen letzten Rücklagen – einem Koffer voll Notgeldscheine – ein Œil de bœuf mit Klarem genehmigt hatte, sprang er am 5. September 1923 von der Zeppelin-Brücke. Aufgrund des niedrigen Wasserstandes brachen dabei sein Bein und seine Holzprothese. Nach einer halben Stunde wurde Starrenberg aus dem kalten Schlamm gezogen. Als der Knochenbruch geschient war, brachten ihn zwei Diakonissen in eine Obdachlosenunterkunft. Er fieberte.

Am übernächsten Morgen wurde er auf den Nordfriedhof gekarrt.

Karl Murzik – Gothaer Barrierenwärter

Murzik aß für sein Leben gern Hackepeter. Mindestens einmal pro Woche kaufte er sich 200 Gramm rohes Hackfleisch vom Schwein.

Sobald seine Frau Dora nach Hause kam, ließ sie das Hackfleisch vom Papier in eine Schüssel gleiten. Dann schälte sie eine Zwiebel und hackte diese in feine Stücke. Sie ließ ein Ei aus und verquirlte es mit einer Prise Salz und etwas Pfeffer, bevor sie es mit einer Hälfte der Zwiebelstückchen und mit Kümmel unter die Fleischmasse mischte. Murzik, der jeden Arbeitsschritt von seinem Stuhl aus überwachte, griff nun schräg hinter sich und holte das Brotmesser aus der Schublade. Er schnitt zwei kräftige Scheiben ab, die er erst halbierte, nachdem Dora den Hackepeter darauf verteilt und die restlichen Zwiebelstücken daraufgestreut hatte.

Den Bandwurmfinnen, die sich eines Tages – via Zwerchfell und Kehlkopf – auf den Weg in Murziks Gehirn machten, waren Gedanken über zusätzliche Zutaten und Gewürze fremd.

Carl Eduard Tölpert – Ballonfahrer und Vizesekretär der Concordia Aeronautica Gothais

Da Tölpert bei einem Badeunfall ums Leben gekommen war, entbrannte in der Concordia Aeronautica Gothais ein erbitterter Streit darüber, ob ihm ein Ehrentrauerzug mit Lenkballon zustehe.

Der Vereinsvorsitzende organisierte letztlich eine knappe

Mehrheit für die aeronautische Würdigung seines langjährigen Weggefährten. – Die unterlegene Fraktion wiederum wusste das rechtzeitige Eintreffen des Lenkballons über dem Grab durch unsachgemäße Handhabung der Befüllungsanlage zu verhindern.

Eugen Rabenstein – Versicherungsangestellter im Fachbereich *Z*

Im Jahr der Annexionskrise (1908) überzeugte ihn seine Verlobte, Dorothea Hunsicker, Mitglied der Gothaer Sektion der Friedensgesellschaft zu werden. Den Ausbruch des Balkankrieges deuteten beide als Ausdruck der Fruchtlosigkeit ihres vierjährigen Engagements – schien es doch nunmehr nur noch eine Frage von Tagen, bis der Schlachteneifer auf ganz Europa übergreifen würde. An diesem Punkt brachte Dorothea die Neue Welt ins Gespräch: Dorthin habe es bereits ihren mennonitischen Großonkel verschlagen.

Wenige Wochen vor Ausbruch des Großen Krieges № 1 ließ sich das Ehepaar in einer deutschen Siedlung am Ufer des Río Negro nieder. Die Alteingesessenen hielten am Wortschatz aus Zeiten des Vormärzes fest und feierten unter den südlichen Sternen nordische Feste; die Einrichtung einer lokalen Versicherungsfiliale hielten sie für abwegig. Rabenstein, der sich für die Landwirtschaft wenig eignete, besorgte für den Schultheiß die Abschrift verwesender Dokumente und unterrichtete an der Volksschule Rechnen. Eine im Katheder schlummernde Schlange brachte mehr Abwechslung, als seine Schüler erhofft hatten.

Sechs Jahre später erreichten mehrere als Verpackung dienende Zeitungen die Siedlung. Dorothea – inzwischen wiederverheiratete Martens – verlas an Rabensteins Grab einen Artikel, der von der Gründung des Völkerbundes und vom *Ende aller Kriege* berichtete.

John van Vliet – amerikanischer Grand-Tourist

Am Morgen des 7. September 1918 hatte er noch Gymnastik gemacht und beim Frühstück über den Zeitungsrand hinweg

Scherze und Komplimente gestreut. Kaum erreichte van Vliet sein Büro, brach das Fieber los. Die Kopfschmerzen und der Schüttelfrost waren so heftig, dass er sich von seiner Sekretärin Mary widerstandslos in ein Taxi bugsieren ließ. Nach einem Hustenschwall war sein Taschentuch, nach weiteren Auswürfen auch sein Hemdkragen blutig. Der Taxifahrer änderte eigenmächtig die Route – was van Vliet nicht bemerkte, obwohl er am heruntergekurbelten Fenster nach Luft schnappte. Am Boston City Hospital angekommen, hievten die Pfleger seine Leiche aus dem Wagen.

Für seine Töchter Josy van Vliet und Linda Anderson sowie für Mary Anderson und den Taxifahrer Peter Swille fand sich am Ende der Woche bereits kein Platz mehr im Leichenhaus.

Henry Ford – Rennfahrer, Industriepionier und Publizist

- Henry Ford zahlte seinen Angestellten ein überdurchschnittliches Gehalt – auf dass diese recht bald seine Automobile kaufen und ihm das Geld auf diesem Weg zurückbringen würden.
- Acht Jahre lang gab Ford antisemitische Pamphlete heraus – danach verfasste er offene Briefe gegen judenfeindliche Hetze.
- 1915 charterte Ford ein Schiff für sich und 170 Pazifisten, um das Große Gemetzel in Europa zu beenden. – Für das nächste Große Gemetzel versorgte er die Wehrmacht mit Kettenfahrzeugen und die US Air Force mit Bombern.

Obwohl ein Geist seiner Zeit, fing niemand seinen letzten Atem in einem Reagenzglas ein.

Roderick Porter – Schaffner

Wie so oft saß Porter im Traum als Schwarzfahrer in einem Waggon der ersten Klasse. Diesmal allerdings hatte er Helfer: Sogar seine selige Mutter war unter den Damen, die sich in seinem Zugabteil einfanden und mit ihrem Gepäck den Gang blockierten. Als sich der große dicke Schaffner schließlich zu Porter durchgedrängt hatte und nach dem Fahrausweis fragte, brach Porter in ein unbändiges Gelächter aus.

Mangels Sauerstoffzufuhr erloschen die Erregungspotentiale in Porters Synapsen, weshalb sich die eleganten Damen, der große dicke Schaffner und das Zugabteil in nichts auflösten. Draußen auf dem Flur schlug Nachtschwester Angélique mehrere Kreuze, als das Kichern im Krankensaal verstummt war.

Andrew Cleave – Hotelboy

Folgende Umstände verkürzten die Zeit bis zu seinem Leberkoma: Cleave hatte als Kind nicht nur Gelbsucht, sondern auch Vorbilder gehabt. Von Jugendtagen an verkehrte er regelmäßig mit John Barleycorn. Und obwohl ihm die Wirte immer wieder Kredit gewährten, musste er nach jeder Entlassung zu noch schlimmerem Fusel wechseln.

Andrew Griffith – ortskundiger Ingenieur

Griffiths viel zu milde, lediglich zweijährige Haftstrafe wurde von einem Bazillenstamm auf ein sechswöchiges *Lebenslang* korrigiert.

Staatsanwalt Hayne Tamperton sah darin einen Akt göttlicher Gerechtigkeit – und kam bei seinen Kollegen in Verruf, weil er seine Plädoyers nunmehr verstärkt auf seinen wichtigsten Zuhörer zuschnitt, wobei er wiederholt wichtige Rechtsgrundsätze außer Acht ließ.

Dr. med. ***Jacques Crubellier*** – Arzt

Crubellier inspizierte seit 1946 medizinische Einrichtungen in den französischen Kolonien und Überseegebieten und hatte dabei ein besonderes Gespür für Missstände entwickelt, die sich unter polierten Oberflächen und hinter warmen Begrüßungsworten verbargen.

Diesem Gespür nicht vertrauend – die Aviatik war schließlich nicht sein Fachgebiet –, bestieg er am 31. Juli 1948 in Fort-de-France ein Flugboot.

Abb.: Noch liegt das Fluggerät (Latécoère 631) sicher auf Reede.

Boris Arville – Fahrkartenverkäufer

Als Gedächtnisstütze für seine spätere Arbeit an den Regimentsannalen – das XVII. Infanterieregiment hatte sich bereits in der Dreikaiserschlacht, bei Auerstedt und vor Moskau geschlagen, und all seine Vorgänger hatten auf dem Papier brilliert – notierte Colonel Brue am 25. August 1914 in seiner Kladde: »Grauenvolle Nacht, welche, trotz numerischer Unterlegenheit, dank unserer moralischen Überlegenheit mit vollem Erfolg überstanden wird.«

Mathieu Morau alias *Jean-Paul Jérôme de Keelque-Paard* alias *Victor* – Theodor Leudoldts Französischlehrer

Morau, der mit seinem mutmaßlich blauen Blut einige beachtliche Erfolge erzielt hatte, nahm es überraschend gelassen auf, als ihm Facharzt Chivrow die Diagnose unterbreitete, dass er zweifellos am *Weißen Blut* leide.

Charles Louis Napoléon Bonaparte alias *Napoleon III.* – Präsident und zweiter Kaiser von Frankreich, Publizist und Hobbyhistoriker

Nach einer Blasensteinentfernung gedachte Bonaparte, die Macht jenseits des Kanals wieder an sich zu reißen und, abermals, Frankreichs Größe und Ehre wiederherzustellen.

Als sein Arzt ihm für eine zweite Nachoperation, abermals, Chloroform verabreichte, versagte das Herz des letzten Kaisers.

Otto Eduard Leopold von Bismarck-Schönhausen alias *Eiserner Kanzler* aka *Count of Ferroll* – Ministerpräsident von Preußen und Reichskanzler des Deutschen Kaiserreichs

Bevor er sich der Politik verschrieb, studierte von Bismarck-Schönhausen nachlässig und zeigte sich im Staatsdienst äußerst lax. Er verreiste gern, durchzechte die Nächte, häufte beim Glücksspiel hohe Schuldenberge auf und verstrickte sich kopfüber und querbeet in allerlei Liebesaffären.

»Dieses Dasein war«, schrieb sein Biograph Erich Marcks insofern richtig, »für sein Volk so umfassend bedeutungsreich, dass an ihm alles, soweit es nur Leben hat, historisch wertvoll ist.«

Jules-Gabriel Verne – Möchtegern-Matrose, Librettist und Romancier

Der marmorne Mann, der aus Vernes Grab ins Freie bricht, scheint vor urzeitlichen Kreaturen des Erdinneren zu fliehen. Sein Rücken hält die aufgesprengte Grabplatte, und seine linke Hand stützt sich auf den Grabrand – mit der rechten greift er unermüdlich nach den Sternen.

Henri Linhaus – Eleonore Heckschers Stiefkreuzcousin

Linhaus liebte die Jagd nicht. Dennoch ließ er jedes Jahr im Herbst den Hund und die Flinten in den Wagen bringen und fuhr hinaus zum Landgut seiner Familie. So auch 1931.

Nach ein paar väterlichen Ratschlägen, Rügen und Schüssen warf Linhaus seine Flinte wieder auf den Rücksitz und fuhr zurück nach Haus. Da er seine knopfäugige Gattin noch weniger liebte als die Jagd, gönnte er sich einen weiten Umweg entlang der Kanäle und Flüsse. Von auffliegenden Möwen erregt, sprang sein Hund zum Seitenfenster, wobei sich ein Schuss aus der gedankenlos abgelegten Flinte löste. Die Kugel durchschlug den Fahrersitz und folglich Linhaus' Mittelbauch.

Ernst Wilhelm Köhler – Mitglied des Vereins zur Förderung des Eisenbahnwesens

Güterzüge und grüne Klöße waren lange Zeit seine großen Leidenschaften. Als in Gotha eine Luftschiffhalle errichtet wurde, war Köhler unter den Spöttern. Dass die Gothaer Waggonfabrik damit begann, Flugzeuge zu fertigen, stimmte ihn durchaus nachdenklich – viel mehr noch, dass sein Schwiegersohn, ein Spezialist der Eisenbahnbrigade, im Feuer eines britischen Fliegers fiel. Nachdem die zweimotorigen *Gothas* Bomben bis über den Ärmelkanal getragen hatten, kündigte Köhler seine Mitgliedschaft im Verein zur Förderung des Eisenbahnwesens auf – fand jedoch weder beim Gothaer Luftfahrtverein noch bei der Concordia Aeronautica Gothais Freunde. Zu allem Übel stand es infolge der Kriegswirtschaft schlecht mit grünen Klößen: Köhler starb in trostloser Stimmung.

Flora McKinnon Drummond née *Gibson* aka *The Suffragette General* – britische Bekannte Eleonore Leudoldts; Mitglied der Women's Social and Political Union

Einen Imperial Inch (2,54cm) zu klein für den Postdienst, schlüpfte die Drummond in eine selbstgeschneiderte Uniform und schwang sich auf ein Ross – besagter *Inch* wohl die kleinste Ungerechtigkeit, gegen die sie anritt. Nach einigen mühselig erstrittenen Gesetzesänderungen stand es 1949 bereits ein wenig besser um die *Frauenfrage*. Nichtsdestotrotz wurde Flora Drummonds Begräbnis zu keiner jener selbstbewussten Demonstrationen der Frauenbewegung, die sie einst organisiert hatte.

Joseph Michel & ***Jacques Étienne Montgolfier***, ***Ente***, ***Hahn*** und ***Hammel***, ***François Laurent Marquis d'Arlandes*** und ***Jean-François Pilâtre de Rozier*** – Luftfahrtpioniere, siehe Seite 27

Ludwig XVI. August von Frankreich alias *Bürger Louis Capet* – König von Frankreich, später Bürger der Republik Frankreich

Charles-Henri Sanson, der Henker von Paris, kam am 21. Januar 1793 mit Verspätung zur Arbeit. Er war, aus Sorge vor Anschlägen, auf Umwegen zur Place de la Révolution gefahren.

Dr. phil. ***Emanuel Lasker*** – Schachlehrer und Schachmeister, Dramatiker, Mathematiker, Philosoph und Spieleerfinder

Als Theodor Leudoldt vom Tod seines einstigen Idols hörte, holte er – das erste Mal seit Jahren – den Schachautomaten aus dem stählernen Rolltürschrank. Er hatte diesen Prototyp mit Hilfe eines Steuerungstechnikers der Heeresversuchsanstalt projektiert und unter Aufsicht seines Privatassistenten von einem Uhrmacher bauen lassen. Allein das Diktat der Kriegswirtschaft verhinderte, dass der Automat Serienreife erreichte.

Theodor stellte den Drehregler für Schwarz auf den Charakter des einstigen Weltmeisters: Jener überraschte ihn mit einer *Levenfish*-Attacke und wusste sich dem Angriffshebel gegen seine Rochadestellung geschickt zu entziehen. Während Theodor bald nur noch versuchte, Lasker ein Remis abzuringen, führte dieser im Endspiel einen höchst unangenehmen Bauernaufmarsch gegen den weißen Königsflügel. Schwarz hätte das Spiel vermutlich für sich entschieden, wenn Weiß nicht von einem Fliegeralarm zum Abräumen der Partie gezwungen worden wäre.

Der filigrane Prototyp überdauerte den Krieg dank Theodors Tochter. In deren Gepäck gelangte er in die Alpen und schließlich nach Amerika. Entsprechend ihrer testamentarischen Verfügung wurde der Schachautomat nach Ursula Leudoldts Tod zurück nach Berlin verbracht und dem Museum für Verkehr und Technik übereignet.

Hermann Kleinschmidt – Mitglied des Leipziger Herrenschachklubs

Mehrere Stunden lang ließen sich die Klubmitglieder vom Eindruck täuschen, der kurzsichtige Kleinschmidt sei in seine allabendliche Zeitungslektüre vertieft.

Rudyard Winston Swainburn – Erster Offizier, später Kapitän der *Albion*

Im Weltkrieg № 2 wurde der Luxusdampfer *Albion* zum Truppentransporter. Eine frisch ausgehobene Spezialeinheit der britischen Marine verpasste der *Albion* einen derart täuschenden Tarnanstrich, dass sie innerhalb einer Woche von Hunderten Möwen und zwei Fischkuttern gerammt wurde. Als das aufgetaucht fahrende britische U-Boot *P238* die *Albion* am 26. November 1944 wie eine Konservendose aufschlitzte, versank Swainburn mit seinem Dampfer.

Arnaud Malveux – Portier im *Athénée*

Wann immer er durch sein Viertel spazierte oder zu einem der Eckläden ging, folgte ihm eine Horde Kinder – wobei geheime Signale ad hoc darüber entschieden, wer sich als Schaffner, als Heizer oder als Passagier in den Zug einreihte. Auch Erwachsene zeigten sich von seinem Keuchen beeindruckt: Mme. Landru wäre, als sie gerade neu in der № 134 eingezogen war, beinah aus dem Fenster gesprungen, da sie meinte, eine verunglückte Dampflokomotive dringe durch den Hinterhof ins Treppenhaus.

Die stethoskopische Apparatur, die Doktor Dinteville ersonnen hatte, um dieses Spektakel eines menschlichen Atemorgans auf eine Schallplatte zu schneiden, war noch nicht fertiggestellt, als Malveux zum letzten Mal in den Bahnhof einfuhr.

Gérald Repeque – Pariser Droschkenkutscher

Nachdem er an einem eisig klaren Herbsttag ein Flitterwochenpaar vier Stunden lang in einem amourösen Rundkorso die Avenue des Champs-Elysées hinauf- und hinabkutschiert hatte, spürte Repeque ein übles Ziehen in allen Gliedern. Das üppige Trinkgeld investierte er deshalb unverzüglich in Kurmaßnahmen – wobei *Rémy Martin* die zentrale Rolle zukam und, dummerweise, am Ende Repeques Mantel in der Kellerkneipe zurückblieb.

Obwohl sein Gaul den Heimweg kannte, verbrachte Repeque

abermals länger auf dem Kutschbock, als ihm bekam: Fünfzehn Tage später hatte ihn die Lungenentzündung dahingerafft.

Harriet Quimby – Flugpionierin

In ihrem letzten Interview erklärte Quimby, sie sei eine Katze und möge kein Wasser – ihr neuer Eindecker könne aber gut und gerne zwei Stunden lang schwimmen.

Da sie keinen Sicherheitsgurt trug, wurde die Pilotin bei einem Rundflug aus ihrer *Blériot* geschleudert und stürzte in die Dorchester Bay. Mangels zusätzlicher Katzenleben fand sie im flachen Meerwasser den Tod. Bis die herbeigeeilten Skipper ihren Leichnam an Land gebracht hatten, war die Sonne untergegangen, und die Flut überspülte das Flugzeugwrack, das sich tief in den Wattschlick gebohrt hatte.

Hanno Richter – Bernhard Beyers Neffe

Der stellvertretende Referatsleiter Richter inspizierte gerade eine von den Ermittlern der Sonderkommission *Reiher* enttarnte Geheimdruckerei, als eine Sprengfalle explodierte.

Um den Skandal bei der Aufbahrung zu vermeiden, ordnete Amtsleiter Müller an, den Leichnam umgehend einzuäschern: Die von der Druckwelle emporgeschleuderten Lettern hatten auf Richters Gesicht eine unmissverständliche Botschaft hinterlassen.

Ecke – Oda Bayers Hund

Als Ecke spurlos verschwand, geriet der Rüde Vindalf unter Verdacht. Noch am Nachmittag hatte die Dänische Dogge des Kommerzienrates mit Oda Bayers kleinwüchsigem Zwergspaniel gespielt und musste nun eine peinliche Visitation über sich ergehen lassen.

Nachdem auch die mehrtägige Kontrolle seines Kots – bei der Beyers Gärtner nach Eckes silberner Halskette gefahndet hatte – ergebnislos geblieben war, galt Vindalf als rehabilitiert.

Georg Schädlich – Bahnbeamter

Aufgrund vager Ähnlichkeit mit dem revolutionären Kommunisten Max Levien wurde Schädlich im April 1919 von Freikorps-Soldaten festgenommen. Er verstarb infolge schwerer Misshandlungen und wurde in einer Baugrube verscharrt.

Levien hingegen glückte es, via Wien nach Moskau zu gelangen und sich von sowjetischen Kommunisten hinrichten zu lassen.

Carl Friedrich May alias *Karl May* alias *Prinz Muhamêl Lautréaumont, Capitain Ramon Diaz de la Escosura, Ernst von Linden, Emma Pollmer* – Kleinkrimineller und Bestsellerautor

»Wir können nicht nur, sondern wir sollen, ja, wir müssen fliegen, wenn wir die Aufgaben dieses Jahrhunderts erfüllen, die Rätsel der Zukunft lösen wollen. [...] Aber ich meine hier weniger den körperlichen als den seelischen Flug ...«

Acht Tage nach seinem bejubelten Vortrag *Empor ins Reich der Edelmenschen* kamen Mays volkspädagogische Anstrengungen zur Veredelung der Menschheit zu einem abrupten Ende. – Abermals hatte er sich in eine Region aufgemacht, über die er zuvor schon oft geschrieben, die er aber noch nie betreten hatte.

Prof. ***Ernst Heinrich Philipp August Haeckel*** alias *Affen-Professor* und Prof. ***Leopold von Ranke*** – Evolutionsbiologe, Illustrator und Gegenpapst (1); Historiker, Herausgeber und Wirklicher Geheimer Rat (2)

Im Alter von 85 Jahren nahm der erblindete von Ranke die Arbeit an seiner *Weltgeschichte* – beginnend mit der ältesten historischen Völkergruppe – in Angriff. Beim Diktat zum 12. Jahrhundert wurde er jäh unterbrochen. Obwohl seine Assistenten das Vorhaben, *bloß zu zeigen, wie es eigentlich gewesen sei*, mit Hilfe seiner Notizen noch weiter vorantrieben, blieb die Weltgeschichte letzten Endes im 15. Jahrhundert stecken.

Siehe auch: Ricarda Khijan und Paul Feyerabend, *Finis prae-*

cox – Das vorzeitige Ende der Geschichte, Zürich: Malina Tzara Verlag, 1983.

Clara Queißer – Theodor Leudoldts Kindermädchen, siehe Seite 213: Rosmarie Queißer

Karl Friedrich Riedhain – Josef Leudoldts Kollege bei der Versicherung

Der Großbaum schlug herum und traf Riedhain hart am Hinterkopf. Ohnmächtig über Bord gegangen, sank er in die Tiefe und wurde vom Jütlandstrom erfasst. Nach einem widerlichen Intermezzo an der Wasseroberfläche brachte ihn der norwegische Strom weit hinaus auf den Atlantik. Riedhain kam mit durchschnittlich 1,8 km/h voran, das kühle Tiefenwasser hielt ihn frisch. Im nordatlantischen Strom trieb er über die Dänemarkstraße – immer tiefer, tiefer, tiefer und dann auf unstetem Weg gen Süden. Im Frühjahr 2956 erreichte er die Antarktis.

Karl Friedrich Markwarth – Direktor der Versicherung

Eine Autoimmunreaktion führte zum jähen Versagen seiner Nieren – woraufhin sich die Harnsubstanzen im Blut konzentrierten, Herz und Nervensystem schädigten. Fünf Tage lang lag Markwarth im Koma, dann verstarb er an multiplem Organversagen.

Sein Enkelsohn Fabian, bei dem sich 52 Jahre später die gleichen Symptome zeigten, überlebte dank Dialyse. Er wurde allerdings wenig später in eine psychiatrische Klinik eingewiesen: Nicht nur das Immunsystem wandte sich gegen seinen Körper.

Erich Thiele und ***Ferdinand Adolf Heinrich August Graf von Zeppelin*** – Luftfahrtpioniere

Der Alte schuf gewaltige Luftschiffe, schuf sie nach dem Ebenbild seiner Zigarre und nach den Patenten von David

Schwarz. Und weil der Alte sah, dass es gut war, taufte er sie auf seinen eigenen Familiennamen.

Als aber sein viertes und fünftes Luftschiff zerschellten, spendete das Volk und kaufte Lotterielose, auf dass der Alte vom Bodensee neue Starrluftschiffe erschaffe. Und so schuf er weitere Luftschiffe – mit denen Könige, Kaufleute und Künstler reisten und aus denen sich bequem Bomben abwerfen ließen. Noch nach seinem Tod befuhren sie den Himmel der Alten und der Neuen Welt.

Nachdem aber *Zeppelin № 129* brennend vor einer Kamera abgestürzt war, vertraute niemand mehr diesen Dinosauriern der Lüfte, weshalb sie letztlich zu fliegenden Litfaßsäulen verkamen.

Dr. jur. ***Friedrich Steudel*** – Versicherungsjustitiar

Dass gerade Steudel sich um die Scheidungssache der Agnes Hüber kümmerte, erzürnte Reserveleutnant Friedrich Hüber. Dass Steudel sich nicht mit ihm schießen, sondern – auf Grundlage des Verbotes von Zweikämpfen mit tödlichen Waffen – Anzeige gegen ihn erstatten wollte, brachte Stüber in Rage. Er rammte Steudel seinen Spazierstock durch die linke Augenhöhle ins Gehirn.

Richter Largau sah sich durch diesen Kasus in einem Dilemma: Auf der einen Seite hatte er bereits zwei ähnliche Fälle als tätliche Angriffe ohne Tötungsabsicht behandelt und hielt die stringente Gleichbehandlung identischer Fälle für obligatorisch. Andererseits lag hier gewissermaßen ein Einbruch der Exekutive in die Judikative vor.

Dr. med. ***Alfons Windisch*** – Chirurg

Seine saloppe Haltung in Sachen Sterilität wendete sich nach vierzehnjähriger Berufspraxis schließlich gegen ihn selbst – oder, wie es sein Kollege Dr. Ludwig Schwarzer ausdrückte: »Der Name der Kokken war Legion, unzählige bezwangen diesen Menschen.«

Adelheid Helbrich alias *Fräulein Isodora* – Sexualdienstleisterin

Sie stieß ihren letzten Atemzug mit einem leisen Seufzer aus. Hätte sie diesen hören können, wären ihr mehrere designierte Gatten in den Sinn gekommen, die sie einst ihrer Unschuld entlastet hatte. Sobald jene, nach einem solchen Seufzer voll verhaltenem Erschrecken und befremdeter Erleichterung, mit der Nase voran ins Kissen oder an ihre Schulter gesunken waren, hatte sie ihnen versichert, dass es vollbracht sei – und den Rest mit größter Zartfühligkeit arrangiert.

Dr. med. ***Ernst Rudolph Dösch*** – Stabsarzt

Bei einer Selbstuntersuchung entdeckte Dösch, dass sein Lungenödem mittlerweile mustergültig ausgeprägt war und ein sensationelles Klangspektrum bot. Stabsarzt Rothenwalde bestätigte diese Diagnose und unterstützte das selbstlose Ansinnen seines Amtsvorgängers, den letzten Satz dieser *Wassermusik* einem breiteren, medizinisch interessierten Publikum zugänglich zu machen. In den Morgenstunden wurden Studentengruppen an Döschs Bett geordert. Nach Mittag durften ausschließlich Assistenzärzte das Stethoskop anlegen, und am Abend kam noch eine kecke Schwesternschülerin in den Genuss. Das große Finale *(Grave morendo)* blieb aufgrund ungünstiger Terminierung ohne Zuhörerschaft.

Adolf Röder – Gemusterter, siehe Seite 229: Erich F. W. Ludendorff

Carl Georg Bayer – Oda Bayers Vater, siehe Seite 39–40

Wilhelm Friedrich Ludwig von Preußen alias *Schlächtermeister Prinz von Preußen* alias *Wilhelm I.* – preußischer König und deutscher Kaiser

Er überlebte den beißenden Spott der Berliner (1848), einen unsäglichen Titel (1871) und vier Attentate (1861, 1878, 1883). Er verstarb im Alter von 91 Jahren nach kurzer Krankheit.

Die Pickelhaubenmode, die ihm beim zweiten Anschlag anno 1878 das Leben rettete, sollte seinem Enkel Wilhelm letztendlich den Thron kosten.

Friedrich Lubinski – Hochzeitsgast

Die Witwe weinte Lubinski keine Träne nach, verbat sich Beileidsbekundungen. Ihr Mann, betete sie wiederholt hervor, hätte fürwahr ein erfülltes Leben hinter sich bringen können.

Hermine Zsófia Starrenberg née *Ujváry* – Johann Starrenbergs Frau

Die ersten beiden Tage nach der Operation fühlte sich Starrenberg gut. Dann begannen die Keime, die während der Operation Zugang zum Wirbelkanal ihrer Lendenwirbelsäule gefunden hatten, sich bemerkbar zu machen.

Rosmarie Queißer – Schwester von Theodor Leudoldts Kindermädchen

Queißer klagte über heftige Leibschmerzen und Atemnot, fiel ins Koma, ehe der Arzt eintraf.

Auf einem losen Zettel notierte sich Doktor Paselow ihre Daten – als Todesursache *diabetische Ketoazidose* und, zwischen zwei Fragezeichen: *familiäre Prädisposition.* Sollten Verwandte der Verstorbenen ausfindig gemacht werden, würde er diesen eine Vorsorgeuntersuchung anempfehlen – da es, unbehandelt, auch bei ihnen zu derart fatalen Entgleisungen des Stoffwechsels kommen könnte. Die Notiz verlor sich rasch zwischen Paselows schlecht sortierten Unterlagen.

Paul Glauber und ***Richard Weinberg*** – Laufbursche (1) und Sekretär (2) der Versicherungsfiliale Leipzig

Das Wasser, das sich Reservist Weinberg im abgeschnittenen Schützengraben mit einer Rattenfamilie teilen musste, war unheilvoller als die australische Artillerie. Die Leptospiren hatten genügend Zeit, seine Leber, Niere und Nerven zu befallen.

Sein Leichnam wurde im Unterstand verschüttet; die erste Nachkriegsernte profitierte von der Dekomposition.

Helmuth Carl Bernhard Graf von Moltke – preußischer Generalstabschef und Politiker

Eine Asthmaattacke hatte ihn vom Whist und seiner abendlichen Zigarre abgebracht. Sein Freund Dreßler überspielte das Keuchen mit Mozart. Als sich die Hausmusikfreunde wieder dem Alten zuwandten, fanden sie ihn ohnmächtig im Sessel. Sie trugen ihn ins Schlafzimmer und überlegten sich, während er seine letzten rasselnden Atemzüge machte, eine angemessene Anekdote zum Tod des Feldmarschalls.

Oldrich Kupka – Kriegsinvalide, Feuerwehrmann

Beim Löschen eines elektrischen Schmorbrandes in Reichenberg (Liberec) wurde der halbseitig blinde Rettungsmann auch noch dextrolateral von einem herabstürzenden Scheit geblendet. Er fand den Ausgang aus der Strumpffabrik nicht mehr.

Frederik Willem Zandbeek und ***Joost Vanhaesebrouck*** – Ballonisten

In Rekordhöhe tiefgefroren, trieben die toten Ballonisten mit ihrem Lenkballon bis in arktische Breiten. Obwohl ungesteuert, landete ihr Fahrzeug sanft auf dem Eis und wurde bald von Neuschnee begraben. Zweihundert Jahre später kalbte die polare Eiskappe eine gewaltige Scholle, und die Ballonisten gingen mit ihr auf eine letzte Fahrt.

Maarten van de Anckel – Schriftführer der Haager Vereinssektion der Zuid-Hollandse Hoogtevaart Soos

Seine Tochter war fest überzeugt, dass van de Anckel gar nicht gestorben, sondern in ein anderes Leben übergegangen sei: Wiederholt habe der greise Vater in seinen Briefen berichtet, er fühle sich jeden Abend, als erwache er frisch und munter in einen neuen Tag, indes der Wecker ihn am Morgen unbarmherzig in einen Schlaf voller Alpträume reiße.

Cornelis Riedijk alias *Cees* – Hobbyphotograph
Die Brille – hoch ins Haar geschoben – unauffindbar, der Griff ins Medizinschränkchen unglücklich.

»Och Cees«, sagte seine langjährige Lebensgefährtin Lisa. Sie kümmerte sich danach noch viereinhalb Jahre um seine Katze und sichtete all seine Photos. Die Ausstellung *De ingrijpende veranderingen binnen onze wijk*, die sie noch kurz vor ihrem Ableben mit einem städtischen Bibliothekar vorbereitet hatte, erfreute sich regen Zuspruchs.

Elise Roche alias *Baronin Raymonde de Laroche* alias *№ 36* – Ballonistin, Chauffeuse, Rekordpilotin, Schauspielerin
Roche wollte es nicht dabei belassen, lediglich als die weltweit erste Frau mit Pilotenschein in die Geschichte einzugehen. Sie wollte eine renommierte Testpilotin werden.

Philip Lagrou – Passagier der *Albion*
Als der Viehwaggon anfuhr, kam Lagrou unter haltlos stürzende Mitinsassen zu liegen. Er spürte, wie seine gebrochene Rippe nach innen gedrückt wurde und tief in den rechten Lungenflügel stieß. Lagrou brachte nur ein Röcheln hervor – und lächelte doch:

Er wähnte sich unvermittelt im Stadthaus seiner Eltern, auf dem obersten Absatz der Treppe, die er so oft und stets unter den achtsamen Augen von Madame Arañas hinab- und hinaufgestiegen war. Er hörte das Rascheln ihres gefütterten Morgenrocks und das leise Rattern der Modelleisenbahn im zweiten Stock; es war ganz offensichtlich Winter. Der geäderte Marmor der Stufen strahlte jedoch eine niemals zuvor gespürte Kälte aus, die allmählich seine Glieder hinaufkroch und bald bis ans Zwerchfell drang. Das zarte Lungengewebe schnurrte zu einem Kieselstein zusammen und kullerte

– von einer Schuhspitze getroffen – die Treppe hinab, ins Dunkel.

Philip Lagrous fleckiger Mantel rettete seine fünfte Nachbesitzerin, Alexandra Łozowka, über zwei harte Winter.

Conrad Wolff – Oberkellner im *Central Hôtel*

Der penetrante alkoholische Mundgeruch rührte von der Gurgellösung her, mit der Wolff eine schmerzhafte Infektion am Gaumensegel kurierte.

Die Mundspülung hatte er von einem Fliegenden Händler erstanden. Das täuschend echt wirkende Etikett der *Adler-Apotheke* zu Dresden (»ehemals königlicher Hoflieferant«) empfahl, die Mundhöhle vier- bis sechsmal täglich unverdünnt zu spülen. Hochprozentiger Alkohol und buttergelbes Dimethylaminobenzol gaben dem Sud seinen Heilung versprechenden Geschmack.

Und tatsächlich verschwand der Infektionsherd am Gaumensegel. Anderthalb Jahre später war Wolffs Rachen von Geschwüren zerfressen.

Prof. ***Johann Martin Moorsbach*** – Wackelkandidat; Dozent an der Alma Mater Lipsiensis

Moorsbach hatte sich an den Stamm eines Olivenbaums gelehnt und das Schweißtuch über dem Knie ausgebreitet. Sein Blick war noch immer auf die sandige Kuhle zwischen den Wurzeln gerichtet, als die flirrenden Schatten längst verschwunden waren.

Am nächsten Morgen fand ihn ein Hirtenjunge.

Neben dem Toten lag eine Lederkladde. Auf den ersten Seiten reihten sich ruppige Schriftzeichen – Textfragmente, die Moorsbach 1897 beim Besuch einer Ausgrabung von zerbrochenen Tontafeln kopiert hatte. Bei den Schriftzeichen handelte es sich weder um lateinische, hebräische, griechische oder glagolitische noch um ägyptische, persische, phrygische oder sumerische. Moorsbachs Odyssee von einer altsprachlichen

Koryphäe zur nächsten lässt sich aus dessen Aufzeichnungen rekonstruieren:

Am frühen Nachmittag des 2. Juni 1907 etwa hatte er in Krakau (Galizien) bei Professor Korneliusz Pasek vorgesprochen, der die Textprobe als einen altsarmatischen Dialekt (Nartisch) identifizierte. Auf den nachfolgenden Seiten findet sich Professor Paseks Übersetzung. Laut Moorsbachs Randvermerk könnte diese Anlass zur Mutmaßung liefern, der Ursprungstext sei in einem exaltierten Dichtersalon unserer Tage entstanden.

Seit 1913 folgte Moorsbach einer neuen Spur, die er offenbar nachträglich durch das Herausreißen mehrerer Seiten verwischte (so diese nicht erst nach seinem Tod den Ziegen des Hirtenjungen zum Fraß fielen). Unklar bleibt jedenfalls, auf welcher Basis die letzte vorliegende Übersetzung erfolgte.

»Am Anbruch der Kleinen Zeit erschuf die Mutter der Welt für jeden einzelnen Buchstaben des Alphabets einen Menschen. Als Skelett gab sie diesen Kreaturen Erinnerungen, als Hände Zahlen und als Füße Wünsche. Ebenso wie die Buchstaben des Alphabets hatten die Menschen vielerlei Gestalt, Geschlecht und [durch Meißelschläge unleserliche Zeilen] betraute sie damit, sich zu immer neuen Wörtern und Sätzen zusammenzufinden und auf diese Weise, über Generationen hinweg, ein weiteres Kapitel im Buch ihrer Welt zu schreiben.«

(Tontafelsplitter LXVI)

Jean-Paul Jonot – Gardien de la paix

Der Obergefreite Rötschke trug einen Feldstecher bei sich, als er auf einer Patrouille von Mélanie Jonot erschossen wurde. Nach der standrechtlichen Erschießung des Ehepaars Jonot reiste der Feldstecher im Tornister von Klaus Murtzek – der seit Ende eines kurzen Heimaturlaubs die Felduniform des Nordafrikakorps trug – aufgrund einer unbedachten Befehlsänderung oder eines Umkoppelfehlers nach Südrussland. Als Ljuba Bokrowskaja in den Keller des zerstörten Mietshauses kletterte, fand sie den tiefgefrorenen Wehrmachtsoldaten Murtzek auf einem Rodelschlitten. Neben ihm, unter dem Schutt des Schornsteins, lag der rumänische Scharfschütze Camil Brătescu mit dem Feldstecher. Ein schmaler Streifen Frühlingssonne, der durch den aufgebrochenen Schornsteinschacht hereindrang, hatte bereits begonnen, dessen mit Papier und Mullbinden umwickelte Hand aufzutauen.

Jean-Baptist Queneau – Kneipier, Türhüter und Hehler

In Anbetracht seiner Gehörlosigkeit hatte er das Trottoir des Boulevard de Sébastopol viel zu unbedacht verlassen. Dies gestand Queneau dem Chauffeur Emile Cheuriet und dessen aufgebrachtem Passagier ein, bevor er wieder in seine Blutlache zurücksank.

Ein Krankenwagen kam hupend den Boulevard herab. Während Queneau auf die Trage gehoben wurde, beschrieben der Chauffeur und sein Passagier einem Polizisten den Unfallhergang.

»Nein, der Scheinwerfer hat ihn am Bauch erwischt«, unterbrach sie ein blonder Junge, »ich hab's mit eigenen Augen gesehen.«

»Das hängt vom Standpunkt ab«, zischte der Passagier.

»Aber man muss seine Familie benachrichtigen«, meinte eine ältere Dame.

»Er hat bestimmt keine Familie, er ist Schriftsteller«, erwiderte der blonde Junge, »sehen Sie, all die Bücher in seiner Tasche.«

»Soso«, sagte der Polizist. Von alledem ungerührt, schlug der Krankenträger die Flügeltür des Krankenwagens zu.

Zwei

Gott – Gott

Constable Wheeler gab am 3. Juli 2018 zu Protokoll, er habe ihn in der Woodmancote Road in Khandallah, Wellington, gesehen.

Auch Polizisten kann man nicht immer alles glauben.

Süleymān al-Qānūni alias *der Prächtige* alias *Muhibbi* – osmanischer Sultan und Lyriker

Den Sultan quälten vielerlei Gebrechen und Sorgen, zu denen im August 1566 auch noch die Festung Szigetvár hinzukam. Als er in der Nacht zum 7. September verstarb, ordnete Großwesir Sokollu Mehmet Paşa an, den großherrlichen Leichnam auszuweiden und in aller Stille unter dem Prachtzelt zu vergraben. Anschließend ließ er alle Beteiligten erdrosseln: Schlechte Neuigkeiten streuen schnell und können jeden Feldzug ruinieren.

Nachdem sich am nächsten Tag auch die Angelegenheit mit der belagerten Festung geklärt hatte, wurde der Leichnam exhumiert und nach Istanbul überführt.

Gökhan, siehe Seite 68

Gülbahar und ***Mehmet Çelebi*** – Gökhans Eltern

Zweiundzwanzig Jahre nach ihrer letzten Entbindung begann Gülbahars linke Brust neuerlich anzuschwellen, schließlich zu verhärten. Die Haut an der Busenseite verdunkelte sich zunehmend, und immer wieder drang eine klare Flüssigkeit aus der Warze. Dies war das erste Mal, dass mit ihrem Körper etwas geschah, worüber ihre Mutter sie nicht unterrichtet hatte.

Hodscha Atanur – Gökhans Großvater, siehe Seite 60

Hekimbaşı Mustafa Ali – Leibarzt des Sultans

Aytekin Mungan berichtet – unter Verweis auf Aufzeichnungen des Hezârfen Hasan Kemal, welche in der Osmanistik als weitgehend verlässliche Quelle eingestuft werden –, dass Hekimbaşı Mustafa Ali im Jahr 999 (1591) eine Notoperation an seinem eigenen Herzen vorgenommen und auf diese Weise sein Leben abermals gerettet habe.

Im darauffolgenden Jahr wurde er jedoch wegen mutmaßlicher Beteiligung an einer Verschwörung hingerichtet, wobei der Scharfrichter Sorge zu tragen hatte, dass der Arzt weder Hammelfaden noch Nähnadel in den Taschen verberge und dass sein Kopf umgehend aus der Reichweite der Hände verbracht werde.

Kara Çelik – Leibwächter des Großwesirs Pargalı Damat Ibrahim Paşa

Als der Großwesir Ibrahim Paşa über eine Intrige (oder seine Geltungssucht oder über beides) stürzte, ließ der Sultan sicherheitshalber auch dessen Leibwächter Kara Çelik erdrosseln.

In Aytekin Mungans Libretto *Roxelanas Rache* kommt Çelik allerdings mit dem Leben davon: Als eine Fatwa dem Sultan zubilligt, den Großwesir zu liquidieren, entlässt Letzterer seinen langjährigen Leibwächter Çelik und drängt ihn zur Flucht. Natürlich weigert sich Çelik, seinen Herrn in solch prekärer Lage zurückzulassen, und versucht, den Sultan von der Treue und Redlichkeit des Großwesirs zu überzeugen. Dass ihm dies erst nach der Exekution gelingt, schafft die ideale Voraussetzung für ein herzergreifendes Duett am Ende des ersten Aufzugs.

Die atemlos dahinjagende Handlung, die unüberschaubare Menge an Figuren und die Wiederkehr des toten Großwesirs im dritten Aufzug sowie Mungans Weigerung, irgendetwas an dem Libretto zu ändern, gelten als Hauptgründe für dessen Zerwürfnis mit dem Impresario der Opéra-Comique und das vorzeitige Scheitern von *Roxelanas Rache*.

Ayla, ***Birgül***, ***Emine***, ***Melek***, ***Nuriye***, ***Yağmur*** und ***Onur*** – Gökhans Geschwister, siehe Seite 54

Ali Abdulbaki – Handelsreisender

Abdulbaki war beinahe sein ganzes Leben unterwegs gewesen. Er hatte Persien, Syrien, Nubien und sogar Montenegro durchquert, hatte Hitze, Frost, Raubtieren, Sinnestäuschungen und zahlreichen anderen am Wegrand lauernden Gefahren getrotzt, als er in seinem vierunddreißigsten Lebensjahr Bekanntschaft mit einer Anopheles-Mücke machte. Zwei Wochen später scherte er aus der Karawane aus. Nach einigen Tagen in den komatösen Grenzgebieten des Lebens kam schließlich die fiebrige Wechselmühle von Schüttelfrost und Schweißschüben zum Erliegen.

Khasnadar Ağa Ibrahim – Schatzmeister

Der Schatzmeister prüfte jede ihm unterkommende Münze mit den Zähnen auf ihren Goldgehalt. Kein noch so gutes Immunsystem hätte dem breiten Spektrum an Krankheitserregern, die aus allen Teilen des Imperiums in die Schatzkammer des Padischahs gebracht wurden, dauerhaft Widerstand entgegensetzen können.

Siranusch alias *Siran* – Sklavin von Mehmet

Die rothaarige Schönheit Siran kehrt in mehreren Erzählungen von Aytekin Mungan wieder, wobei sie verschiedene Rollen einnimmt (Samariterin, Sklavin, Sultansfavoritin, Seiltänzerin). Sie ist immerwährend 24 Jahre alt.

Inspiriert wurde diese Figur von Laetitia Quistan, einer Vaudevilletänzerin, die zwischen 1907 und 1909 die Dachkammer über dem Zimmer von Mungan bewohnte. Ihre Haare waren gefärbt.

Ipek, ***Cüneyt*** und ***Hasan*** – Nachbarskinder; Angebetete Gökhans (1), siehe Seite 68

Ferdinand I. alias *König von Wien* – Erzherzog von Österreich, römisch-deutscher sowie böhmischer, kroatischer und ungarischer König, Kaiser des Heiligen Römischen Reiches

Wider seine Devise *Fiat iustitia, et pereat mundus* (dt.: Gerechtigkeit geschehe, und wenn die Welt darüber zugrunde gehe) zeigten sich Sonne, Mond und Erde zu Ferdinands Lebzeiten in ihrem Lauf unbeirrbar.

Professor Khijan wies in seiner Antrittsvorlesung *Mittelalterliche Rechtspraxis in vergleichender Perspektive* darauf hin, dass diese Langmut der Welt viele Regenten ungemein entkrampft habe.

Cihan und ***Fikret*** – Riesen

Als zwischen Cihan und Fikret wieder einmal Streit darüber entbrannte, wer von ihnen der Größere sei, hätten sie einander am liebsten zerschmettert. Doch so einfach war die Sache nun mal nicht beizulegen, weshalb sie vorerst beide weiterwachsen.

Hacivat und ***Sebahat*** – Hasan und Ipeks Eltern

Eine Woche lang stieg das Fieber schrittweise an, und ihre Zunge wurde in der Mitte hellgrau. Ihr Herz, erklärte sie ihrem Sohn, sei unversehens träge geworden. Ihre Brust zeigte sich von rötlichem Ausschlag übersät, und zu allem Übel plagte Sebahat nun auch noch ein breiiger Durchfall. Kurz vor Ende des Ramadans schwanden ihre letzten Kräfte.

Usta ***Berkel*** und ***Şengül*** – Gökhans Onkel und dessen Frau

Als Şengül nach einer qualvollen Woche noch einmal klaren Geistes erwachte und einen schmerzfreien Tag verbrachte, als sie aufstand und sich von ihren jüngsten Enkelkindern zum Fenster führen ließ, um ihnen zu zeigen, wo einst das Haus des Fliegenden Gökhan gestanden habe, da priesen diese die wundersame Genesung ihrer geliebten Großmutter.

Afet, ***Birgül***, ***Inci*** und ***Rabiye*** – Berkels und Şengüls Töchter

Im Alter wurde ihr Mann von Tag zu Tag sonderbarer. Erst vergaß er ein paar Städte und Speisevorschriften, später seine Töchter, ganze Länder und einige Namen des Herrn. Ohne Grund und Vorwarnung wurde er zornig oder ängstlich, und eines Tages überraschte er Birgül mit der Erkenntnis, sie betrüge ihn.

Wo sein Dolch war, wusste er einen Moment lang genau. Als er am Abend zurück nach Hause kam und seine tote Frau fand, brach er in Tränen aus und schwor dem Mörder tausendfache Rache.

Jülide – Berkels Sklavin

Jülide erwachte in der Nacht, entzündete eine Talgkerze und schlurfte durstig in die Küche. Als sie zurück zu ihrem Lager kam, gewahrte sie im siechenden Schein der Kerze eine Frau auf ihrem Laken.

»Wer bist du«, fragte Jülide, nachdem der Schreck sich aus der Kehle hinab in den Magen verzogen hatte.

»Ich«, antwortete die Fremde mit selbstgefälligem Grinsen, »bin der Tod.«

»Ach«, erwiderte Jülide darauf, »das sagt sich leicht. Bestimmt bist du nur ein aufgeblähter Traum. Ich sollte vor dem Schlafen keine Bohnen essen.«

Damit drückte sie die Kerze zwischen Daumen und Zeigefinger aus und legte sich nieder. Jülide lebte noch weitere achtzehn Jahre.

Murat Reşat Paşa alias *Semiz Fişek* – Topay Pascha

Die stagnierende Vorbereitung der feuerwerksunterstützten Eroberung von Wien unterminierte die Position des Paschas.

Degradiert zum Serdar, sollte er sich im nordwestlichen Grenzland (Balkan) bewähren. Nach einem eklatanten Führungsfehler – der u.a. den Verlust von fünf Fahnen und zwei Geschützen zur Folge hatte – wurde Reşat in die Provinz Tarābulus (Tripolitanien) befohlen. Dort verdurstete er bei der Verfolgung von Karawanenräubern.

Stephan Tauber alias *Meister Munir* – Glocken- und Kanonengießer

Schlammbraune Leprome zerfurchten Taubers Gesicht, wucherten ungesehen auch auf dessen Nieren und Knochen. Im Winter 1596/97 war sein Immunsystem bereits so weit geschwächt, dass er einen grippalen Infekt nicht überlebte.

Usta ***Birol*** – Schneider

Birol fühlte sich matt und beklemmt. Er legte den Zuschnitt

und die Schere beiseite und setzte sich auf das Kissen am Fenster, um bei einer Pfeife zu verschnaufen. Die Wintersonne flackerte über dem gegenüberliegenden Haus, und aus der Küche drangen das Scheppern, Schaben und Schwatzen so rücksichtsvoll gedämpft, wie der Meister es wünschte – gleichwohl störte es ihn heute, und seine Pfeife wollte ihm auch nicht schmecken.

Das Stechen in seiner Brust nahm immer mehr zu, als presse ihm ein zorniger Dschinn mit dem Ellbogen gegen das Brustbein. Birol lehnte sich an ein Kissen und streckte die Arme und Beine von sich. Dies schien die einladende Geste gewesen zu sein, auf die der Dschinn gewartet hatte: Nun setzte er sich, dies spürte Birol deutlich, direkt auf die schmerzende Brust und quetschte diese mit all seinem Gewicht. Es drang nur noch ein Röcheln aus Birols zugeschnürter Kehle; die Hände wurden ihm taub, und sein Herz loderte unter dem dämonischen Druck zu einem rauchlosen Feuer auf, verkohlte schließlich von innen heraus.

Hezârfen Hasan Kemal – Meleks Mann

Er kannte sämtliche Schriften seiner Zeit und somit den Schlüssel zur Unsterblichkeit. Doch die Jahre beugten sein Rückgrat, ließen ihn verschrumpeln und schrumpfen. Im Alter von 107 Jahren maß er nur noch zwei Ellen (1,32 m). Mit 381 Jahren bezog er die Puppenstube von Adeleide Greenough, der jüngsten Tochter des englischen Gesandten.

Dessen Versetzung verschlug auch Hezârfen Hasan Kemal nach Wien, wenig später nach Budapest. Mit Hilfe einer Stubenfliege zog er auf den Rand einer Leselupe um. In den Monaten der Räterepublik (April/August 1919) verliert sich jede Spur von ihm.

Usta ***Orbán*** und Usta ***Ali*** – Kanonengießer

Befragt, wie es denn angehe, dass er in seinem Alter noch kerngesund und mit alljährlichem Nachwuchs gesegnet sei, erklärte Orbán mit geheimniskrämerischem Ton, er rühre jeden Morgen eine Messerspitze Schießpulver in seinen Kaffee.

Nach seinem Tod rankte diese Antwort noch eine Weile weiter: Demnach aß Orbán das Schießpulver gleich löffelweise und explodierte, als er eine Lunte zwischen den Fingern ausdrückte.

Yasin od-Din – Schmuckhändler

Noch nicht einmal das Gesicht des Schufts hatte er gesehen, als er – um eines leeren Schmuckkästchens wegen – einen Dolch zwischen den Schulterblättern empfangen hatte. Dies grämte ihn dermaßen, dass er sogleich daran verstarb.

Elizabeth Tudor alias *Elizabeth I.* aka *Virgin Queen* aka *Good Queen Bess* – Königin von England

»Aber von ihren Zofen hat sie verlangt, so jungfräulich wie möglich zu bleiben, und von Orlando sogar, niemals zu altern« – monierte Ricarda Khijan (14) auf einer Englandrundreise mit ihren Eltern.

Delegieren sei bekanntlich die Basis des Herrschens, erwiderte ihr Vater – außerdem sei die Königin bereits bis zur Erschöpfung damit beschäftigt gewesen, ihr persönliches Dasein zu einem welthistorischen Moment zu erweitern.

Hammel I, ***Hammel II*** und ***Hammel III*** – Raketenpioniere, siehe Seite 65–66

Berke, ***Timurçin*** und ***Volkan*** – Wanderhandwerker

Als Timurçin nach tagelangem Durchfall glaubte, dies Elend müsse nun ein Ende haben, schließlich gebe es nichts mehr, was er von sich geben könne – außer sein Hirn und sein Herz –, da trieb es ihn abermals zum Abtritt.

Abbās Qasım Ibn Firnās alias *Armen Firman* – Dichter, Erfinder, Astronom und Flugpionier

Laut Mel Winstaal ist Ibn Firnās bei der Benennung der Mondkrater gleich zweifach poetische Gerechtigkeit widerfahren: Man berücksichtigte ihn – während der Fliegende Benediktiner aus Malmesbury, Lilienthal, du Temple und sogar die notorischen Brüder Wright übergangen wurden. Überdies schafften es Daedalus und Ikarus, seine wohl prominentesten Kollegen, ebensowenig wie er auf die erdzugewandte Seite des Trabanten.

Abb.: Der nach Ibn Firnās benannte Krater – inmitten seiner Nachbarn King (unten links) und Ostwald (oben) – ist übersät von den Subkratern Carol, Ewen, Kasper, Melissa, Romeo und Shahinaz, die allerdings keine Eponyme in den Annalen der Aeronautik oder der Astronomie aufzuweisen haben. Rechts ragt das Gammaspektrometer von Apollo XVI *ins Bild.*

Aytekin Mungan – Student der Chrono- und Geodäsie, Varietékünstler, Librettist, Kaffeehauserzähler

Aytekin Mungan, dessen Faible (oder Manie) für verwinkelte Handlungen, mehrdeutige Fährten und Kurzschlüsse zwischen den Realitätsebenen in den einschlägigen Pariser Kaffeehäusern berühmt-berüchtigt war, erzählt sich seit 1938 immer tiefer in eine labyrinthische Geschichte hinein.

In deren Rahmenhandlung wird die Erzählerfigur (Ich) erpresst: Er soll für seine entführte Geliebte (die rothaarige Seiltänzerin Siran) ein horrendes Lösegeld zahlen.

Dies wurde von einigen Zuhörern als autobiographisches Element gedeutet, da Mungan zugleich eifrig versuchte, an Bargeld zu kommen – etwa, indem er seine Bekannten gegen ein Entgelt in die zahlreichen Nebenhandlungen der Geschichte integrierte. Mit der Zeit kamen aber auch gänzlich Unbekannte auf Mungan zu, die überdies direkten Einfluss auf ihr erkauftes Zweitleben nehmen wollten.

Auf diese Weise entwickelte die Handlung eine unkontrollierbare Eigendynamik (oder vielmehr Fremddynamik), was als ein Grund gelten kann, warum Mungan bis zum heutigen Tag den Ausgang aus dieser Geschichte nicht gefunden hat. Eine polizeiliche Suchaktion (auf Erbitten des türkischen Konsulats) ist bereits während der Kriegswirren von 1940 ohne Ergebnisse abgebrochen worden.

Siehe auch: Fidye, in: *Edit – Papier für neue Texte*, Nr. 57 (2011).

Lagari Hasan Çelebi – Ingenieur, Raumfahrtpionier

Sultan Murad IV. sah keinerlei Potential in der Raketentechnologie. Anstatt den wagemutigen Lagari Hasan Çelebi zum Direktor einer Raumfahrtagentur zu ernennen, beförderte er ihn mit der Armee an die nordöstliche Peripherie des Imperiums. Das Osmanische Reich schied hierdurch vorzeitig aus dem Weltraumwettrennen aus.

Nicolas Rosnay – Taxifahrer

Als Fahrer der Feldlazaretttruppe im unwegsamen Terrain der Argonnen bewährt, suchte sich Rosnay nach Kriegsende in Französisch-Indochina neue Herausforderungen. In Hai Phòng wurde er Vater, und kurz nach der Verlegung seiner Einheit nach Lào Cai waren zwei weitere Schönheiten von ihm schwanger. –

Dann verließ ihn das Glück: Beim Versuch, einen überschwemmten Straßenabschnitt zu überqueren, wurde sein Lastwagen von der Strömung erfasst und zwischen Felsriegel getrieben. Dort eingekeilt, wirkte der Wagen als Damm und staute den Wasserpegel unversehens bis über das Fahrerhaus auf: Schon durchschlug Treibholz die Frontscheibe, zerschmetterte auch Rosnays Sonnenbrille.

Alain Bourgman – *Bodenpersonal*

Bourgman fängt das Landetau und bindet es – mit der Behäbigkeit eines Bauern, der eine Kuh anpflockt – um den Erdanker. Dann stemmt er die Fäuste in die Hüften und grinst in die Kamera. Nach einem Schnitt auf die Seidenhülle des Lenkballons folgt ein Zwischentitel: »Le dirigeable portait à son flanc le nom: *La Précision*, et de haute précision il est retourné. L'Aéro-Club attribuait à son aérostier une trophée d'or.« In der letzten Einstellung klettert ein Ballonist aus dem Korb und durchschreitet das Ehrenspalier – sprunghaft einzig aufgrund der Bildfrequenz der Originalaufnahmen.

Restauriert und auf einen Archivserver kopiert, überdauert dieser Filmschnipsel Bourgmans Jahrhundert.

Drei

Friedrich Ferdinand Freiherr von Bölz – Generaloberst

Obwohl die deutschen Streitkräfte während seiner Dienstzeit (1898–1938) in eine Reihe mittelschwere und schwere bewaffnete Auseinandersetzungen verwickelt waren, kam der Generaloberst keinem Schlachtfeld näher als 40 Kilometer. Geographische Nähe, erklärte Bölz, sei aufgrund des neuartigen Kriegsgeräts heutzutage längst kein Kriterium mehr.

Im Frühjahr 1939 erlag der Generaloberst einem archaisch gerüsteten, 127 Nanometer großen Gegner im Nahkampf.

Claus Appelt – Kellner

Nach der Demobilisierung kam Appelt bei seiner Cousine Margot in Berlin unter. Da deren Mann Franz an der Ostfront dem Wolhynischen Fieber erlegen war, entschlossen sich die beiden, nun auf Dauer zusammenzubleiben.

Ende 1918 hatte Appelt Nachwuchs, aber noch immer keine Arbeit in Aussicht. Er suchte redlich, von Sonnenaufgang bis sieben. Am 11. Januar 1919 trafen ihn, als er sich – nach ein paar Gläschen Korn – auf umwegreichem Heimweg befand, fünf Kugeln aus dem MG des Freikorps-Schützen Hans-Joachim Hartkopf.

Hermann Deut – Jagdpilot, siehe Seite 73

Emmeline Heckscher née *Leudoldt,* später *Koldewitz* – Theodor und Eleonore Leudoldts Tochter, siehe Seite 197: Eleonore Heckscher

Erich Friedrich Wilhelm Ludendorff und ***Paul Ludwig Hans Anton von Beneckendorff und von Hindenburg*** – Stellvertreter (1) und Chef (2) der dritten und letzten Obersten Heeresleitung, danach Putschist (1) und Reichspräsident (2)

»Logistische Schweinerei das!«, knurrte der Alte, als er den Styx überquerte. Millionen Tote in löchrigem Feldgrau, in Horizont- und Marineblau, Khaki, Räuberzivil und verkrusteten Schwesternkitteln verstopften den sumpfigen Transitbereich hinunter in die tieferen Höllenkreise, obwohl doch in jeder Stunde etwa hundert Seelen entfärbt und weitergeleitet wurden. – Zu allem Übel bildete sich am zurückliegenden Ufer bereits die nächste Warteschlange.

Herman Koldewitz – Werkspilot

Rüdiger Arndt entdeckte Koldewitz in dessen Fahrradwerkstatt. Die Speichen des Vorderrades, auf dem der Alte im Sterben zu liegen gekommen war, hatten dessen schwammige Wange angeschnitten. »Wie mit einem Eierschneider«, meinte Arndt später.

Anna Katharina Täppchen alias *AK* – Ludwig Borsigs vierte Verlobte und Theodor Leudoldts zweite Ehefrau

Infolge schwerwiegender Komplikationen (vorzeitige Wehen, unerkannte Steißlage, innere Blutungen, Fruchtwasseraspiration) verstarben Mutter und Kind während der Niederkunft. Hätte Täppchen auf den Rat ihres alten Hausarztes Ehrsbach gehört, hätte sie niemals ein Kind ausgetragen: Ihre Mutter war bei Täppchens Geburt unter ähnlichen Umständen im Kindbett verstorben.

Albert Täppchen alias *Konservenkaiser* – Anna Katharina Täppchens Vater

Theodor Leudoldt erblasste – wusste tatsächlich noch nicht, dass der Konservenkaiser und dessen Chauffeur von einer vereisten Brücke auf eine wenig tragfähige Eisdecke gestürzt und mitsamt *Mercedes* in der Spree versunken waren.

Benjamin Bendix und ***Ludwig Borsig*** – Direktoren des von Grimmelsbergschen Unternehmens

Ob Borsig vorrangig an Meningitis – einer der Spätfolgen seiner Gonorrhö (1921) – oder an Leberzirrhose gestorben war, hätte allenfalls eine Autopsie klären können. Sanitätsrat Goltzsch, ein langjähriger Freund der Familie, vermerkte eine »allgemeine körperliche Auszehrung (asthéneia mortale)« als Todesursache.

Ortrun Bloomwald – Theodor Leudoldts Tanzpartnerin

Die lettische Familie, die im einstigen Kinderzimmer gehaust hatte, war bereits in die Kanalisation geflüchtet – und jetzt, da Bloomwald die Lastkraftwagen zurückkommen hörte, verblasste all ihre Angst vor hundsgroßen Ratten. Sie nahm ihre Nichte Katja bei der Hand und eilte mit ihr hinunter in den Innenhof: Der Kanaldeckel erwies sich jedoch als zu schwer oder von unten verkeilt.

Hastig häufte sie über ihre Nichte ein paar der umherliegenden Federbetten, auf denen am Vortag die Alten und Kranken des Vorderhauses aus den Fenstern geschleudert worden waren. Sie selbst konnte sich gerade noch hinter dem Aschefass verstecken, bevor die Hilfspolizisten den Hof betraten. Mit seinem Gewehr, auf das ein Bajonett aufgepflanzt war, stieß einer von ihnen in das aufgetürmte Bettzeug. Von den stiebenden Federn begeistert, tat es ihm ein zweiter nach. Vom Poltern angelockt, wendeten sich die Hilfspolizisten der nunmehr ohnmächtigen Bloomwald zu.

Johann Freiherr von Grimmelsberg – Minister ohne Portefeuille a. D.

Infolge hoher Morphiumdosen waren die kantigen Züge des Alten weitgehend eingeebnet – weshalb sein fahler Leichnam im weißen Bettzeug kaum mehr auszumachen war.

Margaux Lanière alias *Mireille Mirage* – Benjamin Bendix' Bekannte; Opiumistin, Vaudeville- und Flugtanzkünstlerin

Mit der Aussicht auf stattliche Summen überzeugte der Kunstpilot Pierrot Ferdinand Griffon erst Lanière und schließlich auch ihre Kollegin Sophie, auf den Flügeln seiner Maschine Cancan zu tanzen. Das Publikum der Flugschau zeigte sich hellauf begeistert, obwohl die beiden des Flugwindes wegen Hosenröcke trugen.

Vom Erfolg angespornt, erwarb Griffon bald darauf eine größere Maschine, um vier weitere Tänzerinnen auf den Tragflächen unterzubringen. Bei einem Looping riss die beschleunigte Masse des Ensembles eine Halteleine samt Öse aus der Flügeldecke.

Freya Bendix née *Partatius*, verwitwete *Wolosokowska* alias *Baronin Sans-Terre* – Möchtegerninvestorin, Benjamin Bendix' Frau

Ihr Mann erinnerte sich noch, dass alles mit diffusen Kopfschmerzen begann. Der Tumor wuchs schnell. In den letzten Tagen vor ihrem Tod konnte Freya Bendix den Ursprung ihrer Schmerzen nicht mehr benennen.

Wiktor Fjodorowitsch Wolosokowski – Freya Bendix' Sohn

»Wiktor jauchzte. Sein Fahrrad wurde schneller und schneller, als er die Allee hinabrauschte. Nun konnte er bereits das Gartentor im Tal sehen. Windschief und einsam stand es, noch immer ohne Zaunfelder links und rechts der rostigen Pfosten, am Anfang jenes Steiges, der zu dem Anwesen seines Stiefvaters führte.

Doch just als Wiktor durch die letzte Kurve vor der Senke fuhr, flog aus dem Kirschbaum eine vollgefressene Elster los. In tiefem Bogen überquerte sie den Straßengraben und gewann, nun eifriger flatternd, gerade wieder an Höhe, als sie die Bahn des ungebremst heraneilenden Jungen kreuzte.

Und es begab sich, dass von jenem Tag an, als die Elster gegen seine Schläfe geflogen war, Wiktor jeder Handschlag gelang, dass jeder seiner Wünsche ohne langen Aufschub in Erfüllung ging, dass keinerlei Unglück je mehr seinen Weg kreuzte – und dies ganze 83 Jahre lang, bis er, zufrieden mit sich und der Welt, als fünffacher Großvater an Altersschwäche verstarb –, weshalb er von nun an keine weitere Erwähnung in unserer Geschichte mehr finden soll.«

Auszug aus: Mateusz Ołowianek, *O początku jednego szczęścia bez końca*, Gdańsk: SENSO-W, 1977.

Karl Anton Deitze – Chefsekretär des von Grimmelsbergschen Unternehmens

»Seid getrost, ich habe die Welt überwunden«
Johannes 16,33

Unser geliebter Groß- und Urgroßvater

KARL ANTON DEITZE

starb am 24. März 1982 durch einen tragischen Ski-Unfall.

Der Trauergottesdienst findet am Samstag, dem 27. März 1982, um 15 Uhr in der Petruskirche statt.

Winfried Rötschke – Täppchens Butler und Chauffeur, siehe Seite 230: Albert Täppchen

Götz Spengel – Lastenkutscher

Die Hauswirtin sagte, man habe sein Husten und Keuchen durch die Schornsteine und Fallrohre vom Dachgeschoss bis hinunter in den Keller gehört: Tag und Nacht. Jetzt sei endlich wieder Ruhe.

Isabelle Täppchen – Anna Katharina Täppchens Mutter, siehe Seite 230: Anna Katharina Täppchen

Wassili Michailowitsch Owogow – Theodor Leudoldts Russischlehrer

Seit mehr als 700 Jahren waren all seine männlichen Vorfahren väterlicherseits nach zwei- bis siebenfacher erfolgreicher Emission von Spermien im Alter zwischen 43 und 51 Jahren an Krebs verstorben. Owogow hielt es mit dem familiären Brauchtum lax – starb fristgerecht, aber kinderlos.

Gawriil Jefimowitsch Teterewkin und ***Lew Nikolajewitsch Graf Tolstoi*** – Wassili Owogows Lieblingsautoren

Innerhalb weniger Wochen nach seiner Rückkehr aus Frankreich schrumpfte der Bekanntenkreis des jungen Dichters und fand, trotz ungebrochener Popularität seiner Verse, keinen Nachschub – eilte ihm doch inzwischen der Ruf eines notorischen Duellanten voraus. Er war zwar ungefährlich für seine Gegner, aber seine Bekannten liefen mehrmals pro Woche Gefahr, sich als Sekundant auf sumpfigen Lichtungen eine Bronchitis, Holzböcke und/oder Blutegel sowie verirrte Kugeln einzufangen.

Nichtsdestotrotz fanden sich – als Teterewkins ebenso elegante wie unzuverlässige Duellpistole beim Abfeuern zerbarst und ihm Splitter die Halsschlagader zerfetzten – alle vorher Vergraulten im Trauerzug ein.

»Auch wenn die Wahrheit oft verschmäht –«, schrieb Lermontow aus der Verbannung an Teterewkins Schwester, »was hilft es noch, sich nun an seinem Grabe zu versammeln und Elegien aus seiner Hand mit tränenschwerer Stimme zu stammeln? (…) War es nicht Eure Kälte, die das Feuer seines Genies ein aufs andere Mal zu solch ungezügelten Bränden schürte?« Auszug aus: Moritz Plöschke (Hrsg.), *Gawriil Teterewkin. Gesamtausgabe, Band II – Briefe, Kritiken und Nekrologe*, Berlin: Rütten & Loening, 1981.

Ümit alias *Der Rumpfmann* – Artist; Menschliche Kanonenkugel

Eines Abends legte ihm Madame Sosostris die Karten und sagte ihm eine tödliche Liaison mit einer Seiltänzerin namens *Siran* voraus: Je höher diese an jedem neuen Tag ihr Seil spannen werde, desto kleiner würde er. Immer kleiner, erklärte Madame Sosostris mit verschnupfter Stimme, bis er, Ümit, schließlich ganz aus der Welt verschwinden würde. – Jedoch nicht, ohne sich vor seinem Ende noch grausam gerächt zu haben!

Hjalmar Åke Sjöborg – Kunde des von Grimmelsbergschen Unternehmens

Ein Vierteljahrhundert nachdem er sich in erster Ehe mit Syphilis infiziert hatte, verblutete Sjöborg innerlich, als seine Aorta aufriss.

Dipl.-Ing. ***Dietrich Rudolf Eckart Kleinschmidt*** – Luftschiffführer, stellvertretender Vorsitzender des Deutschen Luftschifferbundes

An seinem rechten Fuß hatte bereits die Mumifizierung eingesetzt; eine Blutvergiftung konnte gerade noch abgewendet werden. Nach der Amputation stieg sein Tabakkonsum bald wieder an, obwohl Kleinschmidt im Traum bisweilen sein eigenes, zu einem schwarzen, ledrigen Klumpen zusammengeschrumpftes Herz zu sehen glaubte.

Da diese Vision ohnehin nicht zur Abschreckung taugte, sah Oberarzt Merz keinerlei Grund, die fehlerhafte Pathogenese im Raum stehenzulassen, und examinierte seine Assistenzärzte. Kleinschmidt war es einerlei; nach der Visite ließ er sich ins Freie rollen.

Dr. h.c. ***Gerhild Servadac*** neé *Hausdorf*, verwitwete *Leudoldt* – Theodor Leudoldts dritte Frau und Ursula Leudoldts Mutter

Im Herbst 1996 besichtigte Jan Pavel Švatarák das New Mexico Museum of Space History. In einer der Ausstellungen entdeckte er ihre Biographie. – Diese informierte vage darüber, dass Gerhild Servadac aufgrund ihrer Verdienste um die Raumfahrtmedizin sowie um die Entwicklung des Lebenserhaltungssystems der ersten Mondfähre bereits 1979 in die Space Hall of Fame aufgenommen worden war.

Die Photographien, erklärte Jan Švatarák wenig später dem zuständigen Gremium des Museums, ließen keinen Zweifel, dass es sich bei ihr um eben jene Frau Doktor Leudoldt handele, die er aus dem Raketenmontagekomplex im Kohnstein kenne, in dem er als Sklave hatte arbeiten müssen und verkrüppelt worden sei. – Recherchen in den Unterlagen der Nürnberger Prozesse bestätigten all seine Aussagen.

David Carlson, der Vorsitzende des Gremiums, teilte die Ansicht, dass Verbrecher nichts in der Ruhmeshalle zu suchen haben, wies allerdings darauf hin, dass Mrs. Servadac dennoch eine bedeutende Wissenschaftlerin und darüber hinaus die Großmutter der ersten amerikanischen Astronautin gewesen sei. Die Beratung wurde vorerst vertagt. 2001 entschied das Gremium einstimmig, Gerhild Servadac aus der Liste zu streichen und an ihrer statt ihr einstiges Forscherteam *in toto* in die Ruhmeshalle aufzunehmen.

Sir ***Isaac Newton*** – Astronom, Mathematiker, Münzmeister, Physiker, Theologe

Newton verbrachte seinen Lebtag nicht nur im Optikkabinett oder unter Apfelbäumen, Sternen und Zölibat, sondern auch in geheimen Alchemielabors. Dort reicherte er seinen Körper mit solchen Mengen Quecksilber an, dass seine Beisetzung in einem Steinsarg innerhalb der Westminster Abbey als Glücksfall für alle Konsumenten des südostenglischen Trinkwassers gelten muss.

Golem alias *Joseph* und ***Knecht Ruprecht*** – Prager Homunculus, proto-robotischer Schabbesgoi (1) und Kinderschreck (1, 2)

Um beim Dreh ihres Filmes Geld und Maskenzeit zu sparen (aber auch um des Werbecoups wegen), planten die Regisseure Henrik Galeen und Paul Wegener, den Lehmkoloss Golem wieder zum Leben zu erwecken. Im Sommer 1913 fuhren sie deshalb nach Prag und trafen sich mit Rabbi Bródy. Dieser zeigte den Regisseuren den Lehmhaufen, der nach der Deaktivierung des Golem (1593) auf dem Dachboden der *Altneu*-Synagoge zurückgeblieben war – ließ sich jedoch nicht überzeugen, Golem zu reanimieren.

Galeen fragte den Rabbi, ob er womöglich fürchte, ihr Film könne das Geheimnis des Lebens oder der Kabbala entzaubern. Keineswegs, erwiderte der Rabbi, aber jede Epoche und jedes Problem bedürfe eigener Lösungen.

Auf der Rückfahrt grübelte Galeen – glaubte schließlich, die Worte des Rabbis verstanden zu haben. Er schlug seinem Kollegen vor, einen elektrischen Automaten zu bauen und diesen mit Lehm zu bestreichen. Wegener winkte ab.

Joachim Hering – Theodor Leudoldts Privatsekretär, siehe Seite 186

Benito Mussolini alias *Duce* – italienischer Politwanderer und Diktator

Über eventuelle Umsatzeinbußen oder eine unverhoffte Umsatzsteigerung der Tankstelle, an deren Vordach Mussolinis Leiche kopfüber aufgehängt wurde, liegen keine Daten vor.

Hannibal alias *Schrecken Roms* – karthagischer Feldherr, Alpinist

Als Titus Quinctius Flamininus die Auslieferung des Exilanten Hannibal verlangte, wähnte König Prusias I. sein Reich (Bithynien) nicht auf Augenhöhe mit dem Imperium Romanum. Daher entschied er sich, die Angelegenheit ohne großes Getöse zu regeln. Hannibal teilte die Einschätzung des bithynischen Königs und leerte eine Ampulle Gift.

Lionardo di ser Piero alias *Leonardo da Vinci* – Universalgelehrter und Künstler

Sein Organisationstalent – das zahlreiche Feste, Hochzeiten und Bauarbeiten zu Erfolgen gemacht hatte – setzte da Vinci auch für die Planung der Zeit nach seinem eigenen Ableben ein. So bestimmte das Testament genau, in welchen Kirchen Kerzen angezündet und Messen gelesen werden sollten, auch, wer dem Sarg zu folgen habe.

Joachim Hering behauptete in einem Gespräch mit den Leudoldts, Leonardo hätte sogar verhindern können, dass seine Gebeine im 19. Jahrhundert bei Bauarbeiten verlorengehen. – Immerhin habe das Renaissancegenie die Menschen so genau wie kein anderer gekannt: Zahlreich seien jene, die sich als einfache Kanäle für Nahrung, als Dungproduzenten, als Füller von Latrinen bezeichnen könnten. Was Leonardo von Vorkehrungen abhielt, sei bislang noch ungeklärt.

Santino Madonia alias *L'ombra* – Schuldeneintreiber

Wiederholt von deren Vater abgewiesen, schmiedete Madonia bereits einen Plan zur Entführung seiner Angebeteten. Und verwarf ihn, als er diese in Vincenzo Gallucios Nobelkarosse steigen sah.

Er verfolgte das Paar bis in die Vorstadt, frohlockte, als Gallucio an einer Tankstelle hielt. Sowie der Tankwart zu zapfen begann, beschleunigte Madonia seinen Wagen – *con tutta forza*. Nach dem Zusammenprall benommen, starrte er eine Weile auf die Fontäne, die aus dem zerfetzten Schlauch schoss, die beiden Wracks und den eingequetschten Tankwart berieselte. Als Gallucio seiner Angebeteten beim Aussteigen half, klappte Madonia das Seitenfenster hoch und warf die Zigarre hinaus: Die Explosion tat seinen letzten Intentionen Genüge.

Hermann Oberth alias *Fritz Hann* – Raumfahrtvisionär, Gymnasiallehrer und Waffenentwickler

Seine Doktorarbeit über den Raketenflug in den Weltraum wurde 1922 von der Universität Heidelberg abgelehnt: Es mangele an Gutachtern für utopische Stoffe.

Nur zweiundzwanzig Jahre später schafften es Raketen bereits bis nach London, und Oberth trug anstatt eines Doktortitels ein Kriegsverdienstkreuz. Kaum hatte Juri Gagarin den Orbit erreicht, erhielt Oberth seinen ersten Ehrendoktortitel (Iowa) und das Große Bundesverdienstkreuz (Bonn). Als die erste Raumfähre mit einem von ihm ersonnenen Ionentriebwerk den Mond erreichte, setzte eine zweite (nunmehr postume) Würdigungswelle ein.

Beim Einsturz des Denkmalrohbaus (Statikfehler) in Twickenham wurden fünf Bauarbeiter und ein Schüler verletzt; bei der Eröffnung einer nach Oberth benannten Schwebebrücke in Sibiu fiel der Bürgermeister in den Cibin (Statikfehler). Die Verleihung der Ehrendoktorwürde durch die Universität Heidelberg verlief ohne nennenswerte Zwischenfälle – in der Laudatio des Rektors war mehrfach von *Fortschritt* und *Missbrauch* die Rede.

Anton Bartelow alias *Toni*, ***Gerda Glück***, ***Marie Aloisia Lehmann***, ***Josef Schweriner*** alias *Jupp* und ***Max Wärling*** – Stenotypistin (3), Telefonistin (2), Chauffeure (1, 5) und Bote (4) des von Grimmelsbergschen Unternehmens

Obwohl es nicht mehr regnete, waren die Tropfen, die wie Flipperkugeln von Blatt zu Blatt fielen, auch in der Mitte der Lichtung noch deutlich zu hören. Der Fluss hingegen floss lautlos, beugte beständig die Wasserpflanzen. Als Achim seinen linken Gummistiefel – der nach einem unvorsichtigen Schritt beinah bis zum Rand eingesunken war – mit einem kräftigen Ruck aus dem Schlamm zog, schmatzte das Ufer. Beim Waschen seines Stiefels entdeckte der Junge die Finger, die aus dem Wassergras ragten. Achim drückte die Halme mit dem Köcher auseinander, sah Ellbogen, Achsel, Schlüsselbein. Obschon Eile vergebens war, rannte er, so schnell er konnte.

Johanna Magdalena Besier née *von Grimmelsberg* und ***Friedrich August Borsig*** – Johann von Grimmelsbergs Tochter und Albert Borsigs Urgroßcousin

Jesus † Maria † Josef †

Fromme Erinnerung
zu andächtigem Gebet für unsere liebe Mutter,
Großmutter, Schwägerin und Tante

Frau Johanna Magdalena B e s i e r,

geb. Freiin von Grimmelsberg

die am 21. März 1937, nach kurzer, schwerer Krankheit,
versehen mit den Heilsmitteln der röm.-kath. Kirche,
sanft im Herrn entschlief.
Sie war geboren am 3. Sept. 1875 in Mühlheim a.d. Ruhr und
vermählte sich am 18. Jan. 1896 mit Herrn Ministerialdirigent Anton
Maria Besier. Der glücklichen Gemeinschaft entsprossen 8 Kinder,
wovon 6, als auch der Gatte, Ihr im Tod vorausgingen.

Die trauernden Angehörigen empfehlen Ihre Seele
der christlichen Fürbitte, damit Sie bald eingehe
in Gottes heiligen Frieden.

Rosa Helene Harbaek – Benjamin Bendix' zweite Verlobte

Rosa Harbaeks Mutter schien nicht derangiert, oder noch immer im Schock gefangen. Ihre Stimme klang klar wie immer – lediglich ihre Hand zitterte ein klein wenig, als sie auf die Wäschekörbe voller Kondolenzkarten zeigte: »Für jede unserer Millionen einen Korb, und alle mit goldenem Schmuckrand, schauen Sie. Goldrand, ist es nicht grauenvoll. Ich fürchte, ich werde verrückt, wenn ich noch einen einzigen Umschlag öffne.«

Dr. med. ***Lothar Gelblich*** – Gynäkologe

Sanitätsrat Goltzsch diagnostizierte Morbus Huntington im fortgeschrittenen Stadium. Nein, Ansteckungsgefahr bestehe nicht, erklärte er Gelblichs Gattin – und nein, es gebe noch keine heilende Behandlung. Um über dieses Defizit der modernen Medizin hinwegzutrösten, gewährte Goltzsch in seiner Grabrede einen »Einblick in die genetischen Regeln hinter Gottes unergründlich anmutendem Ratschluss«, den ebenso aufgeklärten wie glücklichen Ehebund seines Kollegen ohne Kindersegen zu lösen.

Almuth Asslar-Zeiss – Ludwig Borsigs zweite Verlobte

Seine Liebesschwüre waren veritabel, der Kaviar hingegen verdorben gewesen.

Eine gemeinsame Grabstätte für den Prinzen und seine morganatische Gemahlin in spe kam für die Hinterbliebenen von Heinrich XLVIII. Reuß zu Köstritz nicht in Frage.

Alexander Fausenhain – Clubmitglied, Bekannter von Benjamin Bendix

Als Fausenhain nahe Smolensk in einem Feldlazarett verstarb, wurde er unaufgefordert das 503018. Mitglied im deutsch-französischen Klub *Sans Appel Ni Sens*. Als aufgenommen gelten alle, die bei einem Russlandfeldzug am Läusefieber verenden. Aus nebulösen Gründen wollte es jahrhundertelang nicht an Aspiranten mangeln.

Dr. iur. ***Gerhard Samuel Buchweiß***, Dr. iur. ***Toralf Peterman*** und Dr. iur. ***Waldemar Röder*** – Rechtshilfen

Kolonien von Keimen besiedelten das offene Fleisch des wundgelegenen Peterman, schwärmten durch die Gefäße bis in die entlegensten Regionen seines Körpers. Nunmehr heftig fiebernd und stinkend, wurde er von seiner Tochter Rosmarie ins Krankenhaus gebracht.

Auch altgediente Hypochonder, erklärte Oberarzt Kramer seinem Assistenzarzt Sterzl, sterben in aller Regel an realen Krankheiten.

Alois Höpfner – Zugpassagier

Nach dem Scheitern der Bayerischen Räterepublik vollends entwurzelt, schlug sich Höpfner in die Sowjetunion durch, um dort seine kräftigen Arme dem Aufbau einer neuen Welt zu widmen. Seine Erfahrungen wollte er – sobald die Zeit reif wäre – zurück nach Deutschland tragen. Entgegen seinen Plänen verschlug es ihn immer weiter gegen den Tag. Im November 1938 erfror Höpfner am Ufer der Kolyma.

Ortwin Wüsch – Fahrradkurier

In völliger Verkennung ihrer Abneigung und Courage machte Wüsch nicht mit Jekaterina Perewalska sondern mit deren Heugabel Bekanntschaft.

Sein Kompanieführer schrieb daraufhin den Hinterbliebenen: »[…] Ich habe ihn als vorbildlichen Soldaten kennengelernt, der jederzeit bereit war, für Gesetz und Vaterland sein Leben zu geben. Morgen sollte seine Ernennung zum Obersoldaten rauskommen. Da er der Fahrer meines Krads war, ist er mir näher gekommen als viele andere Kameraden […]«

„Jederzeit bereit für Gesetz und Vaterland!“

In Gedenken an unseren
auf dem Feld der Ehre gefallenen

Ortwin Wüsch

Als Freiwilliger dem Ruf des Vaterlandes folgend,
kämpfte er gegen den Erbfeind aller Kultur im Osten.
Er fiel in treuer Erfüllung seiner Soldatenpflicht
am 26. Mai 1940.

Fern seines Heldengrabes trauern wir, seine Ehefrau und Kinder, Eltern, Geschwister und alle übrigen Anverwandten.

Ottokar Wendling – Kammerdiener der von Grimmelsbergs

Auch im Alter behielt Wendling eine klare Vorstellung von der Ordnung der Dinge. Als er diese dem mutmaßlichen Räuber Franz Castor mit seinem Gehstock in Erinnerung rufen wollte, zog der ihm eine Bierflasche über den Schädel: Glas und Knochen splitterten. Zwei Schutzmänner eilten herbei, fassten Castor – dank der Kooperation eines Mitarbeiters der Berliner Verkehrs-AG –, bevor jener mit dem Omnibus entkommen konnte. Die mutmaßlich Bestohlene, Minna Rodentia, beschimpfte die Schutzmänner und den Toten – später wurde die Prostituierte wegen Beleidigung der Ordnungshüter sowie Beihilfe zum Raubmord verurteilt.

Ida Luiza von Grimmelsberg – Johann von Grimmelsbergs Gattin

Der Herr habe sie bereits auf Erden für ihre gottgefällige Güte und Mildtätigkeit entlohnt, erklärte Bischof Kleinpfennig, als er am Morgen des 10. April 1928 an das Sterbebett der von Grimmelsberg trat. Auch in seiner Grabrede kam er auf das selige Lächeln zu sprechen, mit welchem die gnädige Baronin entschlafen sei.

Dr.-Ing. h.c. ***Eduard Friedrich Kargeling*** – Sekretär der Operationsabteilung im Reichsverkehrsministerium

Es war nicht, *was* sein Kontrahent sagte, es war, *wie* er es sagte. – Der Stachel saß tief, und das Gift zersetzte Kargeling innerhalb weniger Wochen.

Władysław Partatius – Luftfahrtenthusiast; Freya Wolosokowskas Vater, siehe Seite 89

Baron ***Fjodor Michailowitsch Wolosokowski*** – Testpilot; Freya Wolosokowskas Mann, siehe Seite 89

Konrad Spehl – Kellner im Hotel *Seeblick*, später Steward an Bord des *LZ 129*, siehe Seite 210: Graf von Zeppelin.

Jehoshua alias *Jesus Christus* alias *Heiland* – Wanderprophet und Wunderheiler aus Galiläa, siehe Seite 115

Rosalia Zymtbaum alias *Gundula Kirschke* – Dienstmädchen der Bloomwalds

Zymtbaum (laut den Ausweispapieren, die sie in der Rocktasche trug, hieß sie inzwischen Kirschke) hatte sich einem kleinen Treck angeschlossen, der auf Nebenstraßen gen Süden strebte. Bei Einbruch der Dämmerung suchten sie im einzigen heil gebliebenen Hangar eines ehemaligen Sportflughafens Unterschlupf. Vorsorglich befestigte eine Bäuerin ein Bettlaken am Fahnenmast vor dem Tor. Dennoch schliefen sie kaum, da es trotz Frost keiner gewagt hatte, ein Feuer anzufachen. Im Morgengrauen leerte ein pflichtbewusster Pilot den Bombenschacht seiner Maschine. Als die Flammen erstarben, sackte das weiße Laken wieder schlaff an den Fahnenmast.

Mary Hutcheson – schottische Krankenschwester; Georg Leudoldts Frau

Am nächsten Morgen hätte man ihr die Brust weggeschnitten; ein Rosenkranz aus Knoten wäre zu entfernen gewesen. Schnitte, die ihr doch, darin war sich Hutcheson sicher, nur ein paar trügerische Zoll Abstand vom lockeren Grabrand verschaffen konnten – Prognosen, Statistiken und auch das Wimmern kannte sie. Vor allem aber konnte sich Hutcheson noch an den Geruch der Station erinnern, auf der sie als junge Schwester gearbeitet hatte, an die mit Formaldehyd vermischten fauligsüßen Körpersäfte: Paradies und Hölle der Pharaoameisen.

Wenige Minuten nachdem sie die Cyanidtablette geschluckt hatte, stand ihr Herz still.

Dr. rer. oec. ***Magnus Olaf Wagenbaum*** – Immobilienverwalter

In seinem 59. Lebensjahr kehrte die Kinderlähmung (Polio) zurück, weitete sich aus, streckte Wagenbaum nieder. Wiederholt gelangte Speisebrei in seine Lunge, nährte Bakterien.

Sigmund, auf Drängen seiner Mutter aus Bogotá zurückgekehrt, verstand seinen Vater kaum noch; vieles ging mit Magnus Wagenbaum ins Grab.

Dr. iur. ***Eberhard Tagens*** – Testamentsvollstrecker

Die erste Woche im Ruhestand verbrachte Tagens damit, seine Angelegenheiten zu ordnen: Aus tiefer Abneigung gegen Testamente verschenkte er sämtliche überschüssige Habe; für zwei Parterrezimmer seines Hauses behielt er sich lebenslanges Wohnrecht vor.

Vier

Erwin Feltin-Kreuzmichel – Stabsingenieur

Obwohl am Nachmittag schwerbeladene Transportflugzeuge im Landeanflug über die Kleingartenanlage dröhnten, wachte Erwin Feltin-Kreuzmichel nicht mehr aus seinem Mittagsschlaf auf.

Astrid Böhme, die ihn auf der Gartenbank fand, befürchtete, die Piloten der *Rosinenbomber* könnten dessen steif grüßende Armprothese womöglich falsch verstehen. Bevor sie den Leichnam mit leeren Kartoffelsäcken bedeckte, drückte sie die Prothese hinab in die Waagerechte.

Joachim Feltin-Kreuzmichel – Bruder von Erwin Feltin-Kreuzmichel

Auf der Suche nach dem perfekten Dünger für seine Zucht wähnte er sich dem Ziel bereits nah, als es zu einer Explosion kam.

Ausgehend vom Nullpunkt (Kellerlaboratorium) wurde in einem Radius von 24 Metern alles – die überirdischen Etagen der Villa, das Gewächshaus samt Pumpenschuppen, die Kirsch-, Apfel- und Birnbäume, die Asternrabatten, der *Audi* sowie der Kaninchenverschlag der alten Bechtold (Nachbargrundstück) – zerstört.

Entgegen dem ersten Eindruck der Rettungskräfte waren lediglich Joachim Feltin-Kreuzmichel sowie acht Kaninchen umgekommen – die meisten blutroten Klumpen am Kraterrand rührten von zerfetzten Tomaten her.

Fünf

Ursula Servadac née *Leudoldt*, alias *Ursel* – Tochter von Theodor und Gerhild Leudoldt, siehe Seite 206: Emanuel Lasker

Albrecht Hausdorf – Ursula Leudoldts Großvater

Wenn Emil sich um die Palmen kümmerte, machte er jedes Mal einen Bogen um den Schaukelstuhl, auf dem er Hausdorf gefunden hatte; der alte Gärtner vermied es zudem, die dunkelblauen Felder des Bodenmosaiks zu betreten.

Ein Splitterschaden im Oberlicht, der vorerst nur zum Preis völliger Verdunklung behoben werden konnte, setzte dem Ritual ein Ende: Als Emil nach Kriegsende zurückkehrte, waren die Palmen abgestorben und der Schaukelstuhl war verschwunden.

Brunhild Emalia von Borghoff und ***Clara Felicita Weiler*** née *Schlüter* – Ursula Leudoldts Freundinnen

Als die hochschwangere Clara Weiler am Nachmittag des 17. Dezember 1960 mit ihren Töchtern Konstanze (7) und Sigrid (5) in die Trambahn einstieg, überließ ihr der Bauzeichner Andreas Hilsbrecher seinen Sitzplatz.

Unweit St. Paul stürzte eine *Convair 340* mit Tankpumpenschaden auf die Tram und brach in Flammen aus. Konstanze und der Bauzeichner wurden durchs Fenster auf die Straße geschleudert und überlebten den Unfall leichtverletzt.

Paris, siehe Seite 113

Walter Knebusch – Gerhild Leudoldts Experimentiergehilfe

Knebusch entdeckte den Pazifismus zu spät. Noch ein paar Monate früher wäre er ins Zuchthaus oder ins KZ verbracht worden; was sein Überleben von weiteren Faktoren abhängig gemacht hätte.

Anfang März 1945 zeigte sich *das Reich* – an dieser Stelle vertreten durch Sturmbannführer Ströbel – zu derartigen logistischen Leistungen nicht mehr willens, geschweige denn fähig. Mit einer Hundeleine um den Hals und einem Stück Karton vor der Brust wurde Knebusch an einer defekten Laterne aufgehängt.

»Ich«, verkündete die Aufschrift auf dem Karton, »bin ein Vaterlandsverräter und Russenknecht!«

Abb.: Die Vorderseite des Kartons – den eine Druckwelle aus einer Wohnung geweht hatte – wurde infolge oben beschriebener Umnutzung zur Rückseite. Für etwaige Vorbeieilende war diese Lithographie von Caspar David Friedrichs Zwei Männer in Betrachtung des Mondes *deshalb nicht sichtbar.*

Der Baum in der rechten Bildhälfte weist einen zum Anbringen von Stricken geradezu einladenden Ast auf.

Peterchen und ***Anneliese*** – Weißschulterkapuziner; Versuchstiere

Die Einsamkeit war noch schlimmer als das Bunkerklima und die Leudoldtschen Experimente. Zwei Tage nachdem Peterchen an einer Infektion der Atemwege verendet war, verstarb auch Anneliese.

Gerhild Leudoldt ließ die Kadaver verbrennen. Man habe

vorerst, so erklärte sie, mit den Tieren eh nichts anfangen können. Da derzeit sämtliche Raketen irgendwo zwischen London und Antwerpen niedergingen, wäre es unmöglich gewesen, die Auswirkungen des Fluges auf die körperliche Verfassung der Affen zu überprüfen.

Carl Prüßner alias *Pentameronius Vento* – Zirkusdirektor

Die vergleichsweise gute Verpflegung bei der Fronttheatertruppe konnte Prüßner nicht lange genießen. Einigen ukrainischen Partisanen lag überhaupt nichts an der Aufheiterung und kulturellen Stärkung der deutschen Besatzungstruppe.

Romulus und ***Remus Esposito*** – Findelkinder, Hirten, Stadtgründer

Dass Grenzen (Schranken, Mauern, Furchen, aber auch imaginäre Linien) nicht ungestraft überquert werden dürfen, erfuhr Remus am eigenen Leib: Sein tolldreister Sprung reizte Romulus – seinerseits Bauherr der Stadtmauer –, sofort das Schwert blankzuziehen.

Professor Dr. Khijan wies in seiner Vorlesung *Die Entwicklung des Staatsrechts in vergleichender Perspektive* stets darauf hin, dass Remus nicht das letzte Todesopfer dieser Rechtsauffassung blieb.

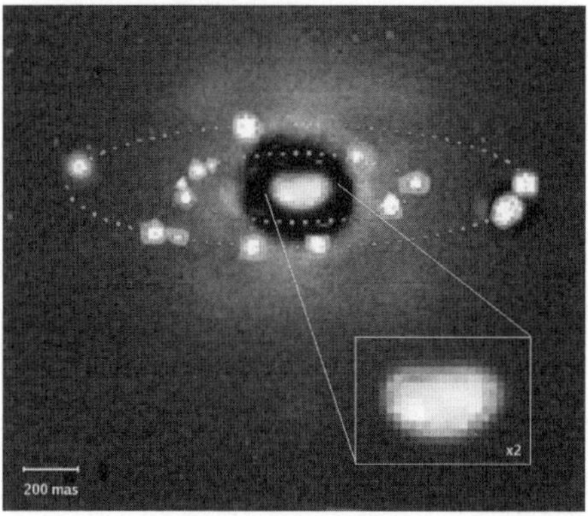

Abb.: Die Zwillinge Romulus (Außenbahn) und Remus (Innenbahn) umkreisen ihre leibliche Mutter Rhea Sylvia (Mitte und Vergrößerung). Nicht im Bild ihr Vater Mars; ebenso fehlen die Prostituierte Mamma Lupa und die Schweinehirten, welche die beiden aufzogen.

Lucius Domitius Ahenobarbus alias *Tiberius Claudius Nero Drusus Germanicus Caesar* alias *Nero Claudius Caesar Augustus Germanicus* – römischer Kaiser, Schauspieler, Kitharasänger und Polyolympionike

Das Urteil des Senats sah vor, dass Nero mit dem Hals in eine Strafgabel gezwängt und nackten Leibes mit Ruten zu Tode geprügelt würde. Diese Perspektive erschien ihm unangenehm, aber Abhilfe war nicht in Sicht: Seine Kammerdiener hatten sich beim Plündern nicht mit den modischen Polsterbezügen begnügt, sondern auch das Gift gestohlen. Überdies fand sich kein Gladiator, der Nero einen gekonnten Stich verpassen wollte.

Auf der Flucht aus Rom beklagte er wiederholt, welch Künstler mit ihm sterben werde. Diese Einschätzung schien sein Sekretär Epaphroditus nicht zu teilen – immerhin sekundierte er dem Caesar a. D., als der sich letztlich seinen Dolch in den Hals rammte.

Schenkt man dem Biographen Gaius Suetonius Tranquillus Glauben, rezitierte Nero bei seinem Suizid Homer: »ἵππων μ' ὠκυπόδων ἀμφὶ κτύπος οὔατα βάλλει« – womit er der Nachwelt immerhin noch mitgeteilt hätte, dass er seine Häscher nahen hörte und dass er die dazu passende Passage der *Ilias* auswendig kannte.

Epaphroditus wurde wenig später wegen Beihilfe zum Strafentzug hingerichtet.

Sbigniew Todorski und ***Henryk Moczar*** alias *Cma* – polnische Kampfpiloten

Moczar schnitt sich von seinem Fallschirm los und rannte. Er hatte den Obsthain schon beinahe erreicht, als die aus einer *Focke-Wulf* abgefeuerte MG-Salve seine Lunge durchschlug.

Keiner seiner sieben Nachkommen in Polen, Schweden und Großbritannien trauerte, da sie nie etwas von ihrem leiblichen Vater erfahren hatten.

Friedrich I. alias *Barbarossa* – römisch-deutscher König, Kaiser des Heiligen Römischen Reiches; Rom- und Kreuzfahrer

Im 16. Jahrhundert ging die Bürde des *Reichsretters* von Friedrich II. auf Friedrich I. über. Nunmehr war er es, der im Kyffhäuser (Harz) oder im Untersberg (Berchtesgadener Alpen) ruhte und, ungeachtet der Verstreuung seiner Körperteile – Herz und Eingeweide in Tarsus (Türkei), Muskulatur in Antakya (Türkei) und Knochen in Tyros (Libanon) –, in schlechten Zeiten das Zepter wieder an sich reißen sollte.

In seiner Vorlesung *Staatsrecht in vergleichender Perspektive IV* erklärte Professor Khijan, gegenwärtig verstieße dieser leichenfledderische Spuk unter anderem gegen den Artikel 1 des *Bundesverfassungsgesetzes*, der *Constitution française du 4 octobre 1958* sowie der *Costituzione della Repubblica Italiana*, gegen die Artikel 1 und 2 der *Ústava České Republiky* und der *Ustav Republike Hrvatske*, gegen Artikel 1, 2 und 3 der *Ústava Slovenskej Republiky*, gegen Artikel 1, 3 und 4 der *Ustava Republike Slovenije* sowie gegen Artikel 20 des *Grundgesetzes*.

Mathilde Friedrich, ***Lilli Meier***, ***Rotraut Schröder*** und ***Emil Zeugner*** – DienstbotInnen der Leudoldts

Das Kohlenmonoxid erreichte ihr Bett früher als das Feuer – die Bergungskräfte fanden Rotraut Schröder unversehrt; die Füße ihres Mannes nur leicht verkohlt.

Die Tochter der beiden befand sich über die Feiertage bei den Großeltern.

Heinrich Christian Wilhelm Busch – Zeichner, Maler und humoristischer Dichter

»Trotz Morden an Buben, Frauen und Raben
mit ratternden Reimen und Faible für Qualen
ist Busch, daß muß man wohl gestehen,
als schelmischer Avantgardist anzusehen.«

Handschriftlicher Vermerk im Schmuckband: Wilhelm Busch, *Max und Moritz* – aus der Hinterlassenschaft von David Olphenstein. Der Urheber (»für David, M.«) ist unbekannt.

Etzel, ***Hagen von Tronje*** und ***Gunther*** – schatzgierige Streithähne

Dietrich von Bern nahm Gunther und Hagen gefangen und übergab sie Kriemhild, welche die beiden nach Zahlung von Reparationen freilassen sollte. Kriemhild versuchte, den Gefangenen das Versteck der staatlichen Goldreserven (Nibelungenschatz) zu entlocken – wurde jedoch von diesen manipuliert: Nachdem sie ihren Bruder Gunther hatte hinrichten lassen, weigerte sich Hagen weiterhin, das Versteck zu nennen. Zudem beschimpfte er Kriemhild als *Teufelsweib*, woraufhin ihn diese eigenhändig köpfte.

Von derartiger Courage ließ sich wiederum Hildebrand hinreißen, Kriemhilds Oberkörper mit glattem Schnitt vom Unterleib abzutrennen. – Der Minnesänger Gunnar von der Groytz vermerkte hierzu: »Und jene da sterben sollten, lagen itzt umher/ zu Stücken all zerhauen, lebte kein Burgunder mehr.« (nach: *Der Nibelunge Mære*, Sigmaringer Handschrift; aus dem Mittelhochdeutschen übersetzt und herausgegeben von Johann Moorsbach, 1863).

Geheimer Sanitätsrat ***Eberhard Goltzsch*** – Leudoldts Hausarzt

Obschon ein mäßiger Trinker, war die Herstellung von Obstweinen (Apfel, Birne, Kirsch und Quitte) lange Zeit seine zweite Passion gewesen. Anfangs hatte er sich darin gefallen, seinen Quittenwein mit seiner Frau zu vergleichen, über die Jahre jedoch das Interesse an Reifeprozessen verloren.

Auch im Alter befüllte er, nun beinah pflichtschuldig, noch jede Saison die Weinballons im Keller seines Gartenhauses. Zum Umfüllen in Flaschen heraufgeholt, blieben die Ballons zu lang im Warmen stehen – und in einem wuchs, ob seines verstopften Gärröhrchens, der Druck übermäßig. Der Ballon zersprang, als Goltzsch gerade die Post durchsah; Splitter drangen ihm ins linke Auge und in den Hals.

Heinrich Waltz – Sportlehrer

Die Vorbereitungen zum Turnfest und die Gerüchteküche liefen auf Hochtouren: Es hieß, Ulbricht werde erscheinen. Auf Waltz' Zeichen hin verwandelten sich Hammer, Zirkel und Ährenkranz abermals in das Triumvirat Marx, Engels und Lenin. Obwohl er ein Megaphon benutzte, schrie Waltz, so laut er konnte, als er den Jugendlichen, deren Pappelemente den Spitzbart des großen Revolutionärs bilden sollten, eine kleine Farblehre erteilte.

Auf sein nächstes Zeichen hin zerfielen die Gesichtszüge – aber anstatt eine Friedenstaube zu formen, schienen die Farbfelder wild über der Zuschauertribüne umherzuwirbeln. Waltz ging zu Boden.

Siglinde Ermtraut – Sekretärin des Schuldirektors

Als der Keller nach dem Luftangriff vom 13. Februar 1945 freigelegt war, fanden sich bei Siglinde Ermtraut folgende Hinterlassenschaften:

Wanderrucksack (1), Geburtsurkunde (1), RM 39,50 Barschaft in Lederbrieftasche (1), Sparbuch über 487 Mark und 15 Pfennige, Lebensmittelkarte (14 Brotmarken, 9 Fettmarken), Reichseierkarte (abgelaufen), goldener Ring (1, Gravur: *Ludwig & Clara Löwenthal 1921*), Blusen (2), Strickpullover (1), Röcke (2), Kittelschürze (1), Strümpfe (3 Paar), Socken (2 Paar), Lederschuhe (1 Paar), Weißware (4), Büstenhalter (1), Hüfthalter mit Lederstrapsen (1), Kopftuch (1), Regenmantel (1), Kamm (1), Adressbuch (1), Photoalbum (1), Briefe (22) sowie unschätzbare Lebensmittelvorräte.

Thomas Bartholm – Deutschlehrer

Am 13. Februar 1945 wurde Bartholm im Luftschutzkeller verschüttet, sein Schädel dabei von einem herabstürzenden Stahlträger trepaniert. Luftschutzwart Pötzel versicherte Christel Bartholm, ihr Mann habe nicht gelitten.

Das titellose Manuskript, das Pötzel aus Bartholms Ledermappe geborgen und Christel Bartholm ausgehändigt hatte, fand über deren Sohn Ulf zur Verlagsanstalt Erlbrinck, Berlin (West). Vom Verlag als »drastische Abrechnung und stilistischer Aufbruch« beworben, fand der »Anti-Erziehungsroman« (1956) bei Kritik und Lesepublikum keine Resonanz.

Zur verspäteten akademischen Kanonisierung siehe: Karl Möhring, *Sinnsprengungen* (1972), und Erika Sielbach-Wilms, *Fragmentierte Welten. Büchner – Bartholm – Ballard* (1997).

Alfons Fleßa – Schuldirektor

Auf dem Heimweg fühlte sich Fleßa so erschöpft, dass er sich auf die Bank der Bushaltestelle setzen musste. Er werde hier unten noch fünf Minuten frische Luft schnappen, sagte er seiner Enkeltochter Gerda – sie solle vorgehen, damit sie sich keine kalten Füße hole. Kaum war Gerda im Hauseingang verschwunden, fiel Fleßa in den von Busabgasen verrußten Schnee.

Als Gerda mit ihrer beunruhigten Großmutter zum Fenster des Badezimmers hinausschaute, war Fleßa bereits tot.

Kai Gradwohl und ***Bruno Töpfer*** – Pimpfe

Trotz ordnungsgemäß berechneten Narkotikavolumens war der Orchesterpaukist Töpfer auch bei einem Zählstand von 750 noch nicht verstummt. Der Chirurg sah seinen Anästhesisten fragend an. Nach einer zusätzlichen Dosis Lachgas brachen die Zahlenreihe und Töpfers Kreislaufwerte abrupt ab.

Hugo Zaumseil – Chauffeur der Familie von Borghoff

Sein Urenkel Martin erinnerte sich nur an zweierlei: die unverwüstliche Haarwelle, die den Alten selbst im Krankenbett elegant erscheinen ließ, und den Versuch des Urgroßvaters, ihm – dem damals Fünfjährigen – das Prinzip des Otto-Motors nahezubringen: Auf dem Kellnerblock, der ansonsten zum Notieren der Skatergebnisse diente, habe der Alte vier Kolbenquerschnitte gezeichnet und diese mehrfach erläutert.

Martins Mutter meinte, Letzteres passe rein gar nicht zu ihren Erinnerungen: Sie habe den Alten in all den Jahren kaum ein Wort vorbringen hören.

Rudolf Tübken – Ursula Leudoldts Privatlehrer

Bei dem Versuch, sein brennendes Holzbein zu löschen, rutschte Tübken in einen mit Regenwasser gefüllten Bombenkrater. Seine Volkssturmkameraden waren bereits außer Hörweite. Er ruderte lebensgierig, schluckte und spuckte, riss noch ein paar Teerbrocken und Erdklumpen vom Kraterrand.

Pythagoras und ***Archimedes*** – hellenische Gelehrte

Publius Spurius Globulus hatte seine Fähigkeiten im Umgang mit Wurfspieß, Schwert und Schild über Jahre hinweg durch stetes Training und im Gefecht verbessert; Fremdsprachen (soft skills) waren in seiner Ausbildung nicht vorgesehen. Was also war von Legionär P. S. Globulus zu erwarten, als ihm bei der Einnahme von Syrakus ein störrischer Alter entgegenraunte: »Μή μου τοὺς κύκλους τάραττε!«

Zu allem Übel zeigte sich, dass die von Legionär P. S. Globulus erbeuteten Gerätschaften kaum Edelmetalle enthielten.

Günther und ***Waltraut Haushof*** – Ursula Leudoldts Onkel und Tante

Seid getrost, ich habe die Welt überwunden.
Johannes 16,33

Zum frommen Andenken an Herrn **Günther Haushof**,
ehrwürdiger Pfarrer, teurer Gatte, Vater und Schwager,

welcher nach mehrjährigem, mit großer Geduld ertragenem
Leiden am 9. November 1949, abends um 7 Uhr,
wiederholt gestärkt durch den Empfang der heiligen
Sakramente, selig im Herrn entschlafen ist.

Die vergängliche Hülle des Verblichenen wird am Freitag,
dem 11. November 1949, um ½ 10 Uhr beigesetzt.

Johanna, ***Katharina***, ***Ute*** und ***Michael*** alias *Michel* ***Haushof*** – Kinder von Günther und Waltraut Haushof

Am Freitag fand sich im Lokalblatt eine erste Notiz (»kurz vor Redaktionsschluss erreicht uns die Mitteilung der Polizei«) zum gewaltsamen Tod einer jungen Frau. Weder die Wirtshausbekenntnisse zum Malträtieren und Kastrieren des Triebtäters noch die Plädoyers zur Wiedereinführung der Todesstrafe überdauerten den Samstag. – Das *Morgenblatt* berichtete ausführlicher und »um Sachlichkeit bemüht« über den Tathergang: Nach Sonnenuntergang habe die ledige Mutter H. (24), das schwarze Schaf einer Pfarrfamilie, den leicht alkoholisierten Anhalter K. aus freien Stücken im PKW mitgenommen, diesen mit ihrem dürftigen Sommerkleid erregt und somit die Tat auf sich gezogen. Besitzer des PKWs sei ihr Chef, welcher zu Protokoll gegeben habe, über Zeit, Ziel und Zweck der Fahrt nicht unterrichtet gewesen zu sein.

Adolf Hitler alias *böhmischer Gefreiter* alias *Nr. 555* alias *Führer* alias *GröFaZ* – Kleinkünstler, Diktator und Schwerstverbrecher, siehe Seite 123

Alois und ***Ottfried Zweger*** – Dorfschullehrer

Der linke Oberschenkel und der rechte Unterarm des Gefreiten Zweger wurden von Kieselsteinen zerfetzt, die vom Boden aufspritzten, als Oberjäger Bernhard Müller eine MG-Salve abfeuerte, um seinen Trupp zum Aufwärtsstürmen anzuspornen.

Zweger starrte auf die – ihm unglaubhaft erscheinenden – Blutfontänen und war verblutet, ehe Dietrich Hirschborn ihn erreichte, um die Hauptschlagadern abzubinden.

Franz und ***Hermann Pölke*** – Ortsleiter und dessen jüngster Sohn; Aushilfslehrer (1) und Schüler (2)

Als die Infektion auch noch auf Pölkes Kehlkopf übergriff, kam zu seinen bisherigen Beschwerden eine ständige Kehlreizung hinzu. Anfangs hüstelte er nur, doch von Tag zu Tag flatterte und kratzte seine Stimme mehr, erinnerte die Nachbarn peinlich an Pölkes *Volksempfänger*. Landarzt Stäuber ordnete an, Pölke solle sich schonen und überhaupt nicht mehr sprechen. Dies wies Pölke in einer von Hustenwellen durchzogenen Tirade ebenso entschieden zurück wie eine Einweisung ins Hospital – wovon seine Stimmbänder sich nicht mehr erholten. Seine Schwiegertochter Leni musste daher eine Schiefertafel nebst Griffelkasten und Schwamm vom Spitzboden holen.

Der geschwollene Kehlkopf zwang Pölke, seine Ernährung komplett auf Bier umzustellen – bis schließlich der Schmerz beim Schlucken so weit zugenommen hatte, dass er nicht einmal mehr trinken konnte. Im Fieberwahn wandte er sich zuletzt auch an seinen verstorbenen Bruder, den Veterinär Josef Pölke, und forderte eine Dosis von Irgendetwas, das ihn geschwind und schmerzlos umhauen würde.

Arminius alias *Hermann der Cherusker* – germanischer Guerillaanführer

Der finalen Formulierung bereits nah, heißt es in einer Entwurfsfassung zu Heinrich Heines *Deutschland. Ein Wintermärchen*:

»Ach, hätten Hermanns Horden doch
die Schlacht gegen Varus verloren
wen drückte der deutschen Freiheit Joch?
Wir wären als Römer geboren!«

Ludwig Pölke – Neffe von Franz Pölke

Urlaubsreif fühlte Pölke sich seit langem, seit der Abreise akut: Noch während der Talfahrt vom Brenner erlitt er einen Herzinfarkt.

Seiner Frau Irma gelang es zwar, das Steuer zu halten, jedoch nicht, den ungebremsten Wagen um die Kehre zu lenken. Als ihr *Käfer* gegen den Fels prallte, wurde Irma durch die Frontscheibe gen Isarco geschleudert, Pölkes Brustkorb am Lenkrad zerdrückt. Der kleine Franz, der auf dem Rücksitz schlief, brach sich lediglich die Nase.

Mathilde Gravey – Ursula Leudoldts Kindermädchen a. D.

Gravey bereute:

- ✗ dass sie niemals Schlittschuhlaufen gelernt hatte,
- ✗ dass sie den Rat ihrer Mutter befolgt hatte,
- ✗ dass sie all ihr Erspartes zu Makulatur hatte werden lassen,
- ✗ dass sie Berlin dem tropischen Bombay vorgezogen hatte,
- ✗ dass sie sowohl Antonin Guérins als auch Albrecht Haushofs sinnliches Ansinnen abgewiesen hatte,
- ✗ dass sie Jacques Ardans Antrag angenommen und, anstatt sich alsbald wieder scheiden zu lassen, ganze elf Jahre auf seinen Tod gewartet hatte,
- ✗ dass sie das Medaillon ihrer Großmutter verloren hatte und
- ✗ dass sie den Pfaffen immer alles verraten hatte.

Dass sie Lutz Breuning, Gregor Röbisch und Ernst Zaumseil erschossen hatte, bereute sie keinen Deut.

Radosław Kołak und ***Antoine Loneux*** – Landmaschinenmechaniker; 1942 bis 1945 Zwangsarbeiter im Deutschen Reich

Es fielen tatsächlich Schüsse. Witold, der mit Kolak ein Protestplakat trug, sank zu Boden. Mit Hilfe eines Lehrlings aus den Stalin-Werken schleppte Kolak seinen Kollegen in einen Hausflur und verband ihn mit seinem Unterhemd. Nachdem er Adam zum Raszeja Hospital gebracht hatte, schloss Kolak sich einer Gruppe bewaffneter Demonstranten an. – So kehrte er am Abend des 28. Juni 1956 in die ul. Kochanowskiego zurück. Kurz nach zehn Uhr zertrümmerte ein Querschläger seinen Kehlkopf.

Rosel und ***Karl Josef Hübner***, ***Peter Bogling*** und ***Magdalene Schütz*** – Dorfbewohner

Feldwebel Wellmert sagte, für einen wie ihn verschwende er

keine Munition – mit Erschießen würde er ihm doch nur einen Gefallen erweisen.

Kaum war das Peloton abgezogen, schleppte sich Bogling hinüber zu den toten russischen Aufklärern. Einem zerrte er die Uniform vom Leib; in der Tasche eines anderen fand er Verbandszeug, mit dem er sich notdürftig bandagierte.

Auf einen Skistock gestützt, schleppte er sich durch den Schnee, sank schließlich am Rand eines Dorfes nieder. Die Bäuerin Olena Okunewska schaffte es gerade noch, Bogling leidlich aufzupäppeln, ehe die Ukrainische Aufstandsarmee auf ihn aufmerksam wurde: Mit Bogdan Bilanenko fand sich letzten Endes doch noch jemand, der eine Kugel an Bogling verschwenden wollte.

Neun Monate später kam Olena Okunewska mit einer Tochter nieder; vorerst kein Grund zur Freude.

Edmond Thieffry – Antoine Loneux' Großonkel, siehe Seite 119

Generalmajor ***Walter Robert Dornberger*** – Kondolant

Nachdem Dornberger 1944 schon ein Ritterkreuz mit Schwertern für seine Verdienste beim Raketeneinsatz an der Westfront erhalten hatte, würdigte der Bundesverteidigungsminister dessen durchschlagende Leistungen 1984 abermals, indem er die erste westeuropäische Marschflugkörperstellung auf Dornbergers Namen taufte.

Bereits 1980 verstorben, konnte der ehemalige Chef der Raketenabteilung der Wehrmacht an den Tauffeierlichkeiten in seiner Geburtsstadt leider nicht mehr teilnehmen.

Lothar Bräukel – volkssturmpflichtiger Dorfbewohner

Bräukel sagte zu seiner Frau, sie solle nicht so viel Geschrei machen – es gehe gewiss gleich vorüber. Nichtsdestotrotz eilte Rosel zu ihrer Nachbarin, um einen Arzt anzurufen. Als sie zurück in ihre Küche kam, lag Bräukel bereits tot auf der Ofenbank.

Die Aufregung darüber, dass sie dem Willen ihres Mannes zuwidergehandelt habe, sei nicht der Grund für dessen Herzstillstand gewesen, versuchte Doktor Siebert sie später zu beruhigen.

Hans Pfätschlein – Kradsoldat, siehe Seite 229: Paul von Hindenburg

Rudolf Markstein alias *Jonathan Neumann* – SS-Obersturmführer

Obwohl er seit 1946 unter falschem Namen im fernen Mercedes (Uruguay) gelebt hatte, erschien bereits am Morgen nach seinem Ableben folgendes Inserat in der *BZ*:

> DES SOLDATEN EHRE IST SEINE TREUE.
>
> In tiefer Trauer um unseren Kameraden
> *EK I Träger Rudolf Markstein*
>
> HIAG Freiburg

Als die Zentrale Stelle der Landesjustizverwaltungen bei der HIAG (Hilfsgemeinschaft auf Gegenseitigkeit der ehemaligen Angehörigen der Waffen-SS) nachfragte, fand sich jedoch niemand, der mit Markstein in Kontakt gestanden haben wollte.

Franz Obermaier – Fleischhauer

Mit Einführung der neuen Mark war plötzlich auch der Schlachthof wieder voll. Es war in jenen verheißungsvollen Tagen, dass Obermeier sich bei einem Schlachttier mit Tuberkulose infizierte.

Irmgard Drexler – Hilfsbahnwärterin

Beim Füttern der Enten brach Drexler durch die Eisdecke des Parkteiches, hatte aber Glück im Unglück: Zwei aufmerksamen Spaziergängern gelang es, die alte Frau ans Ufer zu zerren.

Notarzt Kemp verordnete stärkende Infusionen und die elektrische Wärmedecke. Nach ereignisreicher Nachtschicht übermüdet, waren seine eilig hingekritzelten Anordnungen kaum leserlich. Die Schwestern hielten deshalb Rücksprache mit Stationsarzt Lämpe, der wahrheitsgemäß erklärte, dass er mit der neuen elektrischen Wärmedecke nicht vertraut sei. Er verwies auf die Bedienungsanleitung.

Zwar wurde Drexler nicht – wie es der Tratsch später durch die Stadt trug – bei lebendigem Leibe gekocht, dennoch war die rasante Aufwärmung zu viel für ihren Kreislauf gewesen.

Clifford Montgomery Clayton aka *Monty*, ***Samuel Darwin***, ***Joshua Klein***, ***Frank Wolpert*** – amerikanische Militärs im Sondereinsatz

Als Samuel Darwin von Granatsplittern an Bauch, Bein und Kopf erwischt wurde, richtete er seine Gedanken nach Hause ins *Land der Zukunft*: Das heißt, zurück in die Januarwoche, die er mit seinem Vater in dessen Wagen (einem weißen *Rickenbacker Super Sport*) oben auf der Reparaturrampe verbracht hatte, obwohl sie nichts hätten ausrichten können, wenn der Ohio noch weiter gestiegen wäre; gestrandet im Inneren jenes Wagens, den er immer am liebsten gewachst (»oh, diese Scheinwerfer – so groß wie reife Melonen«), zum Nulltarif poliert hatte, Speiche um Speiche, bis alles spiegelte, und für einen Vierteldollar auch jedes andere Automobil in seines Vaters Werkstatt. Bereits im vorigen Krieg hatte er sich diese letzten Gedanken sorgsam zurechtgelegt. Und, richtig, mittlerweile besaß er längst seinen eigenen Wagen (einen beigefarbenen *Commodore*), der noch immer dort in der Garage unter der Abdeckplane stand, wo er kurz vor seiner Wiedereinberufung mit Suzannes glücksspendender Gesäßspalte Bekanntschaft gemacht hatte. – Warum, zum Teufel, erschien nicht endlich dieser weiße Tunnel?

Als Schmerz und Panik schließlich überhandnahmen, begann Darwin, nach einem Sanitäter zu schreien. In den frühen Morgenstunden schoss ihm ein entnervter chinesischer Scharfschütze eine Kugel durch die Augenhöhle.

Sechs

Robert Servadac Jr. aka *Bob* – Gerhild Leudoldts Arbeitskollege und zweiter Ehemann

Es war dieser unspektakuläre Tick, an den sich seine Stieftochter Ursula deutlicher erinnerte als an sein Gesicht: die Art, wie er bei jedem dritten oder vierten Wort mit dem Daumen der flachen Hand auf die Tischplatte oder Stuhllehne klopfte, wenn er etwas erzählte, das ihn bewegte.

»Ich weiß genau, was du meinst«, sagte Ursulas Stiefschwester Debby, »ich kann bis heute keinen Bassisten slappen sehen, ohne an Dad zu denken.«

Mary Tamperton – Schülerin in Ursula Leudoldts Kindergartenklasse

An jenem Samstagnachmittag ging Tamperton mit Sheboy, dem Retriever ihrer Nachbarn, am Ufer des Lake Michigan spazieren. Sie dachte (mehr oder weniger gleichzeitig) über ihre Bakterienkulturen, das Rendezvous mit Carl, Lindas Muffinrezept und darüber nach, was sie ihrer Nichte zur Geburt schenken könnte. Die Sonne drang nur matt durch den Dunstschleier, und der Wind peitschte die Wellen. Dann, innerhalb einer tausendstel Sekunde, krümmte sich der Himmel zu einem Staubsaugerschlauch, der bis zu Tamperton herabreichte.

Einen Wimpernschlag später fand sie sich auf einem Stuhl wieder. Dieser stand an der Wand eines quadratischen Raums – der sie vage an Doktor Libermans Wartezimmer erinnerte.

Bin ich etwa, fragte sich Tamperton erschrocken, krank oder verunglückt oder habe ich das Pilzragout nicht vertragen? – Nein, sie fühlte sich völlig gesund. Je genauer sie sich umschaute, desto sonderbarer erschien ihr allerdings das Wartezimmer: Es gab hier weder Türen noch Fenster, weder ein Seuchenschutzplakat noch Motivkalender oder Wasserspender und auch keine Sprechstundenhilfe.

»Entschuldigen Sie«, sagte Tamperton zu dem Mann auf dem Stuhl neben sich – verstummte aber sofort, als sie sah, wie frappierend dieser dem *King* ähnelte. Nervös wickelte sie den Rest der Hundeleine um ihre Hand und wieder ab, um ihre Hand und wieder ab.

Die meisten anderen Wartenden sahen aus, als hätten sie einen Kostümverleih geplündert. Doch egal ob Hellene, Inderin oder Sioux – niemand schien von ihrer Ankunft Notiz zu nehmen.

Roland Agni, ***Dorothy Gale***, ***Clark Kent*** aka *Superman*, General ***Robert Edward Lee***, ***John Wayne*** – Idole der Kindergartenklasse

Schenkt man dem Sportreporter Word Smith Glauben, wurde Agni Opfer eines Attentates. Der Schütze sei auf seinem ganz privaten antikommunistischen Kreuzzug gewesen und habe sich bereits vor Spielbeginn mit seinem Gewehr hinter der Spielstandanzeige versteckt.

Andere Quellen legen die Vermutung nahe, dass der vom gegnerischen Batter Al 'O' Ween mit Tomahawkschlag gedroschene Baseball die Halsschlagader des beliebten *Mundy*-Spielers zerfetzte.

Kimberly Scarrisbrick – Lehrerin der Kindergartenklasse

Scarrisbrick hatte mit drei Generationen von Herzschrittmachern gelebt. Das Spenderherz lehnte ihr Körper jedoch rigoros ab.

Doktor P – notorischer Weltherrschaftsaspirant

Von Pony Paris nach einem dramatischen Showdown in ein Omnihermetisches Kraftfeld (OhFoF®) gesperrt und in einen Saturnorbit verbracht, kurzum: zu guter Letzt völlig unschädlich gemacht, kann P (zumindest potentiell) bis ans Ende der Zeit leben.

Besagtes Kraftfeld wird von einem Barnhouse'schen Negativkraftverstärker (BANF®) gespeist, welcher u.a. die diabolische Energie des Doktors ableitet und transformiert – weshalb der Kerker allein durch P's bloße Gedanken an einen Fluchtversuch beständig ausbruchssicherer wird. Als einzige Schwachstelle gilt der Kryptonithaltebügel des Verbindungssteckers zwischen dem OhFoF® und dem BANF®:

Sobald das Zentralgestirn unseres Planetensystems (Sonne) seine Maximalausdehnung als Roter Riese – mehr als das Achtzigfache seines jetzigen Umfangs (~122443200 km) – erreicht hat und der Mond und die Erdoberfläche kochen, wird dieser Bügel mit einer Wahrscheinlichkeit von 4,135 667 33% versagen.

»Mit diesem Risiko«, erklärte Paris vor versammelter Presse, »werden wir leben müssen.«

Albrecht I., ***Albrecht II.*** und ***Albrecht III.*** – Raumfahrtpioniere, siehe Seite 128

Deborah aka *Debby* und ***Geoffrey*** aka *Jeff* ***Servadac*** – Robert Servadac Jr.s Kinder aus erster Ehe

In ihren Hinterlassenschaften fand sich unter anderem auch ein Katzenklavier. Dieses Instrument hatte sich Debby Servadac in den 1980ern – in Anlehnung an Beschreibungen von Athanasius Kircher (*Musurgia Universalis*, 1650) – bauen lassen: Der Kirschholzkorpus besteht aus zwölf Kompartimenten, die jeweils Platz für eine Katze bieten. An der Oberseite befinden sich Öffnungen für die Katzenköpfe, an der Rückseite Schlitze für die Schwänze, welche mittels Schellen und Spanngurten mit den weißen Tasten der Klaviatur verbunden und somit gezogen werden können. Unter den Fixierriemen für die Katzentatzen sind Nadeln eingelassen, die durch das Anspielen der jeweiligen weinroten Taste herausgetrieben werden.

Auf der Innenseite des Korpusdeckels weist eine Beschriftung darauf hin, dass die Katzen nach der Höhe ihres Naturtones sortiert (chromatisch aufsteigend) und in den Konzertpausen mit lauwarmer Milch versorgt werden müssen (Stimmbandpflege).

Es fanden sich keinerlei Gebrauchsspuren; und Anthony Baca, der Nachlassverwalter, hielt es für unangebracht, das Instrument auf Spielbarkeit zu prüfen. Gleichwohl stützte sein Hinweis auf die Existenz des Katzenklaviers die These mehrerer Kritiker und Fans, die infernalischen Klänge auf dem Album *Maleficium* (1983) seien nicht mittels handelsüblicher Synthesizer erzeugt worden.

Judith Kindel**, **Geoffrey Kindel**, **Desmond Kindel – Robert Servadac Jr.s Verwandte mütterlicherseits, siehe Seite 130

Robert aka *Bob Sr.* und ***Susan Servadac*** née *Kindel* – Robert und Timothy Servadacs Vater und Mutter

Sie erwachte kurz nach vier Uhr früh. Draußen sangen die ersten Vögel, *purdy, purdy, purdy, whoit, whoit, whoit, whoit*, und ihr Mann schnarchte leise im Nebenzimmer. Die innere Unruhe, die sie auf ihren Traum zurückführte, steigerte sich weiter. Überdies kribbelte ihr Arm – schien eingeschlafen. Wieder und wieder befühlte sie ihren Puls, trocknete Stirn und Oberlippe mit dem Taschentuch.

Schließlich stand sie auf, nahm eine Tablette zur Beruhigung und setzte sich auf den Schaukelstuhl auf der Veranda. Die Kardinäle schwiegen eine Weile. Dann riefen sie wieder *purdy, purdy, purdy, whoit, whoit, whoit, whoit.*

Timothy aka *Tim*, ***Ann*** und ***Philip*** aka *Phil* ***Servadac*** – Robert Servadac Jr.s Bruder und dessen Frau und Sohn

Die Blutpfropfen wanderten vom Becken in den Vorhof ihres Herzens und weiter in die Lunge, wo sie einen großen Arterienast verstopften. Ihr Mann brauchte nach ihrem Tod acht Tage, bis er sich durchgerungen hatte, seinen Sohn anzurufen.

Leroy Dwixter aka *Roy* – Zeichenlehrer an der Twickenham High School

Der neue Gasherd im Haus von Leroy Dwixter galt als das erste hundertprozentig sichere Modell: Versehentlicher Gasaustritt war vollkommen ausgeschlossen. Sein Nachbar und Versicherungsmakler Donald Jesenko glaubte deshalb, von Betrug ausgehen zu müssen. Der einzige Haken seiner Theorie war, dass es keinen hinterbliebenen Begünstigten gab.

Roderick Gray, ***Joshua Reed*** und ***Matthew Vaughan Sinker*** – Mitglieder in Dwixters Kunstclub; Jazzmusiker (1, 2) und Naturlyriker (3), siehe Seite 140

Ophelia Dwixter – Leroy Dwixters Mutter, siehe Seite 158

Onella Patel – Dienstmädchen der Dwixters

Da eine Halskrause sie daran hinderte, ihren Kopf zu drehen, sah Patel die Schwangere lediglich in dem Hohlspiegel über der Tür der Notaufnahme. Gleichwohl stimmte es sie zufrieden, dass bereits ein neuer Container für ihre Seele bereitgestellt wurde.

David Olphenstein Jr. – Literaturfreund

Gegen Ende der 1950er wandelten sich Olphensteins Neigungen. Er lernte Russisch, um Dostojewski und Gontscharow im Original lesen zu können. Mit deren Büchern legte er sich in den Garten, um sich die Seiten nunmehr vom Wind umblättern zu lassen – wodurch er für die Gärtner zu einem dauerhaften Hindernis beim Rasenmähen und Bäumeverschneiden wurde.

Als während des Blizzards am Neujahrstag 1963 in Twickenham innerhalb kürzester Zeit ein halber Meter Schnee fiel, erstickte Olphenstein unter der Schneedecke.

Raymond Costek aka *Ray* – Künstler; Ursula Servadacs Bekannter

Von 1954 bis 2013 stand Raymond Costek auf den Vermisstenlisten von Polizei und Behörden.

Die DNA des Skeletts, das nach einem Scheunenbrand (Blitzschlag) im Süden von Twickenham entdeckt wurde, konnte mit 99,7%iger Gewissheit dem Verschollenen zugeordnet werden. Es fanden sich keinerlei Hinweise auf ein Gewaltverbrechen.

Frank L. Palucchi aka *El* – ehemaliger Kampf-, Kunst- und Düngerfliegerpilot; Verleger und Tonträgerunternehmer, siehe Seite 163

Dr. med. ***Alastair Haselbaum*** – Oberarzt

Das neue Team vom Roten Kreuz kam zu Beginn der Regenzeit in das kambodschanische Flüchtlingslager. Die heftigen Regenfälle taten der bescheidenen Willkommensfeier keinen Abbruch.

Als nachts der Durchfall einsetzte, eilte Haselbaum zur Latrine und stürzte samt unterspültem Tritt in die Güllegrube. Nachsackende Erde beschleunigte sein Ertrinken.

Dr. h.c. ***Cecilia Delany*** – Leiterin einer privaten Kuranstalt in Panzacola

Bestrebt, ihr erfolgreiches Wirken mit einer zweiten bahnbrechenden Methode zu krönen, modifizierte Cecilia Delany ihre neohippokratische Ernährungstherapie entsprechend der Goetheschen Farblehre.

Wider Erwarten stieß ihre Diät auf Basis der physiologischen Farben bei Patienten wie Personal auf Vorbehalte; auch rieten ihre Kollegen, die sie seit Jahren zuverlässig mit Patienten versorgt hatten, von jeder Änderung im Kurkonzept ab – dieses sei gerade deshalb beliebt, weil es so einfach zu verstehen sei. Außerdem sei Hippokrates Arzt und von der Praxis bestätigt, Goethe aber Dichter und von Newton widerlegt. Delany wäre nicht Delany gewesen, hätte sie sich ausbremsen lassen: Um die Wirksamkeit ihrer Diät zu beweisen, unterzog sie sich einem zwölfmonatigen Selbstversuch.

Donald Leibowitz, Chefarzt am Panzacola City Hospital, wies nach ihrer Zwangseinweisung die Angehörigen der Zweiundneunzigjährigen prophylaktisch darauf hin, dass Medizin und Menschenhand die Folgen derart rigider monatelanger Fehlernährung nicht abwenden, lediglich die letzten Leiden lindern können.

Hippokrates von Kos – Asklepiade, Sachtextautor, Lehrer

Die schwierige Quellenlage lässt ihm, retrospektiv betrachtet, etwa 6205 Tage für seine finale *crisis*.

Randolph Leibowitz – Elektrotherapeut in Delany's Convalescent Home

Er sei doch, berichtete sein Enkelsohn Donald, zeitlebens ein guter Schwimmer und immer noch außerordentlich fit gewesen.

Duane und ***Paul Abbet*** – busreisender Hilfsmatrose und dessen Onkel

Ferngesteuerte Menschen marschieren über einen Hügel auf den Stadtrand zu. Schrotflinten, Maschinengewehre und Granatwerfer feuern auf die Menge, ohne diese stoppen zu können. Immer neue Kohorten dringen steifbeinig in die Kleinstadt vor. Jetzt können nur noch Atombomben helfen: Starterlaubnis für alle Staffeln.

Das Bikini-Atoll wird vom Schnitt in den Mittleren Westen versetzt; dazwischen Filmmaterial des Nationalen Verbandes der Farben-, Firnis- und Lackindustrie: Allein das sorgsam gestrichene Haus in der Mitte überdauert die Druckwelle und den Feuersturm.

Eine Stimme aus dem Off verkündet, die Gefahr sei nunmehr gebannt. Richard (Floyd Bowing) und Eve (Betsy Weinbaum) fallen sich vor einem Trümmerberg in die Arme: *The End*.

Als Ray Dobson den Zuschauerraum fegte, fand er Abbet zusammengesunken auf einem Sitz im Parkett.

Edward Fleisher – Busreisender im Gabardineanzug

Es war ein neugieriger, um Sekundenbruchteile zu lang gehaltener Seitenblick, mit dem er sich einen Messerstoß durch Bauchwand, Zwerchfell und Herzbeutel zuzog.

Orville und ***Wilbur Wright*** aka *Wright Brothers* – Fahrradmonteure und Flugpioniere

Zäh im Nehmen, starb Orville Wright betagt und im Bett – an Herzversagen.

Die Rolle des ersten Opfers eines Absturzes (in der Rubrik: *Flugobjekte schwerer als Luft*) hatte sein Passagier Thomas Etholden Selfridge übernehmen müssen.

Abb.: Während des Testflugs zerbrach der Propeller des Wright Flyer A, *beim Absturz Selfridges Schädel. Elliot Thrumston (rechts), Redakteur des* Scientific American *und ziviler Sachverständiger des Board of Ordnance and Fortifications, stellte unverzüglich seinen Strumpfhalter als Behelfskompresse zur Verfügung.*

Charly Roach – Busfahrer

Roach hatte seinem Sohn versprochen, pünktlich zu sein. Draußen aber heizten Polizei und Nationalgarde, als sie mit Schlagstöcken und aufgepflanzten Bajonetten durch den Tränengasnebel vorrückten, die Stimmung weiter auf. Obwohl die Polizisten unter den klobigen Masken – mit Insektenaugen und Filterkammern so groß wie Campbell's-Suppendosen – schlecht sahen, trafen ihre Schlagstöcke im wohltrainierten Dreiertakt die Nieren, Kniescheiben und Hinterköpfe der Demonstranten und ernteten Schreie und Steine.

Als Roach sich zum Hinterausgang des Bahnhofs hinausschlich, überflog gerade eine Flasche die Phalanx der Gardisten und barst, nur wenige Schritte neben ihm, in Flammen. Den Beutel mit der Brotdose über dem Kopf, rannte Roach die Straße hinab, als eine Kugel seine Wirbelsäule durchschlug.

Howard Stallworth – Angler

Stallworth hatte seit Wochen keinen Menschen mehr gesehen und nicht das Gefühl, dass es noch stiller um ihn werden könnte.

Captain Trevor – Kommandeur der Raumschutzeinheit *Luna Alpha*

Am Ende der achten Folge, als sich die Balnibarbidianer bereits auf dem Rückzug befanden, kam Captain Trevor bei der Explosion des Atomreaktors im Krater *Foucault* ums Leben. Dessen ungeachtet tauchte er fünf Folgen später wieder auf – doch nicht einmal das getönte Visier vermochte seine Verbrennungsnarben zu kaschieren.

Er überwarf sich mit seiner Verlobten Lynn (der Ärztin an Bord der Orbitalinsel) sowie mit allen Raumschutzpiloten – und entpuppte sich schließlich als Agent der Balnibarbidianer, der noch ausgiebig Schaden anrichtete, ehe PPP Ltd. den Fortsetzungsroman aufgrund desaströser Verkaufszahlen einstellte.

Sieben

Michelle L. Servadac – Ursula Servadacs Tochter

Auf ihrem Grabstein findet sich lediglich die Inschrift:

Michelle L. Servadac
S.A.I.N.T.

Laut Pfarrer Mason steht das Akrostichon für *Still Alive In Nascent Times* (dt.: Noch immer lebendig in kommenden Zeiten) – also für das Jüngste Gericht und die Wiederauferstehung im Herrn.

Leroy Dwixter hielt dem entgegen, dass Michelles Mutter Atheistin sei. Er vertrat die Ansicht, der abgekürzte Grabspruch paraphrasiere ein schottisches Sprichwort und ziele auf die Erinnerung jedes Einzelnen, auf ein subjektives Zeitkonzept (… *In Nain Time*, dt.: in ihrer eigenen Zeit).

Darüber hinaus kursierte in Twickenham das Gerücht, es handele sich um eine Art Anagramm oder Abkürzung, welche den Namen ihres Vaters verberge.

Tracy Heywood – Schwesternschülerin

Unter der Chiffre *TP V-79061* annoncierte ihr Mann Daniel in der *Twickenham Post*: »Meine Frau Tracy, Mutter unserer 3 Kinder, ist mit schwerem Verbrennungsschaden infolge einer Überdosis von Röntgenstrahlung nach langem Siechtum gestorben. Da dies sicher nicht der einzige derartige Fall war, bitten wir andere Betroffene, sich mit uns in Verbindung zu setzen.«

Dr. med. ***Nathaniel Roth*** – Oberarzt

Trotz weiterer pressierender Fälle bemühte sich Dr. Dave Opperton eine Viertelstunde lang, den Oberarzt a. D. zu überzeugen. Dieser zweifelte an der Diagnose des jungen Arztes, schalt ihn wiederholt einen Pessimisten: Er werde sich doch nicht für nichts aufschneiden lassen. Sobald diese Unpässlichkeit vorüber sei, möge Opperton sich einem Wettschwimmen stellen – dann werde man ja sehen.

Opperton zog sich zurück, entschlossen, Roth der Autorität des Chefarztes zu überantworten. Dieser hatte jedoch bereits Feierabend, kam erst am Montag wieder in die Klinik und rügte Opperton, weil der nicht unverzüglich operiert hatte.

Betty Bishop – Säuglingsschwester

Als Erstes führte die Hygieneschwester Rita Barns den Schlauch durch das Schlüsselloch. Nachdem sie diesen mit Pflaster fixiert und den Spalt zwischen Türblatt und Schwelle versiegelt hatte, zündete Barns den Brenner unter dem Kessel an. Kaum war die Desinfektion verdampft und durch den Schlauch ins Zimmer geströmt, hängte Schwester Barns ein Warnschild an die Klinke, auf dessen Rand sie mit Bleistift vermerkt hatte, wann die erforderliche Mindesteinwirkdauer erreicht sein würde.

Die volle Wirkung war während Bishops Schicht erreicht. Sie entfernte die Versiegelung und eilte – mit einer frisch gewaschenen, doppelt gefalteten Stoffwindel als Mundschutz – in das Zimmer. Der Desinfektionsdampf drang durch den Stoff, brannte ihr in Nase und Augen; unter Tränen öffnete sie das Fenster. Auf dem Weg zur Tür stolperte Bishop und schlug mit dem Kopf gegen den Metallrahmen eines Bettes. Benommen und nunmehr ohne Mundschutz lag sie mehrere Minuten im Gas und zog sich Verätzungen der Lungen- und Augenschleimhäute zu.

Während der Kur in Panzacola lernte Bishop den Skipper Delmore Mitchell kennen und starb bald darauf an Lungenentzündung: Sie war bei einem romantischen Segeltörn in Kontakt mit Herpesviren gekommen.

Malake ***Faŭsia bint Fuad*** oder Malake ***Sorayâ Asfandiyâri-Bakhtiyâri*** – persische Königsgemahlinnen a. D.

Als sie starb, war ihr klangvoller Titel nur noch ein einfacher Name; auch der Diamantglanz ihrer Hochzeit hatte keinen nennenswerten Teil der Ewigkeit überdauert.

William Servadac – Sohn von Gerhild und Robert Servadac Jr.

Nach dem Zusammenstoß war alles dunkel und still. Als Servadac zu Bewusstsein kam, fand er sich von grellem Licht umgeben, blinzelte. Eine Frau beugte sich zu ihm herab, zog sein rechtes Lid weit auf und rief: »Schnell, er kommt wieder.«

Servadac sah die Lachgasmaske nicht, die ihm auf den Mund gepresst wurde, spürte nur deren Gummirand. Dann wurde wieder alles dunkel.

Evelyn Upperton – Privatpflegerin

Aufgrund erdrückender Indizien befand die Jury Evelyn Upperton des Mordes an ihrer neunjährigen Tochter Joanne schuldig.

Nachdem der Supreme Court die landesweit kursierenden Bedenken in Sachen Hinrichtung ausgeräumt hatte (*Troy Leon Gregg v. State of Georgia*), musste Upperton am 17. Mai 1984 auf dem elektrischen Stuhl Platz nehmen und das Verbrechen auf »menschliche und bequeme« Art abbüßen.

Mit der Frage, inwiefern sich der Witwer Lionel Upperton von den neuen Beweisen aus einer DNA-Analyse von 1996 tangiert fühlen müsse, wollte Professor Dr. Khijan seinen Studenten in der Klausur zur Vorlesung *Strafrecht in vergleichender Perspektive* einen Gefallen tun. – Und natürlich musste er nachhaken: Welche Unterschiede wären zu erwarten, wenn sich der Gerichtsstand nicht in Birmingham, Alabama, sondern in Birmingham, England, befände?

John Mason – Pfarrer

Über Dekaden hinweg hatte Mason unbeeindruckt in Zeitungen und im Fernsehen mitverfolgt, wie Menschen Atomkerne zertrümmerten, Organe austauschten und den Himmel mit Raketen durchpflügten. Er hatte gebetet und gepredigt, ebenso nachdrücklich und gründlich, wie er seine Zähne geputzt hatte: Siebenundachtzig und keine Lücke! Warum also hielt er es auf einmal für denkbar, dass sein Herz bloß ein nervös gesteuerter Muskel sein, der menschliche Körper aus den Überresten explodierter Sterne bestehen und dass sein Ende tatsächlich das Ende bedeuten könnte?

Tracer D. Adler – Privatdetektiv und Kopfgeldjäger

Adler hatte seinen Widerwillen überwunden und den Gutschein seiner Mutter eingelöst; ja, er war tatsächlich beim Astrologen gewesen. Die Sterne standen gar nicht so schlecht – eindeutig, bis auf Pluto. Der doch gar kein Stern sei, hatte Adler angemerkt, noch nicht einmal ein echter Planet.

Dies sei die richtige Einstellung, hatte der Astrologe daraufhin erwidert, er müsse auch weiterhin kritisch bleiben – das Universum sei schließlich keine Maschine.

Die Konstellationen lagen auf dem Nachtschrank, die entscheidenden Daten waren unterstrichen. Adler wusste demnach, wie alles kommen würde, und hätte ohne weiteres im Bett bleiben können.

Patrica Foreman – Nachbarin der Servadacs in den 1950ern

Auf der Einladungskarte zur Beisetzung von Patrica Foreman hieß es: »Anstatt Blumen oder Kränze auf ihr Grab zu legen, bitten wir im Sinne unserer verstorbenen Mutter um Spenden zugunsten der Krebshilfe. Besonders herzlicher Dank gilt all den Ärzten und dem Pflegepersonal der Krankenhäuser in Twickenham, Chattanooga, Birmingham, Montgomery und Atlanta.«

Aileen Lieberman – Lehrerin in Twickenham

Chad Marx, der jeden Samstag die Rasen aller Nachbarn mähte, fand sie am Swimmingpool. Ihre Beine lagen wie Tentakel einer gestrandeten Tiefseekreatur auf dem Weg, ihr Oberkörper ragte über den Poolrand. Interessehalber zog der Junge ihren Kopf aus dem Wasser.

Dick Nelson – Frank L. Palucchis Luftchauffeur

Er benötigte etwa elf Quadratmeter Wand und fünf Liter Blut für die Niederschrift seines Testaments. Obwohl er sich darin – insbesondere dem Pflegepersonal gegenüber – äußerst freigiebig zeigte, ruinierte Nelson mit der Kritzelei und dem Aderlass an David Alford den guten Ruf, den er sich in den vorangegangenen Monaten in der Psychiatrischen Anstalt von Tuscaloosa, Alabama, erworben hatte.

Wie vom Pflegepersonal vorausgesehen, erkannte Dick Nelsons Vormund diesen letzten Willen nicht an.

Steven Wardell – Nachbarjunge der Servadacs in Duncan Switch

Nach seinem ersten Herzinfarkt bat Wardell seine Enkeltochter Patty, sie möge ihm Lesen beibringen – er habe es seit seiner Schulzeit längst wieder vergessen.

Abgesehen von den Unterbrechungen durch einen zweiten, dritten und vierten Infarkt, verbrachte Wardell seine letzten Jahre damit, sämtliche Bücher, deren er habhaft werden konnte, nach einem passenden Spruch für seinen Grabstein zu durchsuchen.

Steve und ***Percy Murray*** – Landwirtschaftspilot und seine Frau

Die Hepatitis rührte von einer Bluttransfusion her, die er 1961 nach seinem schweren Reitunfall erhalten hatte. Jahre später, als die Leberschäden schwerer, Augen und Haut immer gelber wurden, brach sein Geschäft langsam ein. Die meisten Nachbarn hielten ihn für einen Alkoholiker und wollten nicht mehr, dass er über ihre Farmen fliegt.

Godfrey Hubbard – Handwerker in Twickenham

Je älter er wurde, desto häufiger kehrten die Erinnerungen wieder: Bei jeder Fehlzündung und jedem Gewitter, noch intensiver aber während der Feuerwerke am 4. Juli und zu Neujahr fühlte er sich zurück in den Krieg versetzt. Ansonsten ging es ihm bestens; und bei dem Donnern und Grollen, das er auf der Bergwanderung hörte, spielte ihm sein Gehirn keinen Streich: Er dachte sofort an eine Lawine.

Ulysses Zimmerman – Vorstandsmitglied des Segelflugvereins in Twickenham

Bei einer Flugschau in Birmingham, Alabama, wurde Zimmerman von einem ungeschickt landenden Fallschirmspringer (Wayne Siberius) am Hinterkopf verletzt.

Weitaus schlimmer als die Platzwunde und der Haarverlust war das Gerinnsel, das sich unentdeckt in seinem Gehirn bildete.

Donald Maretti aka *Big Don* – Bauunternehmer im Madison County

Als Maretti eines Morgens in der *Twickenham Post* von seinem unerwarteten Dahinscheiden las, wusste er, dass er keine Verabredungen für das Mittagessen zu treffen brauchte. Seiner Mätresse zuliebe verschwand er schleunigst aus deren Haus und machte sich auf den Weg zu seinem Firmensitz. Gerade noch rechtzeitig erkannte er seinen Denkfehler und bog auf der Whitesburg Bridge zum Leichenschauhaus ab: Immerhin sollte er dort schon seit dem Vorabend liegen.

Vivian Davenport aka *Ormer Learlock* – Rekordpilotin, Michelle Servadacs Fluglehrerin, siehe Seite 169

Malcolm Underwood – Chauffeur der Servadacs

Unter dem Einfluss von William Servadac und Mr. Palucchi war Underwood ein lupenreiner Bücherwurm geworden. In diesem Zusammenhang fand es seine Frau Peggy durchaus passend, dass er von einem schweren, wenn auch leeren Buchregal erschlagen wurde.

Besagtes Regal war aus zirka 1800 Metern Höhe auf Underwood gestürzt, nachdem es durch die defekte Laderaumklappe eines Transportflugzeuges gerutscht war.

Dieser Unfall ersparte Peggy Underwood nicht nur die anstehende Scheidung, sondern brachte ihr sogar eine üppige Entschädigung der Luftspedition ein. Überdies lernte sie Richard Springsteen, den Besitzer des Regals, kennen: Dieser sammelte Bücher zu rein dekorativen Zwecken, fand also genügend Zeit, sich ihrem noch immer erkundungswürdigen Körper zu widmen.

George Stafford – Lektor bei Palucchi's Periodial Paperbacks Ltd.

Er beurteilte Texte nach wenigen Sätzen, opferte nur den allerwenigsten mehr Zeit: Mit Recht konnte Stafford von sich behaupten, eine Handvoll Bestseller nach der Sondierung von jeweils fünf Zeilen aus dem Manuskriptmeer gefischt zu haben.

Diese *Déformation professionnelle* wurde ihm zum Verhängnis, als er einen miserabel verfassten Beipackzettel nicht bis zum Ende durchlas.

Anderson Hawthorne, ***Gordon Willard Pilchard*** alias *Gordon Grouper* und ***Mel Samuel Winstaal*** – Autoren

Lediglich zwei seiner Hinterbliebenen hatten – perplex oder in blauäugiger Erwartung einer überraschenden Wendung – bis zum Ende der Testamentsverkündung ausgeharrt. Nach kurzer Unterredung einigten sich die beiden, die Grabsteinbestellung sofort zu stornieren, Pilchards Asche in den Wind zu streuen sowie jegliches Ansinnen zu einer Neuauflage seiner Bücher abzuweisen: Möge dieser verfluchte Drecksack schnellstmöglich vergessen werden!

Ihrem Trachten und konsequenten Wirken entgegen erinnert der Asteroid *(457223) Pilchard* im Kuipergürtel an den Autor: Die brasilianische Astronomin Maria Antónia Sobral hatte ihrem Sohn António (einem Liebhaber der Science-Fiction-Literatur der ersten Hälfte des 20. Jahrhunderts) diesen Wunsch erfüllt.

Loraine Coover, ***Majorie McHale*** und ***Clarissa Orlowska*** – von William Servadac angebetete Frauen

McHale engagierte sich über Jahre hinweg ehrenamtlich bei der FCSL (Fake Corpses Save Lives) – einer Vereinigung, die der Feuerwehr und den Paramedics sowie verschiedenen Bundesämtern bei Notfallübungen half. Mittels Schminke, Kunststoffdärmen und Theaterblut verwandelte sie sich in schwerverletzte Opfer von Brandkatastrophen, Nuklearschlägen, Amokläufen, Tornados, Flugzeugcrashs, Zugkollisionen oder Massenkarambolagen.

McHale wäre enttäuscht gewesen, hätte sie ihren unversehrten Leichnam zwischen Kühlschrank und Spüle liegen sehen.

Dolores Rowling – Lehrerin, Angehörige von Dwixters Kunstclub in den 1960ern

Als die Bestatter Rowling vom Bett auf den Leichenkarren hievten, kam auf dem Laken ihr erstes und letztes abstraktes Gemälde zum Vorschein.

Meriel und ***Pete Elkin*** – Farmerpaar aus Madison Station

Nach kurzem Augenschein legte Sheriff Bowman fest, dass es sich um einen Unfall handele – die Kugeln hätten sich versehentlich beim Reinigen des Revolvers gelöst.

Scott Carpenter, ***Deke Slayton*** und ***Wallace Osborn*** – Astronauten

Im Jubiläumsjahr 2011 verstarb Osborn auf einem Volksfest in Richmond, Virginia.

Für das Gleichgewicht von General Lee (Douglas Clifford Flood), *Stonewall* Jackson (Keith Stendhal) und Jefferson Davis (Linda Terrell), die neben der Replik des ersten Weißen Hauses auf dem Fuhrwerk standen, war es nur eine Herausforderung unter vielen, dass ein angeheiterter Raumfahrtveteran mit der Deichselbrille kollidierte.

Lyndon Brendan Johnson aka *LBJ* – 35. Präsident der USA

Er war mit dem Telefonhörer in der Hand gestorben. Der Gerichtsmediziner, der die Todeszeit ermittelt hatte, fragte sich, wen LBJ in der Nacht um halb drei anrufen wollte.

Walter Elias Disney – Produzent, Regisseur, Drehbuchautor

Landläufigen Gepflogenheiten entgegen steht das Epitaph

nicht an seinem Grabstein, sondern über dem Eingang seines Freizeitparks:

»Here you leave today
and enter the world
of yesterday, tomorrow
and fantasy.«

Raymond Austers – Frank L. Palucchis Finanzverwalter

Der letzte Blutdruck, den Schwester Barkley bei Austers gemessen hatte, lag bei 195 zu 17. Dass die Quersumme der Werte 23 ergab, verstärkte dessen Unbehagen maßgeblich.

Morris und ***Norma Rosewater*** – Senator von Kansas und 36. Präsident der USA; seine Mutter

Sein politisches Vermächtnis erwies sich als Bürde für seine Partei. Nach seiner Amtszeit dauerte es beinahe zwei Dekaden, bis wieder einer aus ihren Reihen ins Weiße Haus einziehen durfte.

Aileen Geiger, ***Priscilla Lusorkski*** und ***Joyce Clifton*** – Rekordpilotinnen

Über Priscilla Lusorkski kolportierte Claude Chaillou in seiner Gruppenbiographie *Aventures des plus jolies femmes de l'âge présent* unzutreffend, die Schönheitskönigin a. D., zweifache Gewinnerin des Columbus Lipstick Air Race, mehrfache Höhenrekordhalterin, erste Transpolar-Weltumrunderin sowie Vorreiterin der Pro-Choice-Bewegung habe ein klägliches Ende unter einer Trockenhaube gefunden.

Major ***Derrek Pohl*** – Mitglied der Auswahlkommission der Air-Force-Testpilotenschule; Flugtrainer

1983 veröffentlichte Pohl seine Autobiographie *Ich brachte Miss Servadac auf Überschall* (dt. 1985); im darauffolgenden Jahr wurde er in die National Aviation Hall of Fame aufgenommen. Er starb in der Nacht zum 19. April 2023 im Alter von 96 Jahren auf seiner Ranch in Wyoming.

Richard Sandman – Frank L. Palucchis Frontkamerad

Als Sandman am Telefon von der Herzattacke seiner Frau Valerie erfuhr, erlitt er einen Infarkt. Er lag elf Jahre lang allein im Doppelgrab.

Annabella Barth – Frank L. Palucchis Cousine, Nichte des Bruders des Vizegouverneurs von Kansas

Im Spätsommer 1982 besuchte Barth ihren Bruder Maurice in Jupiter, Florida. Nach einem Strandspaziergang fühlte sie sich *wie erschlagen* und legte sich schlafen. Gegen Mittag des folgenden Tages meinte Maurice, seine Schwester ließe sich gehen.

Morgan und ***Rodney Barth Jr.*** – Vizegouverneur von Kansas und sein Bruder

Anfangs wusste Rodney Barth Jr. nicht, was er mit den Kiemen anfangen sollte, die ihm seit seinem 53. Lebensjahr wuchsen. Später kam er zu der Überzeugung, dass ihn die Natur zu einem Sprung von der Topeka Avenue Bridge einlud.

Den Kansas River abwärts habe er den Missouri River erreichen können, erklärte seine Frau Clementine den Enkelkindern, vom Missouri den Mississippi, welcher wiederum in den Golf von Mexiko münde. Von dort gebe es Wege zum Atlantik und zum Pazifik – es habe ihm also die gesamte Welt offengestanden.

Dr. med. ***Frederik Thomson*** – Frank L. Palucchis Hausarzt

Obwohl Doktor Thomson die Bluttropfen verdächtigte, die in seinen Augenwinkel gespritzt waren, hatten die Viren ihren Zugang durch seine eingerissenen Nagelsäume gefunden.

Jacklyn Crane – Rekordpilotin, Colonel der Air Force

Wohl oder übel hatten die beiden einander zwei Jahrzehnte lang geduldet, kein einziges Mal die Grenzen des höflichen Umgangs überschritten. Nach Jacklyns Tod jedoch entbrannte zwischen Clifford Crane (ihrem Ehemann) und Jack Yagur (ihrem Liebhaber) ein erbitterter Streit darüber, was ihre letzten Worte gewesen seien.

John Calvin Coolidge Jr., ***Charles Foster Kane*** und ***John Davison Rockefeller Sr.*** – Jacklyn Cranes berühmteste Passagiere

Im Alter von 86, also 12 Jahre vor seinem Tod, verfasste Rockefeller sein erstes und einziges Gedicht:

Früh bleute mir Mutter die Maxime ein
Dass Schaffen Spiel und Spielen Schaffen sei
Ergo genoss ich Arbeit und mied Schufterei
Nannte jeden Tag Ferien, nahm niemals frei
Jeder Handschlag gelang mir, wie nebenbei
1000 Gründe für Champagner und keiner für Blei.
(Übersetzt nach: Privatdruck Rockefeller, 1925)

Bis zu seinem letzten Atemzug fand er keinen Anlass, auch nur die geringste Änderung an dieser Kurzbiographie vorzunehmen.

Colonel ***Gilbert Wallace Bushman*** und Captain ***Benjamin Jumper*** – Stützpunktkommandeur (1) und dessen Adjutant (2)

Sein ältester Sohn, Bobby, hatte ihn gleich am zweiten Urlaubstag mit hinaus zum Wrack der portugiesischen Karavelle genommen: Die Korallen auf den Kanonenrohren, Ballaststeinen und Spantenstummeln, erklärte Bobby, markieren den Rand des Ausgrabungsareals – aus Sicht der armen Hunde, die damals an Bord waren, könnte man es auch die *Todeszone* nennen.

Diese Definition der *Todeszone* erwies sich als unpräzise: Am Ende des Tauchgangs zu schnell aufgetaucht, riss Benjamin Jumpers Lunge ein. Als Bläschen in die Herzkranzgefäße gelangt, entfaltete die Atemluft ihre tödliche Wirkung.

Kenneth Oliver Kayne aka *Cocaine* – Abfangjäger

Seinen mehrjährigen Segeltörn entlang der Weltkriegsschauplätze hatte Kayne schon vor der Versetzung in den Ruhestand en détail geplant. Am Ende seines *Pacific Theater Cruising* landete er fristgerecht in Darwin. Von dort fuhr er mit einem Leihwagen zur Base Tindal (Katherine), um sich mit Veteranen der Royal Australian Air Force zu treffen.

Sein letaler Fehlreflex rührte von jahrelanger Flugpraxis und einer elementaren Konfusion her: Das Känguru hatte sich dem Highway auf einer parabolischen Bahn genähert und kam erst in Kaynes Sichtfeld, als es auf die Fahrbahn sprang. Kayne versuchte, mit vollem Schub seitlich nach oben auszuweichen. Der Wagen überschlug sich zweimal.

Das Känguruh, dessen Schwanzspitze infolge dieses unvermittelten Manövers touchiert wurde, hüpfte unverdrossen weiter.

Warren Pohl – Derrek Pohls Bruder, Testpilotenausbilder

Pohl, der in den späten 1980ern als Ausbilder und Trainingsberater in Israel, Italien und Japan tätig war, wurde infolge einer Fehlfunktion des Schleudersitzes in extremer Höhe aus dem Ausbildungsflugzeug katapultiert.

Sein Leichnam, der sanft landete und noch am Nachmittag geborgen wurde, wies rote, gitterförmig verteilte Pusteln an den Handflächen und Fußsohlen sowie bleiche, tentakelartige Hautfäden am Hals, im Rachenraum und an der Bauchwand auf. Weder seinem Flugschüler noch dem Bodenpersonal waren derlei Symptome vor dem Start aufgefallen.

Bald kursierte das Gerücht, Pohl sei mit einem hyperaggressiven Virus in Kontakt gekommen, welches durch die Höhenstrahlung mutiert oder extraterrestrischer (möglicherweise auch sowjetischer oder chinesischer) Herkunft sei. Sein Leichnam, hieß es weiter, werde deshalb in einem tiefgekühlten Quarantänecontainer verwahrt.

Dr. med. Dr. rer. techn. ***Raymond Lovelace*** – Raumfahrtmediziner

Nachdem er 1964 einen Flugzeugabsturz wider alle Wahrscheinlichkeit überlebt hatte, wurde ihm 1975 der Zusammenstoß seines Helikopters mit einer *Cessna* zum Verhängnis.

In den folgenden Jahren engagierte sich seine Tochter Amanda als Lobbyistin seines Andenkens: Auf ihr Betreiben hin fand sich ein noch namenloser Krater auf der Rückseite des Mondes, auch ein Plätzchen in der International Space Hall of Fame. Doch erst in dritter Ehe gelang Amanda der entscheidende Coup, mit dem sie ihren Vater im kollektiven Gedächtnis verankern konnte: Ihr Gatte, Archie Newen, war Sekretär des Postmaster General und stieß bei seinem Vorgesetzten auf offene Ohren, als er diesem Amandas Idee für eine neue Briefmarke unterbreitete.

Stanley Deacon – Testpilot

Im Alter von 40 Jahren kaufte Deacon 250 Parzellen auf dem Friedhof von Homosassa, Florida, und ließ darauf eine exakte Kopie seines Wohnhauses errichten. Darin verbrachte er seine freien Wochenenden und gelegentlich auch ein paar Urlaubstage – um herauszufinden, wie es sich anfühlt, unter den Toten zu weilen.

Nachdem er in den Ruhestand versetzt worden war, steigerte er die Verweildauer in seinem Zweitwohnsitz rapide.

Wladislaw Nikolajewitsch Wolkow und ***Wladimir Michailowitsch Komarow*** alias *Rubin* – Kosmonauten

Wolkow hatte seiner dritten Frau, Walentina, durchaus beweisen wollen, dass er den Fernsehapparat reparieren könne. Über ihren berühmten Ehemann befragt, führte die Witwe zumeist Starrsinn als Todesursache an.

Wladimir Iljitsch Uljanow aka *Lenin* – adliger Marx-Exeget, Putschist und Volkskommissar

Während des Attentates auf Uljanow (1918) brachte der Schweizer Fritz Platten das verletzte Opfer in Deckung – womit er half, das Leben und Schaffen des Ratsvorsitzenden um sechs

Jahre zu verlängern. Dies hielt dessen Nachfolger nicht davon ab, Platten 1942 in einem Straflager verschwinden zu lassen.

»Fast scheint es«, schreibt der Hobbyhistoriker Yves Platten in einem bisher unveröffentlichten Aufsatz, »als sei das Blei der Kugeln, ein Nervengift also, nach dem Attentat in den Kreislauf des Politbüros diffundiert und habe zu kollektiven Zwangsvorstellungen geführt.«

Plattens *Toxikologische Historiographie* wird von seinen Bekannten belächelt, von der Fachwelt ignoriert.

Witold Tichy – polnischer Exilant in Paris, Anthropologe und Filmkritiker

Obwohl er den Film schon viele Male gesehen hatte, verließ er das Kino in Hochstimmung. In einer Unterführung raste Tichy – der noch immer von *Claudia* (Claudia Cardinale) träumte – mit seinem *Citroën* in ein Stauende. Der ihm nachfolgende Lastwagen vergrößerte die Karambolage, und Tichy glaubte einen schier endlosen Sekundenbruchteil lang, aus seinem Wagen davonzuschweben.

Nachdem der Rumpf und die Gliedmaßen seines Leichnams aus dem verkeilten Fahrzeug geschnitten waren, machten sich die Rettungskräfte auf die Suche nach seinem Kopf.

Yaşar Ali Cennet – türkischer Staatssekretär für Wissenschaft

Das linke Schlüsselbein und möglicherweise auch ein paar Rippen schienen gebrochen zu sein, der Schädel schmerzte. Cennet bat den Fahrer des Lastwagens, die Sanitäter unbedingt darauf hinzuweisen, dass er an der Krankheit der Könige leide, also Bluter sei, und fiel über dem Aufzählen seiner prominentesten Leidensgenossen abermals in Ohnmacht.

Rodríguez Azcona verstand kein Türkisch, erkannte aber einige der Namen und machte sich seinen Reim. Azconas Befürchtung, er habe den Angehörigen eines europäischen Königshauses überfahren, wurde von der türkischen Botschaft zerstreut.

Igor Bogdanowitsch Toportschiski – Beauftragter zur Abwicklung des Postverkehrs mit blockfreien Staaten an der Sowjetischen Akademie der Wissenschaften

Auf einer mehrtägigen Skiwanderung mit seinen Enkelkindern Juri (13), Ludmila (14) und Oleg (11) brach Toportschiski zusammen. Der aus der nächstgelegenen Kolchose herbeigeholte Veterinär konnte nur noch den Tod des Akademiemitgliedes feststellen.

Wilbur Randolph Dickson – US-amerikanischer Außenminister

Harvey Woodward suggeriert in *Flotsam* – seinem Film über Aufstieg und Fall von Morris Rosewater –, Außenminister Dickson habe den Präsidenten in das desaströse Timor-Abenteuer (1973) hineinmanövriert.

Diese Sichtweise hatte Patrica Salbon-Brown bereits sechs Jahre vor Drehbeginn in ihrem hervorragend recherchierten Artikel *A late President keeps fiddling* widerlegt.

Lloyd Impey Barbicane – Direktor der Raumfahrtbehörde, siehe Seite 280: Raymond Lovelace

Delmar Louis Archington – Mitglied des geheimen Sonderausschusses

Als Beobachter im Auftrag des Kongresses hatte Archington 1954 während eines Atombombentests auf dem Flugdeck der *USS Rumfoord* gesessen. Wie alle VIP-Zuschauer dieser Freiluftvorführung war er mit einer getönten Skibrille, Sonnenmilch und einem bequemen Klappstuhl versorgt worden. – Jahre später stellte sich heraus, dass seine Knochen darüber hinaus einen Bleimantel benötigt hätten.

Reynold Racoon – Morris Rosewaters Vizepräsident

»P-1 drang seitwärts in den Schädelraum ein und verließ diesen, ohne gravierend Hirnmasse beschädigt zu haben, durch die rechte Augenhöhle. [...] P-3 durchschlug den Oberkiefer und blieb im Corpus Callosum stecken, wodurch die Verbindung zwischen den beiden Hirnhemisphären unterbrochen wurde. [...] Im Verlauf der operativen Entfernung (Dr. Bernstein/Dr. Lopez) des Projektils P-3 setzten die Vitalfunktionen aus. Von Reanimation wurde unter den gegebenen Umständen abgesehen.«

(Auszug aus dem Bericht der Untersuchungskommission)

Lucretia L. Palucchi aka *La Divina* – Frank L. Palucchis Großmutter und Tante

Wann immer Etna Musik hörte (Militärkapellen, Kirchenglocken, singende Mägde), ging es mit ihr durch: Egal, ob mit oder ohne Reiter, durchquerte die Stute dann stets einen imaginären Hindernisparcours und tänzelte zum Abschluss auf der Stelle.

Vincenzo Palucchi liebte diese Stute, deren Mutter auch Garibaldis Streitross geworfen hatte und deren Stammlinie angeblich bis zu Alexanders *Bucefalo* reichte.

Eines Morgens kam Antonio Piazza wohlgelaunt an Etnas Weide vorbei und pfiff ihr mehrere schnittige Märsche. Vincenzo Palucchi fand Etna mit gebrochenen Vorderläufen – und musste ihr sowie Antonio Piazza wohl oder übel einen Blattschuss verpassen.

Als Pietro Piazza vom Tod seines jüngeren Bruders erfuhr, schwor er ewige Rache – für die er allerdings nur zwei Tage Zeit hatte, da ihn Giovanni Palucchi, vom Mord an seinem Vater in blinde Wut versetzt, mit einem Spaten enthauptete.

Nach Jahren ausgleichender Gewalttaten waren beide Familien nicht nur dezimiert, sondern nahezu verarmt. Sein verbliebenes Hab und Gut setzte Ettore Palucchi für eine Überfahrt nach Nordamerika ein. Dort gelangen ihm in kurzer Folge mehrere Glücksgriffe – wozu auch die Hochzeit mit der aufstrebenden Sopranistin Lucretia Salina gehörte.

Die Werbeplakate für die Auftritte von Lucretia Palucchi lösten bei Peter *The Clutch Hand* Morello, einem fernen Verwandten von Antonio Piazza, klare bildliche Vorstellungen aus:

»Neue Welt hin oder her«, erklärte er Vito *La Corda* Madonia, einem unmusikalischen Auftragsmörder, »ich weiß, was ich der Familienehre schuldig bin.«

Der Tenor Carl Hazelhueber (Rollenfach: Junger Liebhaber), *La Divina* Palucchi auch jenseits der Bühne zutiefst ergeben, konnte sich dem Sog der Leidenschaften nicht entziehen. Er eilte mit gezogenem Revolver in den Zuschauerraum, um Rache für die tödlichen Schüsse auf Mrs. Palucchi zu nehmen. Madonia tat ihm jedoch nicht den Gefallen, wie ein Komparse auf die Kugel zu warten, weshalb diese Edmont Fitzgerald traf. Dessen Witwe, Lydia Fitzgerald, unterbrach die Kaskade, indem sie sich an Polizei und Justiz wandte.

Virgil Young aka *Simon Woods* – CIA-Mitarbeiter

Im Augenwinkel sah er den Kranhaken wie einen attackierenden Greifvogel auf sich zukommen und trat fehl, als er ausweichen wollte: Auf der zweiten Etage des Gerüstes beschäftigt, fiel Young nicht tief – allein die aufragenden Moniereisenstäbe wurden ihm zum Verhängnis.

Bob Woodward – Berichterstatter bei WFLP-TV

Er hatte sich in der Dosierung verschätzt und erlitt einen Herzstillstand. Eine halbe Stunde später kam sein Lebensgefährte, Jeremy Soldur, im Rausch in das Schlafzimmer geschwebt und deckte Woodward sorgsam zu, da dessen Beine eiskalt waren.

Bruce und ***Marsha Chaffee*** – Commandant der ersten amerikanischen Mondmission und seine Frau

Urheber der Zahnspuren, die Doktor Vaanfleter an den Fußzehen der Verstorbenen entdeckte, war Chaffees Terrier Mercury. In seinem Bericht deutete er das Beißen als animalische Reanimationsversuche – und ebnete Mercury damit den Weg in den Haushalt von Linda und Wallace Osborn.

Douglas Holloway-Woolf – Autor der planmäßig ersten amerikanischen Grußworte vom Mond

Er hatte nicht damit gerechnet, dass es auf dem Sims des 53. Stockwerkes dermaßen böig sein könnte, dass die von anonymen galizischen, irischen, katalanischen, korsischen, kretischen, schwäbischen und sizilianischen Steinmetzen gehauenen Skulpturen so wenig Halt bieten würden. Entsprechend chancenlos eilten Feuerwehr und Polizei herbei.

Acht

Randolph Blix – New Yorker Taxifahrer

Es habe durchaus sein Gutes, meinte Blix noch, immerhin werde seine Tochter Melinda dank der Versicherungsprämie ans College gehen können.

In ihrem Sophomorejahr (3. Semester) wurde Melinda schwanger, heiratete. In kurzer Folge Mutter zweier Töchter und eines Sohnes geworden, kam sie mit ihrem Mann Doug überein, das verbliebene Geld nicht mehr in einen eigenen Abschluss zu investieren.

Über ihren Vater befragt, erklärte sie ihren Kindern, dieser sei ein Tagträumer gewesen – das habe ihn das Leben gekostet.

Charles Lindbergh aka *Flying Fool* aka *Lucky Lindbergh* alias *Cereu Kent* – Postpilot, erster Solo-Non-Stop-Atlantiküberflieger, Publizist

Seine *Spirit of St. Louis* blieb besser in Erinnerung als der namenlose Bomber, mit dem Alcock und Brown als Erste nonstop den Atlantik überflogen hatten. Seine Erinnerungen unter dem famosen Titel *The Spirit of St. Louis* brachten Lindbergh obendrein den Pulitzer Prize ein. Sein Pseudonym *Cereu Kent* wiederum ließ mindestens sieben seiner dreizehn Kinder über Jahrzehnte hinweg im Unklaren, wer ihr Vater wirklich war.

Abb.: Schlechter Landeplatz und kein Händchen für Namen – John Alcock und Arthur Whitten Brown bohrten ihr Fluggerät, Typ Vickers Vimy, *am Ende ihres Ozeanfluges mit der Nase ins Derrygimlagh-Moor (1919).*

Nola Patchen – Deborah Servadacs Mitbewohnerin

Auf dem vierten Album von Debby Servadac heißt es:

(aus: *Take the Plunge*, Palucchi Records, 1971)

In Wirklichkeit war Patchen eine Stewardess bei PAN AM und hatte bis in die frühen Morgenstunden in einem Nachtclub gefeiert – aber das Metrum beugt die Wahrheit gelegentlich.

Rose Carmichael – Mitherausgeberin des *Venus Magazine*

Stunden vergingen, ehe die Pfleger der im Stuhl zusammengesunkenen Rose Carmichael zu Hilfe kamen und sie auf ihr Zimmer rollten. Und erst am nächsten Tag empfing eine maßvoll erschütterte Weltöffentlichkeit die Nachricht von ihrem Tod.

Shirley Lipton-Haynes – Bildhauerin

Sie hatte bei Joe Fratangelo aufgrund eines Zeitungsinserates vorgesprochen. Die Geschäftsführung des *Fratangelo's* suchte demnach »stilvolle kaukasische Mannequins für Präsentationen in maritimem Umfeld«.

Über dem Pool des Clubs drehten sich vier kleine Flugboote: die in Leder gefassten Sitze eines Kettenkarussells. Angelo Fratani, der Vorbesitzer des Clubs, hatte das Karussell bei einer Zwangsversteigerung erworben und den Motor mittig über dem Pool in die Decke eingelassen. Die Halteketten hatte er so weit gekürzt, dass die Flugbootsitze nicht über den Rand des runden Pools in den Barbereich hinein getragen wurden.

Joe half Lipton-Haynes beim ersten Versuch auf den Karussellsitz, schärfte ihr ein, sie solle nicht auf das Publikum, sondern auf ihr Gleichgewicht achten und beim Entkleiden nicht so hasten, damit die Kostüme keinen Schaden nähmen. Er verpasste ihr einen Künstlernamen (*Anastasia*) und zahlte recht gut.

Nicht nur das Kostüm kam zu Schaden, als Anastasia – ihr rechter Fuß hing unter der Sitzplatte des Flugbootes fest – ganze acht Minuten kopfunter durch den Pool geschleift wurde. Schuld am technischen Defekt des Karussellantriebes konnte Joe Fratangelo nicht nachgewiesen werden; die Richterin schlug dem Geschäftsführer allerdings vor, die Anlage bis zur fachgerechten Wartung stillzulegen.

Die Preise für Shirley Lipton-Haynes' Skulpturen stiegen

infolge der Schlagzeilen kurzzeitig auf das Fünfzigfache ihres bisherigen Wertes.

Professor ***Donald Hoenikker*** aka *Don* – Mathematiker, Ursula Servadacs Doktorvater

Infolge der Impfung erkrankte Hoenikker bereits vor Abflug am Gelbfieber. Auf der Konferenz musste er sich deshalb von seiner Assistentin, Dr. Rita Bloom, vertreten lassen.

Bei der darauffolgenden Konferenz sprach Prof. Miguel Domecq in seiner Eröffnungsrede über die mathematischen Implikationen der von Medizinern und Pharmazeuten verwandten Formulierung *statistisch unwahrscheinliche Komplikationen*. Darüber hinaus streute er eine Reihe fachferner Begriffe (Tragödie, Trauerarbeit etc.), mit denen er die Bestürzung seiner Fachkollegen noch vergrößerte.

Felix und ***Alex Hoenikker*** – Großvater und Bruder Donald Hoenikkers

Er hielt es für angemessen, als Zeichen seiner Liebe die Niagarafälle auf einem Hochseil zu überqueren. Seine Geliebte, Hiroko Tsukishima, zeigte sich gerührt, hielt die Realisierung für nebensächlich. Und seine Ehefrau, Carmen Hoenikker, hätte es durchaus für angemessen erachtet, wenn er ihr das Haus in Cape Cod vererbt hätte.

Luc Antonin van de Angel alias *Vandangle* oder *Fane d'Angle* – Flugpassagier

Als Luc van de Angel – nach dem Aufstieg bereits leicht unterkühlt – das Plateau erreichte, fand er die Schutzhütte von einem Blitzschlag verheert. Bis zur Bergung überdauerte sein tiefgefrorener Leichnam in gutem Zustand.

Hendrik Everling alias *Rick* – Ursula Servadacs Reisebekanntschaft

Der chirurgische Eingriff hatte nicht das erhoffte Ergebnis

erzielen können. Die Chemotherapie wiederum schwächte seine Abwehrkräfte so sehr, dass Grippeviren die Metastasen in destruktiver Vermehrung überbieten konnten.

Daraufhin kam es zu einer Meinungsverschiedenheit zwischen seiner zweiten Frau Esther und dem Notar: Die Witwe, bereits mit klaren Plänen vor Augen, wollte dessen enge Auslegung des Testaments („möge der dritte Teil meiner Vermögenswerte im Kampf gegen meine todbringende Krankheit eingesetzt werden«) nicht hinnehmen. Der Notar beharrte auf seiner Auslegung. Grippeviren, erklärte er der Witwe, seien ebenso würdige Gegner wie Krebszellen.

Brian O'Dell und ***Dave Parker*** – Flughafenangestellter; Steward

Obwohl seine Erkrankung bereits weit fortgeschritten war, fasste er noch einmal Hoffnung, als er von Doktor Croemburg erfuhr, dass es sich um das letale Gay-Related Immune Deficiency Syndrome handeln solle: Dies, erklärte er, sei ganz offensichtlich eine Fehldiagnose.

Eve Amerika-Four, ***Mortimer Booster-One***, ***Noah Digit-Seven***, ***Megan Luna-Two***, ***Alice Halo-Nine***, ***Primus Sol-Eight*** und ***T-CH THM 2000*** – Kinder an Bord des Raumtransporters *Ω-84* und ihr Lehrroboter, siehe Seite 180

Konrad Zeus – Hendrik Everlings Chef

Als Zeus starb, erschien ihm sein Schöpfer – zu Scherzen aufgelegt: Er trat ihm in Gestalt seiner ersten Frau, Gundula Geiger, entgegen. Mit einem Mal wurde Zeus alles klar.

Hildegard Everling – Hendrik Everlings Mutter

Schon in Kindestagen pfiff Everling wie ein Flötenkessel, lernte infolge ihrer Atembeschwerden sämtliche Luftkurorte zwischen Friesland und dem Tessin kennen.

Nichtsdestotrotz vermehrten sich die Symptome im Laufe

ihres Lebens – was ihr unter den Bewohnern des Viertels den Beinamen *Spielzeugfabrik* einbrachte. Als sie mit blauen Lippen im Garten kollabierte, hieß es sogleich, die Spielzeugfabrik sei nun geschlossen. Die Produktion und Erprobung der Flöten, Brummkreisel, Schnurrer, Knackfrösche und Modelldampfmaschinen lief jedoch nach einer Notreparatur noch vier Jahre weiter.

Lars Ole Møller – Schaffner der Danske Statsbaner

Er, der ein Leben lang griesgrämig dreingeschaut hatte (Geld, Geschlecht, Gallensteine, Gicht), verstörte seine Hinterbliebenen mit einem breiten Lächeln. Nachdem der Sarg mit den ersten Schippen Erde bedeckt war, besserte sich die Stimmung der Trauergemeinde merklich.

Erik Johan Pederson – dänischer Polizeibeamter

Seine Kollegen waren sich uneins darüber, ob es sich um Vorsatz gehandelt habe oder ob Pederson versehentlich unter die Rangierlokomotive gekommen sei. In dieser Unschärfe (einem Möglichkeitsraum von Fahrlässigkeit, Depressionen etc.) entdeckten einige ihren Kollegen neu.

Alfons Riegger – Taxifahrer

Eva-Maria machte sich jahrelang Vorwürfe wegen des Streits, den sie mit ihrem Mann – ob der Notwendigkeit wöchentlicher Lampenreinigung – gehabt hatte. Um seiner Ruhe willen war Riegger letztlich doch auf den Hocker gestiegen, den seine Frau auf den (mit alten Wachsdecken geschützten) Wohnzimmertisch gestellt hatte.

»Da kehrt freilich kein Friede in die Seele ein«, bestätigte ihre Nachbarin Hildegard, »wenn man im Zwist voneinander scheidet.«

Gisela Pfeiffer née *Thalweg*, verwitwete *Haferbusch* – Joachim Herings Hauswirtschafterin

Ein Ausbund an Gesundheit und Schaffenskraft, bedurfte es einer vereisten Wirtshaustreppe, die alte Pfeiffer niederzustrecken. Mit gebrochener Hüfte zur Bettruhe gezwungen, zog sie die Krankheiten sämtlicher Mitpatientinnen auf sich und verfiel zusehends. Am Ende der dritten Woche brachten die Hilfspfleger sie in den Leichenkeller.

Maximilian, ***Franz***, ***Gerd*** und ***Luise Haferbusch***, ***Gerold Thalweg***, ***Alfred Pfeiffer*** – Gisela Pfeiffers Ehemänner, Kinder und Anverwandte, siehe Seite 186

Josef Ableger, ***Ludwig Höhnelt***, ***Alois Kuhl*** und ***Ferdinand Trommer*** – Sargträger

Wenn Höhnelt im Bett lag, tat ihm gar nichts weh – also blieb er im Bett. Zwar war er griesgrämig und sah hohlwangiger als sonst aus, aber da er nicht fieberte oder klagte, ließ ihm seine Schwiegertochter Gertrud vier Tage lang seinen Willen.

Eine umgehende Reinigung der Bauchhöhle, klärte Doktor Nerger die Hinterbliebenen auf, hätte Höhnelt noch retten können. Gleichwohl seien bestimmte Erkrankungen bei Alten und Kleinkindern selbst für den Mediziner schwer diagnostizierbar; ungleich schwerer falle es dem Laien.

Erst nachdem der Landarzt zwei weitere Scheiben Leberkäs verzehrt hatte, sah er Gertrud und Xavier für die Zukunft gewappnet und verabschiedete sich.

Udo Tolke – Trauergast; Angestellter der Leudoldtschen ImmobilienVerwaltungs GmbH am Stammsitz Stuttgart

Da die Absturzstelle schwer zugänglich war und die Leichenteile von Tolke und seinen zwei Begleiterinnen beim Aufprall durchmischt beziehungsweise von Aasfressern im Dschungel verstreut worden waren, dauerte es mehrere Wochen, bis die thailändischen Behörden sein Ableben offiziell bestätigen konnten.

Joseph Ortheil und ***Sigfried Trommer*** – Pfarrer und Pfarrgehilfe

Obschon man nicht mit jedem Wurm einen Fisch fange, entkomme kein Fisch den Würmern, hatte seine kaschubische Großmutter Damroka bei derlei Anlässen stets verkündet. Dies trieb ihn von Kindestagen an um, weshalb er unbedingt eingeäschert werden wollte.

Inhalt

Prolog: Worin ein Teil der Zukunft bereits Vergangenheit ist 7

Eins: Worin es mit Theodor aufwärtsgehen soll 11
Archaeopteryx lithographica 11
Aszendenz 12
Auftrieb 12
Bagdadbahn 13
Boxerkrieg 13
Caïssa 14
Dichterzirkel 15
Elektrostatik 16
Elephantoidea 17
Erkenntlichkeit 18
Ferriviatus 19
Fesselballon 20
Fordismus 21
Fortbildung 22
Genealogie 24
Georgenthal 25
Geschwister 26
Gestose 26
Gravitation 27
Herausforderung 27
Honigmond 28
Initiative 30
Interim 30
Irrtum 31
Jalousien 32

Karriere 33
Katastrophen 34
Lehrplan 35
Lokalkolorit 36
Lotterie 36
Minusdifferenz 38
Musterung 39
Nachhilfe 39
Namenspaten 40
Neuigkeiten 41
Obliegenheiten 42
Ω-Σ-Ρ 43
Poetik 44
Quartalsinspektion 44
Reize 45
Rekorde 46
Schnappschüsse 47
Seegang 48
Spannfeder 48
Spurt 50
Tempozug 51
Tour de force 51

Zwei: Worin es mit Gökhan aufwärtsgehen soll 53

Drei: Worin es mit Theodor weiter aufwärtsgehen soll 71
Elementwechsel 71
Engpässe 72
Fingerspitzengefühl 74
Fluktuationen 75
Interessensphären 75
Keiler 76
Lehreinheiten 78
Multiplikator 79
Passung 80

Privatsekretär 81
Revolutionspotential 83
Superpositionen 84
Treibgut 85
Turbulenzen 86
Umgehungsgeschäft 87
Venus von Vilnius 88
Vorzeichenwechsel 91
Wackelkontakt 92
Wahlverwandtschaft 93
Weihnachtstief 94
Yo-Yo 96

Frühe Vögel, № 4 97

Fünf: Worin es mit Ursula weitergeht 105

Sechs: Worin es mit Ursula anderweitig weitergeht 127

Sieben: Worin dreidimensionale Angaben letzten Endes keinen Sinn mehr ergeben wollen 147

Acht: Worin es noch einmal mit Ursula weitergeht 173

Plus ½: Exit Personnage 189
Eins 189
Zwei 218
Drei 228
Vier 244
Fünf 245
Sechs 260
Sieben 268
Acht 286

Trotz aller Bemühungen ist es uns nicht gelungen, sämtliche Rechteinhaber der Abbildungen ausfindig zu machen. Die Übergangenen bitten wir darum, sich mit dem Verlag in Verbindung zu setzen.

Die *Frühen Vögel* spielen mit Anleihen von Allen Anderson, Evliyâ Çelebi, John Dos Passos, Alexander Kluge, James Joyce, Milorad Pavić, György Sebestyén u. a.

Dank an Dr. D. *in spe*, Ruby, Margret, David und Tonton.

FRANS POLLUX
Tage der Flut
Roman
Aus dem Niederländischen
von Christiane Kuby
408 Seiten. Gebunden
ISBN 978-3-351-03339-2
Auch als E-Book erhältlich

»Ein großer Roman. Bigger than life.« *metro*

Ein apokalyptisches Szenario: Während einer Party mit ungeliebten Kollegen muss Syris, ein dienstbeflissener Steuerfahnder der europäischen Freihandelszone, miterleben, wie eine gewaltige Sintflut binnen Minuten alles Land unter Wasser setzt. Nur in höchster Not kann er sich retten – in einem Schlauchboot, zusammen mit zwei anderen. Als er endlich einsieht, dass auf Hilfe nicht zu hoffen ist, muss er sich plötzlich der Frage stellen, was seine Rolle ist in einem Komplott von weltzerstörerischem Ausmaß.
Mit leichter Hand, bitterbösem Witz und der literarischen Wucht eines Visionärs zeigt Frans Pollux die wahren Dämonen unserer Zukunft.

»Der Roman ist mit allen erzählerischen Abwassern gewaschen.« TAZ

»Zugleich philosophisch und unterhaltsam, komplex und enorm lesbar.« WDR

»Selten hat eine Verschwörungstheorie so viel Spaß gemacht.« NEON

Mehr Informationen erhalten Sie unter www.aufbau-verlag.de oder in Ihrer Buchhandlung

aufbau